本书由海南省中国文学研究中心、国家社会科学基金项目（编号：13CZW064）资助出版

文学翻译
与中国文学现代转型研究

（1898~1925）

石晓岩 著

社会科学文献出版社
SOCIAL SCIENCES ACADEMIC PRESS (CHINA)

前　言

一

在众多以中国文学现代转型为对象的研究里，对"五四文学"的定位以及对 1917～1919 年"文学革命"和"新文化运动"的历史定位始终是众所瞩目的焦点。无论是作为中国现代转型的起点，还是作为古代传统的终结；无论是作为"人的文学""平民文学"的滥觞，还是作为"文学革命"向"革命文学"转化的思想之源，五四都留给我们太多的遗产。一百多年来，我们在不断历史化的过程中重返五四、重估五四，一方面不乏打破刻板印象"回到历史现场"还原其丰富性、复杂性的努力；另一方面也源于我们"以史为鉴"解决当下现实问题的困惑与焦虑。

20 世纪 80 年代中期以前的现代文学史叙述，将五四作为古代文学与现代文学的分界线，赋予作为"文学革命"实绩的"五四文学"以现代文学光辉的起点意义。对"五四文学"的这种定位与政治史和思想史上对"五四运动"的经典评价是一致的，强调"五四运动"在中国现代化过程中的原点意义。这种观点提纲挈领，但对文学转型过于"提纯"的理解简化了现代文学生成现场的各种力量冲突博弈的历史场域，人为地清晰化但也过滤掉了中国文学现代转型中种种纠结缠绕的复杂质素。

出于对上述研究框架的反思，1985 年黄子平、陈平原、钱理群在

《论"二十世纪中国文学"》中提出"二十世纪中国文学"的概念："所谓'二十世纪中国文学'，就是由上世纪末本世纪初开始的至今仍在继续的一个文学进程，一个由古代中国文学向现代中国文学转变、过渡并最终完成的进程，一个中国文学走向并汇入'世界文学'总体格局的进程，一个在东西方文化的大撞击、大交流中从文学方面（与政治、道德等诸多方面一道）形成现代民族意识（包括审美意识）的进程，一个通过语言的艺术来折射并表现古老的中华民族及其灵魂在新旧嬗替的大时代中获得新生并崛起的进程。"① 这一概念将中国文学现代化的起点提前到 1898 年，强调 20 世纪中国文学的整体性及连续性，强调在中国文学现代转型过程中五四/晚清的连续性以及现代/当代的连续性，以"现代化叙事"视角切入并将"世界文学中的中国文学""改造民族灵魂""悲凉""艺术思维的现代化"等概括为 20 世纪中国文学的总体特征。与此同时，陈思和提出打通近代、现代、当代文学界限的宏观文学史概念"新文学整体观"，强调以五四新文学的流变作为 20 世纪中国文学主流，勾勒 1917～1987 年包括港台文学在内的新文学演变轨迹，为 20 世纪 90 年代"重写文学史"实践构建理论基础。② 这个概念体现了 20 世纪 80 年代中期追求"现代化"时代氛围的影响，在"现代化理论"（modernization theory）视野中对既有研究范式提出了挑战。

　　20 世纪末，海外学者王德威"没有晚清，何来五四"的观点引起强烈反响，这种观点强调晚清与五四的连续性，明确将中国现代文学和思想的源头追溯至晚清甚至"太平天国乱后"，认为晚清文学中众声喧哗的现代性想象被"五四"以"激进美学"以及"现实主义"为特征的现代性想象压抑。在对晚清小说理想化想象的基础上，"五四文学"传统的历史定位受到质疑。借助福柯的知识－权力的谱

---

① 黄子平、陈平原、钱理群：《论"二十世纪中国文学"》，《文学评论》1985 年第 5 期，第 3 页。
② 陈思和：《新文学整体观续编》，山东教育出版社，2010，第 15 页。

系学理论，晚清文学与五四文学的关系被看作五四话语形成过程中的"权力关系"，"五四文学"以一体化的强势力量压制了以狎邪小说、侠义公案小说、谴责小说和科幻小说为代表的晚清小说主题及形式的现代性。[①] 不过，晚清小说"被压抑的现代性"中包孕的对"欲望、正义、价值、知识"的"批判性思考"和"形式性琢磨"，参照的却是来自西方普遍意义上的"现代性"。如果以西方为唯一参照和衡量标准，固然可以带来很多新鲜的视角和结论，中国现代文学的主体性却很难实现自我认同。王德威秉承的学术脉络，可以上溯至20世纪60年代海外汉学家夏志清的《中国现代小说史》，该书以新批评理论为基础对现代中国作家文学成就进行重新评价。20世纪70年代，李欧梵在《中国现代作家的浪漫一代》一书中，以浪漫传统贯穿对林纾、苏曼殊、郁达夫、徐志摩、郭沫若、萧红、萧军等文学观念和价值立场殊异的作家的解读，以打破"千篇一律的反帝反封建革命论述"。凡此种种，既新意迭出，打破了对五四的单一成见，也因隐现其中的意识形态色彩而引发争议。不过，"被压抑的现代性"的意义或许还在于其带给学界方法论意义上的启示：与其在二元对立的框架中争论晚清或五四作为现代文学起源的合法性，不如对起源论所隐含的"现代性"框架进行反思；与其追问晚清或五四谁是中国现代文学的原点，不如在"知识－权力"的谱系学视野里考掘怎样的历史语境使起源问题成为被关注的热点。

　　近十余年来，对中国"抒情现代性"的讨论成为继"晚清现代性"之后的又一学术热点。从陈世骧、高友工到陈国球、王德威，"抒情传统"的论述甫一提出即带有文化政治色彩，也应和着"中国问题""文化自觉"的时代主题。在世界文学视野中以"抒情传统"为线索建构中国文学的主体性，"抒情现代性"的论述角度和问题意识独辟蹊径。然而，对"抒情传统"的梳理与诠释能否真正完成建构

[①]　王德威：《想象中国的方法：历史、小说、叙事》，百花文艺出版社，2016，第15页。

中国文学的主体性的任务还有待商榷。毕竟，中国"抒情传统"若只是以西方"史诗传统"为参照提出的概念，若仍以西方的理论话语和思维模式应对西学挑战，若对"抒情传统"的溯源只为在世界文学地图上得到西方的尊重，就难免还是为"西方中心主义"的东西二元对立框架所囿。如果仍在西方普遍性的前提下，以中国"抒情传统"的特殊性反抗西方"史诗传统"的普遍性，那么以"抒情"建构中国文学的主体性并且成为新的普遍性则还需思考。此外，将"抒情传统"作为与20世纪"革命传统"和"启蒙传统"相对立的系统另起炉灶①，能否概括20世纪中国文学的全貌并支撑起建构中国文学主体性的文化实践，也有待进一步讨论。

21世纪初，陈思和提出"五四新文学运动的先锋性"与"文学史上先锋与常态"问题，尝试为打通五四新文学主流与通俗文学、旧体文学等各类文学之间关系提供"中国新文学整体观"的理论依据，认为作为整体存在的既有文学体现了文学史传统的稳定性，而新作品的产生以及新的外来影响的冲击可能促使文学整体内部发生结构性改变，随着新作品及文学现象的产生和老作品及文学现象的重新被发掘和阐释，文学史整体上处于不断地自我调整之中。② 在20世纪中外文学关系研究的理论视野中，陈思和提出"20世纪中国文学的世界性因素"，挑战"影响－接受"的传统研究方法，将对20世纪中国文学史相关重要问题的讨论置于世界性格局中，将中外文学放在平等的地位上构建"世界文学"模式，认为"五四"作为具有先锋性的革命文学运动与欧洲的先锋运动构成世界性的对话。同时中国文学自身演变也存在着"常"与"变"：既包括依循社会发展而自然演变的主流，也包括以超前的社会理想和借反叛与断裂实现激变的先锋运动。作为先锋运动的五四新文学运动冲击了当时的文学主流，促成了文学发展史上的激变，但先

① 王德威：《抒情传统与中国现代性：在北大的八堂课》，生活·读书·新知三联书店，2010，第33页。
② 陈思和：《中国新文学整体观》，上海文艺出版社，2001，第36页。

锋性质也决定其时间的短暂和与文化主流之间的复杂关系。①

五四就这样在我们一次次的重返中被唤醒和重新发现，因此也成为"复数"的五四，有着多重面向、蕴藏着不断自新能力的五四。在对1898～1925年的中国现代文学流变与转型的考察中，五四恰如一个巨大的结，条条线索于此收束，条条线索又生发于此，千头万绪，错综缠绕。虽然五四时期种种文学观念和形式的探索在晚清已有萌芽，但仍不能抹杀其在文学现代转型过程中的重要意义。如果沿用"器物层－制度层－文化层"的中国现代转型过程经典论述，那么五四的意义在于文化层面"伦理之觉悟"以及思想层面全新政治文化主体的"全人格的觉悟"②。中国现代转型不是放弃自我主体性的转向，也不是简单直接地复制和模仿西方现代化之路，而是靠现代中国人的"全人格的觉悟"去克服现代化路径上遭遇的危机。转型意味着内在危机的自我克服，这种自我克服依托于有"再造新文明之觉悟"③的主体，这种应对危机并自我克服的能力体现了我们对西方现代文明精髓的领悟和把握。也即鲁迅在《文化偏至论》中呼吁的："明哲之士，必洞达世界之大势，权衡校（较）量，去其偏颇，得其神明，施之国中，翕合无间。外之既不后于世界之思潮，内之仍弗失固有之血脉，取今复古，别立新宗，人生意义，致之深邃，则国人之自觉至，个性张，沙聚之邦，由是转为人国。"④从这个意义上说，现代主体的生成、现代文学合法性地位的确立与中国现代民族国家的建构都是"现代性"

---

① 陈思和：《20世纪中外文学关系研究中的"世界性因素"的几点思考》，《中国比较文学》2001年第1期。

② 如1916年2月，陈独秀将近代文化史划分为三个前进的阶段："欧洲输入之文化，与吾华固有之文化，其根本性质极端相反。数百年来，吾国扰攘不安之象，其由此两种文化相触接相冲突者，盖十居八九。凡经一次冲突，国民即受一次觉悟。……最初促吾人之觉悟者为学术，相形见绌，举国所知矣；其次为政治，年来政象所证明，已有不克守缺抱残之势。继今以往，国人所怀疑莫决者，当为伦理问题。此而不能觉悟，则前之所谓觉悟者，非彻底之觉悟，盖犹在惝恍迷离之境。吾敢断言曰：伦理的觉悟，为吾人最后觉悟之最后觉悟。"陈独秀：《吾人最后之觉悟》，《青年杂志》第一卷第六号（1916年）。

③ 汪晖：《文化与政治的变奏：一战和中国的"思想战"》，上海人民出版社，2014，第5页。

④ 迅行：《文化偏至论》，《河南》第七号（1908年）。

的题中应有之义。

在转型过程中，作为他者的西方文学一直是不可忽视的存在，"现代文学"概念源自西方的"现代性"的发明，与现代民族国家的兴起是共生关系。晚清梁启超对中国小说有"综其大较，不出海盗海淫两端"①的激烈批评，侠人则有"吾国小说之价值，真过于西洋万万也"②的盲目自负，然而无论批评还是自负，都可以看出作为他者的西方范式在文学转型过程中被逐渐确立的地位。文学翻译的关注点也逐渐由政治教化层面对小说内容的重视扩展至对小说叙事技巧等形式上的琢磨，以及对小说"美"的"艺术"的性质的强调。晚清一代文人多要求文学直接参与政治革命，在救国救民的现实政治斗争中立竿见影，梁启超发起的"三界革命"的主题基本上从属于"政治"，尚未有文学自身现代转型的自觉。林纾的翻译实践体现了中国文学翻译的自觉。以西方文学为核心的世界文学图景进入清末民初知识分子的视野，进而成为他们的文学经验和知识构成，林译小说有不可埋没的功劳。周氏兄弟留日时期的文学活动是现代文学自觉的先声，为后来五四文学的现代转型做出极有价值的探索，他们将科学/文学、物质/精神视为整体来把握西方现代文明的精髓，重视创造现代科学的人的主体性精神态度，体现出对19世纪西方现代文明深刻的理解。周氏兄弟对域外小说的译介将中国现代文学真正引入多元的世界文学格局中，《域外小说集》用最古奥的汉语文言译介最新异的"异域文术"，通过对中外文学异质性的极致呈现来唤醒古老文明的新生。在周氏兄弟的译介范围中，弱小民族文学等"域外"资源受到重视，"欧美泰西"文学不再等同于"世界文学"。如果说翻译包含着译者的自我想象和欲望投射，那么在对弱小民族的翻译中就寄寓着文化自我认同的隐喻性表达。

---

① 任公：《译印政治小说序》，《清议报》第一册（1898年）。
② 侠人：《小说丛话》，《新小说》第十三号（1905年）。

　　五四一代知识分子在中国文学的现代转型中发挥了重要的先锋作用，无论是在新思想方面，还是在新语言、新形式和技巧方面，西方典范的意义和世界文学的视野得以确立，在西方典范和世界文学的镜像里新文学得以确认自身、建构自我。但是悖论在于，"现代文学"的定义和学科建制本身就源自西方。在西化的现代知识谱系中建构自我，西方就成为评判新文学意义的终极权威，即刘禾所说的"自我殖民的规划"[1]。追随西方文学难成主体，离开西方文学又无法确认自身，五四一代的新文学建设者在两难的处境中辗转挣扎，一面仰慕仿效，一面拒斥抵抗，一面吸纳转化，其间种种分歧与争论，呈现复杂纠缠的样貌。这种寓言式的境遇隐喻着从古老帝国中蜕变的中国在现代世界中完成现代民族国家转型的艰难。一方面，中国文学要借助西方文学吸纳西方现代文明的精髓，完成自身从传统文学到新文学的现代化转型；另一方面，对弱小民族文学及俄国文学的译介，又在试图稀释西方文明的单一影响，帮助新文学确立世界文学和人类文明的多元想象，挣脱以西方为中心的惯性思维。在这个过程中，域外文学尤其是西方文学不再是中国文学唯一的确立自身的参照，而是逐渐从对比、参照的对象，成为学习、模仿的对象，又成为改造、对话的对象。

　　对西方文学的认识和选择体现了新文学建设者的主体性。新文学建设者的译介实践，为传统文学观与域外文学观的激烈交锋和创造性转化提供了广阔空间，推动了中国文学的现代转型。从深层看，现代世界观念体系中的西方始终是强大的他者：一方面，西方文学影响着中国文学现代性身份的自我认同，自五四以后对小说等文类的讨论，自然主义、写实主义、新浪漫主义等文学理论的输入，都表现出中国现代文学在西方文学面前确认自我并且进行自我建构的

---

[1]　刘禾：《跨语际实践——文学，民族文化与被译介的现代性（中国，1900～1937）》，宋伟杰等译，生活·读书·新知三联书店，2002，第332页。

努力；另一方面，对域外文学包括对弱小民族文学、俄国文学、日本文学等的认识，又总是不由自主地回到"西方/非西方"的二元对立框架中强调"非西方文学"的特殊性，难逃西方的现代性。但同时，中国文学现代转型应从本土文学的发展历史和现状出发，尤其应关注中国新文学建设者的主体性力量。"外因是变化的条件，内因是变化的根据"，"外来影响只能起刺激和促进的作用，真正起决定性作用的变革动力应该来自这一文学传统内部"。① 不能将五四新文学建设者的反传统言论简单看作一种与传统文学决裂的文学追求，他们是借反抗传统文学的形式和语言来反抗其所承载的传统思想，经由思想革命、文化革命指向政治革命。与其将五四新文化运动者的反传统看作具体的文学主张，不如看作以文学革命询唤现代文化主体和政治主体，以促进现代民族国家的建设。

事实上，在文学革命内部，域外文学的输入和本土传统的滋养恰似一枚硬币的正反面，共同构成了文学现代转型的动力。新文学建设者一直重视传统文学的整理和创造性转化，以求不失根基。只不过对"国故"的"整理"要在西方现代知识谱系内完成，而非囿于传统的知识谱系。1919 年，胡适撰文提出将"输入学理"和"整理国故"同时作为"再造文明"的具体路径。② 1922 年，郑振铎和沈雁冰在"现代文学第一刊"《小说月报》上发起"整理国故与新文学运动"的讨论，反对"主张整理国故是对于新文学的一种反动"，而认为"整理国故"，应包含在"新文学运动"之中。其一，"新文学的运动，不仅要在创作与翻译方面努力，而对于一般社会的文艺观念，尤须澈底的把他们改革过。因为旧的文艺观不打翻，则他们对于新的文学，必定要持反对的态度"③。其二，"新文学运动，并不是要完全推翻一切中国固有的文艺作品。这种运动的真意义，

---

① 陈平原：《小说史：理论与实践》，北京大学出版社，2010，第 56 页。
② 胡适：《新思潮的意义》，《新青年》第七卷第一号（1920 年）。
③ 郑振铎：《新文学之建设与国故之新研究》，《小说月报》第十四卷第一号（1923 年）。

一方面在建设我们的新文学观，创作新的作品，一方面却要重新估定或发现中国文学的价值，把金石从瓦砾堆中搜找出来，把传统的灰尘从光润的镜子上拂拭下去"①。域外文学对本土文学起到了重要的示范和刺激作用，但中国文学现代转型的核心特征更体现为在域外文学启发下新文学建设者经主体选择对传统文学的创造性转化。

二

19 世纪末，从林纾、梁启超、周桂笙等晚清文人翻译小说开始，中国文学便在与以西方文学为主的世界文学的交流中开启了不可逆的现代化转型。从晚清的"三界革命"，到五四的"文学革命"，到 20 世纪 20 年代后期的"革命文学"、自由主义文学、现代派文学，再到新时期文学，世界文学尤其是西方文学一直是激活中国作家文学想象的重要资源，翻译文学在中国现代文学的转型过程中扮演了不可或缺的角色，因此也成为学界关注的一个热点。对翻译文学的研究，在过去很长一段时间内曾集中在对翻译行为本身的研究上，例如对"信达雅"的翻译标准，直译/意译的翻译方法，文学作品可译/不可译，以诗译诗/以散文译诗等问题的研究与讨论；或者借助平行研究和影响研究的理论方法对中外文学作品、作家、思潮、流派等进行比较和对影响–接受路径进行分析。

然而，文学翻译并非源语（source language）文学向目的语（target language）文学的简单转换，目的语文学所处的时代、社会、政治、经济、文化等各种因素会直接影响译者的翻译动机、翻译策略和翻译方法，译者自身的文化心理、审美倾向、知识结构及阅历体验也会对翻译文学的面貌产生影响。在历史文化视野中进行翻译文学研究，可加深对翻译文学与本土文学关系的理解。20 世纪 70 年

---

① 郑振铎：《新文学之建设与国故之新研究》，《小说月报》第十四卷第一号（1923 年）。

代以来西方翻译学界出现了翻译的文化研究转向，他们从文化层面切入翻译研究，"从翻译作为两种语言文字转换媒介的层面转移到了翻译行为所处的译入语语境以及相关的诸多制约因素上去"①，带给本书诸多有益的启示。

作为文化学派翻译研究的理论奠基，以色列翻译理论家佐哈尔的"多元系统论"（Polysystem theory）提出，要在动态的多元的视角中考察文学系统中创新与保守的运动机制。文学与社会环境各有独立的系统，依据不同分类标准的文学也有自成一体的系统，这些系统不是孤立静止的而是相互联系和相互作用的，是动态的，它们在共时层面形成若干组中心－边缘的关系，但从历时的层面来看中心－边缘的关系又是随时可能变化的，其中一些占据中心位置，另一些则被从中心驱逐到边缘。而翻译文学"在特定文学的共时与历时的演进中都具有重要影响和作用"，翻译文学在一种文化的文学系统中占据主要还是次要的地位取决于系统的状态。在一般情况下绝大多数翻译活动都是保守的，在文学多元系统中占据次要地位，以维护或强化本土现有文学（文化）传统为己任。但是在特定情况下翻译文学在本土文学体系中可能居于中心地位：第一，本土文学处于"幼稚期"或正在建立过程中；第二，本土文学处于"边缘"或"弱小"状态；第三，本土文学正经历某种"危机"或转折点，或出现文学真空期。② 1898～1925 年中国文学的现代转型，与佐哈尔所说的第三种情况类似。处于政治危机与文化危机状态中的中国，需要借助外力改变本土传统文学（文化），并借助思想革命和伦理觉悟培育新的政治主体和文化主体，最终促进中国的现代转型。对于中国来说，翻译文学不仅是文学现代转型的先锋，开拓了文学本体意义上创作、理论和批评实践的空间，也是文学革命和新文化运动

---

① 谢天振主编《当代国外翻译理论导读》，南开大学出版社，2008，第 3 页。
② 〔以色列〕伊塔马·埃文·佐哈尔：《多元系统论》，张南峰译，《中国翻译》2002 年第 4 期，转引自廖七一：《多元系统》，《外国文学》2004 年第 4 期。

的重要推动力量，在现代思想启蒙运动和现代民族国家建构中发挥重要作用。

20 世纪 80 年代以后，美籍比利时学者安德烈·勒菲弗尔和英国翻译理论家苏珊·巴斯奈特为翻译研究的文化转向做出了决定性贡献。他们在合著的《翻译、历史与文化》中提出，在形式主义的真空环境中将一个译本与另一个译本放在一起进行翻译技巧比较的时代已经过去，翻译研究需要"根植于源语及译语文化符号网络中的文本"①。"翻译总是发生在一个连续体当中，而不会发生在真空当中，对译者而言，存在着文本的和文本之外的各种约束。这些约束机制，或者说文本传递所涉及的操纵过程，是翻译研究工作的关注重点。"② 翻译研究将更看重社会文化规范、意识形态因素、语境、历史和传统对翻译产生的影响："结合翻译实例的翻译过程研究能够提供某种途径，以理解操纵文本的复杂过程是怎样发生的：例如一个文本是怎样被挑选出来进行翻译的？译者在选择过程中起到了什么样的作用？编者、赞助人、出版商又起到了什么作用？是什么样的标准决定了译者采用的策略？文本可能以怎样的方式为目的语系统所接受？文本总是发生在一个连续之外的各种约束。这些约束机制，或者说文本传递所涉及的操纵过程，是翻译研究关注的工作重点。"③ 苏珊·巴斯奈特在《翻译研究》中将翻译学研究分为译学史研究、译语文化中的翻译研究、翻译与语言学研究、翻译与诗学研究四个领域。本书主要集中在第二个方面，即从中国文学及文化转

①　Susan Bassnett, "The Translation Turn in Cultural Studies", in Bassnett, S., Lefevere, A., eds., *Constructing Cultures*: *Essays on Literary Translation* (Shanghai: Shanghai Foreign Language Education Press, 2001), pp. 123 – 140.

②　Susan Bassnett, "The Translation Turn in Cultural Studies", in Bassnett, S., Lefevere, A., eds., *Constructing Cultures*: *Essays on Literary Translation* (Shanghai: Shanghai Foreign Language Education Press, 2001), pp. 123 – 140.

③　Susan Bassnett, "The Translation Turn in Cultural Studies", in Bassnett, S., Lefevere, A., eds., *Constructing Cultures*: *Essays on Literary Translation* (Shanghai: Shanghai Foreign Language Education Press, 2001), pp. 123 – 140.

型角度对译语文化中的翻译研究进行考察。1898～1925 年翻译文学的兴起，与晚清以来的民族危机、社会危机和文化危机密切相关。在东方/西方、发达国家/不发达国家、知识/权力等多重关系纠缠而成的复杂格局中，域外文学、翻译文学与本土文学相互博弈、盘根错节。翻译文学呈现的世界文学图景和经由文学翻译建构的中国现代文学，在一定意义上是勒菲弗尔和巴斯奈特所说的"控制、筛选、操纵"的结果。

20 世纪 90 年代以后，西方翻译研究全面开始文化转向，广泛借用解构主义、女性主义、后殖民主义等理论进行研究，聚焦翻译的媒介本质和翻译过程中的权力运作与文本生产。全球化时代提供了翻译研究和文化研究相遇的可能，为知识界尤其是第三世界的知识界带来广阔的理论和实践空间。翻译研究关注"如何在翻译实践中进行文化抵抗和斗争"，即劳伦斯·韦努蒂和斯皮瓦克一再强调的"翻译的政治"："翻译恰恰是一个争夺文化霸权的场域，于是译者的主体性、翻译策略的选择都是文化抵抗的重要因素。"[1] 从理性主义和经验主义的现代性立场来看，原文是中心，"译者即叛徒"[2]，评判翻译的标准在于译文是否完整地呈现了原文的语言、风格和内容，例如被传统译界奉为金科玉律的严复的"信达雅"三原则中就是以"信"为先。但是站在后现代解构主义的立场上看，一切翻译都是话语建构，根本不存在本源意义上的客观知识或者原文，译文都是在翻译过程中被建构的。而既然没有本源意义上的原文，既然原文与译文之间不存在绝对等值（absolute equivalence），那么以是否忠实于原文作为评价标准就是不可能的。因此解构主义主张悬置原文，以译文为中心，着力考掘译文作为一种现代知识如何在特定文化语境中形成和运作。从这一系列主张里我们可以看到德里达对

---

① 滕威：《翻译研究与文化研究的相遇：也谈翻译研究中的"文化转向"》，《中国比较文学》2006 年第 4 期，第 132 页。

② 意大利谚语云：Traduttori-traditori（Translators are traitors）。

逻各斯中心主义的批判、福柯的权力－话语秩序以及罗兰·巴特的
"作者已死"论点的痕迹，原文/译文、作者/读者、主体/客体、本
质/表象、意义/文本等二元对立关系在此遭到解构。作为二元对立
处于边缘地位并受到压抑的一方，译文与读者、客体、表象、文本
等一样被从权力等级秩序中解放出来。德里达强调，译者与译文之
于原文并非处于"次要或从属的"地位，每一篇原文都存在被阅读
和被翻译的愿望："世上最重要的事莫过于翻译了。我更想指出的
是，所有译者都有权讨论翻译，译者地位绝不是次要或从属的。因
为就译者而言，假如原文本身的结构就有翻译的要求，那么正是通
过制定法则使自己负有债务，原文才得以产生。原文是第一债务人、
第一请愿人，从产生的那一刻开始就需要翻译，请求翻译。"① 本雅
明则在《译者的任务》中指出译文不是对原文生命的终结，而是原
文的"来世"（afterlife）："正如生活的表象对于生活现象并不重要，
但却与之关系密切一样，译作因为原作而产生——然而却不是原作
的现世，而是原作的来世。译作总是迟于原作出现，世界文学的重
要作品也从未在其诞生之际就已选定译者。因此译作总是标志着原
作生命的延续。……原作之花在其译作中不断获取活力，并以最新、
最繁盛的姿态永远盛开下去。"②

　　本书将在上述文学研究、翻译研究与文化研究的交叉视野中考
察 1898～1925 年文学翻译活动。着眼点不在于对翻译技巧的分析和
比较，也不集中于对翻译家和翻译文学作品的介绍，而是关注翻译
文学的中介本质，关注以世界文学（主要是西方文学）为他者的中
国现代文学在自我想象和建构过程中的主体性选择，辨析翻译文学
在中国现代转型的语境中如何生成、传播以及参与文化实践，力求

---

① 〔法〕雅克·德里达：《巴别塔之旅》，陈浪译，载谢天振主编《当代国外翻译理论导读》，
　南开大学出版社，2008，第 346 页。
② 〔德〕瓦尔特·本雅明：《译者的任务》，陈浪译，载谢天振主编《当代国外翻译理论导
　读》，南开大学出版社，2008，第 322～323 页。

在思想史、文化史、社会史的视野中多侧面地考察翻译文学在中国现代转型过程中发挥的作用。这种在"译介学"视野中展开的翻译研究，近年来颇受学界的关注。谢天振在《译介学导论》中提出，要将翻译文本和翻译活动"作为一个既成事实加以接受，在此基础上展开其对影响、接受、传播等文学关系、文化交流等问题的考察和分析"①。

在中国文学现代转型的过程中，"西方现代性"的他者身份一直存在。尽管近现代以来中国知识分子始终在试图找寻一种有别于"西方现代性"的普遍性表达，但这一过程十分艰难，只能在与他者的搏斗中建构并想象自身。即使我们欲从本土文学传统中汲取资源，作为他者的西方也是缺席的在场，从现代文学的词语、语法、文类、文学理论和批评话语中都看得出西方典范的存在。这种悖论式处境在一定意义上显示了本书研究的困境：一方面，西方翻译研究理论引导我们在历史、文化、社会的广阔视野中审视文学的转型并从其中获得现代中国转型的启示；另一方面，对文学动态多元系统的描述和对赞助人、意识形态、诗学观念的阐释又不足以涵盖中国文学现代转型的全部。例如，佐哈尔的多元系统论从整体上把握文学系统的创新与保守的动态运作机制，勒菲弗尔和巴斯奈特的操纵理论着重从社会、经济、政治、文化语境角度分析操控译者翻译行为的因素，但都对参与的个人即译者自身的主体性关注不够。事实上，译者的翻译行为与集体、社会规范是互相依存、互为构建的体系，考察翻译行为更应该重视人的作用，即译者的主观能动性和自身的创造力。译者的翻译策略和文本选择会受到经济、社会、文化各种因素的制约和影响，但译者的主体选择以及怀有新文学建设共同理想的译者群体的翻译实践亦创造了新的社会文化规范。

走出这种困境的关键在于，要打破"影响研究"中"影响－接

---

① 谢天振：《译介学导论》，北京大学出版社，2007，第9页。

受"的线性思维模式，充分关注由译者、作家、读者、编辑等共同组成的新文学建设者群体在中国文学现代转型过程中发挥的主体性作用。中国现代文学的发生和发展毫无疑问受到了域外文学尤其是西方文学的深刻启迪，但中国现代转型的本土需要和新文学建设者的主体选择和创造赋予了中国现代文学崭新的内容和形式。应该看到，1898～1925年文学现代转型，不是对西方文学语言、创作和理论的全面移植或复制，而是中外文学乃至文化、思想的碰撞与交流，文学及文化转型过程中的现代中国人的主体精神的确立以及创造性思维的激发是关键。这种中外文学的交流以多重交叉的方式展开，是充满对话与争鸣的历史场域，而不是线性演进的过程，中国现代转型的内在需要、传统文学及文化在现代世界中的困境、新文学建设者对域外文学经验的选择和吸收、本土文学融入域外文学后的重构与赋型这四个要素是立体交叉、共时展开的。

三

本书分为上下两编，上编是在总体视野中考察文学翻译在中国文学现代转型过程中的促进和激发作用。从语言、文类、文学理论三个方面考察文学翻译与现代文学转型的关系。上编包括文学翻译与文学语言的现代转型、文学翻译与文类现代化、文学翻译与现代文学理论空间的开创三章。第一章从"归化与异化"策略、《圣经》汉译、《小说月报》的文学语言等方面考察现代文学语言的建构倾向，文学翻译既为文学语言注入了更有现代思想含量、更具表现力的欧化词语和语法，也促进了现代白话文的发展。第二章以小说为中心探讨传统文类向现代文类的转型，西方文学典范对具有现代文学意义的小说、戏剧、诗歌等文类的生成具有重要示范作用，其中又以小说最为显著，新文学建设者从域外文类和传统文类中同时汲取资源进行创造性转化，中西小说观念的碰撞和交流尤其鲜明地表现在"小说"观念的现代转型上。第三章聚焦浪漫主义、写实主义、自然主义及新浪漫主义等文论概念的输入，讨论文学理论批评概念的产生与现代文学转型的同构关系。下编是对林纾、鲁迅等重要作家的译介活动进行个案分析，将翻译研究、思想史、社会学等理论视角引入现代文学考察现场，将研究对象历史化，分析翻译文学的"构成物"。本书力求避开接受－影响研究的阐释框架，根据实际的阅读体验与历史对话，将历史对象化，将晚清与五四作为整体探讨其开放的、充满多种可能性的状态，寻找中国现代文学在西方典范参照下对自身主体性的确定和合法性的论证。中国的域外文学翻译并非始于林纾，但自觉的文学翻译却始于林译小说，林纾将作为文学经验的外国小说（主要是西方小说）呈现在中国知识分子面前，从此翻译文学以不可逆转的趋势进入中国现代文学场域。如果说林译小说试图以"以中化西"的"归化"思路确立西方小说典范地位的同时尝试沟通融汇中西文学，那么鲁迅则在《域外小说集》等译作中凸显中西文明的异质性，以"异化"思路并尝试在传统、域外两个维度寻找文学转型的资源。留日时期的鲁迅译作中对弱小民族及弱势群体的关注，对现代人"内面之精神世界"的挖掘，对现实主义、现代主义等创作方法的重视，对直译的重视和古文的激活，使他对民族国家、现代人、科学、文学的理解卓异于林纾、严复、梁启超等一代知识分子，蕴含着五四文学革命的先声，两代人的差异也生动地勾勒了文学现代转型的脉络。

本书研究对象时段为 1898~1925 年。1898 年，戊戌变法中，康、梁等改良派的维新思路里已可见西方现代性的典范地位，打破了此前古老帝国自足而自闭的状态。随着 1895 年甲午战争的失败，晚清知识分子面对西洋的紧张感加剧，他们从明治维新的日本身上感受到亚洲内部的分裂，而戊戌变法、庚子事变、辛亥革命、二次革命、张勋复辟、五四运动、五卅运动等一系列历史事件的相继发生，体现了风雨飘摇的现代中国所面临的严峻政治危机。与政治危机相伴随的是思想危机和文化危机，改良主义的兴起引发了中国思想文化的结构性巨变：1898 年严复译介《天演论》，梁启超发表《译印政治小说序》；1899 年林纾翻译《巴黎茶花女遗事》后译作频出；1902 年梁启超主编的《新小说》刊载了大量译介政治小说；1903 年留学日本的鲁迅译介《哀尘》《斯巴达之魂》《月界旅行》《地底旅行》；1904 年陈去病与汪笑侬创办中国第一个戏剧刊物《二十世纪大舞台》，东吴大学黄人编撰了第一部具有现代意识的《中国文学史》……在这期间频发的标志性文化事件充分说明了中国文学内部已经出现了古代传统不能消化的内容。如果说 1898 年之前中国古代文学的文学观念、文学语言、文类及批评理论等尚未发生实质性的变化，那么此后西方文学的范式被逐步确立，异质的西方文学使中国文学处于转型的临界点。

将考察时间的末端设置在 1925 年，一则因为新文学实绩在 1922 年至 1925 年初现轮廓，现代文学的文类划分和文学理论格局基本奠定；二则因为 1925 年"五卅"运动后新生的无产阶级革命文学逐渐成为文坛主流并开启了左翼文学的潮流，文学主潮在"救亡压倒启蒙"的时代潮流中变得政治化，马克思主义文艺理论的传播标志着现代文学有了新的方法论和理论框架，"文学革命"转变为"革命文学"，五四新文学阵营开始出现分化，中国现代文学进入新的发展阶段。中国现代文学转型伴随文学权力的变迁。清末民初的文学在语言、文类等方面整体上呈现过渡性的特征——不是均质的、线性的过渡，而是汹涌澎湃、大浪淘沙的过渡。翻译文学激发了清末民初多种文学实验的众声喧哗，使之与古代文学的稳定格局相隔遥远，蕴含着多种可能性和生长点。五四文学革命以后，接受西式教育的现代知识分子掌握了文化话语权，借"五四"思想革命与文学革命同构的历史契机，以域外文学为典范，迅速整合了语言、文类、批评理论等成果，推进了文学的现代转型。

本书一方面以《清议报》、《新民丛报》、《大陆报》、《申报》、

《文学周报》、《晨报副刊》（1921～1923）、《文学旬刊》（1921～1923）、《文学年报》、《新小说》、《绣像小说》、《月月小说》、《小说林》、《浙江潮》、《河南》、《小说月报》、《东方杂志》、《新青年》、《新潮》、《语丝》、《少年中国》、《学衡》、《改造》、《洪水》、《创造周报》、《礼拜六》、《甲寅》等期刊作为主要"资料库"，在知识积累意义上对翻译文学资料文献进行整理和收集，期待发挥文学期刊的特殊作用解决中国现代文学"发生"的一些历史问题；另一方面则探讨文学意义上的翻译文学，将翻译文学视为民族文学而非外国文学，将译文看作原文的"来世"，关注在翻译文学和翻译活动中中外文化、语言、思想、艺术的碰撞，并将文学语言、文类、文学理论的现代转型与现代民族国家的建构结合起来考察19世纪末至20世纪20年代中期的中国文学现代转型。

目　录

上　编

下 编

上　编

第一章 文学翻译与文学语言的现代转型

由于域外文学大量被译介至中国，晚清至五四时期（1898 ~ 1925）的文学语言呈现与以往中国文学语言发展脉络迥异的特质，对中国现代文学语言的生成产生实质性的影响，并汇聚成为一种被称为"现代转型"的变化。"转型"（transformation）一词本身就具有源自西方的现代性特征，最初是指代物种之间变异的西方生物学术语，后被引申为社会学概念，借以描绘社会结构具有进化意义的转换与质变。所谓"现代转型"，则是为凸显区别于中国"古代"社会的"现代"空间的动态形成过程。这段时期的文学翻译活动不同于中国古代文化交流史上对佛教典籍的翻译等宗教翻译，也不同于明末清初传教士与官员合作的对科技著作的翻译，而与现代中国文学语言的巨大变革相关联。经由翻译，域外文学在这一时期进入中国文学的内部，促成了中国文学的结构性分裂与剧变，并深远地影响了中国文学的世纪走向。进而，翻译文学的引入使中国文学逐渐突破了传统文学较为封闭的结构，中国文学发展不再局限于民族内部，开始面对世界文学，呈现开放、交流、对话的格局。

自清末民初以降，大规模的文学翻译实践造就了翻译文学语言丰富、多元、杂糅的局面。翻译文学语言广泛而深入地参与了中国现代文学的语言建构，并在五四时期归于现代白话文。同时，对于

"文学语言"的理解不能仅限于文学领域，语言学所谓的"民族共同语"内容亦是题中应有之义。本章对文学翻译的关注，不仅涉及对具体文学作品翻译实践的讨论，还涉及中国现代"民族共同语"的形成过程，其中包含了中西文学观念的对撞和中西文学语言的对话。整体来看，这一时期翻译文学语言的实践促进了中国文学语言的现代转型。一方面，翻译文学为文学语言注入了更有现代思想含量也更具表现力的欧化词语和语法；另一方面，也促进了现代白话文的发展。白话以极富弹性的生长空间最大限度地接受了欧化词语和语法的渗透，最终促使这一时期的白话逐渐取代了文言的统治地位，并且包孕着五四文学白话语言在语言文字特质方面的发展趋势：科学化、技术化、精确化与逻辑化的书面语特征，钙化了中国现代文学语言的骨骼。

在本章中，我们试图描绘这样的场景：翻译文学进入中国之初，更多体现为固有的传统中国语言文字的"归化"。然而大门一旦打开，欧化的魅影便不断扩展其巨大影响，在某些特定领域也有显著的表现——例如《圣经》的翻译，"新名词"与语法的发现等成为一种时代的鲜明的语言文字现象。西方的书写系统径直进入汉语的书面书写系统，造成各种观念的碰撞对话，革新前后的《小说月报》中便显现了这种张力。这一切都与文学翻译密切关联，或是直接受其影响，或是汇流形成一种突出的时代性命题与实践。整体看来，文学翻译对中国文学语言的现代转型的激发和促进作用越来越深入，越来越内化，可以从中外语言交锋的特定角度窥见中国文学语言现代转型的面貌与特质。

第一节　归化与异化：清末民初翻译文学的语言建构

20世纪70年代以前，翻译文学研究主要关注的是"怎么译"，例如对"信达雅"的翻译标准，直译/意译的翻译方法，文学作品可译/不可译、以诗译诗/以散文译诗等与翻译行为直接有关的问题的讨论。20世纪70年代之后，西方翻译研究的文化学派逐渐成熟，在文化和历史的视野中将关注点转移到"为什么这么译""为什么译此国而非彼国、译此作家而非彼作家"上。翻译研究不再聚焦源语和目的语在语言文字层面的转换，而开始重点考察译入国的语境、历史、传统对翻译行为的制约。时代、社会、政治、经济、文化等诸多因素会直接影响译者的翻译策略，译者自身的文化立场、审美趣味、知识结构及阅历体验也会影响译作的面貌。归化（domestication）和异化（foreignization）便是翻译研究对两种不同翻译策略的命名，体现了译者处理源语/目的语文化差异时的对立意见。归化翻译以目的语文化为归宿，采用符合目的语语境、历史和传统的表达方式和语言规范，以流畅通顺的译文，减少目的语读者的阅读障碍。异化翻译则以源语文化为归宿，刻意打破目的语的语言规范，使目的语读者阅读受阻，凸显源语的异域语言特色和文化特质。

唐朝贾公彦在《义疏》中说："译即易，谓换易言语使相解也。"[①] 源语和目的语之间通过语言文字的转换传递意义是翻译的本质特征。一般来说，日常翻译、科技翻译等翻译活动要求翻译能准确、恰当地转换信息即可。而文学翻译则不仅要求信息准确，还要求对文学作品的思想、情感及艺术风格等进行跨语言传达。乔纳森·卡勒指出："人们常说的'文学性'首先存在于语言之中。这种语言结构使文学有别于用于其他目的的语言。文学是一种把语言本身置于'突出地位'的语言。"[②] 因此，文学翻译是一种再创造活动，文学译者和原文作者一样是翻译文学作品的再创造者。翻译不是在真空中进行的。翻译从强势文化进入弱势文化，或是相反，对译者翻译策略的选择会产生至关重要的影响。在特殊历史时期，例如清

---

① 罗新璋：《我国自成体系的翻译理论》，载罗新璋编《翻译论集》，商务印书馆，1984，第1页。
② 〔美〕乔纳森·卡勒：《当代学术入门：文学理论》，李平译，辽宁教育出版社，1998，第29页。

末民初及五四时期，处于政治危机和文化危机中的中国亟须引进外国资源以完成民族复兴和文化转型，翻译就成为创新的动力和源泉。文学翻译不仅参与文学语言的建构，也参与民族共同语的建构，进而融入思想革命、民族文化觉醒、现代主体意识建构的浪潮之中。译者对归化、异化策略的选择，以及对翻译语言的有意选择，体现了译者不同的文化价值观念，也深受当时的社会历史因素和政治经济环境制约。翻译所包含的思想和意识形态内核使它的意义超出纯语言活动的意义，折射着一个时代的文化政治与民族文化和世界文化之间的密切关系。

清末民初，翻译文学语言一方面受制于目的语文化，体现了彼时目的语文化书面语的普遍状况和文学语言的一般样貌；另一方面又受到异质的源语文化的冲击，外来语词、语法、修辞、标点以及外国语言所承载的思想在译入的过程中不断以其异质性挑战着目的语文化。目的语文化与源语文化的碰撞、融合、裂变的过程，表面上看起来波澜不惊，内里却是惊心动魄的。归化与异化、古文与白话、精英与通俗、政治启蒙与思想启蒙……这些看似矛盾的力量同时并存于清末民初翻译文学语言建构中。清末民初翻译文学语言是"以中化西"的归化与"以西化中"的异化两股力量纠结缠绕的集合体，不同文化立场的译者在翻译策略上的保守与激变、妥协与反叛，共同构成了汉语现代转型的最初尝试，尝试着汉语现代变革的多种可能性。

一

清末民初是文学语言演变最驳杂的时期，文言与白话交相辉映，在各自的空间里尝试变革的路径，探索着汉语现代转型的边界与可能。这一时期，古文、八股文甚至骈文绽放了最后的辉煌，将浅近文言和口语相结合的"报章体"和林译小说风靡一时，白话也因其政治上的利俗功能在晚清白话文运动中受到重视。纵观整个汉语发展史，再没有哪个阶段如清末民初一样处在古今中外的交汇点上，呈现如此丰富、复杂的过渡性和不确定性。清末民初的翻译文学语言建构大致有复古和欧化两种思路，目标都是反叛和超越清末民初现存语言规范，拓展汉语现代转型的空间，但出于不同的文化立场和对中国现代化道路的想象，清末民初译者在译介策略上也体现出对归化和异化的不同选择。

　　晚清译者多采用归化的翻译策略和意译的翻译方法。1896 年，梁启超赞许严复翻译《天演论》时用的归化策略和意译方法："译书有二蔽，一曰徇华文而失西义，二曰徇西文而梗华读。……玄奘之译《瑜伽师地论》集，先游身毒，学其语，受其义，归而记忆其所得从而笔之。言译者，当以此义为最上。舌人相承，斯已下矣。凡译书者，将使人深知其意，苟其意靡失，虽取其文而删增之，颠倒之，未为害也。然必译者之所学与著书者之所学相去不远，乃可以语于是。近严又陵新译治功《天演论》，用此道也。"① 严复在《天演论》译例言中则阐释了"信达雅"翻译原则中的"达"，以从句等语法结构说明中英语法的区别，奠定了意译合法性的基础："西文句中名物字多随举随释，如中文之旁支，后乃遥接前文，足意成句。故西文句法，少者二三字，多者数十百言。假令仿此为译，则恐必不可通；而删削取径，又恐意义有漏。"进而说明意译的具体做法是："译者将全文神理融会于心，则下笔抒词，自善互备。至原文词理本深，难于共喻，则当前后引衬以显其意。凡此经营，皆以为达。"② 1902 年，梁启超用意译方法翻译小说《十五小豪杰》，多处增删、改译，时人称作"豪杰体"。《十五小豪杰》原作者为法国作家儒勒·凡尔纳，经英国人译为英译本，又经森田思轩依据英译本译为日译本，最后由梁启超依据日译本译为中文译本。虽然译本经

① 梁启超：《论译书》，载罗新璋编《翻译论集》，商务印书馆，1984，第 130 页。
② 严复：《〈天演论〉译例言》，载徐中玉主编《中国近代文学大系·文学理论集·2》，上海书店，1995，第 714 页。

过多次中转，但在译后语中梁启超自信地表示："英译自序云：用英人体裁，译意不译词，惟自信于原文无毫厘之误。日本森田氏自序亦云：易以日本格调，然丝毫不失原意。今吾此译，又纯以中国说部体段代之，然自信不负森田。"① 梁启超的自信来自意译的合法性，只要"深知其意"，"删增""颠倒"原文就不是问题。意译是在语言层次上讨论翻译的内容与形式，而归化翻译策略则带有文化政治的意味。在晚清政治革命的时代氛围中，翻译的目的是很功利的："今也倭氛不靖，而外御无策。盖无人不追悔于海禁初开之后，士大夫中能有一二人深知外洋之情实，而早为之变计者，当不至有今日也。"② 对于晚清译者而言，翻译的目的在于启民新智以救国图强，因此较多考虑源语的意义传达是否准确、表达方式是否符合读者阅读习惯，而较少考虑译文是否能为汉语变革提供示范。

清末民初翻译文学语言的复杂性在于不仅要面对中西之辨，还要面临文白之争。一方面，译入语是汉语，但汉语还有文言和白话之分。从晚清译者的翻译实践上看，文言翻译要比白话翻译易于操作，晚清知识分子的知识结构决定了他们更习惯于文言的书面表达。1902 年，梁启超在《十五小豪杰》译后语中感叹文言翻译节省时间："本书原拟依《水浒》、《红楼》等书体裁，纯用俗话。但翻译之时，甚为困难。参用文言，劳半功倍。计前数回文体，每点钟仅能译千字，此则译二千五百字。译者贪省时日，只得文俗并用。"③ 1903 年，鲁迅在翻译《月界旅行》时认为文言翻译节省篇幅："初拟译以俗语，稍逸读者之思索，然纯用俗语，复嫌冗繁，因参用文言，以省篇页。"④ 周作人则认为用文言意译是"翻译成功的捷径"：

① 梁启超：《〈十五小豪杰〉译后语》，载罗新璋编《翻译论集》，商务印书馆，1984，第130～131 页。

② 马建忠：《拟设翻译书院议》，载徐中玉主编《中国近代文学大系·文学理论集·2》，上海书店，1995，第683 页。

③ 少年中国之少年：《〈十五小豪杰〉译后语》，《新民丛报》第六号（1902 年）。

④ 鲁迅：《〈月界旅行〉辨言》，载《鲁迅全集》（第十卷），人民文学出版社，2005，第164 页。

"先将原文看过一遍，记清内中的意思，随将原本搁起，拆碎其意思，另找相当的汉文一一配合，原文一字可以写作六七字，原文半句也无妨变成一二字，上下前后随意安置，总之只要凑得像妥帖的汉文，便都无妨碍，唯一的条件是一整句还他一整句，意思完全，不减少也不加多，那就行了。这种译文不能纯用八大家，最好是利用骈散夹杂的文体，伸缩比较自由，不至于为格调所拘牵，非增减字句不能成章，而且这种文体看去也有色泽，因近雅而似达，所以易于讨好。这类译法似乎颇难而实在并不甚难，以我自己的经验说，要比用白话文还容易得多。"① 另一方面，晚清翻译文学的拟想读者主要是晚清知识分子，读者的知识结构与译者一样偏好文言，这也影响了对文言的选择："今之购小说者，其百分之九十，出于旧学界而输入新学说者。"② 更重要的是，用文言翻译才能达到"雅"的目标。桐城古文大家吴汝纶在与严复通信时完整地表达了以文言建构"雅"的翻译文学语言的思路："行文欲求尔雅，有不可阑入之字，改窜则失真，因仍则伤洁，此诚难事。鄙意与其伤洁，毋宁失真。凡琐屑不足道之事，不记何伤？若名之为文，而俚俗鄙浅，荐绅所不道，此则昔之知言者无不悬为戒律。"③ "与其伤洁，毋宁失真"的主张鲜明地体现了其在文化立场上的归化策略，以典雅文言翻译外文，用中国古代文学传统归化译文。

同是采用文言，同是采用意译方法和归化策略，但晚清译者运用文言时又有区别。周作人曾回忆："严几道的《天演论》，林琴南的《茶花女》（《巴黎茶花女遗事》），梁任公的《十五小豪杰》，可以说是三派的代表，……一方面引我到西洋文学里去，一方面又使

---

① 周作人：《谈翻译》，载《苦口甘口》，北京十月文艺出版社，2012，第43页。
② 觉我：《余之小说观》，《小说林》第十期（1908年）。
③ 吴汝纶：《答严几道》，载徐中玉主编《中国近代文学大系·文学理论集·2》，上海书店，1995，第676页。

我渐渐觉到文言的趣味。"①严复的译文使用的是精英气十足的桐城古文，林纾使用的是吸纳了外来语、口语和欧化语法的浅近文言，梁启超使用的则是以"利俗"为目的的文白夹杂的浅近文言。严复在晚清以翻译《天演论》《原富》等著作而名闻天下，但严复的翻译动机、拟想读者以及译介活动的"赞助人"都是相当具有精英立场的。严复翻译的拟想读者是士大夫阶层，期待译著能得到朝廷中当权人士的认可，为救亡图存助力。严复因此十分重视桐城元老吴汝纶的评价，多次去信征求吴汝纶意见。1902 年，梁启超曾批评严复的《原富》译文："文笔太务渊雅，刻意摹仿先秦文体，非多读古书之人，一繙殆难索解，夫文界之宜革命久矣！……况此等学理邃赜之书，非以流畅锐达之笔行之，安能使学僮受其益乎？"② 严复义正词严地反驳："若徒为近俗之辞，以取便市井乡僻之不学，此于文界乃所谓凌迟，非革命也。且不佞之所从事者，学理邃赜之书也，非以饷学僮而望其受益也，吾译正以待多读中国古书之人。"③ 怀着相似的政治动机，梁启超和严复都希望借助翻译推动国家政治变革，但途径截然不同。"夙不喜桐城古文"的梁启超希望借助"开启民智"由下至上地实现启蒙，提倡使用可以使学童受益的译文，推崇"平易畅达"的"报章体"。严复则认为，救亡自强要首先改变士大夫及统治阶级的观念，由上至下地完成启蒙，因此选择士大夫阶层推崇的"雅驯"古文完成翻译。

相较严、梁二人，林纾的译介目的是最贴近文学本身的，他的拟想读者是文人以及喜看小说的读者。林纾的译文"遣词缀句，胎息史汉"，又从外来词、口语和欧化语法句式中汲取营养，拓展了文言容纳欧化语的边界。钱锺书曾说，林纾用的是"较通俗、较随便、

① 周作人：《我学国文的经验》，载《知堂文集》，北京十月文艺出版社，2011，第 11 页。
② 梁启超：《绍介新著》，《新民丛报》第一号（1902 年）。
③ 严复：《与梁任公论所译〈原富〉书》，载罗新璋编《翻译论集》，商务印书馆，1984，第 141 页。

富于弹性的文言"：

> 虽然保留若干"古文"成分，但比"古文"自由得多；在
> 词语和句法上，规矩不严密，收容量很宽大，因此，"古文"里
> 绝不容许的文言"隽语"、"佻巧语"象"梁上君子"、"五朵
> 云"、"土馒头"、"夜度娘"等形形色色地出现了。口语象"小
> 宝贝"、"爸爸"、"天杀之伯林伯"等也经常掺进去了。流行的
> 外来新名词——林纾自己所谓"一见之字里行间便觉不韵"的
> "东人新名词"——象"普通"、"程度"、"热度"、"幸福"、
> "社会"、"个人"、"团体"、"脑筋"、"脑球"、"脑气"、"反
> 动之力"、"梦境甜蜜"、"活泼之精神"等应有尽有了。还沾染
> 当时的译音习气，"马丹"、"密司脱"、"安琪儿"、"苦力"、
> "俱乐部"之类不用说，甚至毫不必要地来一个"列底（尊闺
> 门之称也）"，或者"此所谓'德武忙'耳（犹华言为朋友尽力
> 也）"。意想不到的是，译文里包含很大的"欧化"成分。好些
> 字法、句法简直不象不懂外文的古文家的"笔达"，却象懂外文
> 而不甚通中文的人的硬译。①
>
> 他认识到，"古文"关于语言的戒律要是不放松（姑且不
> 说放弃），小说就翻译不成。为翻译起见，他得借助于文言小说
> 以及笔记的传统文体和当时流行的报章杂志文体。②

林译采用小说笔法，而在中国古代文学系统中小说与古文分属
俗和雅的两端，用严谨的古文笔法翻译"不登大雅之堂"的小说，
在遣词造句上殊有难度。林译小说在古文与"笔记体""报章体"

---

① 钱锺书：《林纾的翻译》，载《翻译通讯》编辑部编《翻译研究论文集（1949～1983）》，
　外语教学与研究出版社，1984，第 279～280 页。
② 钱锺书：《林纾的翻译》，载《翻译通讯》编辑部编《翻译研究论文集（1949～1983）》，
　外语教学与研究出版社，1984，第 281 页。

之间做出的调和，事实上已经突破了严守清规戒律的古文所能容纳的空间，形成了一种糅合口语、外来语和欧化语法的富有弹性的浅近文言。

二

清末民初文学作品翻译主要受两个因素影响：一是政治效用，注重对士大夫阶层的影响，当用文言；二是市场制约，追求销量，当用白话。白话是清末民初翻译文学语言的另一条脉络。从读者需求来看，白话可以满足市民群体阅读翻译小说的需要。清末民初的翻译文学主要集中在小说上，而市民是小说读者中的重要群体。施蛰存曾说："当翻译家发现白话文译本有更大的读者群，他们就不跟林纾走，而用白话文翻译了。"① 从语体特点上看，白话较文言更灵活而富于变化，不受太多规范的限制，有吸纳欧化词语和语法的更广阔的空间。晚清白话文运动以"言文一致"为出发点，用接近口语的白话取代文言，变革现代汉语的书面语。而作为书面语系统的白话文的来源除了日常口语，还有传统小说中的书面白话。从"以俚语作书"的宋元话本到文白夹杂的《三国演义》，从宋元白话的《水浒传》到明清白话的《金瓶梅》《红楼梦》，都是传统小说中书面白话的代表。翻译文学的白话语言建构是在这两者的基础上起步的，逐渐形成了包含传统书面白话和欧化白话的书面语系统。因为白话与中国古代小说有密切关联，所以用白话翻译域外小说有文体上的优势。翻译小说在晚清蔚为大观之后，欧化倾向的白话开始出现。

20世纪初，在商务印书馆推出林译小说的同时，伍光建也以"君朔"的笔名尝试在《中外日报》上发表白话译文。1907年，商务印书馆出版了伍光建用白话翻译的法国作家大仲马的小说《侠隐

---

① 施蛰存主编《中国近代文学大系·翻译文学集·1》，上海书店，1990，第24页。

记》和《续侠隐记》（今译《三个火枪手》和《二十年后》），封面格式与风靡一时的林译《说部丛书》相同，说明了伍光建白话译作的魅力。伍光建的白话译文晓畅流利，生动传神，虽带有古白话的痕迹，但已与章回小说的书面白话拉开了距离，带有欧化倾向。1924 年，沈雁冰曾将《侠隐记》收入《万有文库》。胡适曾称赞："我以为近年译西洋小说，当以君朔所译诸书为第一。君朔所用白话，全非钞袭旧小说的白话，乃是一种特创的白话，最能传达原书的神气。"①

　　清末民初使用白话的译者还有吴梼、周瘦鹃、包天笑、周桂笙、陈景韩等，他们的译文形成了别具一格的翻译体白话，虽然在内容和表达上还有归化的痕迹，但词语、语法和修辞等已经开始有了欧化的气象，译文所用的白话文已经不是传统章回体小说中所见的白话文。这些译者大多有着译者和通俗小说作者的双重身份，他们的拟想读者多是普通市民群体和学生群体。下面是吴梼在 1907 年的《东方杂志》上发表的高尔基《忧患余生》译文中的开头：

　　　　加英者，乃是尖头削脸、红铜色、矮小、进退飘忽、行动敏捷的犹太人。那满面胡须，连腮上颊上也长得鬖鬖的。从那红毛刚鬣公胡须之中露出那张脸来，好似中国乡间俗子家里挂着钟馗进士的绘像一般。②

　　文中将男主人公比作钟馗，这是归化的译法。但是首句一连串并列的做定语的形容词中，看得出欧化语法的痕迹。再来看包天笑所译托尔斯泰《六尺地》中的一段：

---

①　胡适编选《中国新文学大系·建设理论集》（影印本），上海文艺出版社，2003，第278 页。

②　〔俄〕高尔基：《忧患余生》，吴梼译，《东方杂志》第四卷第一号（1907 年）。

他鼓着垂死的勇气，拼命前进。那太阳已有一半沉入地平线下，那一半还似血块般，照耀得大地皆作绛红之色。哈葛本恨不得身上插着双翼，飞上山头。①

译文是浅易俗白的白话，包括"恨不得"等口语，但文中的语法、景物描写的修辞手法已看得出欧化的影响。

翻译文学的大量输入，甚至使译文腔成为时髦的语体。吴趼人曾感叹时文中译文腔的流行：

> 如疑问之词，吾国有"欤"、"耶"、"哉"、"乎"等字，一施之于词句之间，读者自了然于心目，文字之高深者，且可置之而勿用。今之士夫为译本者，必舍我国本有之文词而不用，故作为一"？"以代之。又如赞叹之词，须靡曼其声者，如"呜呼"、"噫"、"嘻"、"善夫"、"悲夫"之类，读者皆得一见而知之，即施之于一词句之间者，亦自有其神理之可见；而译者亦必舍而勿用，遂乃使"！""！！""！！！"等不可解之怪物，纵横满纸，甚至于非译本之中，亦假用之，以为不若是，不足以见其长也者。②

但同时，译者的翻译实践也为创作带来潜移默化的影响，甚至批判译文腔的吴趼人自己也开始刻意模仿"翻译体"进行创作：

> 恒见译本小说，以吾国文字，务吻合西国文字，其词句之触于眼目者，觉别具一种姿态，而翻译之痕迹，即于此等处见之。此译事之所以难也夫。虽然，此等词句，亦颇有令人可喜

---

① 〔俄〕托尔斯泰：《六尺地》，天笑生译，《小说月报》第五卷第二号（1914年）。
② 中国老少年：《〈中国侦探案〉弁言》（1906年），载陈平原、夏晓虹编《二十世纪中国小说理论资料（1897～1916）》（第一卷），北京大学出版社，1997，第212页。

者。偶戏为此篇，欲令读者疑我为译本也。①

　　小说家阅读和翻译域外小说的实践，培养了其欧化语的语感。清末民初外国文学译本的涌入，不仅带来翻译文学语言的变化，也对创作的文学语言产生影响。当"译本"成为一种语体时，说明欧化的倾向已经如盐入水，逐渐溶入清末民初语言文学的建构之中了。

三

　　清末民初用文言翻译的复古思路有多重面向：一方面导向传统的回归；另一方面导向激进的革命。为求译文符合"雅驯"的古文规范，严复使用"骎骎与晚周诸子相上下"② 的文言进行归化翻译，体现了文化精英的保守主义立场。而受章太炎影响的周氏兄弟，专注于激活先秦魏晋文言的"废弃语"，以异化策略翻译《域外小说集》，实现文学复古与文学革命的对接。汪晖指出，章太炎与周氏兄弟的古文实践虽然从形式上看与体制化的文言相近，但在精神实质上与五四文学革命的白话主张息息相通，发出了语言自觉改革的先声："第一，古文与白话都将文言及其体制视为自己的对立物；第二，古文论者与白话论者都将语言与内心的关系视为语言变革的关键环节；第三，古文论者将古文视为古代的口语，而白话论者将白话视为今人的口语，两者均以'声发自心'这一声音论为出发点；第四，古文运动致力于创造'民族语'，而白话运动致力于建立'国语'，两者均与民族主义运动有着密切的关系。"③

　　在章太炎看来，严复坚守的桐城义法正是宋以后日渐僵化的文言的代表，压制了现代主体和民族主体表达自我的可能："就实论

---

① 偈：《〈预备立宪〉弁言》，《月月小说》第一年第二号（1906年）。
② 王栻编《严复集》，中华书局，1986，第1318页。
③ 汪晖：《世纪的诞生——20世纪中国的历史位置（之一）》，《开放时代》2017年第4期，第41页。

之，严氏固略知小学，而于周、秦、两汉、唐、宋儒先之文史，能得其句读矣。然相其文质，于声音节奏之间，犹未离于帖括。申夭之态，回复之词，载飞载鸣，情状可见。盖俯仰于桐城之道左，而未趋其庭庑者也。"① 他又近乎刻薄地批评林译小说的八股时文和唐人小说痕迹："下流所仰，乃在严复、林纾之徒，复辞虽饬，气体比于制举，若将所谓曳行作姿者也。纾视复又弥下，辞无涓选，精采杂汙，而更浸润唐人小说之风。夫欲物其体势，视若蔽尘，笑若龋齿，行若曲肩，自以为妍，而只益其丑也！"② 章氏尚质朴斥华靡，主张"修辞立诚"③，既不屑于桐城派"闻见杂博，喜自恣肆"④，也反感于梁启超"新民体""纵笔所至不检束"⑤ 的堆叠浮夸。在章太炎的影响下，留日后期的周氏兄弟不再心仪严、林，而全心服膺于"太炎师"："后来在东京，看见《民报》上章太炎先生的文章，说严幾道的译文'载飞载鸣'，不脱八股文习气，这才恍然大悟，不再佩服了。"⑥

章太炎的复古思路有着民族主义的内核，其中包含着对民族文化衰落的焦虑，以及对建构民族语言文化主体性的渴望，回到先秦魏晋时代"考合旧文，索寻古语"是为了使"夏声不坠"⑦，在清末民初的语境里包含着反清和反帝爱国的双重指向。这种思路对留日时期鲁迅和周作人的翻译的影响是很大的："最初读严幾道林琴南的译书，觉得这种以诸子之文写夷人的话的办法非常正当，便竭力的

---

① 章太炎：《〈社会通诠〉商兑》，载《章太炎全集》（第八卷），上海人民出版社，2018，第 336 页。
② 章太炎：《与人论文书》，载《章太炎全集》（第十二卷），上海人民出版社，2018，第 384 页。
③ 章太炎：《文学总略》，载章太炎撰《国故论衡》，上海古籍出版社，2011，第 55 页。
④ 章太炎：《说林下》，载《章太炎全集》（第八卷），上海人民出版社，2018，第 120 页。
⑤ 梁启超：《清代学术概论》，上海古籍出版社，1998，第 86 页。
⑥ 周作人：《鲁迅与清末文坛》，载《鲁迅的青年时代》，北京十月文艺出版社，2011，第 82 页。
⑦ 章太炎：《正言论》，载章太炎撰《国故论衡》，上海古籍出版社，2011，第 44 页。

学他。虽然因为不懂'义法'的奥妙，固然学得不像，但自己却觉得不很背于逐译的正宗了。随后听了太炎先生的教诲，更进一步，改去那'载飞载鸣'的调子，换上许多古字，（如踢改为踶，耶写作邪之类，）——多谢这种努力，《域外小说集》的原版只卖去了二十部。"① 《域外小说集》的译文采用古奥文言的异质性语言形式挑战体制化文言和古白话，向清末民初翻译文学语言的主流实践发起挑战，试图借此打开汉语建构的新的可能性，为语言现代转型创造条件。《域外小说集》在市场上失败了，古文古字虽然表达了民族主义语言观再造主体的理想，却难以实现精英语言与大众语言的结合。汉语的现代转型固然应该注重个人主体和民族主体的创造性表达，但毕竟不能回避语言的交往功能。语言必须在有效的交流实践中才能获得意义，失去了交互性的集体实践就失去了根基。清末民初语言运动并没有朝着章太炎和周氏兄弟曾经设想的古文方向掘进，而是朝着白话文、口语化的方向发展，至五四时期已是大势所趋，周氏兄弟在翻译和创作实践中也开始弃古文用白话。1917 年，周作人在《新青年》上翻译古希腊牧歌时开始采用白话翻译，而鲁迅则在次年发表了现代文学史上的第一篇白话小说《狂人日记》。

　　《域外小说集》的异质内容和异质语言形式是同构的。在译介内容上，《域外小说集》以输入异域小说中异质思想情感反叛中国传统为旨归，采用了"逐译亦期弗失文情"的直译方法和"异域文术新宗，自此始入华土"② 的异化翻译策略，标志着现代文学转型的自觉。五四以后，周氏兄弟一直坚持直译方法和异化策略，推进语言和文学的现代转型："这样的译本，不但在输入新的内容，也在输入新的表现法"③，"注重翻译，以作借镜，其实也就是催进和鼓励着

---

① 周作人：《我的复古的经验》，载《雨天的书》，上海三联书店，2018，第 176～177 页。
② 鲁迅：《〈域外小说集〉序》，载《鲁迅全集》（第十卷），人民文学出版社，2005，第 168 页。
③ 鲁迅：《关于翻译的通信》，载《鲁迅全集》（第四卷），人民文学出版社，2005，第 391 页。

创作"①。1918 年，周作人在致友人的信中表示："我以为此后译本，……应当竭力保存原作的风气习惯语言条理；最好是逐字译，不得已也应逐句译，宁可'中不像中，西不像西'，不必改头换面。"② 1921 年，鲁迅在翻译《工人绥惠略夫》后声明："除了几处不得已的地方，几乎是逐字译。"③ 1924 年，鲁迅在《〈出了象牙之塔〉后记》中说："文句仍然是直译，和我历来所取的方法一样；也竭力想保存原书的口吻，大抵连语句的前后次序也不甚颠倒。"④ 1925 年，在《陀螺》序中，周作人说："我现在还是相信直译法，因为我觉得没有更好的方法。"⑤ 直译的方法和异化的翻译策略在新文学的建构中发挥了重要作用，在五四以后占据了主流地位。傅斯年曾说："《新青年》里的文章，像周作人先生译的小说，是极好的。那宗直译的笔法，不特是译书的正道，并且是我们自己做文的榜样。严幾道翻译西洋书用子书的笔法，策论的笔法，八股的笔法，……替外国学者穿中国学究衣服，真可说是把我之短，补人之长。……我们现在变化语言的第一步，创造的第一步，做白话文的第一步，可正是取个外国榜样啊!"⑥ 《域外小说集》在语体形式与思想内容上的反叛性从一开始就注定不会取得世俗意义的成功，在清末民初主流翻译实践中显得格格不入，但它的意义在于隐喻式地反叛主流翻译实践，并通过这样的方式使主流文化获得新的弹性。正是在与主流翻译实践发生断裂所造成的价值真空中，直译的方法和异化的翻译策略提供了语言和文学转型的创新力量，为五四以后

---

① 鲁迅：《关于翻译》，载《鲁迅全集》（第四卷），人民文学出版社，2005，第 568 页。

② 周作人：《点滴序》，载《苦雨斋序跋文》，北京十月文艺出版社，2011，第 15 页。

③ 鲁迅：《译了〈工人绥惠略夫〉之后》，载《鲁迅全集》（第十卷），人民文学出版社，2005，第 184 页。

④ 鲁迅：《〈出了象牙之塔〉后记》，载《鲁迅全集》（第十卷），人民文学出版社，2005，第 271 页。

⑤ 周作人：《陀螺序》，载《苦雨斋序跋文》，北京十月文艺出版社，2011，第 33 页。

⑥ 傅斯年：《怎样做白话文》，载胡适编选《中国新文学大系·建设理论集》（影印本），上海文艺出版社，2003，第 227 页。

现代汉语的建构赢得了更宽广的弹性空间。

第二节　《圣经》汉译与清末民初语言文字变革

转而再审视对《圣经》的翻译，是一件非常有意思的事情。众所周知，《圣经》既是一部集宗教价值、文学价值、史学价值于一身的基督教经典，也是一部浓缩古希伯来文化与古希腊文化精华的巨著，更是西方文学取之不尽用之不竭的艺术源泉。《圣经》翻译在西方翻译史中的地位举足轻重，《圣经》译文对于德、英、法等欧洲国家而言，不仅是对宗教教义的传播，还促进了民族共同语的形成，对输入国的语言、文学、思想、文化产生巨大影响。自唐代贞观九年（公元635年）景教入华翻译《圣经》始，《圣经》汉译在我国迄今已有一千三百多年的历史。19世纪，在华传教士不仅组织翻译《圣经》，创办最早的中文报刊，还编写汉语学习教材，创作与《圣经》相关的文学作品和汉文小说。《圣经》汉译活动促进了清末民初以来的语言文字变革，给中国文学的现代转型带来新质。

一

从1823年英国传教士马礼逊（Robert Morrison）的第一本中文全译本《圣经》——《神天圣书》出版，到1919年"官话和合译本"《新旧约全书》问世，这近一百年是《圣经》汉译的黄金时期。其间共出现了9部完整的文理、浅文理、官话《圣经》译本。[①] 文理（Wenli）、浅文理（Easy Wenli）和官话（Mandarin）是从语体角度进行区别的，分别指代文言、浅近文言和白话。除马礼逊的《神天圣书》之外，1822年到1863年，用文言文翻译的文理《圣经》还有马士曼（Joshua Marshman）译本，麦都思（Walter Henry Med-

---

① 任东升：《圣经汉译文化研究》，湖北教育出版社，2007，第127页。

hurst）和郭实腊（Karl Gützlaff）主译的"四人小组译本"，理雅各（James Legge）、裨治文（Elijah Coleman Bridgeman）、克陛存（Michael Simpson Culbertson）等主译的"代表译本"和"裨治文译本"等。用浅近文言翻译的浅文理《圣经》始现于19世纪中叶。1855年，英国传教士杨格非（Griffith John）出版了最早的浅文理《新约》译本。1902年，美国圣公会主教施约瑟（Samuel Isaac Joseph Schereschewsky）翻译出版了流传广泛的"二指本"浅文理《圣经》全译本。官话译本《圣经》也早有记录。早在1803年，耶稣会士贺清泰（Louis De Poirot）曾用官话翻译《古新圣经》，但手稿并未付梓。1866年，施约瑟、丁韪良（William Alexander Parsons Martin）翻译的《新约》"北京官话译本"在北京印行。1875年，施约瑟翻译的官话《旧约》出版。1890年，欧美传教士代表在上海组成"文理""浅文理""官话"三个翻译委员会，决定合作翻译三个版本的"和合译本"《圣经》。1919年，"文理"和"浅文理"合并的"和合译本"《圣经》全译本出版。同年4月，由美国传教士狄考文（Calvin Wilson Mateer）等主持的官话"和合译本"《新旧约全书》出版。百年《圣经》汉译伴随着近代中国社会"三千年未有之大变局"的风云激荡，给清末民初的语言、思想、文化输入新质。而官话"和合译本"的出版恰逢五四新文化运动，与文学革命和白话文运动有复杂联系。

三种语体的《圣经》译本满足了最大范围传教的需要。传教士在华宣教，主要目的是向异教徒布道，宣讲福音，但如何让中国社会各阶层广泛接受并认同，是个难题。文理《圣经》的拟想读者是持"雅言"的士大夫阶层。早在明朝利玛窦（Matteo Ricci）等耶稣会士入华时，他们就意识到基督教与中国传统儒家思想多有抵牾。若想取得传教成功，就必须以归化的策略，采取知识传教的政策，强调基督教与儒学的共同点，传播西方科技知识，把西方科学的实证精神与中国经世致用的思想相结合，求得士大夫阶层的认可，再由上至下进入民间。因此利玛窦在其《天主实义》中，用心良苦地征引《中庸》《诗经》《易》《礼》等儒家经典，证明基督教的"天主"就是六经中所言的"上帝"。1860 年以后，经历了"礼仪之争"后的禁教挫折和太平天国运动的风波，在华传教士更加意识到儒家文化传统和中国社会尤其是上层社会对传教的敌视是传教的主要障碍，改变士大夫对基督教的态度是当务之急。与洋务派过从甚密的林乐知（Young John Allen）、丁韪良等传教士就是以学贯中西的"西儒"形象赢得了晚清士大夫阶层的好感。

官话《圣经》的拟想读者则是普通百姓，其信仰与基督教的信仰一致。基督教倡扬"神爱世人"，强调平等博爱，以拯救全人类为使命。文理《圣经》只能供具备较高文化修养的士大夫阶层阅读，不能实现向普通民众布道的目的。为求在大众中普及，在更广阔的地域传递福音，《圣经》语体由文言变为浅近文言，再由浅近文言变为白话，甚至方言、注音字母，浅文理《圣经》、官话《圣经》、方言《圣经》乃至注音字母《圣经》满足了向底层民众传教的需求。19 世纪下半叶，传教士们翻译出版浅文理和官话《圣经》的同时，也在译书著作，创办报刊，开办学校和医院，成立翻译馆和出版机构。在传教士广泛介入晚清社会、政治、经济、文化活动的背景下，翻译和出版《圣经》已不再是孤立的宗教活动或者文学翻译活动，而是传教士参与晚清社会变革和文化事业的一部分。在清末维新自强的氛围中，《圣经》汉译活动与译书、著作、办报相伴随，主观上是为了宣教事业，客观上则对清末乃至五四的语言文字变革和文学变革产生影响。《圣经》汉译虽然与清末语言文字变革没有逻辑上的必然联系，但却对晚清国语运动和白话文运动日后进行的各方面改革做出了探索。

二

将《圣经》译为文理、浅文理、官话三个不同译本体现了在华传教士面向全民的传教策略，这也是针对古代汉语书面语系统特点制定的翻译策略。文言和白话构成了古代汉语书面语系统。文言是以先秦时代口语为基础形成的书面语，注重简洁、优雅、规范，是古代诗、文的标准语体。白话是以北方话为基础、与口语接近的书面语，产生于唐宋时期并与时俱进，有新鲜活泼的民间品格，多用于通俗文学。浅近文言则介于两者之间，出现于明清时期，明代"公安派"、晚清梁启超的"报章体"、林纾的翻译小说都有文言浅近化的倾向。"所谓浅近文言，就是用典用得少，很少用古字难字，不讲究音调对仗，语法也比较随便，接近于白话，比较容易理解。"①如果说文言是处在文化高层的士大夫阶层使用的书面语，白话是处在文化底层的普通百姓使用的书面语，那么浅近文言就是介于两者之间的书面语。文言与白话的区别在古代书面语系统中表面上是工具意义上的语体区分，实则反映了古代不同社会阶层的意识形态、文学观和语言观。从文学社会学的立场考量，文言是士大夫阶层在庙堂之上使用的"雅言"，是以诗、文为中心的"雅文学"使用的书面语，与它相联系的是中国传统文化结构中处于主流、精英地位的"雅文学"的"文统"和"道统"。而白话是市井里巷、贩夫走卒使用的"俗语"，是小说、戏曲、弹词等"俗文学"使用的书面语，与它相联系的是处于边缘、底层地位的"不登大雅之堂"的非士大夫文化。在语体形式方面，《圣经》翻译适应了古代汉语书面语系统文白分流的特点，使用文言、浅近文言和白话翻译，以期满足"雅""俗"不同社会阶层的读者的阅读需求。但在译介内容方面，三种语体的《圣经》翻译又出自同一源文本，形成了特殊的同一内容对应的不同语体版本，一定程度上打破了中国古代文学文化著作文白不可通约、上下有别的语体壁垒。

在中国古代文学系统中，"雅文学"与"俗文学"有各自的作

---

① 袁进：《中国文学的近代变革》，广西师范大学出版社，2006，第65~66页。

者群和读者群，有各自擅长的文体和题材，总体来看泾渭分明却并行不悖。在晚清以前的古代文学雅俗格局中，与文白有别密切相关的是，文白各自的受众群体和文白各自适用的文体也有较清晰的界限，沿着各自的逻辑发展。使用文言的诗、文一直是古代文学系统的中心，而使用白话的小说、戏曲则居于边缘。清末民初，在改良政治、开启民智的维新氛围中，白话以其"利俗"特点得到提倡，使用白话叙事的小说、戏曲因"通俗"受到空前的重视。大多数晚清文人操两套语言写作，一套面向饱读诗书的雅士，一套面对亟须启蒙的俗众。周作人的"古文是为'老爷'用的，白话是为'听差'用的"①，即是说明清末民初文人使用书面语的二元态度。古文是"老爷"使用的，从深层反映了古代士大夫的精英姿态，其思想和情感都与古代"雅正"文化传统相联系。而白话之所以被文人使用，目的是"导化群氓"，白话只是士大夫迫于时势向底层民众启蒙宣讲的工具。文理、浅文理、官话《圣经》出自同一部宗教经典，共同的教义使翻译内容具有一致性，虽然版本不同导致的文本混乱客观上可能不利于教义的传播，但其集经典性与普及性于一身的双重性质给古代文学文化著作在内容上"雅""俗"有别的稳定结构带来一定冲击，经典之"雅"与普及之"俗"在《圣经》汉译中合流。

　　《圣经》汉译面向中国不同的读者群，因不同的社会阶层有文白之分，因不同的地域有方言之分，因各民族语言文字发展情况的不同又有文字与注音字母之分。在文理、浅文理、官话《圣经》译本之外，《圣经》尚有多种方言和注音字母译本。1847～1914年，在华传教士出版了上海、厦门、福州、客家、广州、宁波、苏州、台州、兴化等多部方言全译本《圣经》，涵盖吴方言、闽方言、粤方言、赣方言、客家方言五大类。另有用传教士创造的罗马字母拼音

---

　　①　周作人：《儿童文学小论　中国新文学的源流》，北京十月文艺出版社，2011，第58页。

翻译的台州、宁波、福州、官话、广州等方言的《新约》和《旧约》节译本。用罗马字母拼成方言的《圣经》在宁波最为盛行，对不认字的教徒来说有极大便利。以拉丁字母给汉字注音的潮流，其实可以上溯至17世纪初传教士利玛窦和金尼阁（Nicolas Trigault）来华之际。1625年，金尼阁在《西儒耳目资》中称其沿袭利玛窦所创体制，用二十五个字母互相结合，加上五个字调记号，标记一切汉字的读音。1639年明人方密之撰《通雅》，再三称引《西儒耳目资》，进而提出"因事乃合音，因音而成字"的汉字拼音化主张。传教士译经使用的罗马字母日后被视为汉语拼音的滥觞。值得一提的是，某些历史上有口语无文字的少数民族更因注音字母的《圣经》译本有了自己的文字书写系统。例如，生活在滇、黔一带的苗族历史上一直饱受民族文字缺失之痛，20世纪初外国传教士创制"苗文"、翻译《圣经》、刊印读物使苗族有了文字系统，虽然这一系统并不完善，但民族文献和史料却因此得以保存。

五四时期，胡适曾说："基督教的传教士早已在各地造出各种方言字母来拼读各地的土话，并且用土话字母来翻译《新约》，来传播教义了。日本的骤然强盛，也使中国士大夫注意到日本的小学教育，因此也有人注意到那五十假名的教育功用。西方和东方的两种音标文字的影响，就使中国维新志士渐渐觉悟字母的需要。最早创造中国拼音字母的人大都是沿海各省和西洋传教士接触最早的人。"① 清末民初的维新志士认为，维新自强需要开启民智，开启民智需要创制"人人通晓"的文字系统，拼音字母无须识字，简便易行，是启迪愚众的好工具，声势颇大的切音字运动于是应运而生。维新志士创制拼音字母的逻辑，与当年传教士为向穷乡僻壤里不识字的民众传播教义而创制罗马字母是一致的，只不过一个为了维新，一个为了传教。在清末民初切音字运动实践中，传教士创制的拼音字母体

① 胡适编选《中国新文学大系·建设理论集》（影印本），上海文艺出版社，2003，第6页。

系为中国的维新志士、官员学者提供了有效的范本。卢戆章、蔡锡勇、沈学、王炳耀、王照、劳乃宣等切音字运动的先驱，或是曾经出洋的使臣、学生，或是与传教士往来频繁而精通西文的学者，他们在传教士创造的罗马字母和西方拼音文字的启迪下，试图建立完善的拼音文字系统，"以便乡愚之用"。卢戆章于 1892 年出版的《一目了然初阶》采用拉丁字母及其变体作为拼音字母；蔡锡勇 1896 年出版的《传音快字》采用速记符号作为拼音字母；曾任光绪年间礼部主事的王照在戊戌变法失败后流亡日本，1900 年出版了采用汉字笔画作为拼音字母的《官话合声字母》。"闭户撝卷，逐字审听，口呼手画数十日，考得一切字音转变皆在喉中，喉音为总，……西文东文各字母，亦皆喉音未备。于是创为音母与喉音字共若干，皆假借旧字减笔为偏旁，仅用两拼，使人易习"[①]，这是王照结合汉语实际，借鉴西方拼音文字，从中西比较的角度提出的汉语拼音方案。

三

盛极一时的切音字运动最终以失败告终。晚清知识分子没有充分意识到，民族语言不仅是符号系统和交流工具，还是民族认识、阐释世界的意义体系和价值体系，包蕴着一个民族的文化传统和历史积淀。汉字承载着数千年华夏文明，文字在中国语言文化系统中占有主导地位。中国文化得以传承千年畅行九州，与汉字表意文字的属性密切相关。中国在象形文字基础上形成的以文字为中心的语言观与西方在拼音文字基础上形成的以语音为中心的语言观是不同的。西方语言学理论将文字定义为"记录有声语言的书面符号系统"，文字只是口语的书面再现，这种"语音中心主义"的语言观并不适用于汉字。两千多年中国社会、文化的统一依赖于汉字这一

---

① 王照：《〈官话合声字母〉原序》，载徐中玉主编《中国近代文学大系·文学理论集·1》，上海书店，1994，第 93 页。

共同的交际工具。抛弃汉字改用拼音在短时间内有利于文盲半文盲学习掌握，但几千年的文化传统可能就此毁灭。因此，在以普及为目的的汉语书面语现代转型实践中，与其另起炉灶创制拼音文字，远不如改革原本就来自民间的书面语系统——白话来得方便。与晚清乃至五四时期国人普遍批判汉字、汉语，对母语持否定态度相对照的是，一些传教士基于对汉语特质的认识，不使用拼音文字而着手改良白话，翻译圣经文学，书写汉文小说，或是编写汉语读本。1817 年，伦敦传教士米怜（William Milne）创作了在传教士和中国读者中广为流传的《张远两友相论》，这是第一部宣扬基督教教义的章回体白话小说。1888 年，杨格非将其创作的描写中国"理想的基督教徒的生活"的小说《引家归道》从浅文理本译成官话本，以求"家喻户晓，尽人皆知"。1895 年前后，法国传教士戴遂良（Leon Wieger）出版了发行量甚大的六卷本《汉语入门》，从《今古奇观》等小说中选材并且用通行的北方官话改写。在中西比较的视野中，白话与西文相似，具有口语与书面语合一的特点。传教士对白话文和小说文体的重视，涉及的是白话文运动的重点——"言文一致"问题。

如果说改象形文字为拼音文字的切音字运动是清末民初语文变革的先声，那么白话文运动和国语运动就是语文变革的两翼。《圣经》汉译活动作为中西语言交流的重要途径，使晚清白话文运动有了西文的参照系，得以从中西比较的角度总结汉语得失，为汉语现代转型开辟了道路。1898 年，裘廷梁借《圣经》翻译经验分析白话的社会功用，论证白话乃"维新之本"："耶氏之传教也，不用希语，而用阿拉密客之盖立里土白。以希语古雅，非文学士不晓也。后世传耶教者，皆深明此意，所至辄以其地俗语，译《旧约》、《新约》。……彼耶教之广也，于全地球占十之八。儒教于全地球仅十之一，而犹有他教杂其中。然则文言之光力，不如白话之普照也，昭昭然矣。泰西人士，既悟斯义，始用埃及象形字，一变为罗马新字，再变为各国方言，尽译希腊、罗马之古籍，立于学官，列于科目。而新书新报之日出不穷者，无愚智皆读之。是以人才之盛，横绝地球。则泰西用白话之效。"① 同年，黄遵宪借《圣经》翻译经验分析汉语言文一致的可能性与必要性："余闻罗马古时，仅用腊丁语，各国以语言殊异，病其难用。自法国易以法音，英国易以英音，而英、法诸国文学始盛。耶稣教之盛，亦在举《旧约》、《新约》就各国文辞普译其书，故行之弥广。盖语言与文字离，则通文者少，语言与文字合，则通文者多。其势然也。"②

在《圣经》汉译过程中，传教士发现，方言的拼音化书写系统因方言的多元化形成了多种版本，版本的分歧不利于形成统一宗教共同体，限制了教义的有效传播，解决这一问题的关键在于确立语音标准和语法规范。这与清末民初国语运动的思路是一致的。1910年，江谦在《质问学部分年筹办国语教育说帖》中，首次借用日本名词"国语"取代"官话"的名称，并且明确"国语"的概念是"语音有标准、语法有规范、语词有辞典的统一国语"③。1913年，民国教育部召开了读音统一会，"法定国音""核定所有音素""采定字母"。国语运动的目标是确立汉民族共同语的标准音，推行规范的标准语，消弭方言之间的隔阂，促进汉语言的统一。白话文运动则旨在变革书面用语，用接近口语的白话取代文言，实行"言文一致"。国语运动借白话文运动的书面白话推行标准语，白话文运动借国语运动的语言统一推行"言文一致"，两者互相促进，相得益彰，打破了文言"定于一尊"的传统语言体系。

值得提及的是，《圣经》作为域外经典，翻译《圣经》使得在

---

① 裘廷梁：《论白话为维新之本》，载徐中玉主编《中国近代文学大系·文学理论集·1》，上海书店，1994，第85~86页。
② 黄遵宪：《日本国志·学术志二·文学》，载徐中玉主编《中国近代文学大系·文学理论集·1》，上海书店，1994，第55~56页。
③ 凌远征：《新语文建设史话》，河南大学出版社，1995，第8页。

文言与白话之外新的语言文字参照系被引入，促成了欧化浅近文言、欧化白话和西式标点的输入。1920年，周作人曾说："我记得从前有人反对新文学，说这些文章并不能算新，因为都是从《马太福音》出来的。当时觉得他的话很是可笑，现在想起来反要佩服他的先觉：《马太福音》的确是中国最早的欧化的文学的国语，我又预计他与中国新文学的前途有极大极深的关系。"① 周作人还特别强调汉译《圣经》中标点符号的使用对国语建设的示范作用："人地名的单复线，句读的尖点圆点及小圈，在中国总算是原有的东西；引证话前后的双钩的引号，申明话前后的括弓的解号，都是新加入的记号。至于字旁小点的用法，那便更可佩服；他的用处据《圣书》的凡例上说，'是指明原文没有此字，必须加上才清楚，这都是要叫原文的意思更显明'。"② 欧化词语和语法不容易影响稳定的趋于僵化的文言，却很容易为新鲜的富于变化的白话所接受，白话以极富弹性的生长空间最大限度地接受了"欧化"多方面的渗透，最终取代了文言的核心地位。

可以说，《圣经》翻译在历史上对很多国家语言和文学的建设都具有奠基意义。英译《圣经》奠定了英国文学的基础，德译《圣经》奠定了现代德语的基础。20世纪40年代，朱维之曾说："《圣经》底翻译文字与问题，也曾建立了数国国语文学的根基。近世自从文艺复兴以后，各国文学如雨后春笋一般的生长起来。一方面固然要归功古文学底复兴，同时又不能不归功于新兴的'文学的国语'和'国语的文学'底建立。而新兴国语文学建立的时代，也就是《圣经》开始被翻译为各国国语的时代。"③ 与外国相比，《圣经》汉译活动虽然对汉语现代转型起到的作用有限，但它确实是清末民初语言文字变革进程中不可忽视的因素。从总体上看，

---

① 周作人：《圣书与中国文学》，《小说月报》第十二卷第一号（1921年）。
② 周作人：《圣书与中国文学》，《小说月报》第十二卷第一号（1921年）。
③ 朱维之：《基督教与文学》，吉林出版集团有限责任公司，2010，第61页。

清末民初的《圣经》汉译活动，参与了近代以来汉语现代转型的进程，它在拼音字母、白话文、国语等方面的探索成果日后大多被整合进了现代汉语中。

第三节　《小说月报》翻译文学与文学语言的现代重构

《小说月报》（1910～1931）是中国文学现代化转型的生动个案与重要的实践领域，对《小说月报》的翻译文学进行考察，可以反映清末民初直至 20 世纪 20 年代中国文学翻译的现实情况。具体说来，《小说月报》生动地反映了晚清以来新文学建设的探索、追求、彷徨和选择，见证了在波谲云诡的 20 世纪初的二三十年里中国文学发展的艰辛与辉煌。正如五四新文学运动的文学史意义要远远超过其创作实绩一样，作为现代文学第一刊，《小说月报》的文学史意义要大于文学意义。在翻译与中国现代文学转型的宏观视野之中，对《小说月报》的翻译文学及相关讨论进行个案分析，可窥探翻译文学在文学语言的现代重构过程中发挥的重要作用、新文学自身的"世界性因素"以及中外文学交流过程中"新质"的生成等现代文学研究领域的基本问题。

一

前期《小说月报》的翻译文学可分文言和白话两类译文。一类是以林纾、李薇香、恽铁樵等的译作为代表的文言译文。他们的译作用浅近文言和古文章法翻译，虽然也有音译词语和少量欧化句式，但大体上依旧遵循古文的词法、句法、章法，颇能体现时任主编恽铁樵的"雅洁"的用稿标准。另一类是以包天笑、张毅汉、周瘦鹃、张舍我、竞夫、延陵等的译作为代表的白话译文。他们的译文既吸纳了活泼随意的民间口语，又在遣词造句上受域外文学的一些影响，为古白话增加了新元素。不过，与五四时期的白话相比，他们的白话译文虽然流畅纯熟，却缺少深刻的思想内涵和情感体验。文白译文的区分不是绝对的，像廖旭人、甘作霖、鸱雏、半侬、王蕴章等前期《小说月报》的译者有时用白话翻译，有时则采用浅近文言或者文白杂糅的语言翻译小说。

表面上看，前期《小说月报》的择稿标准是文白兼收。恽铁樵在担任主编期间的择稿标准是："文字不拘浓淡，体例不拘章回笔记，文言白话惟以隽永漂亮为归。"① 王蕴章接编《小说月报》后，甚至更倾向于白话，第九卷第一号刊登《紧要通告》："小说有转移风化之功，本社有鉴於此，拟广征各种短篇小说。不论撰译，以其事足资观感并能引起读者之兴趣为主（白话尤佳）。"② 但实际上，文言的表现力往往胜过白话。对于像林纾、恽铁樵这样的译者来说，文言是其所擅长的，也是其所偏爱的，这是由他们这代人的知识结构决定的。他们愈重视小说的教化功能，愈追求小说的艺术价值，愈严肃地对待翻译和创作，愈是偏重文言。恽铁樵用浅近文言翻译的《冰洋双鲤》《情魔小影》《出山泉水》等小说受到读者由衷的赞美，香港读者冯玉森甚至特地给恽铁樵寄去一本在英国买的莫泊桑短篇小说集，希望能看到恽铁樵的"绮丽清新"的优美译文③。但是，文言译文的问题在于它总是不由自主地"归化"域外小说，文言成熟稳定的规范使它接受异域文化的弹性空间非常狭小。很多域

---

① 《本社启事》，《小说月报》第七卷第三号、第九号（1916 年），第八卷第二号（1917 年）。
② 《紧要通告》，《小说月报》第九卷第一号（1918 年）。
③ 冯玉森在给恽铁樵的书信中说："尊译《冰洋双鲤》一篇，绮丽清新，则诚佳构也。先数月，仆托友人在英购得西籍数种，欲一书逆赠，嗣以事梗，今始寄至，以故，久未报书，歉何可言。兹寄上孟巴桑小说一册，孟为法人，著述甚富，此虽寥寥十数篇，然选择颇精，亦有可观也。"见《小说月报》第五卷第五号（1914 年）。1915 年，恽铁樵在其翻译的莫泊桑小说《情量》的后记中说："冯君玉森读拙译《情魔小影》《出山泉水》诸篇，善之。远道自香港邮赠莫派桑所著短篇，曰：'吾每以《海滨杂志》与足下所译者对照观之，辄觉译文为优，盍译名家小说，当更有可观。'"铁樵：《〈情量〉后记》，《小说月报》第六卷第三号（1915 年）。

外小说一经译成文言，语法就立即"本土化"了，异域情调和原文的语气大为减弱。

恽铁樵是"阳湖派"散文大家恽子居的后人，得"阳湖派"古文真传，反对"情言绮语"，崇尚"言下有物"。他赞扬《红楼梦》《儒林外史》《七侠五义》《聊斋》《水浒》等小说皆为"无上上品"，因为作者"言下有物"。他打破白话小说/文言小说、长篇小说/短篇小说、文人小说/通俗小说的界限，依据小说内容将"上品"的标准定为"言下有物"，是很有见地的。但他从小说"补助政教"的功能出发认为《西厢》"文字甚佳"而"命意甚恶"，又说明他所重视的"物"仍是"文以载道"的传统之道，与胡适在《文学改良刍议》中提倡的以个体"思想"和"情感"为内核的"言之有物"不能等同。从"言下有物"的角度考虑，他力主翻译欧西小说，因为"西国小说之言历史、科学、侦探，无不参有爱情，亦无不以爱情为宾笔；至其专言爱情之作，无有不以家庭、社会、德性、宗教为标准"，"足以祛《西厢》派之蛊毒者"。①

恽铁樵推崇翻译小说，提出"言情小说撰不如译"。不过，从他列举的国内无政教信仰可循、国人妄言是非善恶之理、国内无男女交际可言、使中人以下之人知社会大事、国内小说之情言绮语毒害童子为文这五个方面的理由来看，前四点理由仍然注重的是"言下有物"的"载道"功能，唯有最后一点略略涉及翻译小说的审美价值。在对最后一点的解释中，恽铁樵说："今之撰小说者，类于文学上略有经验；译小说者多青年，下笔苦不腴润。大多数如此，实为阅者不欢迎译本之最大原因。虽然，谓大多数之撰本不如译本者不可也，就辞句言之，有腴润不腴润之辨；就结构意趣言之，则译本出于彼邦文士之手，未必吾国撰者能驾而上之。"② 如果说译本的

---

① 树珏：《再答某君书》，《小说月报》第七卷第三号（1916 年）。
② 铁樵：《论言情小说撰不如译》，《小说月报》第六卷第七号（1915 年）。

"结构意趣"还有其可取之处，那么译本的"辞句"却每每不及撰本"腴润"，青年译者没有经验固然是原因之一，但更重要的原因在于恽铁樵心中的"腴润""辞句"是经"国文"归化后的"辞句"，欧化的"辞句"势必是不"腴润"的。恽铁樵最后说："教育之目的，非期尽人为文士；即欲为文士，亦绘事后素，下笔不腴润，奚足病哉？"① 可见，恽氏为"教育之目的"迁就"下笔不腴润"的翻译语言，也就是说，就文学语言的审美价值而言，翻译语言没有太大的欣赏和借鉴价值。面对读者陈光辉提出的"文字不以高古与否而异其值"的观点，恽铁樵曾做出"俗语必不可入文字"的回应。恽铁樵认为没有任何语言堪与国文媲美：

> 吾国文之为物至奇，字之构造最为有条理，若句之构造，则无一定成法。有之，上焉者为摹仿《诗》《书》六艺，下焉者为依据社会通用语言。语言因地而异，故白话难期尽人皆喻。正当之文字，以摹仿《诗》《书》古籍为必要。古籍之字，有现时不常用者，用之将无从索解，则去之，是之为浅；有现时所有古籍中不能求相当之字以写之者，参用新造名词，是之为新；若学力未至摹仿古籍，不足达意，以通用语言当之，是之为俗。浅为最佳之国文，以解者众也；新须必不得已时用之，要不失其为国文；若俗，则不足当国文之称矣。外国言文一致则可，吾国独不可。或曰：此拘墟之见，何妨沟通？然而失其国文性质，且此事在千百年以后则或可，今日骤强言文一致，必不可。盖凡事蝉蜕，循自然之趋势。藉曰可以免强，则是《诗》《书》可燔也。故曰国文之为物甚奇也。②

---

① 铁樵：《论言情小说撰不如译》，《小说月报》第六卷第七号（1915 年）。
② 树珏：《复陈光辉君函》，《小说月报》第七卷第一号（1916 年）。

恽铁樵所持的是古代文学"雅正"的语言观，认为文言，即"国文"，是"正当"的文学语言。文言作为统一书面语可以避免方言的隔膜，"通用语言"白话是"俗"语，不可与之相提并论。他设计的语言改造方案是："国文"当以古籍为基础，去掉不常用的字，不得已时参用新名词。至于白话俗语，"必不可入文字"。言文分途方能保证国文之"奇"，这在士大夫阶层是相当具有代表性的，严复、林纾都可归入"归化"一途。林纾等在前期《小说月报》上发表的大量译作都采用的是文言或浅近文言。

然而，恽铁樵并非抱残守缺的顽固派，他认可小说是文学，认可白话为小说之正宗，这与"小说界革命"的主张是一致的。只是他所说的白话是古白话，而且是来源于文言的古白话，即得益于文言文法的古白话，并非日常口语的白话，更非五四一代提倡的"欧化白话"：

> 小说之正格为白话，此言固颠扑不破，然必如《水浒》《红楼》之白话，乃可为白话。换言之，必能为真正之文言，然后可为白话；必能读得《庄子》《史记》，然后可为白话。若仅仅读《水浒》《红楼》，不能为白话也。阅者疑吾言乎？夫有取乎白话者，为其感人之普。无古书为之基础，则文法不具；文法不具，不知所谓提挈顿挫，烹炼垫泄，不明语气之扬抑抗坠，轻重疾徐，则其能感人者几何矣！①

这种白话观反映了清末民初白话探索所能达到的限度。恽铁樵这代文人一旦认可小说为文学，就自然会以"大说"的标准要求小说，将"俗"小说当成"雅"文章做。他们在内容上，注重社会教化功能；在语言上，力主用文言、浅近文言或以文言为基础生成的白

---

① 铁樵：《〈小说家言〉编辑后记》，《小说月报》第六卷第六号（1915 年）。

话。他们表现出对传统道德和文言的十足的自信，强调东西语言的异质性，只是在"结构意趣"上，才表现出对翻译文学的借鉴。恽铁樵"归化"的语言文字观在民初很有代表性，在中国社会从帝国向民族国家转型的过程中，对民族文化主体性的强调，为民初很多传统文人所接受。

恽铁樵曾根据自己的翻译实践总结道："欧美所以妇孺欢迎者，盖以彼国社会程度较高，读书者多，又文言一致也。"① 恽铁樵的观点已经涉及言文一致的问题，只要他再前进一步，认识到言文一致可以促进"社会程度"的提高，以及言文一致与现代民族国家建构的同构关系，就触动现代语言变革的核心问题了。胡适等新文化运动者在一两年后提出"言文一致"主张，以确立白话文的合法性，即是立足于此。遗憾的是，恽铁樵在这一点上退了回去，肯定浅近文言的合法性，认为"林琴南、诸贞长、孟心史诸先生之文，其高尚淡远，亦几几步 Irving 之后。不能全国欢迎者，实社会不如西方"②。

在恽铁樵止步的地方，白话小说译者有所突破。值得一提的是，早在 1913 年，前期《小说月报》的主要著译者张毅汉，就以中学国文老师的身份提倡语体文：

> 第一，有许多人读了十年八年书，写出来的东西，仍然不通，因为他们所学艰深的文言文，枉抛了心力，虽然也有能写得声调铿锵的文章，但那是百人中的三四，其余百分之九十以上是白读了。第二，看得懂语体文的人，无论如何总比看得懂文言文的多。文章写出来，是给人看的，当然看得懂的越多越起作用。第三，语体文接近国语，我国方言复杂，以致地方与地方之间发

---

① 树珏：《复陈光辉君函》，《小说月报》第七卷第一号（1916 年）。
② 树珏：《复陈光辉君函》，《小说月报》第七卷第一号（1916 年）。

生隔膜，如果用了语体文，可以帮助口头语的逐渐统一。①

　　语体文易学、易懂，利于普及，这是从教学实践中总结出来的。最后一点值得重视：张毅汉能在 1913 年提出语体文接近国语、可以促进口头语的统一，这是难能可贵的。因为口语统一是"国语运动"的主要内容，也是"白话文运动""言文一致"的基础。张毅汉的主张说明民初文人不仅是为了迎合读者，而且有为促进国语统一采用语体文的自觉意识。

二

　　从 1921 年的《小说月报》到 1931 年的《小说月报》，是一个现代白话文发展成熟的过程，革新后最初三四卷中的译文基本上是欧化文。从词到句到文体风格，欧化色彩非常浓。越到后来，现代白话中的口语、古白话、文言与西方语言系统中的词语、语法磨合得越好，逐渐形成了独立的既有别于古代汉语又有别于西方语言的语言系统。可以说，现代汉语的形成是一个"欧化"与"化欧"融合的过程。

　　文学翻译中欧化语的使用增加了汉语词语的思想含量，异质语言的输入激发了本土思想的变革。1905 年，王国维最先关注到翻译过程中欧化语的输入带来的思想变革："夫言语者，代表国民之思想者也，思想之精粗广狭，视语言之精粗广狭以为准，观其言语，而其国民之思想可知矣。周、秦之言语，至翻译佛典之时代而苦其不足；近世之言语，至翻译西籍时而又苦其不足，是非独两国民之言

① 郑逸梅：《张毅汉提倡语体文》，载《清末民初文坛轶事》，中华书局，2005，第 292 页。据郑逸梅介绍："张毅汉，笔名毅汉、亦庵。前清末年由粤东到上海，就读于工部局西人所设的华童公学，为高才生，中英文考试，都名列前茅。在江南制造局做工，闲暇时间读了很多西方哲学政理方面的书籍。他和包天笑合译东西洋小说，出版了好多种单行本，天笑辑《小说大观》《星期》都有毅汉的作品。"

语间有广狭精粗之异焉而已，国民之性质各有所特长，其思想所造之处各异故"，"故新思想之输入，即新言语输入之意味也"。① 正因为"新思想"与"新言语"的一致性，王国维主张重视日语中的"新字新语"，为欧化语进入中国奠定合法性基础，"日本所造译西语之汉文，以混混之势，而侵入我国文学界"，"日本之学者既先我而定之矣，则沿而用之何不可之有，故非甚不妥者，吾人固无以创造为也"。②

1919 年，朱自清强调语言与思想的现代化变革是同步的，而通过翻译输入"新词"正是为了促进思想的变革："现在中国人的思想确是贫乏得很。世界上的重要的学术思想，我们不知道的着实多。要介绍他们，总得先想法用中国文字把他们表示出来，——翻译——一般的人才能感着亲切得用。……现在既然同外国接触的多了，想从他们那里把我们所缺乏的学术思想介绍进来，旧有的词一定不够。所以现在顶要紧的，就是造新词；……有了许多新词，才能传播许多新思想，国语的科学，哲学等，才能发达。"③ 朱自清进而指出"造词"的方法应用"义译"而非"音译"，体现了新文学"欧化"与"化欧"的具体思路——应以语义为中心而非语音为中心，这是欧化语本土化的关键所在。朱自清敏锐地指出，"借用西语"，"借用本是言语变迁的一种方法"，"西洋文字互借容易，因为他们文字是同语族的，字形许多相近，自然觉着便当；他们借用的时候，就照本国的读音，渐渐的把他同化，变成本国字。中国语里，要借用西语，能这样么？他们音形，都差的太厉害，就是借用过来，要叫他普遍通行，人人明白他的意义，恐怕是千难万难呢"，"中国

---

① 王国维：《论新学语之输入》，载徐中玉主编《中国近代文学大系·文学理论集·2》，上海书店，1995，第 720、721 页。

② 王国维：《论新学语之输入》，载徐中玉主编《中国近代文学大系·文学理论集·2》，上海书店，1995，第 721 页。

③ 朱自清：《译名》，载《翻译通讯》编辑部编《翻译研究论文集（1949～1983）》，外语教学与研究出版社，1984，第 51 页。

的六书文字，同西洋音标的文字性质本是格格不入"。① 这就涉及五四时期汉语现代转型中论争的焦点——"音本位"与"字本位"的问题，西方语言拼音文字的属性决定了语言观念上的"语音中心主义"，而汉语的"文字中心主义"决定了欧化语开拓整体性汉语变革空间的限度。

1921 年，周作人在革新后的首期《小说月报》中发表《圣书与中国文学》，认为文学革命缺少实绩的原因在于"思想未成熟"以及"没有适当的言词可以表现思想"，而想要"表现稍为优美精密的思想"，就要从《圣经》的翻译经验中寻找汉语欧化的具体路径，"近来在圣书译本里寻到，因为他真是经过多少研究与试验的欧化的文学的国语，可以供我们的参考与取法"。②

文学翻译提升了词语的修辞效果。从少到多，从粗疏到细密，从以单音节词为主向以多音节词为主演变，是汉语词语发展的基本趋势。翻译一方面输入意译和音译的外来词，另一方面也有利于单音节词向多音节词转换，扩充了词语数量。对于文学语言来说，词语的思想内涵和修辞效果同样重要，文学翻译使汉语的形容词和副词迅速扩充，使文学表达更精密、更传神，使现代人的"思想和情绪"能够"精微地达出"。在《小说月报》的"语体文欧化"的讨论中，读者吕苎南曾就自己的阅读经验举例说明"形容词和助动词"的语法作用和修辞效果：

> "一个胖绅士嵌在紧接厢房的路上，野兽似的发了稀薄裂帛似的怪声呻吟着"一句内的"野兽似的发了稀薄裂帛似的怪声"就是欧化的文法，中国旧有文法不能造出这样的一句好句；又如"海浪自由自在地，而且有规则地，滚成他们山峰状的弯

---

① 朱自清：《译名》，载《翻译通讯》编辑部编《翻译研究论文集（1949～1983）》，外语教学与研究出版社，1984，第 56 页。

② 周作人：《圣书与中国文学》，《小说月报》第十二卷第一号（1921 年）。

形……"一句内的"自由自在地有规则地"都是助动词，形容"滚成"的，是参用西洋文法组织的，若用中国旧有文法，恐怕不能造出这样神气的句子来。①

文言以凝练含蓄为美，古白话以浅近直白为美，两者都不惯于用大量的形容词和副词修饰句子的主语、谓语和宾语，古汉语中常见的形容词一般都有固定的应用范围，很难收到"生冷新鲜"的效果，文学翻译激活了汉语的原有词语，双音节形容词和副词的出现使现代汉语的表达比文言更绵密、更细致、更微妙。

文学翻译为汉语句法的转型提供了"西方范式"，开拓了汉语写作的空间。在翻译实践中，新文学建设者对汉语和西方语言都有了新的认识，定语和状语的频繁使用使汉语表达更富于变化，尤其是英语的倒装语序、"子句"的应用产生了与文言和古白话截然不同的审美效果。读者汤在新在给沈雁冰的信中说：

> 欧化语体文，就最浅近的说，中国旧体文主要句子与附属句子，形容字与副字等不能明白地分析出来。这是我看过欧化句子之后再看旧体文而得的一个不便的地方！至于新式标点，我以为有补助句子，使句子明白地显出来是什么句来底好处。②

读者的来信比"欧化"的宣言更有说服力，一方面，这样的讨论最终受益的是翻译与创作，"欧化"是针对汉语发展现状的欧化；另一方面，编者和读者在分析中达成共识，说明欧化已经不再是曲高和寡，读者的审美趣味和分析能力在逐渐提高，而这是新文学立足发展的首要条件。

① 吕荠南：《通信·语体文欧化的讨论》，《小说月报》第十三卷第六号（1922 年）。
② 汤在新：《通信·语体文欧化的讨论》，《小说月报》第十三卷第七号（1922 年）。

文学翻译促进了现代白话文词语和语法的改革，最终指向思想内涵与文体风格的变异，新异的语言输入的是新异的情感、新异的思想，展现的是新异的世界，给读者以现代的思想熏陶和陌生化的审美体验。

第九卷第二号《小说月报》中张舍我用白话翻译了《难夫难妇》，由王蕴章"润辞"。这篇小说即是后来被译作《麦琪的礼物》的美国短篇小说家欧·亨利的名作①。四年之后，郑振铎在第十三卷第五号的《小说月报》上将其译成《东方圣人的礼物》，同样用的是白话。我们可将部分段落对比，以考察民初译文与五四译文的区别。其中的一段是②：

> 这个时候，黛兰夫人的黄金发披散四肩，其长过于两膝，受风飘荡，美丽无比，好像变作了一件外衣。他不住的用柔荑似的玉手，轻掠微抚，似表明很爱惜他的样子。却是踌躇了一会，呆立了一会，坐既不安，立又不稳，不知如何的柔肠九转，愁绪万般，秋波中便不觉簌簌的流下几行珠泪。半晌，才掠上了散的头发，戴上一顶蓝呢帽，提着半新旧的棕色呢长裙，美目中含着泪痕，珊珊的走下楼梯，一直跑到街上。③
>
> ——张舍我 王蕴章 1918 年译

---

① 欧·亨利的名篇 *The Gift of the Magi* 今天大多被误译为《麦琪的礼物》，但按照原著，应译为《圣人的礼物》或《贤人的礼物》。因为 Magi 并不是作品中女主人公的名字，而是圣经故事里赠送礼物的贤人。郑振铎翻译成《东方圣人的礼物》是恰当的。

② 原文为：So now Della's beautiful hair fell about her rippling and shining like a cascade of brown waters. It reached below her knee and made itself almost a garment for her. And then she did it up again nervously and quickly. Once she faltered for a minute and stood still while a tear or two splashed on the worn red carpet. On went her old brown jacket; on went her old brown hat. With a whirl of skirts and with the brilliant sparkle still in her eyes, she fluttered out the door and down the stairs to the street. (O. Henry, *The Gift of the Magi*)

③ 〔美〕O. Henry:《难夫难妇》，张舍我译，《小说月报》第九卷第二号（1918 年）。

狄拉现在把她的头发四披着，起了鳞鳞的波纹，照耀得如同棕色的小瀑布一样。他一直垂到她的膝下，自然的成了她的一种妆饰品。过了一会，她又把他整理起来，很快的，很感动的。她踌躇了一会，静悄悄的站在那里，眼泪一滴滴溅在旧的红色地毯上。她穿上棕色的短衫，带了旧的棕色帽子，裙子急转了一下，她就慌忙的出了房门，走下楼梯，到了街上，汪汪的泪珠还包含在眼里。①

——郑振铎1922年译

欧·亨利的小说是讲一对贫穷的年轻夫妇相濡以沫的真情。他们为了给对方买圣诞礼物各自卖掉了自己最珍视的东西。男主人公卖了金表换来一套精美的发梳，女主人公卖掉了长发换来一条白金表链，虽然礼物已无用处，但两人富于自我牺牲精神的真挚爱情打动人心，也间接地反映了金钱至上的资本主义社会底层人民生活的艰辛。上面引用的这段情节是女主人公决定卖掉长发前的一系列举动，百般不舍又坚定执着。郑振铎的译文是严格的直译，淋漓尽致地传达出女主人公焦虑、忧愁、踌躇而又兴奋、忐忑的复杂情绪。而张舍我的译文却是将主人公"本土化"为一位顾影自怜、郁郁寡欢的古典美人，译者在"译述"和"润辞"过程中塞进了很多"参以己意"的文字。例如：形容美人外表的"柔荑似的玉手""秋波""美目"，描绘女子愁情的"柔肠九转""愁绪万般"等都是古代汉语中程式化的表达。除此之外，《难夫难妇》中还屡次出现"樱桃似的小口""秾桃似的两颊""秋水似的美目""蝤蛴之颈""蛾黛呈愁"等归化的表达，这种对古代汉语中普遍表达方式不假思索地挪用，牺牲掉了作品中人物的个性和特点，造成了语言的僵化。语

---

① 〔美〕O. Henry：《东方圣人的礼物》，郑振铎译，《小说月报》第十三卷第五号（1922年）。

言的深处是思想，这样的归化符合中国古典小说中对女性柔弱、娇羞、多愁善感的审美期待，但很难反映处于美国社会底层的女主人公自尊、勤劳、聪慧、深情的性格特征。张舍我的译文在旧式文人的期待视野中重塑了中国化的女主人公形象，没有很好地传达出原作中作者所表达的对社会底层小人物尴尬处境的无奈、同情和尊重。

三

1922 年，关于"语体文欧化"的讨论先后在《新潮》《京报》《文学旬刊》《小说月报》上广泛展开，赞同者和质疑者相持不下。第十二卷第六号至第十三卷《小说月报》在《通信》栏目中发表了一系列编者与读者之间的通信，深入推进了"语体文欧化"的讨论，讨论的内容主要围绕以下三个方面。

其一，"语体文欧化"是否必要。语体文欧化之争与文白之争是不同的概念，"反对欧化语体文的先生们，是反对'欧化'，不是反对白话"。时至 1921 年，五四白话文运动已成果斐然，不仅新文学创作、译作及理论显现白话实绩，中小学教科书也已采用白话，白话取代文言已是既成事实。因此，对于个别读者来信讨论文白利弊这件事，沈雁冰觉得已无讨论必要，关注点应放在白话文是否有必要"欧化"的问题上。沈雁冰相当热情地赞成"欧化"：

中国语之幼稚贫弱不完全，真是出人"意表之外"，"文"也如此。别国一句平常话，我们却说不清楚，或者非常含混，所以非"欧化"不可的。①

读者何蔼人认为翻译实践证明欧化语"比较着不失原来意思精

① 记者：《通信·语体文欧化的讨论》，《小说月报》第十二卷第九号（1921 年）。

神"①，颇得沈雁冰的认可。

郑振铎则在世界文学的视野中论证"欧化"在文学转型期的合理性：

> 中国的旧文体太陈旧而且成滥调了。有许多很好的思想与情绪都为旧文体的成式所拘，不能尽量的精微的达出。不惟文言文如此，就是语体文也是如此。所以为求文学艺术的精进起见，我极赞成语体的欧化，在各国文学史的变动期中，这种例是极多的。②

周作人的态度则是谨慎的，他在信中说：

> 关于国语欧化的问题，我以为只要以实际上必要与否为断，一切理论都是空话。反对者自己应该先去试验一回，将欧化的国语所写的一节创作或译文，用不欧化的国语去改作，如改的更好了，便是可以反对的证据，否则可以不必空谈。但是即使他证明了欧化国语的缺点，倘若仍旧有人要用，也只能听之，因为天下万事没有统一的办法，在艺术的共和国里，尤应容许各人自由的发展。所以我以为这个讨论，只是各表意见，不能多数取决。③

周作人认为欧化是否应当提倡，应从实践中得出结论。作为文学革命的主将，周作人主张输入欧西文思以颠覆传统观念，在语言、思想、技巧等各个方面改造中国文学，自己也从事译介和评论，从

---

① 何蔼人：《通信·致沈雁冰·语体文欧化讨论》，《小说月报》第十二卷第十二号（1921年）。

② 振铎：《语体文欧化之我观》，《小说月报》第十二卷第六号（1921年）。

③ 周作人：《通信·致沈雁冰·语体文欧化讨论》，《小说月报》第十二卷第九号（1921年）。

这个角度看他是赞同欧化国语的。但是，自 1920 年发表《新文学的要求》起，周作人的思想中始终存在着新文学开路先锋和自由思想者的矛盾，他对宽容与自由的维护进一步体现在 1923 年以后"自己的园地"的文学观里。就周作人自己的创作而言，他将文言、口语和欧化词句熔于一炉的散文既老道纯熟，又别具"涩味"和"简单味"，体现了他的"美文"追求。口语、文言以及欧化语在实践中融会、调和，代表了新文学阵营对语言改革的另一种态度。从冰心等作家的五四时期的散文中，也可以看到他们对"中文西文化，西文中文化"所做的努力。

持温和审慎态度的还有胡适，他在给顾颉刚的信中对欧化语矫枉过正的现象颇有微词：

我是向不反对白话文的欧化倾向的，但我认定"不得已而为之"为这个倾向的唯一限度。今之人乃有意学欧化的语调，读之满纸不自然，只见学韩学杜学山谷的奴隶根性，穿上西装，在字里行间流露出来！这是最可痛心的现象。……文学研究会的朋友们似乎也应该明白：新文学家若不能使用寻常日用的自然语言，决不能打倒上海滩上的无聊文人。这班人不是漫骂能打倒的，不是"文丐""文娼"一类绰号能打倒的。新文学家能运用老百姓的话语时，他们自然不战而败了。[①]

沈、郑二人为达到新文学破旧立新的目的提倡"欧化"，胡适则针对"欧化"中的不良现象提出批评。同为新文学建设者，沈、郑、周、胡看法有差异，是因为他们出发点不同——沈、郑二人作为改革者，态度不决绝就难见成效；周作人是创作者，从创作及译介实践中讨论"欧化"的优点与局限；而胡适则从受众的角度分析"欧

[①] 胡适：《通信·致顾颉刚》，《小说月报》第十四卷第四号（1923 年）。

化”的可能性。“语体文欧化”是为了建设新文学，要以主体的姿态创造符合中国实际情况的语言，这一点则是新文学建设者的共识。

其二，“语体文欧化”的具体方法。也就是说，改良语体文的文法应从引入欧西文法入手还是整理旧籍入手。在第十三卷第二号刊登的来信中，读者吕冕韶举了《水浒》中的白话句子与英文语法相似的例子，探讨“语体文欧化”的途径：

> 你们所以主张语体文欧化，无非因为我国语法不完全，译文很感困难，这一层的确是大家承认的。但是我们研究语体文，也应该先把我国原有的关于语体文的书籍，仔细整理一下；那一种语法是可取的，那一种是不合用的，——有改革的必要的。我国通行的白话小说里的语法也很有可取的；和外国语法相同的也很多；不过有的我们还没有注意到罢了。……改造语法，的确是现在最要紧的一件事，不过我们总要从本国原有的白话书籍里入手整理，外国语法只可做参考。①

沈雁冰很赞成整理中国原有的白话书籍并参考外国语法，“所谓欧化，大意不过如此”。但是他认为应直接引入“欧化文法”：

> 整理旧籍就只能就旧有的材料里理出几许条例，决不能无中生有，变出若干新花样来；中国语法既然本不完全，则整理旧者之后所得的，仍旧不算完全，仍旧有待于欧洲语法之引入，何如现在就来试着先做“引入”这一步工夫呢？所以我觉得现在创作家及翻译家极该大胆把欧化文法使用；至于这些欧化文法中孰者可留孰者不可留，那是将来编纂中国国语文法者的任务，不是现在创作家与翻译家的事。如果现在的创作家与翻译

---

① 吕冕韶、沈雁冰：《通信·语体文欧化问题》，《小说月报》第十三卷第二号（1922 年）。

者顾虑畏缩，不敢拿来应用，恐怕将来编纂中国国语文法的先生们在既整理旧书之后，要寻外国文法来做补绽工夫时，反感到没有材料未经试验了。[①]

表面上看，吕冕韶的建议似乎更稳妥，但实际上缺乏可行性。因为如果没有西方文法的对照，"整理"就无从下手。白话和文言一样，在历史的发展中已经形成了固定的规范和稳定的模式，很难超越自身的惯性另辟蹊径并有所突破。引入欧西文法的意义在于提供了反观自我的视角，欧西语汇、文法的完密细致对含蓄精炼的文言和简易俗白的白话都是很好的补充。有了完密细致的现代语言，才能承载完密细致的现代思想，这对以思想启蒙为核心的文学革命和新文化运动都是十分重要的。沈雁冰提出大胆引入的主张很有道理，但是他将"引入"与"鉴别"工作分成两步，将引入和使用的工作交给创作家和翻译家，将论定的工作交给未来语法的编纂者，未免欠周全。作家和翻译家文化修养、写作能力和审美能力较强，在引入欧化文法时有较强的鉴别能力，对现代汉语的改进和塑造责无旁贷。"分工"的说法很容易消解部分译者的责任感和使命感，在整体上降低译文的质量。读者梁绳祎就曾批评"现今一部分倡欧化的人，他作翻译，也不检点；也不斟酌，一字一字的勉强写出。一句和一句，像连又不连；像断又不断，假是不念原文，看去也就似懂又不懂。这样翻译，似乎省事，但是如果欧化专为省事，我更不乐同他讨论"[②]。若想说服读者接受"欧化"，先要拿出过硬的译文，高质量的译文胜于千篇"欧化"的宣言，如果"欧化"不能以实力获得读者的喜爱，就很容易遭到质疑。

---

① 吕冕韶、沈雁冰：《通信·语体文欧化问题》，《小说月报》第十三卷第二号（1922 年）。
② 梁绳祎：《通信·致沈雁冰·语体文欧化问题》，《小说月报》第十三卷第一号（1922年）。

1931～1932 年，鲁迅和瞿秋白在关于翻译的通信中再次谈到这个问题。针对鲁迅所说的"语法的不精密，就在证明思路的不精密，……要医这病，我以为只好陆续吃一点苦，装进异样的句法去，古的，外省外府的，外国的，后来便可以据为己有"[①]，瞿秋白做了重要的补充："不但要采取异样的句法等等，而且要注意到怎么样才能够'据为己有'"，"使新的字眼，新的句法，都得到真实的生命——要叫这些新的表现法能够容纳到活的言语里去。不应当预先存心等待那自然的淘汰。固然，这些新的字眼和句法之中，也许仍旧有许多要淘汰掉的；然而，假使个个翻译家都预先存心等待自然的淘汰，而不每一个人负起责任使他所写出来的新的字眼和句法尽可能的能够变成口头上的新的表现法，那么，这种翻译工作就不能够帮助中国现代文的发展"。[②] 瞿秋白对翻译提出了相当高的标准，他本人的翻译实践也在朝着这方面努力。瞿秋白有深厚的外文功底和中文修养，他在翻译实践中一直严格要求自己，他的两卷《海上述林》准确、浅显、生动，体现了他的翻译理想。

其三，"语体文欧化"应该达到何种程度。争论的焦点集中在欧化文为民众所接受的程度。读者梁绳祎的来信措辞犀利，直截了当地质疑"西洋式的中国文"，认为欧化白话文与民众文学的主张相背离：

> 我很佩服雁冰先生主张民众的文学，说文学不是私人贵阁的。但是如果文学是民众的，他的效用是慰藉，是扩大人类喜悦和同情，对于中等阶级的人，——在黑暗悲愁中的人——应当如何的慰藉？如何的表同情？但是他们看不懂欧化的语体

---

① 鲁迅：《鲁迅和瞿秋白关于翻译的通信》，载罗新璋编《翻译论集》，商务印书馆，1984，第 276 页。

② 瞿秋白：《再谈翻译——答鲁迅》，载罗新璋编《翻译论集》，商务印书馆，1984，第 283 页。着重号为原文所有。

文，——我是常看新闻，并学过一些英文的，看这种文字并不觉扞格，但是昔日的同学，便常来信说：我们用看他种文字的方法，来看西洋式的中国文，全乎不可。他的文法，任意颠倒，差不多一篇文字除非看——仔细看——三个过，不易得个概括的观念。先生们！你笑他智识简单吗？差不多不读西文的人，很多是（这）样。那么任何样的慰藉，他们不容易知道，我们十分对他表同情，但是他并不受影响，难道他们便永远被怜惜吗？如果文学的赏鉴，不限于水平线以上的人，这低能的赏鉴者，是要顾一顾的！我也相信艺术的独立，不能受任何方面的牵掣，但是要他离开社会，只限在高能的人，恐怕爱文学的美风，不会出现在中国。①

脱离了民众的文学还算是民众文学吗？梁绳祎的批评从句法、文法到思想内容到艺术的独立性，相当敏感地触及五四新文学的困境——在"普及"与"提高"之间的两难。对此，沈雁冰回复：

如今的"新式白话文"的小说，气味和从前的小说大不相同，当然觉得"干燥无味"了。民众文学的意思，并不以民众能懂为唯一条件；如果说民众能懂的就是民众艺术，那么，讴歌帝王将相残民功德，鼓吹金钱神圣的小说，民众何尝看不懂呢？所以我觉得现在一般人看不懂"新文学"，不全然是不懂"新式白话文"，实在是不懂"新思想"。此外尚有一个原因，即民众对于艺术赏鉴的能力太低弱，而想把艺术降低一些，引他们上来，这好意我极钦佩，但恐效果不能如梁先生所预期。因为赏鉴力之高低和艺术本身，无大关系；和一般教育，却很

---

① 梁绳祎：《通信·致沈雁冰·语体文欧化问题》，《小说月报》第十三卷第一号（1922年）。

有关系。赏鉴能力是要靠教育的力量来提高，不能使艺术本身降低了去适应。①

沈雁冰的回复表达了新文学启蒙主义的立场。虽然同是提倡白话，欧化语体文的白话与通俗小说的白话有本质的不同，清末民初通俗小说中的白话以取悦民众和迎合市场为目的，新文学建设者则站在启蒙民众的立场上提倡欧化语体文，两者的立场与宗旨高下立现。但当启蒙话语变成了启蒙者之间的自说自话，而不为被启蒙者所理解，启蒙的目标就无法达成。这是启蒙的困境。

在民众"看不懂"的问题上，欧化语体文的遭遇似乎又重现了20世纪初严译古文的尴尬——在《中国新文学大系·建设理论集》导言中，胡适嘲笑严复在《群己权界论》凡例中的自白"海内读吾译者，往往以不可猝解，訾其艰深。不知原书之难且实过之。理本奥衍，与不佞文字固无涉也"，是"译书失败的铁证"。严复的读者不懂与我无关的清高姿态，被胡适视为"僵死的文字""古文应用的努力完全失败"的表现。"'理本奥衍，与不佞文字固无涉也。'在这十三个字里，我们听得了古文学的丧钟，听见了古文家自己宣告死刑。他们仿佛很生气的对多数人说：'我费尽气力做文章，说我的道理，你们不懂，是你们自己的罪过，与我的文章无干！'。"② 事实上，欧化语体文也在20世纪30年代的大众语运动中曾被批判为"新文言"。但欧化语体文与严译古文有本质上的不同，其背后隐含着从古代到现代雅俗格局的转化，而雅俗分离的根本原因则在于自古以来统治阶级及士阶层对语言文字的垄断，以及由此形成的文学主体创作和阅读时的等级差异。严译古文取周秦古语翻译，是在古

---

① 沈雁冰：《通信·致梁绳祎·语体文欧化问题》，《小说月报》第十三卷第一号（1922年）。
② 胡适编选《中国新文学大系·建设理论集》（影印本），上海文艺出版社，2003，第3～5页。

代士大夫立场上从事的翻译活动，其拟想读者、赞助人以及译者自身都在"雅文学"系统之中，即在"士农工商"四民社会中士阶层通过对古文的垄断和专有掌控社会文化权力。与之相对应，根植于"农工商"三民日常世俗生活中的白话通俗小说等文学形式都在"俗文学"的范围之内，与"雅文学"因文学主体的等级差异而呈井水不犯河水之势，清末民初"黑幕""鸳蝴"在政治失落之际流行于市，正是体现出"俗文学"对消闲趣味和商业利益的追求。

五四新文化运动及文学革命打破了传统的雅俗格局，召唤出新的政治主体和文学主体，也由此形成了五四时期启蒙文学的雅俗格局。新文学建设者以"为人生"为宗旨，"平民文学""人的文学"都秉持"为民众"的立场，掌握了社会文化话语权的五四一代知识分子是创作主体，他们以启蒙为目标不断调试与民众的关系，以便更好地完成对民众的启蒙和教化。因此，沈雁冰特别强调"教育的力量"，力图通过"教育"使民众"能懂"欧化的"新思想"和"艺术"，以及作为其载体的"新式白话文"。沈雁冰捍卫欧化语体文的自信不只是来自文学，更来自思想革命的力量——以思想启蒙为核心的新文化运动和文学革命的力量。因为引入欧化文的新文学已经成为思想启蒙的先锋乃至社会文化事业的一部分，所以他才有足够的自信不与白话通俗小说作家争读者，更不屑与文白之争中的文言捍卫者论短长。

及至20世纪30年代的"大众语运动"，瞿秋白站在无产阶级革命文学的立场对五四文学的欧化倾向提出批评，又是一种新的雅俗格局的确立。以马克思主义理论为指导的普罗文学，欲颠覆启蒙文学创作主体的精英地位，倡导社会文化权力的大众化，以实现创作主体与大众读者的平等地位。而在1942年《在延安文艺座谈会上的讲话》发表之后，解放区文学确立了新的雅俗对立格局，不仅要求知识分子作家通过思想改造实现创作主体的"工农兵化"，还尝试在大众中培养可以作为知识分子表率的作者，重视民间文艺的传统雅俗格局中通俗文艺的表现形式。随着无产阶级政治和文艺政策成为社会历史主流，政治化、宏大叙事的雅与世俗化、私人生活的俗之间形成新的对立。

就语体、文体和文字的语言层面而言，欧化语体文后来也遭到来自新文学内部不同阵营的质疑。1926 年，新人文主义者梁实秋激烈抨击受"外国文学"影响的"语体文之欧化"。他说："以白话为文，不过是在方法上借镜于外国，欧化文体则是更进一步，欲以欧式的白话代替中国式的白话。这个新颖的主张无异于声明不但中国文体不适于今日，即中国的语体亦不适于中国。至于以罗马字母代汉字的主张，则是更趋极端，意欲取消中国文字而后快，我只能看做是浪漫主义者的一出'噩梦'。"① 反对者所指称的脱离民众和激进偏激都是客观存在的问题，但整体看来，与"取消汉字"的激进主张和"文言改良"的保守主张相比，欧化白话是建构和完善现代汉语最符合实际的也最具弹性的途径。因为文言和古白话即使不遭遇欧化，继续沿用，也很难持续发展。从某种意义上讲，如果没有这样坚决的否定式的欧化，就不会有今天的现代汉语。

---

① 梁实秋：《现代中国文学之浪漫的趋势》，《晨报副刊》1926 年 3 月 25 日。

第二章　文学翻译与文类现代化

——以小说为例

　　新诗、小说、戏剧、散文的文类四分法是在中国文学现代转型的历史语境中形成的。清末民初以来，西学东渐，西方现代知识谱系和西方现代学科建制的输入引发文学观念的变迁。受西方现代知识学科化的影响，文学作为现代学科之一种被重新定义。在古代与现代、本土与域外的交流碰撞中，新文学建设者以翻译文学为媒介，确立现代文学概念、划分现代文类、建构现代批评理论，探索中国文学现代化的路径。在域外文学的参照下，林纾、梁启超、周桂笙、曾朴等诸多晚清译者在翻译实践中已意识到中西不同的文类特点，但真正形成新诗、小说、戏剧、散文四分的文类格局则是"'五四'以后拥抱并改造西方'文学概论'的成果"，为诗文、小说、戏曲等传统概念注入现代的内涵。同时，文学革命蕴含文类等级的变更："此前谈论文学，首先是文章，而后才是诗词；至于小说与戏曲，可有可无。此后则天翻地覆，小说、戏剧出尽风头，文章则相形见绌。这种文学观念的变化，不只影响当代创作，也涉及文学史建构。"[①]中国现代文学的文类建构基本是以西方文类为榜样的。

　　从晚清到五四，小说一直是翻译文学最关注的文类，也是译作最多、讨论最多的文类。戊戌变法以前，翻译小说的数量屈指可数，仅有《意拾寓言》《谈瀛小录》《昕夕闲谈》《百年一觉》等几部小说，翻译

---

① 陈平原：《中国散文小说史》，北京大学出版社，2010，第3页。

小说既不被清廷重视，也不被文人重视，译者和读者寥寥，在国内基本是被忽略的存在，更谈不上促进中国文学的现代转型。究其时人心理，多是认为"实学我不如人，文章人不如我"，在文学观念上轻视域外翻译小说。直至戊戌变法失败后，逃亡日本的梁启超发起小说界革命，以"欲新一国之民，必先新一国之小说"为号召提倡政治小说，将译介小说与救国自强的现实政治目标相联系，促进了小说和戏剧这两种本处于传统文类边缘的叙事型文类向中心移动，引发了翻译小说的高潮。1907年，《小说林》的主编徐念慈曾对当年小说界发行书目进行统计，当年出版的小说中著作 40 种，译作 80 种①，译作数量是著作数量的二倍。1911 年，商务印书馆的《涵芬楼新书分类目录》收录的小说中，著作120 种，译作 400 种，译作数量亦是著作数量三倍不止。② 五四文学革命以降，尽管各文学社团和文学流派的主导思想和艺术主张不尽相同，对翻译文学尤其是翻译小说的重视却是一致的。贯穿整个 20 世纪20 年代至 30 年代的创造社与文研会的"处女"与"媒婆"之争③，

---

① 东海觉我：《丁未年小说界发行书目调查表》，《小说林》第七期（1908 年）。
② 施蛰存主编《中国近代文学大系·翻译文学集·1》，上海书店，1990，第 18 页。
③ 创造社和文研会的"处女"与"媒婆"之争贯穿整个 20 世纪 20 年代，直到 20 世纪 30 年代以后还有回响。起因是 1921 年 2 月郭沫若在《民铎》第二卷第五号上发表的《致李石岑的函》中说："我觉得国内人士只注重媒婆，而不注重处子；只注重翻译，而不注重产生。……翻译事业于我国青黄不接的时代颇有急切之必要，虽身居海外，亦略能审识。不过只能作为一种附属的事业，总不宜使其凌越创造、研究之上，而狂振其暴威。……除了翻书之外，不提倡自由创造，实际研究，只不过多造些鹦鹉名士出来罢了！……总之，处女应当尊重，媒婆应当稍加遏抑。"6 月，郑振铎发表在《文学旬刊》上的《处女与媒婆》一文对此加以反驳："翻译的性质，固然有些像媒婆。但翻译的大功用却不在此。……视翻译的东西为媒婆，却未免把翻译看得太轻了。"郑振铎认为"翻译一个文学作品"和"创造一个文学作品"同等重要，"他们对于人们的最高精神上的作用是一样的"。此后，创造社和文研会还就翻译与创作的地位展开一系列争论。1929 年 3 月，鲁迅在《北新》第三卷第五号通讯栏中发表《致〈近代美术史潮论〉的读者诸君的信》中说："从前'创造社'所区分的'创作是处女，翻译是媒婆'之说，我是见过的，但意见不能相同，总以为处女并不妨去做媒婆——后来他们居然也兼做了——，倘不过是一个媒婆，更无须硬称处女。我终于并不藐视翻译。"1934 年 3 月，茅盾在《文学》第二卷第三期上发表的《"媒婆"与"处女"》一文中说："从前有人说'创作'是'处女'，翻译不过是'媒婆'，意谓翻译何足道，创作乃可贵耳。"而事实上，即便郭沫若等创造社同人在论争中强调创作的重要性，他们在文学实践中依然致力于翻译，多有译作问世。

从一个侧面反映了新文学建设者对翻译的重视程度。胡适在《建设的文学革命论》中指出"创造新文学的预备"工具是"翻译西洋文学名著"，选择的标准是"只译名家著作"，翻译小说又在"名著"中占主导地位："我以为国内真懂得西洋文学的学者应该开一会议，公共选定若干种不可不译的第一流文学名著：约数如一百种长篇小说，五百篇短篇小说，三百种戏剧，五十家散文，为第一部'西洋文学丛书'，期五年译完，再选第二部。译成之稿，由这几位学者审查，并一一作长序及著者略传，然后付印；其第二流以下，如哈葛德之流，一概不选。诗歌一类，不易翻译，只可从缓。"① 胡适列出的翻译计划中叙事型文类占大多数，其中长篇和短篇小说的数量占了压倒性优势。以"现代文学第一刊"《小说月报》为例，1910～1920 年发行的《小说月报》大约有 500 篇翻译作品，其中绝大多数是小说和游记等纪实文学。革新后的 1921～1932 年发行的《小说月报》共有翻译文学作品 900 余篇，其中翻译小说占一半左右。鉴于翻译小说在数量和质量上的压倒性优势，以及小说转型在四大现代文类转型中的重要地位，本章主要以小说为中心考察传统文类在西方典范参照下的现代转型。

第一节　中西知识体系冲撞中的文类现代化

新诗、小说、戏剧、散文的中国现代文学四种主要文类的形成与中国现代转型的现实和历史因素有关。从晚清到五四，西方现代知识谱系和学科体制引发中西知识体系的冲撞，导致传统知识体系的崩塌和重构，带来文学观念的变迁和文类的现代化。如沈雁冰所说："文学到现在也成了一种科学，有他研究的对象，便是人生——

①　胡适编选《中国新文学大系·建设理论集》（影印本），上海文艺出版社，2003，第139～140页。

现代的人生；有他研究的工具，便是诗、剧本、说部。"①

一

以色列学者佐哈尔提出的多元系统论为我们提供了考察文类转型动态过程的一个视角。多元系统论认为，文学与社会环境各有独立的系统，来自不同社群的文学也有自成一体的系统，这些系统在共时层面上形成若干组中心－边缘的关系，但从历时的变化观察，中心－边缘的关系随时可能变化，一些从中心被驱逐到边缘，另一些则占据中心位置，中心－边缘之间的动态张力起到了对文化发展的制衡作用，促进了文学多元系统的演进。佐哈尔认为，翻译文学"在特定文学的共时与历时的演进中都具有重要影响和作用"。一般来说，绝大多数翻译在文学系统中属于次要活动，其作用是维护或强化本国现有文学（文化）传统。但在下列三种情况下翻译文学可能成为主要活动：第一，当文学还处于"幼稚期"或处于建立过程中；第二，当文学处于"边缘"或处于"弱小"状态，或兼而有之时；第三，当文学正经历某种"危机"或转折点，或出现文学真空时。② 1898～1925 年，中国文学正处于第三种情况——中国文学的危机或转折点，翻译文学作为一种先锋力量成为文学系统中的主要活动，在中国现代文学的赋型过程中起到至关重要的作用。对于 19 世纪中叶以来处于西方全球扩张与严重民族危机中的中国来说，文学现代转型的急迫来源于中国在现代世界里遭遇的政治、经济、文化、思想多重危机，阐释现实世界乏力的本土文学急于借翻译文学寻找克服和转化危机的视角和方法，激活既有的凝固封闭的文学（文化）传统，推动现代文学乃至中国的现代转型。

----

① 沈雁冰：《文学和人的关系及中国古来对于文学者身份的误认》，《小说月报》第十二卷第一号（1921 年）。

② 〔以色列〕伊塔马·埃文·佐哈尔：《多元系统论》，张南峰译，《中国翻译》2002 年第 4 期，转引自廖七一：《多元系统》，《外国文学》2004 年第 4 期。

　　然而，佐哈尔的多元系统论又与中国的实际情况有所不同。佐哈尔、霍尔姆斯、图里、勒菲弗尔等翻译研究理论的奠基人多来自以色列以及荷兰、比利时等低地国家，他们的理论也旨在解决本国的现实问题——不论是在面积、人口方面，还是在民族文化传统上，这些国家都相当依赖周边大国。对于这些民族文化传统比较薄弱的国家来说，或者处于"幼稚期"或者处于"边缘"或者处于"弱小"状态的民族文学，文学创作及批评的规模和影响力远不及周边的大国文学，因而翻译文学是本国文学的重要组成部分和创新的源泉。但是对于千年文脉传承不断的中国来说，文化传统源远流长、博大精深，在中外文化交流的历史上一贯以强大的吸纳和转化能力博采众长、为我所用，无论是汉唐时期的翻译，还是明清时期的翻译，都不能撼动华夏文化传统本身。在 19 世纪伴随着西方全球扩张而形成的以西方现代性为主导的世界观念秩序里，西方在空间的范畴上战胜了东方，现代在时间的范畴上取代了古代。处于古今、中外交叉点上的中国现代文学明确了"今"与"外"的现代转型目标，翻译文学由此成为文学转型的先锋力量。

　　与低地国家不同的是，中国文学的现代转型必须面对本国强大的文学传统，要转化而不是中断来自传统的厚重的"前文性"。"前文性"既来自这种文类历史上形成的积累（词语、借用、通用象征、仿作、戏仿），也包括整个文化中其他表意方式（哲学、伦理、历史……）积累的材料，是"整个文化传统，尤其是人文传统，在文学文本中的呈现方式"①。赵毅衡曾指出中国文学流变中的"前文性"对文类发展的巨大影响。历史上诗、词、曲、赋、散文、小说等文类的形成虽源于民间鲜活可感的社会生活，但被文人化后发展到一定程度时就会出现"文类内转"，即将本文类中已确定的文本（读者比较熟悉的文本）作为"用典"的素材，也作为释义的控制

---

① 赵毅衡：《礼教下延之后中国文化批判诸问题》，上海文艺出版社，2001，第 101 页。

力量，前文性积累越来越多，对读者"修养"的要求越来越高，对现实经验材料的依赖就越来越少。"前文性"淤积过度形成的滥调套语，造成了文学内部的自我阐释循环，限制了文类对现实生活的表意能力，减弱了文类自我更新的想象力和创造力。文化稳定期多见对"前文性"的捍卫，意在继承延续。而在文化转型期，批判和颠覆"前文性"才可能产生新的意义和规则。大凡文学创新总要有所依凭，远距离地汲取变革的灵感，或穿越时间致敬古人，或跨越空间效仿国外。晚清文学多以传统文学为中介，而五四时期则大规模地以西方为中介。晚清之前历代的文学革新运动，都是以"复古"为号召从"前文性"中汲取文类更新的资源和力量。而对19世纪末处于转型时期的现代中国来说，厚重的"前文性"既是遗产更是负担，文类更新取法域外，以"文类外求"对抗"文类内转"，通过翻译文学确立"前文性"以外的文类更新的视角和典范，以异质性的域外文化刺激为转型提供创新的力量源泉。

二

1935 年，在赵家璧主编的总结新文学第一个十年成就的《中国新文学大系》（1917～1927）里，小说、诗、散文、戏剧已明确地成为中国现代文学的四大经典文类，意味着以西方为榜样的文类划分已成为"文学革命"的实绩之一。全书十卷，其中小说集三卷、散文集两卷、诗集一卷，戏剧集一卷，另有《建设理论集》《文学论争集》《史料·索引》各一卷。分集的排序按照小说－散文－诗－戏剧的顺序进行，《建设理论集》中理论文章的排序也按照小说－诗－戏剧的顺序进行，不涉及其他文类，从中可以看到西方文类划分典范作用的确立。刘禾曾说，《中国新文学大系》以"同英语中的 fiction，poetry，drama 和 familia prose 相对应"的小说、诗、戏剧和散文的文类编辑作品集，将中国文学传统中其他写作形式降到非"文学"的地位，是"自我殖民的规划"，"西方成为人们赖以重新确定中国文学的意义的终极权威"，"彻底颠覆中国经典作为中国文化和中国文学的意义合法性源泉"。① 从后殖民主义的立场来看，文类作为跨语际的文学概念体现了"现代"与"西方"合法化过程里"中国能动作用的暧昧性"。② 然而，"自我殖民"中"自我"的主体性，又与殖民地国家被迫接受宗主国的语言和文化是完全不同的。这种主体性赋予新文学建设者以"拿来主义"者的勇气和智慧，一方面有反叛和颠覆传统的勇气，另一方面又在拥抱西方现代文明时不忘从传统中汲取转型的资源和能量。

现代文类转型表面上是中西文学观念的碰撞，深层则涉及中西学术传统和思想传统的交锋以及知识体系的冲突。建立在现代理性基础之上的西方现代知识体系包括自然科学、社会科学和人文学科：自然科学以自然为研究对象，包括数、理、化、天文、地理、生物六大学科；社会科学以社会为研究对象，涵盖经济、政治、行政、军事、法学、伦理、社会学、教育学、人类学、民族学等学科门类；人文学科则以人为研究对象，涵盖语言、文学、历史、哲学、宗教、考古、艺术等学科门类。西方人文学科历史久远，可以上溯至古希腊，文学是人文学科中的一个子类。19 世纪以后，自然科学正式进入欧洲学科体制，并逐渐作为独立的领域与自然科学对立。在西方文学传统中，自柏拉图和亚里士多德以来，习惯于根据作品中的叙述者作为划分文学类型（genres）：由第一人称叙述的"抒情诗"（lyric）；叙述者采用第一人称同时让作品中的人物自述的"史诗"（epic）或"叙事"（narrative）作品；全部由剧中人物叙述的"戏剧"（drama）。③ 中国古代社会以儒家思想为中心，注重"道德文

① 刘禾：《跨语际实践——文学，民族文化与被译介的现代性（中国，1900~1937）》，宋伟杰等译，生活·读书·新知三联书店，2002，第 332 页。
② 刘禾：《跨语际实践——文学，民族文化与被译介的现代性（中国，1900~1937）》，宋伟杰等译，生活·读书·新知三联书店，2002，第 6 页。
③ 〔美〕M. H. 艾布拉姆斯、杰弗里·高尔特·哈珀姆：《文学术语词典》（第 10 版）（中英对照），吴松江、路雁等编译，北京大学出版社，2014，第 148 页。

章"，唐代以降科举制度将考试的重心放在儒家经典、文章辞藻以及总结历朝治乱兴衰历史经验的策论上，使得传统文化在经典、文史方面积累了深厚的"前文性"，而西方自然科学范畴内的数学、物理、天文、地理等知识则不受重视，一些工艺科技甚至被鄙夷为"奇技淫巧"。自隋唐创始以来，经宋、元、明、清历代不断发展的经、史、子、集四部分类法反映了传统文化知识体系的框架，一代代怀揣"学而优则仕"梦想的读书人以经史子集的书目为指导发奋苦读。科举制则在国家制度层面强化了以经史子集为核心的文化知识体系的中心地位，进而固化了中国古代的学术基础及源流范围，形成了古代社会重伦理、斥技艺的文化特质。四部分类法在乾隆朝编纂的《四库全书》中达到鼎盛，从《四库全书总目提要》的结构可见古代知识的分类体系：

经部：易、书、诗、礼（周礼、仪礼、礼记、三礼总义、通礼、杂礼书）、春秋、孝经、五经总义、四书、乐、小学（训诂、字书、韵书）。

史部：正史、编年、纪事本末、别史、杂史、诏令奏议（诏令、奏议）、传记（圣贤、名人、总录、杂录、别录）、史钞、载记、时令、地理（官殿疏、总志、都会郡县、河渠、边防、山川、古迹、杂记、游记、外纪）、职官（官制、官箴）、政书（通制、典礼、邦记、军政、法令、考工）、目录（经籍、金石）、史评。

子部：儒家、兵家、法家、农家、医家、天文算法（推步、算书）、术数类（数学、占候、相宅相墓、占卜、命书相书、阴阳五行、杂技术）、艺术（书画上下、琴谱、篆刻、杂技）、谱录类（器物、食谱、草木鸟兽虫鱼）、杂家（杂学、杂考上下、杂说上中下、杂品、杂纂）、类书、小说家（杂事上下、异闻、琐语）、释家、道家。

集部：楚辞、别集、总集、诗文评、词曲（词集上下、词选、词话、词谱词韵、南北曲）。

　　整体来看，"经部"是指以孔子著述为代表的儒家典籍，是古代文化的主体，集中反映了当时的社会状况、思想和学术文化。"史部"指史学著作。我国自周代起即有史官记事制度，史籍记载历史悠久，史书连续编纂，西方现代知识体系中属于政治、经济、军事、外交、文化、地理、典章制度等学科的史料在中国传统知识体系中多归入史部典籍。"子部"起初指思想家的著作或对思想家思想的记录，后来经、史、文学之外的学科都由子部兼收并蓄统而辖之。子部书涉及西方现代知识体系的哲学、军事、医学、科技、宗教、艺术、农、工、商等内容。"集部"典籍主要指历代学者的文学作品，个人作品的集子称"别集"，诸家作品的集子称"总集"。以现代的眼光来看，集部收录作品虽多，却未必都是"文学"，因为从西方现代知识体系的分类标准衡量，古代学者文人的很多著述往往兼具文学、历史、哲学等跨学科跨领域的特征。进一步讲，"古代文学"的概念也是接受西方现代知识体系和学科分类后产生的概念，是在西方知识分类的"装置"中对中国传统文化进行拆解和重组的结果。中国古代文学作品和西方文学作品固然都可以按韵文/散文进行分类，但西方文学的二级文类与古代文学的二级文类有很大区别。西方散文文类包括自传、传记、人物素描、戏剧、杂文、劝谕性故事、寓言、怪诞文学、自然写作、小说、寓言、讽刺、短篇小说，韵文文类包括民谣、骑士传奇、戏剧、寓意诗、史诗、警句、寓言、寓言诗、农事篇、籁歌、轻松诗、抒情诗、应景诗、牧歌、说唱乐、讽刺。[1] 中国

---

① For prose genres, see autobiography; biography; the character; drama; essay; exemplum; fable; fantastic literature; nature writing; novel; parable; satire; short story. For verse genres, see ballad; chivalric romance; drama; emblem poem; epic; epigram; fable; fabliau; georgic; lai; light verse; lyric; occasional poem; pastoral; rap; satire. 〔美〕M. H. 艾布拉姆斯、杰弗里·高尔特·哈珀姆：《文学术语词典》（第 10 版）（中英对照），吴松江、路雁等编译，北京大学出版社，2014，第 150 页。

古代文学作品则以歌、辞、赋、诗、词、曲以及有韵的骈文为韵文，韵文以外不押韵、排偶的散体文章为散文，论辩、序跋、赠序、书启、公牍、奏议、诏令、杂记、箴铭、颂赞、传状、碑志、哀悼、祈谢等都是散文文体。① 西方的文学作品通常指代虚构的和想象的"美文"，注重作品中的形式、表达、思想和情感，例如诗歌、散文体小说和戏剧。而古代的文学作品则既包含"美文"，也包含学术之文和应用之文。

从目录学视角考察古今文类及其背后知识体系的转变会让我们有更清晰的认识。目录、图书与学术研究在古代学术体系中是融为一体的，清代学者章学诚便以"辨章学术，考镜源流"为目录学指导思想。传统目录学按照古代典籍图书分类梳理中国古代学术思想和知识系统，以《七略》和《四库》的分类法为代表——汉代刘歆撰写的《七略》按六艺、诸子、诗赋、兵书、数术、方技归为六大部类，班固依此编辑《汉书·艺文志》；从《汉书·艺文志》来看，《诗》《乐》《春秋》《论语》等归入"六艺"，"街谈巷语、道听途说之所造"的"小说"归入"诸子"，屈原等文人诗赋和"感于哀乐，缘事而发"的歌诗则归入"诗赋"。清代纪昀主编的《四库全书总目》以经、史、子、集分类，是自《隋志》以来四部分类法的集大成之作。在《四库全书总目》收录的万种图书中，《诗》《春秋》被归入经部。史传散文、名人先贤传记被归入史部，"叙述杂事""记录异闻""缀辑琐语"的"小说"被归入子部，但宋元以降的话本和章回小说被排除在外。楚辞、别集、总集、诗文评、词曲等则被归入集部。整体上看，正史艺文志和官私书目中的文类等级是：诗文为正统，诗文评、词曲为末流，小说、戏曲则不入流甚至被排除在外。然而，在晚清以来西学东渐的潮流中，如春潮般奔涌而至的译书冲击着传统目录学的知识归类方法，建立在现代理性基

---

① 来新夏、柯平主编《目录学读本》，上海交通大学出版社，2014，第117～119页。

础上的西方现代知识体系和学科分类涨破传统目录学的框架，文类也在现代西方文学的框架内被重组和归类。小说、戏剧、诗歌、散文被定义为"现代""文学"范畴内的文类，其他古典文类则被划分到哲学、历史、宗教、政治等西方现代知识体系中的其他知识领域。在"文学"内部，小说和戏剧则由边缘的位置向中心移动。

目录学家姚名达曾说："《四部》分类法之不合时代也，不仅现代为然。自道光、咸丰允许西人入国通商传教以来，继以派生留学外国，于是东、西洋译籍逐年增多。学术翻新，迥出旧学之外。目录学界之思想自不免为之震动。故五六十年前，已有江人度上书张之洞论之曰：'……然处今之世，书契益繁，异学日起，匪特《七略》不能复，即《四库》亦不能赅，窃有疑而愿献也。《艺文》一志，列于《汉书》，后世遂以《目录》归《史部》。……盖目录音，合《经》《史》《子》《集》而并录。安得专归《史部》乎？……且东西洋诸学子所著，愈出愈新，莫可究诘，尤非《四部》所能范围，恐《四部》之藩篱终将冲决也。盖《七略》不能括，故以《四部》为宗；今则《四部》不能包，不知以何为当？'"① 如果说晚清文人仅是模糊意识到西学东渐对目录学及传统知识体系的挑战，那么20世纪20年代末期我们已经可以清楚地看到古代文类向现代文类的创造性转化已经基本完成。1927年，郑振铎在《研究中国文学的新途径》中提出要创造"明瞭而妥当"的分类法，打破传统的《四库》集部的五分法，子部不收录《西游》《水浒》等白话章回体小说的束缚，同时也反对复制美国哲学家杜威的"十进分类法"把文学分为诗歌、小说、戏曲、论文、演说、尺牍、讽刺文与滑稽文、杂类八类，而是应该将中国文学分为九大类三十七小类，如此方有利于中国文学的整理，"对于作品的研究，作家的研究，以及其他的专门研究，都可以有不少的帮助"。

---

① 姚名达：《中国目录学史》，湖南大学出版社，2014，第106～107页。

郑振铎列出的分类大纲综合了《四库》和杜威分类体系进行了中西合璧的创造性转化，共分九大类三十七小类：

> 总集及选集（诗文混杂的选本、总集均入此）
>
> 诗歌：总集及选集、古律绝诗的别集、词的别集、曲的别集、其他
>
> 戏曲：戏曲总集及选集、杂剧、传奇、近代剧、其他
>
> 小说：短篇小说（传奇派、平话派、近代短篇小说）、长篇小说、童话及民间故事集
>
> 佛曲弹词及鼓词：佛曲、弹词、鼓词、其他
>
> 散文集：总集、别集
>
> 批评文学：一般批评、诗话、词话、曲话、文话、其他
>
> 个人文学：自叙传、回忆录及忏悔录、日记、尺牍
>
> 杂著：演说、寓言、游记、制义、教训文、讽刺文、滑稽文、其他。①

另一部于20世纪20年代末编辑、1930年出版的《中国文学精要书目》，以收录古代文学图书为主，分类体系包括十一类二十六小类：

> 参考类
>
> 文学史类：通史类、断代史类
>
> 小学类
>
> 史类：史类、论证类、志记类
>
> 文类：辑散文总集及选集类、文评类

---

① 郑振铎：《研究中国文学的新途径》，《小说月报》第十七卷号外《中国文学研究》（1927年）。

诗类：总集及选集类、诗话类（总集类、别集类）

诗文全集及别集类

词类：总集及选集类、合集及别集类、词话类

曲类：散曲总集及选集类、杂剧总集及选集类、传奇总集及选集类、散曲合集及别集类、杂剧列集类、传奇别集类、曲话类、曲史类

小说类：小说类、论证类

新文艺类：散文类、小说类、戏剧类、诗歌类。①

可以看出，除第一类参考类、第三类小学类是通用性图书，第四类史类是文史交叉外，其余八类都是西方现代文学意义上的文学类。其中又按时代划分，古代文学图书类别有七类，现代文学图书统归一个"新文艺类"——散文、小说、诗歌、戏剧四小类已确定下来。"新文艺类"的单独划分冲破了《七略》和《四库》的传统分类标准，基本显示了与古代文类迥异的现代文学文类格局，提升了诗文评、词曲、小说等这些在古代文学系统中被轻视甚至排斥的文类在文学系统中的地位。

三

聚焦中国传统文类的接续与转化，新文学建设者"反传统"的激进态度并非真正斩断了文化的"前文性"，而是各有千秋地转化了"前文性"。他们反叛和颠覆的姿态为文化转型争取了更富弹性的空间，使传统文类的某些质素得以创造性地转化，并在此过程中催生出中国现代文学的主体性。文学研究者通常将源于法语的文学批评术语 genres 翻译为"文学类型"。自柏拉图和亚里士多德以来，西方文学习惯于按作品中的叙述者将所有文学作品划分为抒情诗、史诗

---

① 谢灼华编著《中国文学目录学》，书目文献出版社，1986，第60～61页。

或叙事作品、戏剧三大类型。18 世纪末 19 世纪初，德国文艺批评家阐释了与上述三分法接近的文类分类方法，在西方文学批评话语（critical discourses）、普通分类法（general distinction）以及大学课程（college catalogues）中，对诗歌（poetry）、散文体小说（prose fiction）和戏剧（drama）类型的划分沿用至今。①

　　从晚清到五四，"诗歌"是文类现代转型中引发争论最多的文类。晚清虽有"诗界革命"的助力推动，但传统古诗与域外诗歌差异甚大，古典诗歌在本土文学中有深厚传统，加上韵文在翻译时遇到的"可译/不可译"的难题，使五四时期诗歌在早期白话诗、自由体诗、小诗、象征诗等的欧化尝试中引发巨大争议。"小说"的转型没有遇到和"诗歌"一样的激烈挑战，是中外文类观念经冲突碰撞而完成创造性转化的最有代表性的文类，不仅翻译和创作数量最多，也在转化过程中完成了小说主题与艺术形式各方面的丰富与完善。西方小说"散文体叙事"的特征与本土白话通俗小说多有对应，加之"小说界革命"对白话通俗小说的推崇，使得古代小说向现代小说的文类转型中逐渐偏离传统目录学的小说概念向小说家定义的小说概念迁移，五四时期则进一步通过"人物、情节、环境"以及"立意"的强调向域外小说看齐。"戏剧"则在中外对比的背景下逐渐背离了传统戏曲虚拟程式化表演和"唱念做打"的表演艺术特征，逐渐向以"写实"为特征的"话剧"转型。"戏剧"（drama）之所以又被译作"话剧"，是因为新文学建设者在"写实"与"说白"的特征上把握了西方戏剧与传统中国戏曲在形式上的巨大差异，流传千年的传统"戏曲"与西方的舶来品"话剧"至此路分殊途。而对于"散文"来说，西方文类并未将散文单独纳入与诗歌、小说、戏剧并列的文类范畴。在郑振铎编辑的《中国新文学大系·文学论

① 〔美〕M. H. 艾布拉姆斯、杰弗里·高尔特·哈珀姆：《文学术语词典》（第 10 版）（中英对照），吴松江、路雁等编译，北京大学出版社，2014，第 148 页。

争集》中，"下卷"按文类编选的论争文章分别是"白话诗运动及其反响"、"旧小说的丧钟"和"中国剧的总结账"，唯独没有"散文"。但在整套《中国新文学大系》中，二集"散文"紧随三集"小说"之后，列在诗集和戏剧集之前。五四新文学将散文作为新文学四种文类中的重要一类，主要原因在于散文在古代文学中的深厚传统、创作实绩的可观及其进行社会批评和文明批评的有效性。这是新文学建设者结合中国文学实际情况的主体性创造。

在西方文学术语中，prose 与 essay 都可对应于五四时期的"散文"概念，但它们并非与西方抒情诗、小说、戏剧并列的文类：

Prose is an inclusive term for all discourse, spoken or written, which is not patterned into the lines either of metric verse or free verse. …At one end is the irregular, and only occasionally formal, prose of ordinary conversation. Distinguished written discourse, in what John Dryden called "that other harmony of prose," is no less an art than distinguished verse; in all literatures, in fact, artfully written prose seems to have developed later than written verse. As written prose gets more "literary" —whether its function is descriptive, expository, narrative, or expressive—it exhibits more patent, though highly diverse, modes of rhythm and other formal features.（散文这一包容性术语指代所有口头的或书面的话语，这些话语没有形成诗韵行或自由诗行模式。……一方面是无规则的、偶尔是正式的日常话语散文。优美的书面话语同优美的韵文一样也是一门艺术，正如约翰·德莱顿所说的"散文的另一种和谐"；事实上，在所有文学形式中，艺术性的书面散文似乎比书面韵文发展得更晚。当书面散文越来越富有"文学"味时——无论其功能是描绘、说明、叙述或表现性的——它都会显示更加独特但迥然不同的节奏模式和其他形式特征。）

Prose poems are compact, rhythmic and usually sonorous compositions which exploit the poetic resources of language for poetic ends, but are written as a continuous sequence of sentences without line breaks. (散文诗结构紧凑，富有节奏感，通常铿锵有力，借用语言的诗意资源达到诗意收尾的目的，始终包含一连串的句子，但各行之间没有停顿。)

Essay: any short composition in prose that undertakes to discuss a matter, express a point of view, persuade us to accept a thesis on any subject, or simply entertain. The essay differs from a "treatise" or "dissertation" in its lack of pretension to be a systematic and complete exposition, and in being addressed to a general rather than a specialized audience; as a consequence, the essay discusses its subject in nontechnical fashion, and often with a liberal use of such devices as anecdote, striking illustration, and humor to augment its appeal. (杂文：旨在探讨问题、阐述观点、劝说我们接受关于任一主题的一种观点，或只是怡情的任何散文体短篇作品都属于杂文。杂文有别于论著或学术论文，其论述说理不够系统完备，其对象只限于一般读者而非专业人士。因此，杂文的论述采用非技术性、灵活多样的方式，往往运用奇闻轶事、鲜明的例证、幽默风趣的说理等手段来加强其感染力。)①

五四新文学建设者将"散文"单设一类，亦基于散文创作成就最高的事实。1922 年，胡适曾说："白话散文很进步了。长篇议论文的进步，那是显而易见的，可以不论。这几年来，散文方面最可注意的发展乃是周作人等提倡的'小品散文'。这一类的小品，用平

---

① 〔美〕M. H. 艾布拉姆斯、杰弗里·高尔特·哈珀姆：《文学术语词典》（第 10 版）（中英对照），吴松江、路雁等编译，北京大学出版社，2014，第 318、114 页。

淡的谈话，包藏着深刻的意味；有时很像笨拙，其实却是滑稽。这一类的作品的成功，就可彻底打破那'美文不能用白话'的迷信了。"① 朱自清也持相似观点，1928 年，他在《〈背影〉序》中说，从"历史"的原因来看，因为"中国文学向来大抵以散文为正宗"，"美文古已有之"，故而使用白话的新文学欲取得文坛的合法性必须打破"美文不能用白话"的迷信。从"体制"的原因看，散文短小、灵活、选材和表现自由的特点使其更具操作性，对于"懒惰"和"欲速"的作者是"较为相宜的体制"。朱自清进而强调传统散文的现代转型中"外国的影响"："明朝那些名士派的文章，在旧来的散文学里，确是与现代散文相近的。但我们得知道，现代散文所受的直接的影响，还是外国的影响。"② 1933 年，鲁迅亦肯定散文是五四时期创作实践收获最丰的文类，既指出"取法"西方典范 Essay 的外部原因，也指出"对于旧文学的示威"的古文内部转化的原因："散文小品的成功，几乎在小说戏曲和诗歌之上。这之中，自然含着挣扎和战斗，但因为常取法于英国的随笔（Essay），所以也带一点幽默与雍容；写法也有漂亮和缜密的，这是为了对于旧文学的示威，在表示旧文学之自以为特长者，白话文学也并非做不到。"③

在中西融汇视野中细致分析散文的创造性转化特征的当属五四时期的散文大家周作人。他在《美文》中首次提出现代文学的"美文"概念，认为现代白话散文的创作需有中国作者的主体性创造："可以看了外国的模范做去"，"但是须用自己的文句与思想，不可去模仿他们"。在"外国的模范"参照下，周作人分析道："外国文

---

① 胡适：《五十年来中国之文学》，载姜义华主编《胡适学术文集：新文学运动》，中华书局，1993，第 160 页。
② 朱自清：《〈背影〉序》，载《朱自清序跋书评集》，生活·读书·新知三联书店，1983，第 2 ~ 5 页。
③ 鲁迅：《小品文的危机》，载《鲁迅全集》（第四卷），人民文学出版社，2005，第 592 页。

学里有一种所谓论文，其中大约可以分作两类。一批评的，是学术性的。二记述的，是艺术性的，又称作美文，这里边又可以分出叙事与抒情，但也很多两者夹杂的。……读好的论文，如读散文诗，因为他实在是诗与散文中间的桥。中国古文里的序，记与说等，也可以说是美文的一类。但在现代的国语文学里，还不曾见有这类文章，治新文学的人为什么不去试试呢？"① 新文学建设者正视散文的创作实绩，没有拘泥于西方文学的文类划分，而将散文确立为新文学的四种基本文类之一，体现了现代文学建构"拿来主义"的主体性态度。

经由翻译文学的中介，泾渭分明的西方文类在译文中界限有所松动，译诗的散文化，翻译小说的散文化，童话、游记、翻译戏剧的小说化等现象在清末民初至五四时期的翻译作品中屡见不鲜。以清末民初收录译本最有代表性的两部丛书——商务印书馆的《说部丛书》和中华书局的《小说汇刊》为例，就在收录小说时收录了安徒生童话集《十之九》、格林童话集《时谐》、西班牙游记《大食故宫余载》、莎士比亚戏剧的散文体故事集《吟边燕语》、根据司宾塞长诗《仙后》散文演述本翻译的散文体故事《荒唐言》。而在周氏兄弟的译作《域外小说集》中，除收录安特来夫、迦尔洵、莫泊桑等的小说外，亦收录了安徒生的童话、梭罗古勃的寓言以及蔼夫达利阿谛斯的散文等诸多文类的作品。文类的松动激发了现代作家以"文体家"的自觉探索文类融合和文类创新的热情。例如，鲁迅的散文诗，郁达夫、沈从文、萧红的散文化小说，废名、冯至的诗化小说，田汉、郭沫若的诗化戏剧，卞之琳的戏剧化新诗等，都体现了跨文类的特征，正是西方文类与传统文类碰撞导致的文类边界的不确定性促进了传统文类的创造性转化。

---

① 周作人：《美文》，《晨报副刊》1921 年 6 月 8 日。

第二节　传统小说概念的流变
——"目录学定义"与"小说家定义"

中国传统小说概念与西方的小说概念虽同属叙事文类，但差异甚大。中国古代的小说概念既有"目录学定义"和"小说家定义"之分，亦有文言与白话的雅俗之别。随着翻译小说的大量涌入，中国古代的小说概念在西方范式的刺激下发生位移并重新整合，开始向现代文学的小说概念转型，成为现代知识谱系学科分类中的一个文类。晚清当愈来愈多的译者和读者翻译并阅读西方小说时，翻译小说激发了清末民初文人对"小说"概念及其社会地位的讨论，使趋于凝固的传统文类等级发生裂变并重组。

以传统目录学的视角观照古代文学文类，诗、文一直雄踞文学系统的核心，词曲、诗文评次之，小说、戏曲则是边缘性的存在，《七略》《四库》等群书目录的编纂固化了文类的等级。上古以文为宗，中古以诗为宗，诗、文向来是隶属"经史子集"的"雅"文类，士大夫阶层对诗文创作与研究有悠久的传统，而小说和戏曲则是流浪于民间的"俗"文类，小说和戏曲研究也被轻视。在以儒家思想为核心的古代学术体系里，"通经致用"的经学和史学是中心，因此"目录学定义"的"小说"在经学史学的体系中只能处在"补正史之阙"的边缘地位。正史艺文志、经籍志里附于"子部""史部"的是以"实录"为原则的记人或记事的小说，例如魏晋志人志怪小说及唐宋之后的笔记小说。从文体来看，士大夫阶层使用的文言书面语被看作雅言，故而魏晋小说和笔记小说等文言小说被"文苑"接纳，而民间流传的在"说话"基础上发展起来的话本、拟话本、章回小说等通俗白话小说则被排斥在外。而兼具背离"实录"原则的虚构想象和文言文体的书面创作两重特征的唐传奇则被历代目录学家时而接纳时而排斥。

一

　　"小说"一词首见于《庄子·杂篇·外物》中"饰小说以干县令，其于大达亦远矣"，"小说"是修饰琐屑之言，靠"小说"求取高名美誉较之承载"大道"的"大达"相差太远。东汉桓谭的《新论》云，"小说家合残丛小语，近取譬喻，以作短书，治身理家，有可观之辞"，强调小说篇幅短小，虽不载大道，但有治身理家的小道。班固在《汉书·艺文志》中引证孔子言论道："小说家者流，盖出于稗官，街谈巷语，道听途说之所造也。孔子曰：'虽小道，必有可观者焉，致远恐泥，是以君子弗为也。'然亦弗灭也。"他认为小说是稗官记录的民间野史，"君子弗为"说明了小说是被士大夫阶层歧视的文类。可见汉代以前，"小说"是琐屑浅薄的"小道"，又"道听途说"不尽可信，只能附在《七略》六类中的"诸子略"末尾。魏晋南北朝以来，《搜神记》等志怪小说和《世说新语》等志人小说出现后，《隋书》沿袭了班固归"小说"入"诸子略"的做法，将刘义庆的《世说新语》等小说列入"子部"；而干宝《搜神记》则被列入"史部"。鲁迅曾分析时人的看法是"幽明虽殊途，而人鬼乃皆实有"，因此将鬼神"异事"等同于"人间常事"，两者并无事实与虚妄之分，志怪小说既是实录，故而列入"史部"。① 唐传奇体现了古人创作小说的自觉，"唐人始有意为小说"，然而"传奇"却是"以别于韩柳辈之高文"的贬称，"论者每訾其卑下"。② 唐代史学家刘知幾在《史通·杂述》中肯定"小说""自成一家，而能与正史参行"，但"小说""言皆琐碎，事必丛残"，"书有非圣，言多不经"，只能是正史的补充。对魏晋南北朝的志怪志人小说，刘知幾以史学家的立场做出了严苛

---

① 鲁迅：《中国小说史略》，载《鲁迅全集》（第九卷），人民文学出版社，2005，第45页。
② 鲁迅：《中国小说史略》，载《鲁迅全集》（第九卷），人民文学出版社，2005，第73页。

的批评，而对他在世时已初露锋芒的唐传奇，则根本没做评价。北宋初年收录部分唐传奇的类书《太平广记》后来被《四库全书》归入"子部""小说家类"。

宋代，传统小说开始出现文言小说和白话小说的分流。文言是雅言，文言小说是士阶层的"雅文学"，故正史艺文志将其收于"子部"，例如欧阳修的《新唐书·艺文志》收录了大量魏晋隋唐的文言小说；而在民间"说话"技艺基础上发展起来的用白话文体写作的宋元话本和拟话本则不被正史艺文志收录。明代，在传统目录学的框架中承袭了传统小说观念，胡应麟在《少室山房笔丛》中流露出不知该把"小说"归入何类的犹疑："小说，子书流也。然谈说理道或近于经，又有类注疏者；纪述事迹或通于史，又有类志传者。"他将小说分为六类：

一曰志怪：《搜神》、《述异》、《宣室》、《酉阳》之类是也；
一曰传奇：《飞燕》、《太真》、《崔莺》、《霍玉》之类是也；
一曰杂录：《世说》、《语林》、《琐言》、《因话》之类是也；
一曰丛谈：《容斋》、《梦溪》、《东谷》、《道山》之类是也；
一曰辩订：《鼠璞》、《鸡肋》、《资暇》、《辩疑》之类是也；
一曰箴规：《家训》、《世范》、《劝善》、《省心》之类是也。①

较之刘知幾，胡应麟将越出史家"实录"原则的"传奇"放入"小说"范畴，扩展了小说的范围。但他同时也把丛谈、辩订、箴规等非叙事文体都归入"小说"，表明他的小说观仍然与传统目录学的小说观一脉相承。他将"经史子集"主流知识门类以外无类可归的边缘文类都扔到"小说"的筐里，显示了小说较之主流知识门类的卑微地位。无论归入经、史、子哪一类，小说都只是末流，不具备

---

① 〔明〕胡应麟：《少室山房笔丛》，上海书店出版社，2001，第282页。

独立的文学性，只是主流知识门类的附庸，甚至干脆被主流知识门类拒之门外。

清代纪昀编纂《四库全书总目》时，缩小了胡应麟的小说范围，将丛谈、辩订和箴规归入"子部"杂家，在"子部"设"小说类"，分为三子目："其一叙述杂事，其一记录异闻，其一缀辑琐语。"鲁迅认为此举廓清了此前芜杂的小说概念："三派者，校以胡应麟之所分，实止两类，前一即杂录，后二即志怪，第析叙事有条贯者为异闻，钞录细碎者为琐语而已。传奇不著录；丛谈辩订箴规三类则多改隶于杂家，小说范围，至是乃稍整洁矣。"① 不过，纪昀依然持传统士大夫重视经史而轻视小说的立场，认为"唐宋而后，作者弥繁，中间诬谩失真，妖妄荧听者，固为不少，然寓劝诫，广见闻，资考证者，亦错出其中"②，收录小说仅是因为"寓劝诫，广见闻，资考证"的教化和认识功能，对小说的艺术特征、娱乐功能一概不做考虑，不仅"传奇不著录"，宋元以来在民间流传久远的话本、拟话本、章回体白话小说都一概不收，即便《水浒传》《三国演义》等在民间流传甚广的小说也概莫能外。

总而言之，在中国古代千年文脉的传承中，小说始终是难登大雅之堂的通俗文类，是"雕虫小技，壮夫不为"的"小道"。具有"实录"、文言等士大夫阶层认可的"雅"特征的小说在传统目录学中居于子部或史部末流，以"虚构"为特征的小说被根深蒂固的史传传统所蔑视，在"说话"表演基础上发展起来的以营利、娱乐为目的的白话小说则因"俗"的特质从未得到正史艺文志的认可。在传统文化知识谱系中，"小说"或者作为子部或史部的附庸而存在，或者在民间的勾栏瓦舍中自生自长，或者供文人在案头自娱遣兴、抒情泄愤，不具备文学本身的独立性。

---

① 鲁迅：《中国小说史略》，载《鲁迅全集》（第九卷），人民文学出版社，2005，第10页。
② 〔清〕永瑢等撰《四库全书总目》（全二册），中华书局，1965，第1204页。

二

晚清翻译小说的繁荣，得力于戊戌变法失败后维新派知识分子对小说"开启民智"的社会功用的强调，也使小说在文类等级中地位的提升具备了合法性。1896 年，甲午战败后立志宣传西学的维新派在《时务报》上刊载和介绍翻译小说。1897 年，以全面接触、了解和学习西方的思想为主导，《国闻报》亦开始付印翻译小说，严复和夏曾佑在《本馆附印说部缘起》中对"说部"教化功能和社会地位的强调挑战了传统目录学中"经史子集"的正统地位：

> 举古人之事，载之文字，谓之书。书之为国教所出者，谓之经；书之实欲创教而其教不行者，谓之子；书之出于后人，一偏一曲，偶有所托，不必当于道，过而存之，谓之集：此三者，皆言理之书，而事实则涉及焉。书之纪人事者，谓之史，书之纪人事而不必果有此事者，谓之稗史；此二者，并纪事之书，而难言之理则隐寓焉。[①]

文中"稗史"即"说部"，可见二人将小说归入"史部"，但与此前以"实录"原则将"说部"归入"史部"的目录学家观点不同的是，他们特别强调了"稗史"虚构的特点——"纪人事而不必果有此事"。对于虚构的强调正是小说摆脱千百年来的史传附庸身份走向独立文学价值的开端，也是从目录学框架中的传统小说观念向以西方为榜样的现代小说观念转型的关键。在"使民开化"的改良思路里，维新派知识分子提升了"小说"尤其是通俗白话小说的社会地位。一直在传统目录学大门之外流浪的白话通俗小说，居然拥有

---

① 几道、别士：《本馆附印说部缘起》，载陈平原、夏晓虹编《二十世纪中国小说理论资料（1897~1916）》（第一卷），北京大学出版社，1997，第 25 页。

了超越"正史"的显赫地位，标志着"经史子集"传统目录学框架在近代已开始出现裂痕。沿袭千年的传统学术思想开始受到严峻挑战：

> 夫说部之兴，其入人之深，行世之远，几几出于经史上，而天下之人心风俗，遂不免为说部之所持。①

1898 年，梁启超在日本创办《清议报》，明确提出以"泰西"为榜样翻译政治小说，将小说提升至"国民之魂"的高度，将翻译政治小说作为《清议报》六项主要内容之一。他同样以"开启民智"的政治启蒙功用强调小说胜于"经史"的地位以及小说作者的高尚地位：

> 仅识字之人，有不读经，无有不读小说者。故六经不能教，当以小说教之；正史不能入，当以小说入之。……在昔欧洲各国变革之始，其魁儒硕学，仁人志士，往往以其身之所经历，及胸中所怀，政治之议论，一寄之于小说。……往往每一书出，而全国之议论为之一变。彼美、英、德、法、奥、意、日本各国政界之日进，则政治小说，为功最高焉。②

次年，梁启超在《清议报》上先后翻译了日本作家柴四郎的《佳人奇遇》和矢野龙溪的《经国美谈》，称"其浸润于国民之脑质，最有效力"，认为小说"于日本维新之运有大功"③，这里所说的"小说"自然还是通俗白话小说。1902 年，在被看作"小说界革

---

① 几道、别士：《本馆附印说部缘起》，载陈平原、夏晓虹编《二十世纪中国小说理论资料（1897～1916）》（第一卷），北京大学出版社，1997，第 27 页。
② 任公：《译印政治小说序》，《清议报》第一册（1898 年）。
③ 任公：《饮冰室自由书》，《清议报》第二十六册（1899 年）。

命"宣言的《论小说与群治之关系》中，梁启超为强调"小说为文学之最上乘"① 而援引的《红楼》《水浒》《野叟曝言》《花月痕》等小说，亦无一不是白话小说。

欲提升小说文类的地位，首先须提升小说作者和译者的地位，清末民初文人多从泰西小说作者的崇高地位立论证明小说文类的中心地位，如梁启超称外国政治小说作者"皆一时之大政论家，寄托书中之人物，以写自己之政见"②，林纾在《巴黎茶花女遗事》引言中说"巴黎小说家均出自名手"③，邱炜萲称"吾闻东、西洋诸国之视小说，与吾华异，吾华通人素轻此学，而外国非通人不敢著小说"④，衡南劫火仙则说"欧美之小说，多系公卿硕儒，察天下之大势，洞人类之赜理，潜推往古，豫揣将来，然后抒一己之见，著而为书，用以醒齐民之耳目，励众庶之心志"⑤。

林纾以古文家和小说家的文学素养肯定翻译小说的思想内容和艺术价值，试图用"以中化西"的视角寻找翻译小说与古代正统文学观念的契合。他力证泰西小说内容不亚于"史录"：《俾斯麦全传》和《拿破仑传》"文字必英隽魁杰，当不后于马迁之纪项羽"，"外国史录，多引用古籍"，"非史才，不敢任译书"。⑥ 又分析泰西小说笔法不亚于"古文"，说《黑奴吁天录》"是书开场、伏脉、接笋、结穴，处处均得古文家义法。可知中西文法，有不同而同者"，"所冀有志西学者，勿遽贬西书，谓其文境不如中国也"。⑦ 林纾糅

① 饮冰：《论小说与群治之关系》，《新小说》第一号（1902年）。
② 任公：《饮冰室自由书》，《清议报》第二十六册（1899年）。
③ 冷红生：《〈巴黎茶花女遗事〉小引》，载陈平原、夏晓虹编《二十世纪中国小说理论资料（1897～1916）》（第一卷），北京大学出版社，1997，第40页。
④ 邱炜萲：《小说与民智之关系》，载陈平原、夏晓虹编《二十世纪中国小说理论资料（1897～1916）》（第一卷），北京大学出版社，1997，第47页。
⑤ 衡南劫火仙：《小说之势力》，《清议报》第六十八册（1901年）。
⑥ 林纾：《〈译林〉序》，《译林》第一册（1901年）。
⑦ 林纾：《〈黑奴吁天录〉例言》，载陈平原、夏晓虹编《二十世纪中国小说理论资料（1897～1916）》（第一卷），北京大学出版社，1997，第43页。

合浅近文言和古文义法的翻译为他赢得了知识分子阶层的读者，打破了文人受传统文学观影响而耻于创作和阅读小说的成见。通过严复、夏曾佑、梁启超、林纾等对翻译小说从政治功用、启蒙工具、作者地位、艺术价值等方面进行介绍与阐释，被传统目录学束缚的小说观念在西方典范的刺激下开始松绑，走出小说文类转型的第一步。

三

鲁迅指出，宋代"平话"即"白话小说"，"以俚语作书，叙述故事"①，又说"当时一般士大夫，虽然都讲理学，鄙视小说，而一般人民，是仍要娱乐的；平民的小说之起来，正是无足怪讶的事"②。可见这种使用白话、以散文体叙事为特征、注重故事的虚构与细节描写、注重娱乐趣味、强调文学性的"小说"概念与上述传统目录学定义的"小说"概念内涵殊异。董乃斌认为，"散文体"是"小说"最显眼的文体特征，"叙事"是"小说"的本质。③ 石昌渝提出，在传统"目录学定义"之外，中国古代文学中尚有一种"小说家定义"，即"站在文学的立场"，"作为散文体叙事文学"的"小说"概念。

唐传奇出现以前，民间出现娱乐性质的说故事活动，其中已有虚构和夸张的成分。魏晋至唐代的"俳优小说""民间小说""市人小说"将小说与娱乐游戏相联系，使"小说"的内涵有了不同于目录学概念的"娱乐"特质。宋元作为表演技艺的"说话"盛行，据耐得翁的《都城纪胜》中记载，南宋始有"小说""说铁骑儿""说经""讲史书"四类，其中"小说"又包括"烟粉、灵怪、传奇、说公案、朴刀、杆棒及发迹变泰之事"，有口语白话和散文体叙事的

① 鲁迅：《中国小说史略》，载《鲁迅全集》（第九卷），人民文学出版社，2005，第115页。
② 鲁迅：《中国小说历史的变迁》，载《鲁迅全集》（第九卷），人民文学出版社，2005，第331页。
③ 董乃斌：《现代小说观念与中国古典小说》，《文学遗产》1994年第2期，第101页。

特征。而明代"小说"概念"质"的变化在于由"小说"统摄"说铁骑儿""说经""讲史书"三家，且由作为民间表演底本的口头文学转变为文人创作的书面文学。明嘉靖以降，洪楩的"小说"概念指的是在传奇和"说话"基础上形成的叙事性散文文体，郎瑛则强调了小说"以奇怪之事自娱之"的娱乐功能，而与胡应麟同时的谢肇淛则将小说与史传分开，认为两者的根本区别在于"小说"有"情景造极而止，不必问其有无"的虚构。清代顺治年间，西湖钓史（丁耀亢）在《续金瓶梅序》中将小说看作与经史并传的独立文类，并认为小说始于唐宋，其价值在于以情动人，不拘泥于文言白话："小说始于唐宋，广于元，其体不一。田夫野老能与经史并传者，大抵皆情之所留也。情生，则文附焉，不论其藻与俚也。"① 由此可见，"目录学定义"/"小说家定义"在实录/虚构、文言/白话、叙事散文/散文体叙事文学、"劝诫""考证"功能/娱乐消遣功能等关键问题上分歧甚大，由此形成了古代文学传统的两脉不同的小说源流："传统目录学的'小说'与作为散文体叙事文学的小说，分水岭就是实录还是虚构。说实话的（至少作者自以为）是传统目录学的'小说'，编假话的是作为散文体叙事文学的小说。……中国历史上存在着两种小说：一是附庸于史传的尺寸短书，它的本质在于实录；二是供人阅读消遣的故事，它与前者有血亲关系，但它与前者的差别在于它离不开想象和虚构。传统目录学家一直在捍卫'小说'文体的纯洁性，他们的努力无可厚非，但他们无视叙事文学的小说的存在，并且以传统的'小说'观念来非难它，则是一种顽固的观念。"② 当代学者从古代文学中梳理出来的"小说家定义"，实际上也是参照西方各种"小说"概念的一种话语建构，使建立在唐传奇和宋元"说话"基础上的以"虚构""消遣""散文体""叙事文学"

---

① 石昌渝：《"小说"界说》，《文学遗产》1994 年第 1 期，第 90、91 页。
② 石昌渝：《中国小说源流论》（修订版），生活・读书・新知三联书店，2015，第 8、13 页。

为特征的中国古代"小说"能与"Fiction""Romance""Novel""Short Story""Novella""Novelette""Short Short Story"等欧美文学中的文类概念相对应，在翻译实践中建立一种对等的关系。这一概念的建构过程不能简化为"影响研究"中"影响－接受"的线性路径，不是单向的文化输入而是双向互动的文化交流，异域文化激活了中国学者在"前文性"中自我循环的封闭思维，使中国学者能够借助异域视角恢复本土的感知能力和创造性，也就是五四时期诸位新文学建设者所倡扬的"觉悟"，从而得以重新发现古代文学，清理和解决中国文学自身的问题，激发中国文学的创造活力。

四

"小说"的"目录学定义"与"小说家定义"与中国古代文学的雅俗格局密切相关，其根源在于以"原道""征圣""宗经"的儒家经学话语为中心的主流意识形态和"士"阶层对思想、学术、文化知识的主导权。余英时认为："中国文化很早就出现了'雅'和'俗'的两个层次"，即有大、小传统或两种文化的分野："大传统或称之为精英文化是属于上层知识阶层的，而小传统或称之为俗文化则属于没有受过正式教育的一般人民。"① 以士农工商四大社会群体为基本要素的中国古代社会结构中，"士"的阶层是"四民之首"，是农工商三民的楷模，是从朝廷到民间的重要中介："在传统的市民社会中，'士大夫'已成一个固定词组；由于士是'大夫'即官吏的基本社会来源，道统与政统是一体的。""士为四民之首的最重要政治含义就是士与其他三民的有机联系以及士代表其他三民参政议政以'通上下'。"② "士"阶层与其他三民阶层的文学观总体看来是分离的：在创作主体和受众方面，有地位、学识、修养的雅

---

① 余英时：《士与中国文化》，上海人民出版社，2003，第117页。
② 罗志田：《权势转移：近代中国的思想、社会与学术》，湖北人民出版社，1999，第193、162页。

俗之别；在语言上，有书面文言和口语白话的雅俗之别；在文类上，有经史与小说戏曲的雅俗之别；在审美趣味上，有阳春白雪和下里巴人的雅俗之别；在内容主旨上，有国家大事和民间琐事的雅俗之别。

《诗经·毛诗序》中郑玄注："雅者，正也，言王政之所由兴废也。""雅""正"的合法性建立在对"道统""政统"的国家意识形态和政治规范的维护上。推崇"雅正"的士大夫文学观形成了古代文学中占主导地位的"文统"，并与"道统""政统"合为一体。历代官修目录和史志目录都由朝廷组织或参与并由"士"阶层来实施，书目编纂的组织与制度体现了国家的"道统"和"政统"，从事编纂工作的士大夫阶层通过编订目录规范学术，取得社会文化的主导权。而对于"俗"文化的主体即没有受过正式教育甚至不识字的百姓来说，勾栏瓦舍的消遣娱乐和饮食男女的日常琐事才是"俗文学"的主题。起源于"说话"表演的通俗小说起初只是说唱艺术，并不具备书面形式，说唱艺人的群体也不可能属于"士"阶层，这使得从唐五代初具雏形的话本到明代中叶的通俗小说长期作为亚文化存在于传统文化结构中，既难得到艺术水平的长足进步，又被"士"鄙夷为不登大雅之堂的闲书，甚至不为书面文字所记载。明代以降，"士"开始广泛参与通俗小说创作，体现了文学的平民化、通俗化倾向。明代朱棣"靖难"、英宗"夺门"以及正德年间阉党专权等一系列严酷政治现实，瓦解了人们此前对理学的坚信不疑。王阳明"心学"和李贽"童心说"的兴起，则体现了对世俗生活价值和意义的肯定。明代趋于成熟的市民阶层、印刷技术及出版业的发展等则标志着外部环境的成熟，小说的平民化和通俗化由此获得了合法性。针对明代社会结构的变化，王阳明提出了"新四民说"，历史性地突破了传统观念中"士庶有别"的阶层划分："古者四民异业而同道，其尽心焉，一也。士以修治。农以具养，工以利器，商以通货，各就其资之所近，力之所及者而业焉，以求尽其心。其归要在于有益于生人之道，则一而已。"王阳明认为社会中"散士而卑农，荣宦游而耻工贾"的现象，是"王道熄而学术乖"①的表现。从王阳明的"新四民说"中，可看出随着明代社会的结构性变化，士、农、工、商"四民"在文学作品中开始有了同等的表现价值，生长并传播于民间的通俗小说以其独特的文学价值，成为区别于"目录学定义"的"小说家定义"的"小说"，并渐成气候。这为日后清末民初传统小说观与西方小说观的有效融合，以及以西方为榜样的"小说"观念的现代转型，奠定了现实基础，做了理论上的准备。

第三节　西方小说概念的启迪

——作为"文学"的"小说"

在晚清翻译文学蜂拥而至的历史潮流中，如何为 Fiction，Romance，Novel，Short Story，Literature 等英语文类概念和文学概念找到对应的中文译语，是颇令清末民初文人踌躇的事。在"小说""文学"等中文概念形成之初，这些概念的所指是模糊多义的，常包含着中/西、传统/现代多重内涵，背后涉及的是中国现代文学观念和知识体系的建构。以中国传统"小说"概念对应以"散文体叙事作品"为核心特征的西方文类，在域外小说的翻译实践中逐渐清晰并固定下来，"小说"这一古已有之的中文词语在翻译实践中被激活，并被注入源自西方文类概念的新的内涵。

一

下面我们以清末民初颇具代表性的文学期刊《小说月报》为例，分析西方小说概念给中国小说概念带来的冲击。这份商务印书馆为接续《绣像小说》而在 1910 年创刊的杂志，自第一卷第一号起，每

---

① 王阳明：《节庵方公墓表》，载《王阳明全集·诗赋·墓志·祭文》，华中科技大学出版社，2015，第 224～225 页。

期版权页里都印着 *The Short Story Magazine*（*Issued Monthly*）的英文刊名，以中文的"小说"对应英文的"Short Story"。但在编发稿件中，真正具备西方的"短篇小说"文类特征的稿件很少。以第一卷第一号为例，仅有《钻石案》《碧玉环》两篇"短篇小说"，其文体风格是胡适在文学革命中严厉批评的"某生体"："某少年，蜀产，挟重傔入都，谋营干，寓宣武门外……"① 与西方以"横截面"② 叙事结构为文类特征的"短篇小说"（Short Story）截然不同。《小说月报》第一卷第一号在《编辑大意》中称："本报以迻译名作、缀述旧闻、灌输新理、增进常识为宗旨。本报各种小说皆敦请名人分门担任，材料丰富，趣味浓深。其体裁则长篇、短篇、文言、白话、著作、翻译，无美不搜。其内容则侦探、言情、政治、历史、科学、社会各种皆备。末更附以译丛、杂纂、笔记、文苑、新智识、传奇、改良新剧诸门类。广说部之范围，助报余之采撷。每期限于篇幅，虽不能一一登载，至少必在八种以上。"③ 又在《征文通告》中登载："本报各门皆可投稿，短篇小说尤所欢迎。"④ 刊内则设《长篇小说》《短篇小说》《译丛》《笔记》《文苑》《新智识》《改良新剧》七个栏目。《小说月报》第一至三卷由南社文人王蕴章（别号西神）主编，从英译刊名、杂志公告和栏目设置可以看出王蕴章的"小说"概念是模糊混杂的，与五四文学革命时茅盾、胡适等对"短篇小说"（short story）的详细界定和分析判然有别。

革新前的《小说月报》（1910～1920）里，包括长篇小说、短篇小说，以及收录轶事、序跋的"笔记"、收录古诗词和游记的"文苑""改良新剧"，甚至"理科游戏"等也在其中。如此"广说部之范围"，以对应 *The Short Story Magazine* 的刊名，可看出中西杂

---

① 王蕴章：《碧玉环》，《小说月报》第一卷第一号（1910 年）。
② 胡适选编《中国新文学大系·建设理论集》（影印本），上海文艺出版社，2003，第 272 页。
③ 《编辑大意》，《小说月报》第一卷第一号（1910 年）。
④ 《征文通告》，《小说月报》第一卷第一号（1910 年）。

糅、新旧杂陈的特点，对"小说"的界定并不明晰。笔记、传奇、杂纂是传统目录学定义中的"小说"概念，长篇小说、短篇小说的概念则是来自西方的"小说"概念。而将理科游戏、科学试验等"新智识"以及游记、佚诗等一并刊登，则能看出其在宽泛意义上受"叙述杂事""记录异闻""缀辑琐语"的传统"小说"概念的影响。西方小说观念和小说译作的输入，迫使中国的小说家以新的角度诠释小说，审视中国旧有的文类。

《小说月报》栏目的不断调整可以反映"小说"概念的重构和转化。表2-1是《小说月报》历年的栏目设置情况，从栏目的频繁变化中可以看出编者对"小说"概念的犹疑和调整。

表2-1　《小说月报》历年的栏目设置情况（1910～1920）

卷数（年份）	栏目
第一卷（1910）	图画、短篇小说、长篇小说、改良新剧、笔记、文苑、谐乘、译丛、杂纂、附录、新智识
第二卷（1911）	图画、短篇小说、长篇小说、传奇、改良新剧、笔记、文苑、译丛、杂纂、附录、
第三卷（1912）	插画、短篇小说、长篇小说、传奇、新剧、笔记、文苑、谈乘、译丛、附录、杂俎、补白
第四卷（1913）	插画、短篇小说、长篇小说、文苑、说林，欧美小说丛谈、附录、传奇、补白
第五卷（1914）	插画、短篇小说、长篇小说、新剧、传奇、国故、瀛谈、笔记、诗话、文苑、杂俎、画概、碁谱、游记、补白、轶闻
第六卷（1915）	插画、短篇小说、长篇小说、文苑、游记、笔记、杂俎、国故、弹词、补白、本社函件录、新剧、传奇、余霞
第七卷（1916）	插画、琐言、名著、轶闻、随笔、杂俎、文苑、弹词、说舰、录、本社函件录、补白
第八卷第一号至第六号（1917）	插画、寓言、记事、文苑、杂俎、补白
第八卷第七号至第十二号（1917）	插画、新著、丛译、国故、瀛谈、院本、弹词、文苑、诗话、杂俎、补白、游记

续表

卷数（年份）	栏目
第九卷第一号至第八号（1918）	插画、说丛、传奇、弹词、新剧、文苑、杂俎、余兴、补白、专件、小说俱乐部
第九卷第九号至第十二号（1918）	插画、说丛、弹词、文苑、史外、瀛谈、诗话、弈话、奁艳、杂俎、诗钟、文虎、补白、词话、酒史、游记、美术、食谱、小说俱乐部
第十卷（1919）	插画、说丛、弹词、文苑、史外、瀛谈、奁艳、诗钟、文虎、小说俱乐部、花谱、笔记、美术、金石、剧谈、余兴、补白、曲本、游记
第十一卷第一号至第十号（1920）	插画、说丛、弹词、文苑、瀛谈、游记、小说新潮、编辑余谈、小说俱乐部、杂载、文学新潮、补白、剧本
第十一卷第十一号、第十二号（1920）	插画、社说、小说新潮（短篇长篇）、弹词、剧本、笔记、杂载、补白、专件

栏目中既有参照西方范式的长篇小说、短篇小说和新剧等文类概念，也有传奇、笔记、杂俎等传统目录学小说概念，还有游记、国故、弹词、史外、瀛谈、说丛等广义的目录学小说概念，以及高小说一等的"雅"文类——文苑中的诗、文。译著并重，新旧并立，貌似相安无事。但事实上随着译作和创作数量的增加，以及对西方小说观念认识的深入，中西"小说"概念间的冲突未曾停歇。继王蕴章后担任《小说月报》主编的恽铁樵，在第八卷第一号的《编辑余谈》中提出修整体例，表达了清末民初文人由西方小说概念与传统小说概念两难取舍的困惑：

　　本卷体例，重行修整，实较前此为妥。先时分阑曰长篇小说，曰短篇小说，其余则曰笔记曰杂俎。此盖以长短篇小说为正文，余为附录也。然正文恒少，附录转多，阅者疑焉。杂俎笔记，分类亦复未允。且长短篇题曰小说，将谓后者非小说乎。标签曰《小说月报》，内容有小说，有非小说，此不可也。凡记琐事之一则，无论其事属里巷与闺阁，廊庙或宫闱，要之，非正面发挥政治学术之大者，皆小说也。此以事迹言之，至于文字，直不可分析。晋书南北史，正史也，其文大似小说。《山海经》、《搜神记》，目录家或采入说部，而其文之雅饬瑰奇，文学家奉为圭臬。将以何者为标准乎？若曰章回体为小说正宗，然章回仅小说之一种耳。故自鄙意言之，笔记亦小说。[①]

恽铁樵得"阳湖派"古文真传，他的观点在相当程度上了代表传统文人的小说观——虽接纳了长篇、短篇的西方小说概念，但还是以传统目录学为基础。他意识到第一至六卷《小说月报》的《长篇小说》和《短篇小说》栏目与《笔记》和《杂俎》栏目是分属西方文类与传统目录学的不同体系的小说概念，若说前者为"小说"，后者就是"非小说"。而从《小说月报》实际刊载的小说来看，传统的"笔记""杂俎"较之西方的"长篇小说""短篇小说"更多。恽铁樵认为"非正面发挥政治学术之大者"的"琐事"，"皆小说也"。《山海经》《搜神记》的"志怪"亦为小说，这是与纪昀的小说概念一致的，他也将更接近于"史传"的"笔记"归入小说，从中可见传统目录学的小说观。但是受西方"长篇小说""短篇小说"概念的影响，以及"小说界革命"对章回小说文类地位的提升，恽铁樵的观点出现了对传统目录学的突破——承认了"章回小说"的"小说"身份。

受以虚构为首要特征的西方小说概念的启发，恽铁樵注意到西方/传统小说概念中虚构/实录的区别，例如"短篇小说"与"寓言"在"虚构"上的共性。他以《寓言》/《记事》栏目区别虚构/实录的小说，可见已经在"目录学定义"的小说概念中接受西方以

---

① 铁樵：《编辑余谈》，《小说月报》第八卷第一号（1917 年）。

虚构为特征的小说概念：

> 兹于向所谓长短篇小说者，名曰寓言，明此为设事惩劝，非可据为典实者也。向之名掌故瀛谈者，统言之曰记事，明此为有本而言，非信口雌黄，淆乱黑白者也。此皆全卷之正文也，犹未足以尽小说之范围。另辟一阑曰杂俎，凡关于小说考据，与夫零缣断素之小品文字属之。①

恽铁樵对栏目的设置体现了对传统目录学小说概念的归化，《寓言》虽为虚构，但具有"设事惩劝"的教化功能，与经史"经世致用"的原则一致。《记事》"有本可言"，符合史家的实录精神。《杂俎》一栏中刊发"小说考据"的"小品文字"，将向来聚焦"诗文"的"考据"转向小说，说明小说在文类系统中地位的提升。如果说梁启超在"小说界革命"中以政治启蒙为由提升小说的文类地位是仰仗文学外部的社会力量，那么"小说考据"的出现说明传统的古代文类系统内部已逐渐接纳了小说。如目录学家姚名达所说，从《文选》到《古文辞类纂》，晚清之前"编文集目录者"，"莫不重体裁而轻作用"，"唯一之特色为写实主义"。"凡非实写之小说故事，旧目录学家皆归之子部小说家；鬼神传记则有归之史部传记类者；戏曲则史志完全不收；要之，皆不承认为文学，故未尝厕入集部焉。此种观念，直至近年始克改变。录文学创作之目者，已闯出文集之藩篱，而招致虚无之小说词曲为一家矣。"②

不过，这种栏目设置只持续了半年。自第八卷第七号起，《小说月报》的主要栏目再次改版，换成中西对照式的《新著》/《丛译》、《国故》/《瀛谈》栏目，这说明恽铁樵的设想已经不能消化

---

① 铁樵：《编辑余谈》，《小说月报》第八卷第一号（1917年）。
② 姚名达：《中国目录学史》，湖南大学出版社，2014，第269页。

西方文类所带来的新质，故干脆按"国外/国内"的地域标准分开编辑。

1918 年王蕴章重任《小说月报》主编，《小说月报》又回到了《说丛》《传奇》《弹词》《新剧》《文苑》等栏目的传统文类设置。而此时，距文学革命发轫已一年有余，清末民初一代名刊《小说月报》已跟不上新文化运动者急速前进的脚步。王蕴章这一代清末民初文人的文类观、文学观、知识结构与新文化运动者已是天壤之别。及至 1920 年冬，迫于商务高层立意改革的压力，王蕴章不得不将《小说新潮》栏交给沈雁冰主持，实现了第十一卷《小说月报》的半革新。1921 年，第十二卷《小说月报》正式改版革新，商务印书馆董事长张元济和总经理高梦旦居然能答应年仅 25 岁的沈雁冰出任主编的三个"苛刻"条件：封存全部旧稿（包括已支付稿酬足够一年期刊使用的林译小说）、全部由四号字改用五号字、全权授权沈雁冰办刊且不干涉其编辑方针①，不能不说这是文学革命已成大势的显影。在改版后首期《小说月报》中，沈雁冰设置了《理论》《作品》《作家》《文坛消息介绍》等栏目，从中可以看到其与王蕴章、恽铁樵一代清末民初文人的不同——《作品》《理论》《批评》《文学史研究》四类栏目参照的是西方现代学科分类，作为现代学科之一的文学内部的分类也已基本确立。在《译丛》栏目中，八种译作按小说（六篇）、剧本（二部）、新诗（一组）的顺序排列。文学革命的狂涛怒潮终于使保守持重的商务印书馆不计商业亏损随之而动，这一颇富象征意义的文化事件标志着以域外文学为参照的现代文学观念和文类观念已经毫无疑问地被确立起来。

二

在翻译文学的实践中，清末民初文人尝试进行中西小说概念的

① 茅盾：《茅盾全集·第三十五卷·回忆录一集》，黄山书社，2014，第 201 页。

比较：一方面，在翻译中认识 Novel、Fiction 等概念并将之与传统"小说"概念相比较建立文类意义上的对译关系；另一方面，虽然知道西方小说与章回小说在文类特征更为接近，却始终无法摆脱"雅驯""文统"影响，仍以传统目录学定义评价西方小说。1913 年，商务印书馆高级编译孙毓修在《小说月报》第四卷第二号的《欧美小说丛谈》里，对比中西"小说"概念：

　　英文 Story 一字，为纪事书之总称，不徒概说部也。其事则乌有，其文则甚长者，谓之 Novel，如《红楼梦》一类之书是矣。为此书者，皆古之伤心人别有怀抱，乃虚造一古来所未有、人力所不能之境，以畅其志。江阴老儒作《野叟曝言》，奇则奇矣，而中无所托，故不见重于世。盖 Novel 者，出乎人之意外，又入乎人之意中者也。英国近世小说，以迭更司 Charles Dickens、司各脱 Sir Walter Scott 为至矣。……自有人类，即有故事，在文字未兴以前则编成韵语沿街弹唱以晓俗情。此荷马 Homer、福吉儿 Virgil、卑九尔 Beawulf 诸人所以不朽于希腊、罗马、盎格罗撒克生之史也。吾国之有章回小说也，风始于宋，至今存者，有《五代史平话》、《宣和遗事》等书。英国之有作故事者，Story teller 昉于清之中叶，其第一部不刊之作，即第福氏 Daniel Defoe 之《鲁敏孙漂流记》Robinson Cruso（注：应为 Crusoe）也，出版于一千七百十九年。……与《鲁敏孙漂流记》并有千古者，则彭宁氏 John Bunyan 之《天路历程》Pilgrim's Progress 是矣。（此书教会中人已译，即名《天路历程》）此本箴俗说理之书，而托以比喻杂以诙谐，劝一讽百，实小说之正宗。其文又平易，简直妇孺皆知。……汲汲顾影卖文为活之生涯，实滥觞于菲尔汀 Henry Fielding，此等生涯英文谓之文学之苦工，……而以《汤琼历史》The History of Tom Jones 为第一。奇情诡理，加以词条丰蔚，逸趣横生，英国沸克兴 Fiction 之极规也。沸克兴者，即近所译称奇情小说。①

　　孙毓修自称是"版本目录学家""专门为涵芬楼鉴别版本真伪，收购真正善本"（商务印书馆编译所的图书馆），茅盾说他"英文程度实在不算高"，虽然"前清末年就在商务印书馆任职"，但早年"攻研八股制艺，后来从美国教堂的一个牧师学英文，半路出家，底子有限"。② 孙毓修概括出 Novel 的"甚长""虚造"的叙事特点、"造境"的环境展现、"出乎人之意外，又入乎人之意中"的复杂情节等要素。他总结了章回小说"说－听"接受模式与西方史诗的相似性，以及 Fiction 语言丰富、不循常理的特征，有一定见地，把握了西方文学 Novel、Fiction 的概念③。但也有不准确完善之处，例如没有强调 Novel 的散文体特征以及人物、情节等小说要素。孙毓修将《红楼梦》《野叟曝言》与狄更斯、司各特的文学创作相联系，试图将中国通俗小说放在与西方小说平等的地位上探讨得失，表明了他对"小说家定义"的认可。但是回到"小说"高下的评价上，则又沿袭传统目录学家的看法，认为"箴俗说理"的《天路历程》才是"小说之正宗"。对于以"虚构"为特征的 Fiction，孙毓修略带鄙夷地认为"奇情诡理"的《汤琼历史》是作者"汲汲孤影卖文为活"之作。

　　面对翻译小说繁荣和小说地位上升的客观现实，清末民初一代文人试图将其"雅化"，以编入传统文类概念之中。恽铁樵曾提出舍"小说"就"大说"的理想。将小说"雅化"以获得正统"文学"

---

①　孙毓修：《欧美小说丛谈》，《小说月报》第四卷第二号（1913 年）。

②　茅盾：《茅盾全集·第三十五卷·回忆录一集》，黄山书社，2014，第 138、143 页。

③　Novel 被译为"小说"，是"延伸的、用散文体写成的虚构小说"，"它的庞大篇幅使它比那些短小精悍的文学形式具有更多的人物、更复杂的情节、更广阔的环境展现、对人物性格及其动机更持续的研究"。Fiction 被译为"虚构小说"，指"无论是散文体还是诗歌体，只要是虚构的而非描述事实上发生过的时间的任何叙事文学作品"。〔美〕M. H. 艾布拉姆斯、杰弗里·高尔特·哈珀姆：《文学术语词典》（第 10 版）（中英对照），吴松江、路维等编译，北京大学出版社，2014，第 252 、128 页。

地位的策略具体地体现在恽铁樵的"大说"理想里：

> 或者谓我编小说过分认真，有似"大说"。此语甚谑，未为
> 不知我，要亦非真知我。……"新小说"何以名？为有"旧小
> 说"也。"宋小说"何以名？为有"唐小说"也。宋小说近俗，
> 唐小说近雅。就文学上言之，似乎唐小说较为认真。然不闻认
> 《水浒》、《西厢》为小说，而名《说郛》、《说海》为"大说"。
> 何以故？新小说类记一人一事，旧小说则多至数十万言，具种
> 种方面，有似正史。似旧小说较为认真，然亦不闻有"大说"
> 之名。又何以故？且进而求诸西洋，西文小说有两种，其一为
> Novel，寻常六辨士之价值者是也。一为 Classic，名人著作是
> 也。按 Novel 之意义，为新闻为故事，述之而足以娱人者。
> Classic 之意义，则为古文。若就或人的意思论之，此真可当
> "大说"之称矣。但林译的《拊掌录》、《双鸳侣》、《吟边燕
> 语》等书，虽译笔雅似《史》、《汉》，恐怕不能强名"大说"。
> 然原本则固 Classic 也。又何以故？通人著书，好谈体例。小说
> 的体例，倒有的难说，无已概括言之，苟能博社会欢迎，又能
> 于社会有益，斯不妨自我作古。呼'牛'呼'马'，一概听便。
> 西哲之言曰：有一点钟之书，有永久之书。敝报不避大说之诮，
> 认真做去，永久不敢望，若一点钟，吾知免矣。①

恽铁樵在翻译、编辑的过程中对西方小说概念虽有切身的理解
和感悟，但与林纾等清末民初文人的"归化"思路基本相近。作为
持"雅文学"正统观念的文人，他的"大说"主张体现了他在西方
小说观强力冲击下为小说在传统文类系统中寻求合法性地位所做的
努力。对此，鸳蝴派文人姚鹓雏曾调侃恽铁樵"过分认真"的"大

---

① 铁樵：《编辑余谈》，《小说月报》第五卷第一号（1914 年）。

说"理想："数年前，常州恽铁樵主商务《小说月报》，多为庄论，不佞尝戏目其所编为'大说'。斯言固戏，然可知凡为小说，必有所以别于'大说'者。"① 恽铁樵与姚鹓雏的争论并非文人相轻的意气之争，"小说"应当向"雅文学"的"大说"靠拢，还是回归"俗文学"的"小道"本位，涉及现代"小说"定义的确定，折射出西方小说大量进入中国后所激发的古代文类系统中两种小说观念的碰撞和冲突。

在中国古代文类系统中，"雅文学"与"俗文学"之间有比较清晰的界限，依附于"雅文学"的"目录学定义"小说与脱胎于民间非文人创作的"小说家定义"的小说处于雅俗分流的状态。虽然都以"小说"命名，但两类"小说"定义在作者、读者、语言、审美趣味、内容主旨等方面大不相同，即便谈不上泾渭分明，也基本上井水不犯河水。两者在古代文学场域中并行不悖，分属雅俗格局中不同的层面结构，并不存在对抗性的冲突。清末民初，在亡国灭种的现实危机里，"小说界革命"借助政治外力提升小说地位，为"小说"概念注入"雅文学"的内涵。而西方小说在此期间被大量翻译和介绍，更打破了此前较为稳定的雅俗分流的小说观念。什么是现代"小说"的特质？谁是"小说"的正宗？"小说"概念的所指涉及"雅""俗"文化领导权和主导话语权的争夺。从"小说家定义"出发，鸳蝴派文人认为小说以娱乐消闲为正宗，白话、虚构、散文体叙事的通俗小说才是"小说"的正宗。因而，姚鹓雏才讥讽恽铁樵的主张是"雅化"的"大说"。但恽铁樵从"目录学定义"出发，虽在其内部调整"小说"概念，但采取的是与娱乐消闲对立的"认真"的文学态度，期待"小说"能像"笔记""正史""古文"一样入得了经、史、子、集的正统，以"雅"提升小说在新的文类系统中的地位。在"雅正"的文学观里：唐传奇胜于宋话本，

---

① 姚鹓雏：《小说学概论》，《半月》第三卷第五号（1923 年）。

因为唐传奇以文言写就，由文人撰写，而宋话本用"俚语"讲故事，起源于民间说唱艺术，故"唐小说""雅"，是"认真"的"文学"，"宋小说""俗"，在"文学"上不如"唐小说""认真"。在恽铁樵看来，"西文小说"也有雅俗之别：前者是"名人著作""古文"的Classic，后者则是以售书获利和"娱人"为目的的Novel。恽铁樵希望"认真做去"的是Classic——能成为"永久之书"的"大说"。

恽铁樵的"大说"自述表明他已接纳了西方"小说是文学"的观念，但他要在传统文论资源里消化西方的"小说"概念，阐释小说的"文学"属性，赋予小说"雅"的地位，使"大说"与西方的Classic相对应。在西方文学观的激发下，恽铁樵与梁启超、姚鹓雏在"小说是文学"的观点上达成一致，出发点和目标却大为不同。梁启超追求"觉世"，要借文学之力开启民智、政治救国；而恽铁樵追求"传世"，为实现文学价值的"永久"。姚鹓雏重视小说的消闲娱乐属性以及在市民社会中的市场收益，"小说"地位的提升为"俗文学"的小说带来了生机；恽铁樵则重视小说的认识教化功能，用"庄论"的小说传承"文统"，以归化思路建构现代中国的"雅文学"。

19世纪西方小说的繁荣带给清末民初文人的震惊首先是"小说是文学"的观点，然后才是小说的内容主题和艺术形式。西方小说概念对中国传统小说观念产生了强烈的冲击，时人曾经表达过中西方小说观最初交锋时的震撼：

> 吾昔见东西各国之论文学家者，必以小说家居第一，吾骇焉。吾昔见日人有着《世界百杰传》者，以施耐庵与释迦、孔子、华盛顿、拿破仑并列，吾骇焉。吾昔见日本诸学校之文学科，有所谓《水浒传》讲义、《西厢记》讲义者。吾益骇焉。[①]

---

① 楚卿：《论文学上小说之位置》，《新小说》第七号（1903年）。

楚卿的惊骇源于小说家在文学家中的高尚地位，源于小说家与佛教、儒家、政治、军事界等各界精英平等的社会地位，源于作为文学学科分支的小说在现代学科门类中的独立地位。楚卿的"骇"也说明了中国小说家地位之卑微以及小说的文学地位之尴尬。可以说，清末民初"小说界革命"对小说地位从社会功能方面所做的外力提升，与小说翻译实践带来的对西方小说的认识形成一股合力，推动小说向文类系统的中心移动。恽铁樵认识到小说在西方文学中的地位，敏锐地感觉到"欧风东渐"的小说文类长于"诗古文词"的叙事优势和细致描写，寻找将小说"归化"至中国"文学"体系的合法性：

> 欧人以小说与文学并为一谈，故小说家颇为社会所注意。①
> 自欧风东渐，小说之为文学，已无可疑议。若谓小说仅供消遣，只须诙谐白话，直无有是处。诗古文词，固国文所由出。然引人入胜，断不如小说。细针密缕，起伏照应，断不如小说。形容刻画，巨细毕陈，古今同冶。诗古文词之组织体裁，亦断不如小说之繁复，充分言之。岂但通文理，并足以明事故人情。②

不过，恽铁樵不是像晚清新小说家一样参照西方范式，用"往往每一书出，而全国之议论为之一变"③的功利目的提高小说的文学地位，或是称"小说固小道，而西人通称之曰文家，为品最贵"④，以西方为榜样树立小说威望。他是借助古代文论资源赋予小说在

---

① 铁樵：《作者七人·序》，《小说月报》第六卷第七号（1915年）。
② 泠风：《英雄镜》，《小说月报》第七卷第九号（1916年）。
③ 任公：《译印政治小说序》，《清议报》第一册（1898年）。
④ 林纾：《〈迦茵小传〉小引》，载陈平原、夏晓虹编《二十世纪中国小说理论资料（1897～1916）》（第一卷），北京大学出版社，1997，第154页。

"文学"上的种种"雅"的性质，在传统文学格局内部为小说争取地位，这是他与新小说家有别的地方。来看一则《小说月报》为包天笑译的法国小说《苦儿流浪记》写的广告词：

> ……于男女学校少年诸子人格修养上，良多裨益。……包先生以生花之妙笔，写痛苦之事情，曲曲传神，面面俱到乎。读是书者，与其视为小说，毋宁视为文学读本。①

表面上看还是在说"小说"与"文学"的"道不同不相为谋"，但却另有深义：如果符合雅驯笔法，能承担增进学生人格修养的教化功能——具有"雅文学"的特质，小说就可以升格为"文学读本"。

三

在西方"小说"概念的参照下，从晚清到五四的翻译实践逐渐明确了西方小说的典范地位，翻译策略也从清末民初的"归化"策略转变为五四时期以"异化"为主的策略。西方文学系统中的散文体叙事文类 Novel、Romance、Fiction、Short Story 等被统一翻译为中文的"小说"，形成了现在通用的小说概念。在文类特征上，上述西文概念与"以俚语著书"和"叙述故事"的白话通俗小说有相通之处。1922 年，曾留学日本的谢六逸在根据日本中村教授讲义撰写的《西洋小说发达史》里，如是分析西方小说概念的由来：

> （希腊罗马和希伯来，引者注）两种思潮间的艺术，除雕刻而外，不过颂歌及史诗，散文只有神话 Mythos 和传说 Sagas，但是这两者也就是后来小说发达的泉源。……以上所述的诸时代

---

① 《广告》，《小说月报》第六卷第九号（1915 年）。

（指文艺复兴之前，引者注），没有现在所呼的"小说 Novel"
这件东西，但是非完全艺术品的故事及轶事 Tales 却也很多，即
此故事及轶事，因为记述的工具尚不完备，也不过是口头的讲
谈，在现在可以供我们的参考研究的，反不及诗歌；这也是诗
歌比一切文艺发生得很早的原故。这个时候的雏形小说，后来
都称为"罗曼司"。①

文中认为西方小说的源头是散文体的"神话"和"传说"，而
"神话的本性是不为实际经验所拘束的想像之产物，他们把世界中人
类以上的东西作为伴侣，用素朴的想像表现出来，虽然怎样的荒唐
无稽，但是无碍的"。这就与中国传统小说概念中强调实录、重教化
功能的"寓劝诫，广见闻，资考证"小说观产生无法弥合的裂痕。
西方小说的源头是古代神话、史诗和英雄传奇等叙事作品，而中国
小说的源头是文史合一的史传文化。两种小说概念分属中西不同的
文学系统，不能通约。1917 年，恽铁樵在第八卷《小说月报》中设
置"寓言"一栏，正是看重其"设事惩劝"的教化功能，并认为其
等同于西方"长短篇小说"。而谢六逸在文中明确指出"神话"与
"寓言"的区别：寓言"是一个人发见了或种真理，而要将他教训
他人的一种表现方式"；神话则是"并无别种目的"的"希腊民族
想像的产物"，具有"充分的永久的价值"。② 中国小说重视"寓
言"，而在西方重想象与虚构的"神话"才是小说的源头。同时，
谢六逸认为文艺复兴之前"口头的讲谈"的"故事"并非小说，因
其文学性不强，"非艺术品"。文艺复兴之后逐渐出现的多种小说类
型包括：

---

① 谢六逸：《西洋小说发达史》，《小说月报》第十三卷第一号（1922 年）。
② 谢六逸：《西洋小说发达史》，《小说月报》第十三卷第一号（1922 年）。

　　小说一语在西洋的名称很有几种；大要是 Story, Fiction, Novel，就中以 Novel 为最普通些，"罗曼司" Romance 也常为一般人呼用，……"罗曼司"一语，是特指欧洲中世纪时用罗马语缀成的小说体之歌谣及少数散文体故事的总称。……司各德（W. Scott）系与拜轮（Byron）同时代的作家，颇得一般人的欢迎，其长在能绘画似的描写过去的风俗。质言之，司各德的小说《瓦浮勒》（Waverly），为英吉利小说的基础，……"他不以所谓卓越的文明及进步的思想所成的可厌的情绪解剖（近代小说家的气习）为得意。他以为人生是善的，又以为由实行可以得到快乐。他崇拜男子们的名誉心、求爱心、任侠心，以及女子间的美、贞淑、温和。"更由"人间的"艺术家之态度说起来，虽然可以把他属于罗曼主义的前期，但后来写实主义的巴尔沙克等辈，谁能不受他的影响呢？①

　　Fiction 侧重虚构和想象的含义，Romance 侧重富于幻想的浪漫传奇，Novel 侧重以长篇复杂的叙事反映广阔的现实生活②，但它们都具备小说本体意义上的虚构、散文体、叙事等共性，这些特征不为传统目录学定义的小说概念所关注，仅在通俗白话小说中可循蛛丝马迹。晚清以来随着大量西方小说的翻译，首先面对的问题就是将中文的"小说"概念与英文单词"Novel/Romance/Fiction"互译时，该如何使中西概念之间的内涵与外延对应。或者说，当国人认可"虚构""散文体""叙事"等西方小说特征为"小说"的题中应有之义时，本土的"小说"概念发生了错位和迁移，目录学视野中的正统"小说"被边缘化，而通俗白话小说则因"虚构""散文体""叙事"的共性被激发出前所未有的活力，成为中国现代"小

① 谢六逸：《西洋小说发达史》，《小说月报》第十三卷第二号（1922 年）。
② 〔美〕韦勒·克沃伦：《文学理论》（修订版），刘象愚等译，江苏教育出版社，2005，第248 页。

说”的象征。

　　谢六逸还强调了西方印刷出版业的发达对小说兴盛的影响。印刷业之于小说发展的重要性在清末民初的黑幕小说、鸳鸯蝴蝶派小说以及武侠公案小说的流行中也可见端倪。可以说，清末民初以来小说文类向文学系统中心移动，除了得力于"小说界革命"的推进，更受益于以上海为中心的近代出版业的繁荣和市民社会的发达。小说被纳入庞大的生产、传播、消费的社会机制中，小说与商业利益紧密结合，同时逐渐成熟的市民社会为小说的生产提供素材并为小说的消费提供广阔的市场。在古代文学传统中，明清以来的通俗小说的刊行和传播是商业行为，市场因素决定了作家会为迎合读者需求而进行创作。为满足小说刊行者谋生并进行文化再生产的资金需求，通俗小说出现了为追求趣味而虚构夸张的倾向，而传统目录学收录的"雅小说"则多因与政治权力结合具有正统地位而不重视商业利益。在这一点上，通俗白话小说比目录学收录的"雅小说"更接近 18 世纪以后出现的西方小说，也更容易成为小说现代转型的直接来源。现代西方社会中稿酬制的出现使作家能够以著述为业，大都会的出现为作家寻找素材提供了方便，而现代期刊业的发达则为小说生产、传播、消费过程的高速运转提供了可能：

　　　　到了十八世纪，英吉利有司梯尔（Richard Steel 1672—1729）、安迪生（Joseph Addison 1672—1719）等文章家出现，他们的文章是"小说"Novel 的先驱，颇有一述的价值。原来英吉利在此数人之前，没有以著述为业的著述家及剧曲家；自女皇安时代起，世间的新要求，才向着一般读物，于是文学家著作家的地位，乃生重大的变动。在安朝代时，英吉利大都会地方——尤以伦敦为甚——成了社交的、智识的活动中心，咖啡店很多，政治家文学家社交界的人们，都在这里集会。……加以米尔顿 Milton 等人的努力，一六九五年获了出版的自由：此种种原因，那一样不助长新闻杂志的勃兴呢？一七〇四年，以杰作《鲁滨孙漂流记》成为近代小说创始者之一员的迭浮（Daniel Defoe 1661—1731）创办一种每周出二三次的新闻，名曰《评论》，他以一个人的力量，为政治、文学、风俗、道德、诸论，其后有接着出现了好几种新闻杂志，这种定期刊行物实为都市生活中新事件的要求，在俱乐部及咖啡店里的传说，不难即刻被杂志或新闻的文章家得着，嵌入那富于机智、简洁、典雅的文学形式里去了。①

以"英吉利"为代表的现代西方社会与清末民初社会在某些方面是相似的，科举制的中断使传统社会中"士"阶层向现代知识分子的身份转变，版税制和稿酬制的首次出现孕育了第一代职业小说家，两次鸦片战争之后在半殖民地的处境中畸形发展的摩登都市，以及印刷传媒业的突飞猛进和初具规模的市民社会，都为传统小说的现代转型提供了必要条件。而对于梁启超一代依靠文学曲线救国的知识分子来说，小说除了开启民智的功能，还具备通过文学阅读想象和建构新的民族国家的功能。本尼迪克特·安德森在《想象的共同体》中提出，18世纪初小说与报纸"为'重现'民族这种想象的共同体提供了技术的手段"，国民通过小说和报纸的文字阅读想象"民族"共同体，而小说与报纸具有"深深的虚拟想象性质"，在文字叙事的想象中搭建一系列独立事件的关联，而"印刷资本主义使得迅速增加的越来越多的人得以用深刻的新方式对他们自身进行思考，并将他们自身与他人关联起来"②。从《经国美谈》《十五小豪杰》等译作，到《新中国未来记》等创作，都能看到梁启超在小说里强调民族国家建构、唤醒国民的民族自觉意识。

---

① 谢六逸：《西洋小说发达史》，《小说月报》第十三卷第二号（1922年）。
② 〔美〕本尼迪克特·安德森：《想象的共同体——民族主义的起源与散布》，吴叡人译，上海人民出版社，2005，第23、30、33页。

1925 年，新人文主义者吴宓试图构建融汇中西的小说概念。留美多年的吴宓对西方小说概念十分熟稔，但他反对全盘移植西方小说概念以颠覆传统小说，试图以平等客观的态度建构包纳中西的小说概念：

> 西洋之长篇史诗，为文学之正体，艺术规律之源泉，宏大精美，吾国文学中则无之。然有长篇小说，亦可洗此羞而补此缺矣。但所谓长篇小说者，非仅以其字数之多，篇幅之长，而须有精密完整之结构。结构之优劣，可别小说之高下种类，亦可觇小说进化发达之次第。就篇幅之长短言之，小说可分三种：（一）短篇小说 Short Story；（二）小本小说 Novelette；（三）长篇小说（章回体）Novel。……又就结构之优劣言之，小说（应称稗官或说部为是）Fiction 可分四种：（一）故事 Tale，即但叙某人某时在某地作某事，据事直书，绝少铺排与点缀者。如寻常报纸之记事及《聊斋志异》中之短篇是也。（二）短篇小说 Short-Story，谓短篇故事而加以整理选择之工夫，期以最简单最经济之材料方法，使读者读之起一定之印象或观感，而此印象或观感，只可有一，不容有二，愈强愈佳，愈明显愈妙。如此者方足称为短篇小说。故事来源已久，而短篇小说之作，则始于十九世纪中叶。故事出乎天然，到处遇之，短篇小说则赖人工，须经苦心精思，矫揉造作。二者之间，至须分别。（三）连贯体小说，原名荡子小说。Picaresque Novel（Rogue Romance）起于十六七世纪时西班牙所盛行之小说。……至于（四）长篇章回体小说，惟《石头记》足以代表之。[①]

吴宓将小说按篇幅分为 Short Story，Novelette，Novel 三种，分别

---

① 吴宓：《评杨振声〈玉君〉》，《学衡》第 39 期（1925 年 3 月）。

对应中文的短篇小说、小本小说（吴宓称其较长篇小说短，但比短篇小说长，接近于今日之"中篇小说"）和章回体长篇小说，将中国的章回体小说与西方的 Novel 对应，不仅因其字数多、篇幅长，也更看重两者"精密完整之结构"文学特征的相似。按"结构"划分，吴宓将小说分为故事 Tale、短篇小说 Short-Story、连贯体小说 Picaresque Novel（荡子小说，今称流浪汉小说）和长篇章回体小说四类。其中，故事 Tale 的特点为"出乎天然，到处遇之"的"据事直书"，没有"铺排和点缀"的艺术表现手法，报刊通讯与《聊斋志异》的笔记体小说都归入此类，这与谢六逸的观点是一致的——"故事""非艺术品"。短篇小说 Short-Story 则是源于西方 19 世纪中叶后的小说观：强调"苦心精思"的"情节"和"结构"的小说。"连贯体小说"即"流浪汉小说"，是西方的 Romance 及 Novel。长篇章回体小说则是中国的本土概念。吴宓的分类以及对小说"结构""铺排点缀"特征的强调从总体上看是认同西方的小说概念的，但是他将中国的章回体小说、笔记体小说与西方小说一同纳入"小说"的范畴，不同于新文化运动者"异化"的策略。乍一看吴宓的主张与恽铁樵、林纾等清末民初文人的"归化"策略很接近，然而他们又有着根本的区别。在 20 世纪 20 年代与新文化运动者的论争中，虽然吴宓等学衡派因其保守姿态每遭诟病，被认为与林蔡之争中的林纾一样同属文化保守主义的阵营，但是吴宓的保守与林纾的保守并不相同。林纾这一代文人虽然译介西方小说但从未走出国门甚至不通西语，在文化认同和知识结构上都深深根植于传统，熟谙并深深眷恋传承千年的道统和文统。而留学欧美多年的哈佛大学比较文学硕士吴宓则是在对西方语言及文化有深切感悟后回归保守。吴宓的保守来自其导师欧文·白璧德的影响，美国新人文主义领袖白璧德从中国传统儒家思想中汲取资源的做法启发了吴宓和学衡派，提出"昌明国粹，融化新知"的主张。如果说受洋务派"中体西用"观影响的清末民初知识分子在翻译实践中隐含着中西文化对立的观念，通过比较中西小说异同以及“归化”译介强撑衰落中古老帝国的文化自信，那么五四一代知识分子则强调在中西文化交流的基础上依据建设新文学的需要做出主体性的选择，大胆采用“异化”策略汲取异域文化为我所用，经“模仿”西方小说而“创造”中国现代小说，为新文学赋型。在这一点上，学衡派与持文化保守立场的林纾迥然不同，反而与持激进主张的新文化运动者一致。

第四节　清末民初西洋小说范式的输入
与现代小说的赋型

在“小说界革命”看重的政治小说、科学小说之外，晚清的侦探小说、言情小说以及域外见闻、游记、皇家秘史或外国名人史传在读者群中最受欢迎，对翻译小说“开眼看世界”的认识功能和娱乐消遣功能的挖掘已甚于单一的启蒙教化功能。这一方面与晚清期刊报纸、出版市场的发达以及市民读者群的成熟有关；另一方面也迎合了清末民初读者“寓劝诫，广见闻，资考证”以及追求“情节趣味”的传统小说观念。对于清末民初文人身份的译者来说，小说的阅读和写作经验使他们在文学本体层面关注翻译小说，林纾以《左传》《汉书》《史记》“笔法”解读翻译小说的归化，体现出中西小说观念在文学本体层面的交锋和碰撞。从清末民初译者零碎的“各参己意”的翻译开始，五四时期新文学建设者已经将小说作为现代学科知识门类进行全面系统的译介——包括域外小说、域外小说理论、域外小说史、域外小说评论等。一时间，各种流派和观点众声喧哗、异彩纷呈，使中国小说的现代转型现场成为域外各家小说理论对话交流的平台，五四新文学建设者在此过程中各抒己见以建构现代小说。

五四一代知识分子明确提出参照“外国的模范”创造新文学。1918年，胡适在《建设的文学革命论》中强调“译名家著作”是

"创造新文学"的"工具","国内真懂得西洋文学的学者应该开一会议,公共选定若干种不可不译的第一流文学名著";用白话译书是"创造新文学"的"方法","工具用得纯熟自然了,方法也懂了,方才可以创造中国的新文学"。① 同年在北京大学文科研究所小说研究会的讲演中,周作人指出晚清以来新小说的弊端在于"中体西用"的归化思路,认为现代小说转型的关键在于以"西洋"为榜样的"模仿":"中国讲新小说也二十多年了,算起来却毫无成绩,……只在中国人不肯模仿不会模仿。……新文学的小说就一本也没有。创作一面,姑且不论也罢;即如翻译,也是如此。除却一二种摘译的小仲马《茶花女遗事》,托尔斯泰《心狱》外,别无世界名著。其次司各得、迭更司还多,接下去便是高能达利、哈葛得、白髭拜、无名氏诸作了。这宗著作,果然没有什么可模仿,也决没人去模仿他,因为译者本来也不是佩服他的长处,所以译他。所以译这本书者,便因为他有我的长处,因为他像我的缘故。所以司各得小说之可译可读者,就因为他像《史》《汉》的缘故,正与将赫胥黎《天演论》比周秦诸子,同一道理。大家都存着这样一个心思,所以凡事都改革不完成。不肯自己去学人,只愿别人来像我。即使勉强去学,也仍是扛定老主意,以'中学为体,西学为用'。学了一点,便古今中外,扯作一团,来作他传奇主义的《聊斋》,自然主义的《子不语》,这是不肯模仿不会模仿的必然的结果了。"② 但周作人所说的"模仿"并非照搬复制,而是根据本国文学现状及需求的"创造的模拟"的主张,这个过程是要模仿西洋的"思想形式",将西洋的"精神""倾注在自己心里","混合"后"倾倒出来","模拟而独创"。周作人认为新文学建设的路径应当是:"真心的先去模仿别人。随后自能从模仿中,蜕化出独创的文学来。"这种先模仿后创

① 胡适编选《中国新文学大系·建设理论集》(影印本),上海文艺出版社,2003,第139~140页。

② 周作人:《日本近三十年小说之发达》,《新青年》第五卷第一号(1918年)。

造的思路是很能代表五四一代新文学提倡者的观点的。

一

1917 年开始的文学革命是中国古代小说现代化的契机，继鲁迅1918 年在《新青年》第四卷第五号上发表《狂人日记》之后，五四新文学的现代白话小说正式登场。而如果从小说的艺术表现和主题立意来看，周氏兄弟 1909 年在日本翻译出版的《域外小说集》则是小说现代化的先声。但从五四小说创作的实绩及受众的范围上看，远不如其在思想启蒙和文学革新的重要地位。反倒是经晚清"小说界革命"之后繁荣起来的"新小说"，在上海等东南沿海城市传媒印刷业繁荣的背景下，加上废除科举制后部分由传统文人转型的职业小说家的助力，出现言情、侦探、科学、历史等小说类型①，成为市民读者和传统文人的新宠，大受商业化文化市场的青睐，发行数量和传播范围都不可小觑。文学革命前后，新文学建设者提倡的以西方小说为榜样的五四小说和由民初传统文人创作的通俗白话小说同时并存于文坛之上。从思想启蒙的角度来看，前者远胜于后者；从市场上受欢迎的程度来看，后者反超前者。不过，五四小说与民初小说不能简单地用东/西、新/旧、进步/落后进行价值判断，两者对待西方小说的态度也并非迎合/拒斥的二元对立。

事实上，小说从传统形态向现代形态转型的动力是双重的，显见的是域外小说典范的激发，潜隐的则是中国小说传统的转化。五四小说从小说观念到创作方法处处强调以西洋小说为榜样，如郁达

---

① 1902 年梁启超创办的《新小说》的刊物介绍中包括历史小说、政治小说、哲理科学小说、军事小说、冒险小说、探侦小说、写情小说、语怪小说、劄记体小说、传奇体小说等。《中国唯一之文学报〈新小说〉》，《新民丛报》第十四号（1902 年）。1905 年，小说林社将小说分为历史小说、地理小说、科学小说、军事小说、侦探小说、言情小说、国民小说、家庭小说、社会小说、冒险小说、神怪小说、滑稽小说十二类。《谨告小说林社最近之趣意》，一九〇五年小说林社版《车中美人》。《小说月报》的征稿启事中说："种类无论言情侦探科学历史，惟须情节曲折有味。"《本社特别启事》，《小说月报》第八卷第五号（1917 年）。

夫所说"中国现代的小说，实际上是属于欧洲的文学系统的"①，但其笔法、语言等未尝不受益于传统小说的潜在影响。民初小说的小说观念和创作技巧表面上更受传统小说遗泽，但其作者译者对西方小说不仅不排斥，反而满怀翻译和介绍的热情。自林纾始，周桂笙、徐念慈、恽铁樵、孙毓修、周瘦鹃等很多清末民初的小说家都十分重视西洋小说的翻译和介绍，强调西洋小说独立的文学价值，并且基本确立了用西洋小说改造中国小说的思路。

清末民初，周桂笙、定一、徐念慈、孙毓修、恽铁樵、周瘦鹃等文人从叙事技巧、小说题材、小说理论、小说史、小说观念等诸方面引入西洋小说为参照并初步确立了西洋小说的典范地位。1903年，周桂笙在翻译《毒蛇圈》时敏锐地察觉到中西小说叙事方法的不同。我国多用顺叙，而西方惯用倒叙和插叙，"我国小说体裁，往往先将书中主人翁之姓氏、来历，叙述一番，然后详其事迹于后；或亦有用楔子、引子、词章、言论之属，以为之冠者，盖非如是则无下手处矣。陈陈相因，几于千篇一律，当为读者所共知"，法国小说《毒蛇圈》"起笔处即就父母（应为'女'）问答之词，凭空落墨，恍如奇峰突兀，从天外飞来，犹如燃放花炮，火星乱起。然细察之，皆有条理。自非能手，不敢出此。虽然，此亦欧西小说家之常态耳"。② 1905年，定一强调翻译域外小说有助于小说题材的拓展，"中国小说之不发达"，"补救之方，必自输入政治小说、侦探小说、科学小说始。盖中国小说，全无此三者性质，而此三者，尤为小说全体之关键也"。③ 1907年，徐念慈引用德国哲学家黑格尔和基尔希曼的美学理论，证明小说"殆合理想美学、感情美学"，"居其最上乘者"："试以美学最发达之德意志征之，黑辩尔式（Hegel，

①　郁达夫：《小说论》，载严家炎编《二十世纪中国小说理论资料（1917～1927）》（第二卷），北京大学出版社，1997，第412页。

②　知新室主人：《〈毒蛇圈〉译者识语》，《新小说》第八号（1903年）。

③　定一：《小说丛话》，《新小说》第十五号（1905年）。

1770～1831）于美学，持绝对观念论者也。其言曰：'艺术之圆满者，其第一义，为醇化于自然。'简言之，即满足吾人之美的欲望，而使无遗憾也。……又曰：'事物现个性者，愈愈丰富。理想之发现，亦愈愈圆满。故美之究竟，在具象理想，不在于抽象理想。'……邱希孟氏（Kirchmann，1802～1884），感情美学之代表者也。其言美的快感，谓对于实体之形象而起。……又曰：'美的概念之要素，其三为形象性。'……又曰：'美之第四特性，为理想化。'"① 1913 年，孙毓修在《小说月报》第四卷第一至八号、第五卷第九至十二号上连载《欧美小说丛谈》及《欧美小说丛谈续编》，称"欧美小说，浩如烟海，即就古今名作，昭然在人耳目者，卒业一过，已非易易。用述此编，钩玄提要，加以评断。要之皆有本原，非凭臆说。但此非有专书可译，故未能一一注明也"②；第四卷连载包括"希腊拉丁三大奇书""英国十七世纪间之小说家""司各德迭更斯两家之批评""斯拖活夫人""霍桑""神怪小说之著者及其杰作""寓言""英国戏曲之发源""马罗之戏曲""莎士比之戏曲"等章节，广泛介绍欧美小说、戏曲；第五卷连载包括法国作家凡尔纳的《二万镑之奇赌》（《八十日环游世界记》）、《海底漫游录》，英国作家狄更斯的《耶稣诞日赋》，法国作家雨果的《生鸳死鸯》等小说。上述译作 1916 年由商务印书馆结集出版单行本《欧美小说丛谈》。1915年，恽铁樵主张"言情小说撰不如译"："西人之为小说，虽无专书定其程限，要以不背政教为宗旨。社会求之，文人供之，授受之间，若有无形规律为之遵循。作者与读者不谋而合，无肯自外此规律者。……就结构意趣言之，则译本出于彼邦文士之手，未必吾国撰者能驾而上之。"③ 1917 年，周瘦鹃翻译《欧美名家短篇小说丛刻》，收录欧美四十七位作家作品，是清末民初文人编辑的颇具代表性的

---

① 觉我：《〈小说林〉缘起》，《小说林》第一期（1907 年）。
② 孙毓修：《欧美小说丛谈》，《小说月报》第四卷第一号（1913 年）。
③ 铁樵：《论言情小说撰不如译》，《小说月报》第六卷第七号（1915 年）。

翻译小说集。其特色有以下三点。其一，选文范围广泛。来自十四个国家，不仅包括英、德、俄等大国，也包括意大利、西班牙、瑞典、荷兰、塞尔维亚等此前较少被关注的国家。其二，尊重原著。每篇都署原著者姓名，且每篇开头都附作者小传介绍作者生平及业绩。虽还不能做到周氏兄弟《域外小说集》式的直译，但随意删减篡改的改译、误译的现象有所减少。其三，"所选亦多佳作"，英国狄更斯的《星》、德国贵推（今译歌德）的《驯狮》、俄国盎崛利夫（今译安德烈夫，鲁迅译为安特来夫）的《红笑》、瑞典史屈恩白（今译斯特林堡）的《芳时》等都收录其中。时任教育部下属的通俗教育研究会小说股主任的鲁迅为其做评语，称赞其"用心颇为恳挚，不仅志在娱悦俗人之耳目，足为近来译事之光"，"俾读者知所谓哀情惨情之外，尚有更纯洁之作，则固亦昏夜之微光，鸡群之鸣鹤矣"。①

　　而随着晚清西洋小说范式的确立，中国小说传统中"俗"的白话通俗小说逐渐取代了"雅"的文言笔记体小说的中心位置。西洋小说的虚构、散文体、白话、通俗、叙事等文类特征与中国传统的文言笔记体小说无太多相似之处，反而在"不登大雅之堂"的白话通俗小说里找到诸多共鸣。一方面，从清末的"新小说"到民初的"黑幕""鸳蝴"等小说，很多作品未尝不直接或间接地受到西洋小说的影响，很多译者及作者也未尝不尽力去拥抱西洋小说，但囿于传统的知识结构和思想观念以及外语水平，他们只能根据传统小说理论资源想象西洋小说，难免误读、错释或是断章取义。另一方面，因为民初小说面向商业化的图书市场，所以需迎合读者的阅读需求，翻译时采用"以中化西"的方法将西洋小说"归化"到中国小说传统中，可减轻读者阅读西洋小说时的陌生感和不适感。即便是被鲁迅誉为"足为近来译事之光"的《欧美名家短篇小说丛刻》，也有

---

① 周树人、周作人：《周瘦鹃译〈欧美名家短篇小说丛刻〉评语》，《教育公报》第四卷第十五期（1917 年 11 月 20 日）。

"参以己意"迎合读者的情况："欧美文字，绝不同于中国，即其言语举动，亦都扞格不入。若使直译其文，以供社会，势必如释家经咒一般，读者几莫名其妙。……是故同一原本，而译笔不同；同一事实，而趣味不同，是盖全在译者之能参以己意，尽其能事，与名伶之演旧剧，同一苦心孤诣，而非知音识曲者不能知也。……人但知翻译之小说，为欧美名家所著，而不知其全书之中，除事实外，尽为中国小说家之文字也。"① 天虚我生在《欧美名家短篇小说丛刻》序言中提出的观点在清末民初文人中很有代表性，道出清末民初小说翻译整体上采取"归化"策略的原因，但同时"参以己意"的"归化"也成为清末民初小说的局限，意味着其无力承担引领中国小说现代转型的重任。

辛亥革命失败以后，民初小说逐渐从晚清"开启民智"的社会功能转向商业化的媚俗，晚清谴责小说堕落为"黑幕"，世情小说和狎邪小说蜕变为"鸳鸯蝴蝶派"，文言笔记体小说则沿袭笔记体"叙述杂事、记录异闻、缀辑琐语"的传统路数。清末民初小说的局限与缺失在文学革命中遭到了严厉的批判。不过，客观地看，清末民初小说固然有新文学建设者所批判的粗制滥造、恶俗不堪之作，但对其不做辨别地全盘否定也不妥当。在晚清，谴责小说对于社会的关注和批判现实的立场，狎邪小说世情小说对于人情世故繁复细致的描写，都隐含着"现代"的萌芽。如王德威所说，狎邪、侠义公案、谴责和科幻小说中对"欲望、正义、价值、知识"的"批判性思考"和"形式性琢磨"，潜藏着晚清小说"被压抑的现代性"。② 在民初政治低潮的动荡时局和对商业利益的追求中，小说强化了传统白话通俗小说中世俗甚至媚俗的一面，但其白话语体、结构笔法、艺术技巧等在张恨水等新一代通俗小说作家那里得到创造性的转化，

---

① 《天虚我生序》，载周瘦鹃译《欧美名家短篇小说》，岳麓书社，1987，第 4～5 页。
② 王德威：《被压抑的现代性》，载《想象中国的方法：历史、小说、叙事》，百花文艺出版社，2016，第 15 页。

奠定了新文学内部的现代通俗小说的基础，并且日后潜移默化地成为新文学主流小说的创作资源。

五四文学革命激烈批判民初通俗小说的"趣味主义"、"金钱主义"以及"流水账"式的叙述方法，迫使民初小说家在无力还击的尴尬中进一步认同西洋小说的典范地位，同时也给传统小说带来自我转化的契机。五四之后开始小说创作的通俗小说大家张恨水曾回忆自己"革命青年"与"才子的崇拜者"的"双重人格"，以及"文法""笔法"所受到的来自传统小说和翻译小说的双重启迪：从《聊斋》里懂了许多"典故"和"形容笔法"，从《红楼梦》的批注里"领悟了许多作文之法"①，"我知道这世界不是四书五经的世界，我也就另想到小说上那种风流才子不适于眼前的社会。我一跃而变为维新的少年了。但我的思想虽有变迁，我文学上的嗜好，却没有变更，我依然日夜读小说，我依然爱读风花雪月式的词章，……对整个《西厢》，却有了文学上莫大的启发，在那上面，学会了许多腾挪闪跌的文法。……读《儒林外史》，对于小说的描写，知道还有这样一种讽刺手法；跟着就读了《二十年目睹之怪现状》和《官场现形记》。……我偶然买了一本《小说月报》看，对于翻译的短篇小说，非常的欣赏，因之，我又继续看林译小说。在这些译品上，我知道了许多的描写手法，尤其心理方面，这是中国小说所寡有的。这个时候，我读小说，已脱离了故事的消遣，而为文艺的欣赏了。……这个阶段，我是两重人格。由于学校和新书给予我的启发，我是个革命青年，我已剪了辫子。由于我所读的小说和词典，引我成了个才子的崇拜者。这两种人格的溶化，可说是民国初年礼拜六派文人的典型"②。张恨水的自述很能代表清末民初"礼拜六派"在五四文学革命冲击下向新文学和西方文学靠拢的姿态，虽

① 张恨水：《写作生涯回忆》，人民文学出版社，1982，第6~7页。
② 张恨水：《写作生涯回忆》，人民文学出版社，1982，第8~9页。

然传统小说"风花雪月式的词章""腾挪闪跌的文法"依然有吸引力，但思想上的"维新"与"革命"以及艺术上的"心理描写"已使他们以更为开放的心态面对西方小说和新的艺术手法。

二

五四文学革命前后，多从古代小说传统中汲取资源的"黑幕""鸳蝴""笔记"等民初小说与五四新文学提倡的小说在输入西方小说以促进传统小说向现代转型的主张上并无太大分歧。但差距在于，清末民初小说译介多只取西洋小说的一鳞半爪各抒己见，又对传统通俗小说在情感和观念上难以割舍，无力如新文学建设者一样整体性地完成"新文学"从思想到艺术的建构，也缺乏新文学建设者的主体性姿态。当文学革命在知识分子群体和青年学生群体中得到认同后，传统通俗小说被迫向老派市民中争取读者，他们译作的小说就愈发回到"儆世劝俗""消闲""游戏"的传统"俗"小说观念上，小说笔法也回到传统小说的描写手法上。

从下面一组 1917～1918 年《小说月报》的征稿启事中可以看出，文学革命的浪潮中旧文学并未迅即衰落，主编王蕴章依然在以情节的"曲折离奇"决定小说的取舍："种类无论言情侦探科学历史惟须情节曲折有味。……文字不拘浓淡体例不拘章回笔记或文言白话惟以隽永漂亮为归。"① "广征各种短篇小说，不论撰译，以其事足资观感并能引起读者之兴趣为主（白话尤佳）。"② "本期《蔷薇花》一篇，系记欧战中轶闻，情节极为曲折，笔墨亦甚雅洁，阅者注意为荷。"③ "自七号起，增刊长篇小说两种：（一）骇浪惊涛录；（二）缧绁盟心。均情文并茂极有趣味之作。"④ "本社现欲征求下列

① 《本社特别启事》，《小说月报》第八卷第五号（1917 年）。
② 《紧要通告》，《小说月报》第九卷第二号（1918 年）。
③ 《九卷四号要目预告》，《小说月报》第九卷第三号（1918 年）。
④ 《本社通告》，《小说月报》第九卷第六号（1918 年）。

各种短篇小说：科学——发明精奥而文情并茂者；社会——针砭风俗而不事谩骂者；侦探——案情曲折而趣味浓深者，不论译述撰著文言白话，一经采录从丰酬报。"①

1920 年，第十一卷第五号《小说月报》中刊发了王蕴章翻译的泰戈尔小说《放假日子到了》，从中可见民初文学观与新文学观之间的差距，他在序言里说："名家著作，必须包罗万象，将社会全副情景，一齐写出。如此篇主要目的，虽只叙母子二人，而村童的顽皮，白史海般的家庭，加尔喀答的风景——警察，无不跃跃纸上。近时的新小说，每仅着眼于一点，所叙无非此事。即大名家如讬尔斯泰等，亦每犯此病。一读其书，常生一种恶感。其原因约有数端：（一）片面的；（二）消极的；（三）太无情节，似一篇哲学家言。"② 王蕴章对"包罗万象"和"情节"的重视，依然是"广见闻"和追求情节趣味性的传统小说观，如茅盾所批评"心目中所谓好小说还是'礼拜六派'情节离奇、逗人笑乐的作品"③。王蕴章批评的"片面的""消极的""无情节"的"新小说"，恰恰是文学革命中新文学建设者提倡的"横截面"、"悲剧意识"、"淡化情节"以及重视人物心理描写、环境描写的欧化小说。

从周作人 1913 年被《小说月报》退稿一事，更可看出清末民初文人和新文学建设者之间的距离。1909 年，周氏兄弟在日本以输入"异域文术新宗"为目的译介《域外小说集》，采用的是"弗失文情"的直译，所选小说重在对"被压迫民族"的描写以及对人的精神的挖掘，在内容、形式以及翻译策略上发出了新文学的先声。《域外小说集》登载了周作人翻译的波兰作家显克微支的《乐人扬珂》《天使》《灯台守》三篇小说，但显克微支"所著顶有名的《炭

---

① 《投稿诸君赐鉴》，《小说月报》第九卷第八号（1918 年）。
② 〔印度〕台莪尔：《放假日子到了》，西神译，《小说月报》第十一卷第五号（1920 年）。
③ 茅盾：《茅盾全集·第三十五卷·回忆录一集》，黄山书社，2014，第 196 页。

画》"虽 1909 年春已译成，却"不知道为什么缘故不曾登入"。①
1913 年，周作人将这部三万余字的小说译作投稿至《小说月报》，
遭遇退稿。时任主编恽铁樵在回信中说："大著《炭画》一卷已收
到，事冗仅拜读四之一，虽未见原本，以意度之，确系对译不失真
相，因西人面目俱在也。但行文生涩，读之如对古书，颇不通俗，
殊为憾事。林琴南今得名矣，然其最初所出之《茶花女遗事》及
《迦因小传》，笔墨腴润轻圆，如宋元人诗词，非今日之以老卖老可
比，吾人若学林氏近作，鲜能出色者。质之高明，以为何如？原稿
一本，敬以奉还。"② 《炭画》从情节上看并不复杂，小说讲述羊头
村一位阴险毒辣的文书佐尔齐克设计夺取农民来服之妻，来服无力
反抗，最后在绝望中杀死妻子的故事。小说的重心在于以冷嘲热讽
的笔法写出来服夫妇周围的村人的麻木以及对"为恶"的习以为常，
由此暴露险恶的现实社会和国民劣根性，用诙谐之笔摹写普通人的
人生悲剧。周作人很看重这篇小说，称显克微支"叙事言情，无不
佳妙，写民间疾苦诸篇尤胜。事多惨苦，而文特奇诡，能出以轻妙
诙谐之笔，弥足增其悲痛，视戈戈耳（今译果戈理，引者注）笑中
之泪殆有过之，《炭画》即其代表矣。显克微支旅美洲时著此书，自
言记故乡事实，唯讬名羊头村而已。村虽称自治，而上下离散，不
相扶助，小人遂得因缘为恶，良民又多愚昧，无术自卫，于是悲剧
乃成。书中所言，舍来服夫妇外，自官吏议员至于乞丐，殆无一善
类，而其为恶又属人间之常，别无夸饰，虽被以诙谐之词，而令读
者愈觉真实，其技甚神，余人莫能拟也"③。恽铁樵在信中直言退稿
是因为欧化的"直译"与"复古"的古文太不"通俗"，表明他无
法理解周氏兄弟一边为建构新文学而竭力保存"西人面目"，一边又
以民族主义立场使用"复古"文言的良苦用心。从形式上看，《炭

---

① 周作人：《知堂回想录》（上），安徽教育出版社，2008，第 164 页。
② 周作人：《知堂回想录》（上），安徽教育出版社，2008，第 190 页。
③ 岂明：《关于〈炭画〉》，《语丝》第 83 期（1926 年 6 月 14 日）。

画》情节的平淡无奇以及深藏的悲剧意识，也是追求"文笔雅驯"的恽铁樵认为《炭画》不如"腴润轻圆"的林译小说的又一原因。

文学革命中，新文学建设者明确提出以域外小说（尤其是西方小说）的小说观念、小说理论为"模范"，推动小说的现代转型。20 世纪 20 年代大量输入的小说理论主要源自美国。胡适、梁实秋、顾一樵、瞿世英、吴宓、陈钧、谢六逸、沈雁冰、郁达夫等新文学建设者撰写的小说理论及小说写法基本上都以美国派小说理论为主导。

1918 年，胡适在《论短篇小说》中引用西方近代的短篇小说概念为"短篇小说"定义。西方"短篇小说"（Short story）是"用最经济的文学手段，描写事实中最精彩的一段，或一方面，而能使人充分满意的文章"①。"事实中最精彩的一段"是指小说的结构应如树木"横截面"的年轮，以"最精彩"的部分窥斑知豹了解全部。"最经济的文学手段"则指叙事畅尽、写情饱满的简洁表达，而非"全无局势结构"的"零用账"。借助西方的短篇小说概念，胡适对中国小说进行了再解读。《孔雀东南飞》里的"记事言情，事事都到"，《木兰辞》和《上山采蘼芜》里的结构的"经济"，《石壕吏》和《新丰折臂翁》里"体贴入微"的细节描写，《虬髯客传》里的虚构和"极有神气"的人物描写，《聊斋志异》里人情世故描写中渗透的理想主义和写实精神，都是胡适所分析的西方"短篇小说"特征。陈平原曾分析，中国传统小说采用"纵剖面"的叙事结构，趋向于"盆景化"②——短篇小说是缩小的长篇，随时可以拉长演作章回小说。胡适参照西方范式提出的"短篇小说"概念是与传统小说截然不同的概念。

---

① 胡适编选《中国新文学大系·建设理论集》（影印本），上海文艺出版社，2003，第 272 页。

② 陈平原：《中国现代小说的起点——清末民初小说研究》，北京大学出版社，2010，第 155 页。

如果说在文学革命初期胡适是以温和的方式阐发西洋小说与传统小说的相似之处，以"破旧"为初衷降低文学现代转型的难度，那么沈雁冰则在文学革命渐成规模之时以"立新"为目的强调西洋小说与传统小说的异质性，推进文学现代转型的进度："我觉得要在古文中寻找近代短篇小说的艺术，很有点像拆北京的太和殿来造新式洋房。古文里的记序，果然也有许多明叙暗叙，推波助澜的手法，在'薄物短篇'的古文中，这些原也是文章的艺术，但是搬到近代短篇小说的门下来，这些东西，就无用了。近代的短篇小说的艺术的主要点，不在表面的形式，而在内面的精神；这所谓精神就是一篇短篇小说所叙者虽只大千世界的繁复生活中的一片，而其所表现的，却是这生活的全部，如果不能捉住这一点，那么，便只是一篇短篇的散文的叙述而已，不是近代的短篇小说。古文的记，说，纵然也有像一篇小说的，但至多不过是一篇散文的故事，不是我们所谓'短篇小说'。"① 沈雁冰以"北京太和殿"和"西式洋房"作比强调中西短篇小说的异质性。在确立西洋小说合法性地位的主战上，沈雁冰与胡适保持一致，认为短篇小说应以"最精彩""最经济"的"横截面"结构为特征，强调小说要有"内面的精神"——表现繁复生活中最具典型性的片段，以"一片"折射"生活的全部"。

严家炎指出，文学革命中对五四新文学建设者影响较大的美国小说理论有两种：其一是 Bliss Perry 的《小说的研究》（*A Study of Prose Fiction*），其二是 Clayton Hamilton 的《小说法程》（*A Manual of the Art of Fiction*）。② 这两部著作的共同点是对小说"人物"（Charac-

---

① 沈雁冰：《杂感》，载郑振铎编选《中国新文学大系·文学论争集》（影印本），上海文艺出版社，2003，第 171～172 页。

② 严家炎认为，文学革命中对中国文学界影响特别大的西方小说论著有两种：一种是 1924年 11 月出版的由华林一翻译、吴宓作序的美国学者哈米顿（Clayton Hamilton）的《小说法程》（*A Manual of the Art of Fiction*）；另一部是 1925 年出版的汤澄波翻译的 Bliss Perry 的《小说的研究》（*A Study of Prose Fiction*）。严家炎编《二十世纪中国小说理论资料（1917～1927）》（第二卷），北京大学出版社，1997，第 8 页。

ter)、"结构"（Plot）、"环境"（Setting）三要素的强调，"三要素"也成为新文学建设者建构中国现代小说理论的重要基础。

Bliss Perry 的《小说的研究》中的"人物 Character、布局 Plot 和安置 Setting"被看作现代小说的"三要素"。1921 年，清华小说研究社的梁实秋、顾一樵等七位社员参考 Bliss Perry 的《小说的研究》以及 Howells、Thackery、Marion Crawford 等英美小说家的小说理论编辑《短篇小说作法》，认为长篇小说有复杂的"布局 Plot"、仔细描写的"人物 Character"和面面俱到的"安置 Setting"。短篇小说的七个特质分别是：一件主要的事情、一个主要的人物、虚幻、布局、见解、机构、单纯的感动力。"虚幻"指小说的虚构特点；"布局"指"人物的遭遇"（Happening），"关系人生之计画"，人物经"转机"（Crisis）而得到"特别的结局"①。1922 年，瞿世英发表"大半是以柏雷的《小说的研究》一书为根据的"《小说的研究》，指出长篇及短篇小说的三种必备元素是"人物、布局和安置"②。瞿世英比清华小说研究社更细致地说明了"人物"、"布局"与"安置"的定义及分类。在清华小说研究社和瞿世英的论文中，"布局"可以等同于"情节"或"结构"，"安置"可以等同于"环境"或"背景"，"三要素"概括了现代小说的组成要素，奠定了以西洋小说为榜样的理论基础。但与清华小说研究社偏重于小说的性质、结构、作者的创作准备等技术层面的研究不同，瞿世英特别强调小说家的主体地位，将小说创作研究从艺术技巧引向对创作主体的思考："热烈的情绪与精细的观察是小说家必具的资格"③，"作家的经验、思想、情感与想像是造成他的作品的原素"，"表现自己""表现他人"的"情感"和"思想"以及"美的表现之满足"是"作小说

---

① 清华小说研究社编《短篇小说作法》，载严家炎编《二十世纪中国小说理论资料（1917～1927）》（第二卷），北京大学出版社，1997，第 110 页。

② 瞿世英：《小说的研究》（中），《小说月报》第十三卷第八号（1922 年）。

③ 瞿世英：《小说的研究》（上），《小说月报》第十三卷第七号（1922 年）。

的原动力"。①

对文学界影响较大的小说理论是美国学者哈米顿（Clayton Hamilton）的《小说法程》（A Manual of the Art of Fiction）。这部在总结爱伦·坡、霍桑和史蒂文森小说基础上形成的理论著作，主要是对19世纪欧美现实主义小说的总结，曾作为哈佛大学的教科书。吴宓称其"简明精当，理论实用"②，将之作为东南大学教科书，促进了该书的接受和传播，也扩大了其在青年学生中的影响力。哈米顿的"有机结构"说与 Bliss Perry 的"人物""布局""安置"三要素小说理论保持一致。小说要素三分法被新文学建设者普遍接受，成为新文学小说理论的重要组成部分。1923年，陈钧根据吴宓的讲演整理的《小说通议·总论》里总结西文中 Fiction 和 Novel 都译为"小说"，其中包括"结构（Plot）、人物（Character）、环境（Setting）、对话（Dialogue）"四项③。1925年，沈雁冰指出"构造小说的表面的要素"是："结构（就是书中离合悲欢的情节），人物（就是书中的男男女女），环境（就是书中的自然风景、都市空气等等）"，"从近代小说发达的过程看来，结构是最先发展完成的，人物的发展较慢，环境为作家所注意亦为比较的晚近的事"。④ 1926年，郁达夫在《小说论》中亦说"小说的要素"包括"结构（Plot）、人物（Characters）、环境（Setting）"⑤ 三部分。

《小说法程》认为"结构"、"人物"与"环境"是小说的三要素。在"结构"即"情节"上，哈米顿强调小说有"始、中、终"，即"结构之趋复、主结、分解"三步，认为小说结构是发展－高潮－结局的有机整体，整体上体现了古典主义和现实主义的创作原

---

① 瞿世英：《小说的研究》（下），《小说月报》第十三卷第九号（1922年）。
② 吴宓：《序》，载〔美〕哈米顿《小说法程》，华林一译，商务印书馆，1924，第1页。
③ 陈钧：《小说通议·总论》，《文哲学报》第三期（1923年）。
④ 沈雁冰：《人物的研究》，《小说月报》第十六卷第三号（1925年）。
⑤ 郁达夫：《小说论》，载严家炎编《二十世纪中国小说理论资料（1917～1927）》（第二卷），北京大学出版社，1997，第8页。

则。清末民初小说也重视"结构"与"情节",但他们的衡量标准是"情节离奇"的"趣事"。而新文学建设者借鉴西方现实主义小说理论提出的"情节",如陈望道所说,是"情状真切","真切为生命的文艺","植根于真","不贵乎离奇,而重在真切"。[①] 在"人物"和"环境"方面,五四新文学建设者亦对西方小说理论进行了创造性转化。受新文化运动个性解放的思想感召,新文学以人道主义为本,提出了区别于旧文学的"人的文学"的口号。五四思想启蒙的主旨要求文学以人道主义为本,关注普通人真切的现实人生,小说"环境"的描写应是人的思想感情的投射:"描写自然是写环境之一法,在表现方法上很重要。这种方法普通称为写景,其实就是描写自然 Nature 和心理之有机的关系。……切忌弄成常套。……近代文坛中善于写景的,首推俄国诸家。他们的描写方法,都由他们的自然观而来。例如杜瑾拿夫的自然观则偏于冥想的哲学的。他做小说的叙景法多写森林的阴郁海洋的浩渺,借描人间的运命。哥尔基的自然观,则为感情的活动的。将自己的感情,奇寓在活动的自然之中。""人物"描写重在表现人物的"内面"心理,既有描写"外面"的言行描写和外貌描写,更要"暗示人的内面":"描写人物有三种方法。一是描写性格,……二是描写外面,一个人的语言动作,服装像貌,都足以表示其的内部。描写外面的重要点,在能暗示其人的内面,内面便是心理情绪,性格潜在的状态。……三是描写内面,描写内面便是描写心理。近代文学家描写心理的倾向极盛。例如写恋爱嫉妒,快乐忧郁等等。……试读俄国陶司托夫司其的《罪与罚》,便可见他写那斯哥尼可夫的贪鄙卑吝,更读安得列夫的《红笑》,哥哥尔的《狂人日记》,便可以看出《红笑》中的狂人和《狂人日记》的狂人的心理状态。至于用笔之细致,尤非我们可

---

① 晓风:《"情节离奇"》,《民国日报》副刊《觉悟》1923 年 6 月 19 日。

以想像的咧！"①

　　谢六逸在《小说作法》中的上述观点，从对小说"三要素"的理论探索引向对自然主义、现实主义、现代主义创作原则的探讨。新文学"为人生"的宗旨决定了其对自然主义、写实主义小说理论的重视。在英美小说理论之外，法国、日本的自然主义、写实主义小说理论也受到新文学建设者的重视。五四新文学强调文学与思想革命、社会变革之间的密切联系，以思想启蒙为基础，具有强烈的现实关怀和社会批判精神，重视文学作品的社会功能。在新文学建设者看来，自然主义和写实主义的创作方法与西方现代科学理性思想是同构的。沈雁冰说："近代西洋的文学是写实的，就因为近代的时代精神是科学的。科学的精神重在求真，故文艺亦以求真为唯一目的。科学家的态度重客观的观察，故文学家也重客观的描写。"②以沈雁冰为代表的文学研究会尤为关注自然主义"客观描写与实地观察"的创作方法，以表现"社会里最普遍的人生"。③在强调文学反映社会现实、表现社会人生的基础上，"情节"要真切反映现实人生，"环境"要关注社会环境并有利于塑造人物，"人物"要注重心理描写，小说"三要素"理论由此与自然主义、现实主义创作原则相结合。以文学研究会为代表的新文学建设者因此在五四时期特别重视莫泊桑、左拉、龚古尔等法国自然主义作家的译介。蒋百里曾如是介绍莫泊桑在"人生断片"的"结构"、"人物"的"个性"与"内界"、"与人生之主人公有密切之关系"的"环境"三方面的"精密之观察"与"记载"："断片的人生"——"于人生一部分中，截一短篇为精密之观察而记载其原因，结果可不问，故无一定之结构"；"个性的描写"——"写实派以为世间个性无一同者"；"周围

---

① 六逸：《小说作法》，《文学旬刊》第 17 期（1921 年 10 月）。
② 沈雁冰：《文学与人生》，载郑振铎编选《中国新文学大系·文学论争集》（影印本），上海文艺出版社，2003，第 152 页。
③ 沈雁冰：《自然主义与中国现代小说》，《小说月报》第十三卷第七号（1922 年）。

的描写"——"周围如画之背景，太因氏所谓环境，与人生之主人公
有密切之关系，故必精密写之。……以科学试验法作小说是也。……
莫氏入手，即受写实之训练。彼自认为一照相机器，彼视世无科学
无哲学无道德无理想无善无恶。言天下事不过感情与理性相支配。"
"故世论莫氏为写实派正宗，其所记载多其目击，凡乡间，官吏，新
闻，社交，各社会皆身亲历而观察之，其特长在短篇小说，所谓人
生断片者也。其文体为古典派，其天才在观察之明了，能专诚描写
外界，而内界自能烘托而出。"① 五四时期对于自然主义和写实主义
的理解主要集中在其"写实"的态度，以及文学与社会现实人生的
联系，而这又与中国古代"政统""道统""文统"合一的文学传统
有共通之处。在对文学的社会功能的关注方面，五四时期新文学建
设者在选择西方小说理论建构中国现代小说理论时，亦创造性地转
化了古代文学传统的资源。

三

20 世纪 20 年代，新文学建设者借鉴西方小说理论建构的小说理
论已逐渐占据中心地位，流风所及，受到新文学因素的激发，旧派
文人也对西方小说理论表示认同。1921 年，张舍我撰文表示，《汉
书·艺文志》中的"小说"概念"非文学上所能承认为小说者也"，
"今世所谓之'短篇小说'"，"自胡适之《论短篇小说》始"。又说
"吾人试读今日报章杂志中之短篇小说而以严格之眼光批评之，大都
不能副一短篇小说之名词也，其病在于受笔记体与杂志体、传记体
等文章之毒，而与短篇小说，混为一谈"，"短篇小说""非长篇改
短之小说"，"平铺直叙"的"传记"亦非小说，"英文中笔记乃谓
之 Tale，初观之似短篇小说，实则异趣"。② 其观点已完全追随胡适

① 百里：《莫泊三文学上之地位略谈》，《改造》第三卷第十二期（1921 年）。
② 张舍我：《短篇小说泛论》，《申报·自由谈》1921 年 1 月 9 日。

参照西方小说提出的"短篇小说"概念，放弃了传统目录学小说观念中"笔记""杂俎""传记"的小说内涵。

五四时期旧派文人大多接受了"三要素"的理论，但旧派文人与新文学建设者仍存在相当的差距。从与包天笑、周瘦鹃等往来频繁的张毅汉的论述中，可看到清末民初传统文人小说观的一种倾向。张毅汉接受"结构""人物""设境"的西方小说理论"三要素"，但他在此基础上加上了训诫劝惩的"主意"。所谓"结构"，"但取寻常日日所闻见，参以高人之理想，发为动人之妙解，完成一事之因果"。① 所谓"主意"，"盖作者于人情事理，体验有得。乃举其一端为主意。以隽颖有味之事实，曲曲达之。此其功不止生读者兴味，亦足以助知识见闻，于书卷中得睹人情世故而增其阅历也"。② 所谓"人物"，"发明此主意者，则全在书中人物。若人物不得当，主意亦因之而晦，或弗能深入读者心中。故人物者，亦篇中一主体也。事实之入乎情理与否，惟其人物是视。读者兴会深浅，亦以此为准则"。③ 所谓"设境"，"不徒为点染文章，使之生色，亦以使读者如身临其境，如亲见其人，增书中人物之生气，令读者易于辨识。至如人物之直接有关系者，更非设境无能为力"。④ 张毅汉所说的"人情事理"指的主要是封建社会以儒家思想为核心的伦理道德，不具有现代社会中民主、国家、个人等现代思想内涵；他认为"人物"塑造是为"主意"服务的，仍把小说的劝惩功能放在首位，并未将人物的"内面"描写作为小说叙事的中心；至于"设境"，张毅汉仅将"环境"作为人物活动之背景，与谢六逸对"环境""自然nature""人物""心理之有机的关系"的强调尚有距离。张毅汉的小说观，在一定程度上显示清末民初传统文人接受西方小说理论所

---

① 张毅汉：《小说范作》，《小说月报》第十卷第一号（1919 年）。
② 张毅汉：《小说范作》，《小说月报》第十卷第二号（1919 年）。
③ 张毅汉：《小说范作》，《小说月报》第十卷第二号（1919 年）。
④ 张毅汉：《小说范作》，《小说月报》第十卷第五号（1919 年）。

能达到的限度，也从侧面说明了清末民初小说整体上尚不具备冲破传统小说理论的临界点的力量。

事实上，受新文学启发，白话通俗小说一脉的鸳蝴派小说家也试图建构新式的小说理论。1923 年，上海大新书局出版的董巽观撰写的《小说学讲义》，虽然也列有"问题小说"和"社会小说"等章节并引述胡适所译外国小说，但骨子里还是以趣味为宗的小说学，突出了传统小说中的通俗甚至媚俗的成分。董巽观的小说学表现出旧派文人吸收新文学因素的努力，但是较之五四新文学的"狂飙突进"来说转化的速度过于缓慢，他们对西洋文学理论的肤浅了解也不足以与新文学竞争青年读者。随着五四一代知识分子在新文化运动之后逐渐成为社会文化权力的主导者，新文学成为社会文化事业的有机组成部分，新文学以"现代性"确立自身合法性，成为五四时期的"雅文学"。而作为新文学对立面的鸳蝴派等旧派小说，虽然有吸纳西方小说理论的努力，但终于在新文学定于一尊的形势下被迫确定了自身"俗"的性质，放弃在知识阶层争取读者，转向市民街灯。董巽观的《小说学讲义》对小说理论的庸俗化解释，便体现了鸳蝴派小说在与商业化通俗文学合流过程中进一步强化了传统小说观中娱乐、趣味、消闲的倾向。1921 年，鲁迅在再版《域外小说集》的序言中说，曾在一种通俗杂志上看见显克微支《乐人扬珂》的译作，虽然"译本只差了几个字"，上面却加上两行小字："滑稽小说！""这事使我到现在，还感到一种空虚的苦痛。但不相信人间的心理，在世界上，真会差异到这地步。"[1] 旧文学与新文学在思想上的差距及对文学功能的不同认识由此可见一斑。

四

客观地看，文学革命及新文化运动虽然携带着颠覆传统重估一

---

[1]　鲁迅：《〈域外小说集〉序》，载《鲁迅全集》（第十卷），人民文学出版社，2005，第178 页。

切价值的激进与能量，但在1917年前后新文学却处在文学系统里相对边缘的位置，甚至不具备在清末民初"文苑"里立足的合法性。五四一代知识分子欲确立新文学的合法性，首先要与势力强大的清末民初文学争夺话语权，以夺取文学系统的中心位置。在这样的现实处境下，以域外文学为榜样的新文学建设者，以西方的现代知识体系和启蒙思想为武器，对民初小说发起总攻。1917年，钱玄同在给陈独秀的信中说，"若论词曲小说诸著在文学上之价值，窃谓仍当以胡君'情感''思想'两事为标准"，并认为《西厢记》《长生殿》《牡丹亭》等元人杂曲无"高尚思想"和"真挚情感"①，这里的"思想"和"情感"显然是指经"科学""民主"现代启蒙思想洗礼的"情感"与"思想"。1919年，北大学生罗家伦向"今日中国之小说界"全面开火，斥"黑幕小说"为"阴谋诡计的教科书"，说"鸳蝴派""艳情""哀情"小说是"遗误青年"的"滥调四六派"，而"笔记派"不脱"言情""神怪""技击""轶事"俗套，是"无思想"的体现。② 新文学以域外小说和西洋小说理论为武器，凌厉批判旧小说以争夺话语权确立合法性，而"黑幕""鸳蝴""笔记"则因对西洋小说理论的不熟悉而无还击之力。事实上，为新文学建设者所指责的"黑幕"与"鸳蝴"的"金钱主义"和"趣味主义"，以及不具备西方现代思想的"笔记"，本就是古代文学传统中白话通俗小说和笔记体小说的文类特征，是事实而不是"罪状"。在"政统""道统""文统"合一的古代社会，承担"文以载道"功能的是诗和古文，小说本就是等而下之的"小道""闲书"。文言笔记体小说可"补正史之阙"，因而跻身"雅文学"末流。白话通俗小说本在民间自然生长，其游戏、消遣、粗俗、谋利等"俗文学"特点在所难免。新文学建设者借鉴西方小说理论框架包裹思想革命的

---

① 钱玄同：《致陈独秀信》，《新青年》第三卷第一号（1917年）。
② 志希：《今日中国之小说界》，《新潮》第一卷第一号（1919年）。

内核，将体现西方现代文明思想与情感的文学确立为新文学系统中"雅"的文学，传统文学的雅俗格局至此被颠覆，新文学的雅俗观由此奠定。

新文学建设者以西洋的现代知识结构和思想观念译介小说，依据西洋小说理论和思想资源，使传统小说家节节败退。如果能理解中国古代小说文类与西方小说文类源流上的不同，就能理解为何在民初政治陷落时不问政治而媚俗迎合市场的"黑幕"与"鸳蝴"的流行。而当新文学建设者将西洋"小说"和中国传统"小说"互译为同一文类时，就具备了以西洋小说文类颠覆中国传统小说文类的可能性——西方小说理论的典范地位意味着与其异质的中国古代传统小说理论将被重新归类和评价，以西方小说的艺术技巧为标准，中国传统小说的技巧就可能是"幼稚"的[①]；以西方小说的题材和内容为标准，中国的传统小说就被批评为"诲淫诲盗"。对于这种小说现代转型中中西小说观的错位，新文化运动者之外的《东方杂志》资深编辑章锡琛看得更为清楚："吾国人对于小说之概念，可以一般人所称之'闲书'二字尽之"，"作者为闲人，以消闲之目的而作"，"读者为闲人，以消闲目的而读之也"，皆"游戏笔端资助谈柄"，"其中或有寓儆世之微意，具劝俗之苦心者，无论惩一劝百，收效綦难。即作者精神之所专注，亦不尽在是"。元代以降，"文人学士多专心于此，其所著作，较含文学的意味"。"近年自西洋小说输入，……视小说为通俗教育之利器，……仍不过儆世劝俗之意味而已。"而五四以来，强调"小说本为一种艺术"，"欧美文学家，……

---

① 如刘半农所说："至于吾国旧有之小说文学，程度尤极幼稚，直处于'Once upon a time，there was a…'之童话时代。试观其文言小说，无不以'某生、某处人'开场。白话小说，无不从'某朝某府某村某员外'说起。而其结果，又不外'夫妇团圆'、'妻妾荣封'、'白日升天'、'不知所终'数种。红楼水浒，能稍稍破其缪见矣。而不学无术者，又嫌其不全而续之。是可知西人所崇尚之'Half-told Tales'之文学境界，固未尝为国人所梦见。"刘半农：《我之文学改良观》，载胡适编选《中国新文学大系·建设理论集》（影印本），上海文艺出版社，2003，第66～67页。

于以表示国性，阐扬文化。读者亦由是以窥见其精神思想，尊重其价值。不特不能视为游戏之作，而亦不敢仅以儆世劝俗目之。其文学之日趋高尚"。① 古代小说"俗文学"的性质使其"消闲"属性要远远大于"儆世劝俗"的动机。元代以后，文人创作的小说在民间"街谈巷议"的基础上加入文人化表达的"文学"质素。晚清"新小说"的翻译借"儆世劝俗"之由提升小说地位。但真正将小说视为"艺术"并与民族国家的"文化"以及现代"精神思想"相联系，则是在五四新文学中最终完成的。

五四新文学建设者与清末民初小说家最大的区别在于对新文学从"思想"到"艺术"的整体性想象，他们借鉴域外文学理论和作品资源，在激烈批判传统的同时完成了自我的主体生成。如果说欧美小说理论带给新文学建设者更多小说概念和表现形式上的启迪，那么俄国文学则在"为人生"的内容、人道主义精神上给新文学建设者以启发。

沈雁冰曾经辨析俄、美小说的不同在于俄国文学与社会思想和社会革命的关联："俄国近代文学都是有社会思想和社会革命观念。美国文学家做短篇小说，大都注重在结构（Plot）；俄国文学家却注重在用意（Cause）。这也是俄国民族精神的反影，没有他国及得来。"② 周作人曾分析，在"光明与黑暗冲突""改革与反动交互的进行"的 19 世纪，拜伦式"自由与反抗的呼声"、抒发"个人的不平"的浪漫主义变为"义愤"，"莫泊三的科学的描写法"、追求"绝对客观的冷淡"的欧洲自然主义变为"主观的解释"，唯有俄国近代文学是"理想的写实派的文学"，"文学的本领原来在于表现及解释人生，在这一点上俄国的文学可以不愧成为真的文学了"。③

---

① 君实：《小说之概念》，《东方杂志》第十六卷第一号（1919 年）。
② 雁冰：《俄国文学杂谭·下》，《小说月报》第十一卷第二号（1920 年）。
③ 周作人：《文学上的俄国与中国》，载《艺术与生活》，北京十月文艺出版社，2011，第 74 页。

早在 1906~1909 年，留学日本的鲁迅在译介外国文学时就表现出对"为人生"的俄国文学和弱小民族文学的偏爱，而对"过分强调人性""与人民和国家脱节"的欧洲自然主义不感兴趣。鲁迅虽然学习德文，但极少翻译德国文学和欧美文学，只是以德文为工具转译了很多追求"自由与解放""革命与爱国"的俄国文学和"求自由"的弱小民族文学。"他学的外国语是德文，但对于德国文学没有什么兴趣，歌德席勒等大师的著作他一册都没有，所有的只是海涅的一部小本集子，原因是海涅要争自由，对于权威表示反抗。他利用德文去翻译别国的作品，介绍到中国来，改变国人的思想，走向自由与解放的道路。鲁迅的文学主张是为人生的艺术，虽然这也就是世界文学的趋向，但十九世纪下半叶欧洲盛行自然主义，过分强调人性，与人民和国家反而脱了节，只有俄国的现实主义的文学里，具有革命与爱国的精神，为鲁迅所最佩服。他便竭力收罗俄国文学的德文译本，又进一步去找别的求自由的国家的作品，如匈牙利，芬兰，波兰，波西米亚（捷克），塞尔维亚与克洛谛亚（南斯拉夫），保加利亚等。这些在那时都是弱小民族，大都还被帝国主义的大国所兼并，他们的著作英文很少翻译，只有德文译本还可得到，这时鲁迅的德文便大有用处了。"①

五四新文学以"人的文学"作为思想理论的纲领，以源自西方资产阶级市民社会的个人主义和人道主义思想颠覆了传承千年的封建思想和礼教制度，推动了现代中国社会的思想文化启蒙。以"人性解放"思想为内核进行的现代知识建构，是西方文艺复兴和启蒙运动在中国的回响，打破了传统文学的雅俗格局和文学体制，创造出新的文学与形式。文学革命在语言上提倡白话文反对文言文，以打破士阶层对文言的垄断，在题材上突破传统"雅文学"关注的帝

---

① 周作人：《鲁迅的国学与西学》，载《鲁迅的青年时代》，北京十月文艺出版社，2011，第53 页。

王将相英雄豪杰，聚焦"平民"和"普通男女"的生活。在《人的文学》和《平民文学》中，周作人以"人的文学"和"非人的文学"区分新文学和旧文学，强调新文学是研究"人生诸问题"的文学，作家以严肃而非游戏的态度描写底层人民"非人的生活"，是为了展示"理想的生活"，"完成人的道德，实现人的生活"。① 周作人呼吁要用通俗的白话描写"世间普通男女的悲欢成败"，描写多数人的"真挚的思想与事实"②。1920 年，沈雁冰提出"新文学"的"三件要素"是："一是普遍的性质；二是有表现人生指导人生的能力；三是为平民的非为一般特殊阶级的人的。唯其是要有普遍性的，所以我们要用语体来做，唯其是注重表现人生指导人生的，所以我们要注重思想，不重格式，唯其是为平民的，所以要有人道主义的精神，光明活泼的气象。如拿这三件要素去评断文学作品，便知新旧云者，不带时代性质。"③ 从新文学的主题和宗旨来看，因为俄国国情与中国的相似，所以俄国文学较之欧美文学更能获得新文学建设者的认同。如周作人所说，"中国的特别国情与西欧稍异，与俄国却多相同的地方，所以我们相信中国将来的新兴文学当然的又自然的也是社会的，人生的文学"④。新文学建设者特别强调知识分子的社会责任，显示了与欧洲文艺复兴的启蒙思路不同的思想意识。因为中国近代以来饱受西方殖民主义欺凌与压迫的痛苦，使中国知识分子特别关注社会变革，对于全世界范围内"被侮辱被损害"的民族有感同身受的同情与理解，并萌生出一种超越民族国家叙述的放眼全球的世界主义倾向。

新文学建设者对俄国文学的关注，一方面取决于文学"为人生"

---

① 周作人：《人的文学》，《新青年》第五卷第六号（1918 年）。
② 周作人：《平民文学》，载胡适选编《中国新文学大系·建设理论集》（影印本），上海文艺出版社，2003，第 211 页。
③ 冰：《新旧文学平议之评议》，《小说月报》第十一卷第一号（1920 年）。
④ 周作人：《文学上的俄国与中国》，载《艺术与生活》，北京十月文艺出版社，2011，第 78 页。

的内容与写实主义创作方法的魅力——"俄罗斯的文学是近代的世界文学的结晶。……他是专以'真'字为骨的，他是感情的直觉的表现，他是国民性格，社会情况的写真"，"是人的文学，切于人生关系的文学，是人类的个性表现的文学"，"是平民的文学"，"悲剧的文学"。① 写实主义真实地反映现实的叙事方式，使文学能够更加积极有效地参与社会变革。另一方面也源于俄国社会革命胜利的吸引力："俄国布尔什维克的赤色革命在政治上，经济上，社会上生出极大的变动，掀天动地，使全世界的思想都受他的影响。……而在中国这样黑暗悲惨的社会里，人都想在生活的现状里开辟一条新道路，听着俄国旧社会崩袭的声浪，真是空谷足音，不由得不动心。因此大家都要来研究俄国。于是俄国文学就成了中国文学家的目标。……我们创造新文学的材料本来不一定取之于俄国文学，然而俄国的国情，很有与中国相似的地方，所以还是应当介绍。"② 1917 年，俄国十月革命的胜利以及社会主义国家苏联的成立，带给五四一代知识分子探索中国现代转型道路以新的启示，以马克思主义理论为指导的俄国布尔什维克赤色革命开辟出西方帝国主义国家主导的现代性之外的新的可能性，反映俄国社会剧变和思想变迁的俄国文学对于中国新文学建设者来说有着超越文学审美层面的吸引力，"因社会的变动，而后影响于思想，因思想的变化，而后影响于文学。……社会使我们不得不创造新文学"③。

1925 年，"五卅运动"之后，中国社会思想和政治现实产生深刻变化。1927 年，国民党"清党"的白色恐怖和国共合作的破裂，加快了新文学政治化转向的速度。后期创造社对五四时期"浪漫主义"和"个人主义"主张的自我否定及其向"写实主义"和"社会

① 郑振铎：《序》，载《俄罗斯名家短篇小说集》，新中国杂志社，1920。
② 瞿秋白：《序》，载《俄罗斯名家短篇小说集》，新中国杂志社，1920。
③ 瞿秋白：《序》，载《俄罗斯名家短篇小说集》，新中国杂志社，1920。

主义"① 的转变打破了五四时期文坛的既有格局，从强调启蒙精神和个性解放的文学革命转向以马克思主义理论为指导、与社会政治关系密切的革命文学。同时，大革命失败之后，不少有志于革命的知识分子开始转入文学领域，成为无产阶级革命文学的倡导者，客观上也促进了文学与政治的进一步结合。20世纪20年代中后期，苏联"拉普"（俄罗斯无产阶级作家协会）文学思想成为左翼文学的指导思想，新文学的现代转型进入了新阶段。

---

① 郭沫若：《文艺家的觉悟》，《洪水》第二卷第十六期（1926 年）。

第三章　文学翻译与现代文学理论空间的开创

　　"文学"作为人文学科的分支是现代学术分科体制的一部分，是在西方现代文明基础上形成的现代学科制度的产物。人文学科在现代的兴起与启蒙运动和欧洲史有密切关系，同时也是在东西方碰撞和现代民族国家形成的过程中产生的。在清末民初救亡图存的时代背景下，中国文学现代转型在民族国家的建立与富国强兵的政治需求中酝酿，现代文学并非直接从中国传统文学中转化而来，五四新文化运动颠覆了中国古代以经学为中心的知识体系，西方学科建制影响下的学科改革对现代文学的发生有直接影响。作为新文化运动和文学革命的产物，现代文学创作、文学理论、文学批评、文学史等中国现代文学知识体系的建构，是以西方文学为参照的文学现代化，其产生背景是中国社会重大变革的时代里思想、学术、文化、文学等知识体系的革故鼎新。

　　在中国古代传统文化知识体系中，经史子集的知识分类是古代学术的基础。在五四时期引入的西方现代学科制度打破了传统知识体系的格局，对古代传统文化知识进行了重组和分类。传统"经部""史部"中的大部分转向新史学，"子部"中的大部分转向哲学史和思想史，"集部"中的大部分被归入"中国古代文学"，而参照西方现代"文学"范畴内的作品、理论、批评、文学史、文类史等分类建构的"中国现代文学"是与中国传统知识分类完全不同的"文学"范畴。以《四库全书总目提要》的四分法为例，部分"经部"中的儒家典籍、"史部"中的正史传记、"集部"中的诗文词曲都可纳入现代的"文学"范畴。而现代文学理论和文学批评则与"诗文评"的集部，"史评"的"子部"，以及序跋、评点等形式有交叉。吴组缃、季镇淮和陈则光曾总结："中国历来的文学理论和文学批评，主要表现形式为评点和序跋，象《文心雕龙》那样系统的鸿篇巨制是不多见的。一般重直观的感受，印象式的评断，较少思辨式的缜密分析。宋中叶以后，评点盛行，古文、诗歌、小说乃至戏曲，均有评点刊本。所发议论，无非是'触目赏心，漫附数语于篇末，挥毫拍案，忽加赘语于幅余'。零星点滴，缺少完善性和系统性。诗文集的序跋固不乏精辟见解，然毕竟浮光掠影，概乎言之者居多，未能就某一理论问题的探索，达到应有的广度、深度和力度。"[①] 清末民初林纾等译者多在译本中以序跋、评点等形式介绍原著及作者，阐发译者对原著主题和艺术手法的理解，依然有传统诗文评的深刻印迹。

中国古代的诗文评等在知识形态上与西洋文学理论近似，是对创作规律的理论总结与概括，但在中国传统知识体系中并不具备独立地位，也不具备指导和规范创作的话语权。而依托于西方现代学科建制，不仅文学在西方知识体系中具有独立地位，而且文学理论、文学批评也与文学创作一样在西方文学学科内部具有独立地位。并且，文学理论与批评因具备指导和规范文学创作的能力而在文学学科内部拥有相当大的话语权。1921 年，沈雁冰在《小说月报》的《改革宣言》中曾说："西洋文艺之兴盖与文学上之批评主义（Criticism）相辅而进；批评主义在文艺上有极大之威权，能左右一时代

---

① 吴组缃、季镇淮、陈则光：《总序》，载徐中玉主编《中国近代文学大系·文学理论集·1》，上海书店，1994，第 10～11 页。

之文艺思想。新进文家初发表其创作，老批评家持批评主义相绳，初无丝毫之容情，一言之毁誉，舆论翕然从之；如是，故能互相激励而至于至善。"① 以西洋的"批评主义"为核心的文学理论成为新文学建设者认识和建构文学的基本尺度，同时也折射出现代学术体制和现代知识生产机制的变迁。"批评主义"的自觉输入与提倡，使新文学有了专业化、学术化批评话语系统和世界观、方法论的指导。在中国现代转型的文化危机中，五四文学革命以后引进的西方文学理论话语使传统诗文评不再具有合法性。五四以后，《小说月报》《创造周报》等现代文学期刊中已设置作家论、国别文学论、文学理论、作品批评、文坛消息等栏目刊发批评、理论的专门文章。新文学从理论、批评、创作等方面对"文学"知识秩序和价值观念进行重整，其合法性来自西方知识结构与价值体系。

　　不过，五四新文学虽以西方文学为榜样，但是并非全盘复制照搬照抄，真正能体现五四新文学精神的是新文学建设者的主体性态度和"拿来主义"精神。沈雁冰曾强调新文学建设者在选择和借鉴西方现代文学理论时应有的主体性精神态度为："我们无论对于哪种学说，该有公平的眼光去看他；而且更要明白，这不过是一种学说，一种工具，帮助我们改良生活，求得真理的。所以介绍尽管介绍，却不可当他们是神圣不可动的；我们尽管挑了些合用的来用，把不合用的丢了，甚至于忘却，也不妨。因为学说本来是工具，不合用的工具，当然是薪材的胚子了。"② 在第十一卷半改版的《小说月报》的《小说新潮栏宣言》中，沈雁冰提出了新文学应同时以西洋文学和传统文学为资源在思想和艺术两方面创造性地建构现代文学的思路："文学是思想一面的东西，这话是不错的。然而文学的构成，却全靠艺术。……我们对于新旧文学并不歧视；我们相信现在

① 《改革宣言》，《小说月报》第十二卷第一号（1921 年）。
② 雁冰：《尼采的学说》，《学生杂志》第七卷第四号（1920 年）。

创造中国的新文艺时，西洋文学和中国的旧文学都有几分的帮助。我们并不想仅求保守旧的而不求进步，我们是想把旧的做研究材料，提出他的特质，和西洋文学的特质结合，另创一种自有的新文学来。"①

第一节　浪漫主义进入中国的文化逻辑

"浪漫主义"作为一个源自西方知识体系的文论术语，其概念本身是多义、含糊、混乱的，而作为现代文学的重要思潮流派，"浪漫主义"概念一进入中国便面临着错综复杂的局面，新文学建设者对其的理解和阐释也呈现风格各异的状态和样貌。浪漫主义进入中国后的本土化过程，既是对艺术风格和审美特征的冲击，也是具有政治意味的文化，折射出中国现代化进程的艰巨性与特殊性。

如果我们不是在创作方法的层面上考察浪漫主义进入中国的路径，而是将其理解为一种影响广泛的社会思潮，这会对浪漫主义在中国的沉浮有更深刻的认识。以赛亚·柏林曾说："浪漫主义的重要性在于它是近代规模最大的一场运动，改变了西方世界的生活和思想。在我看来，它是发生在西方意识领域里最伟大的一次转折。发生在十九、二十世纪历史进程中的其他转折都不及浪漫主义重要，而且它们都受到浪漫主义深刻的影响。"② 对于中国来说，浪漫主义也不仅是单纯的文艺运动，它应和着民族的现实危机和晚清五四的时代精神，是有重大历史转折意义的社会政治思潮。以广阔的社会政治和道德伦理为背景，考辨浪漫主义在中国的接受与分化，可以看到 20 世纪上半叶浪漫主义的引入给中国现代文学不仅带来了艺术创新，还带来了思想革命，作为创作方法的浪漫主义是对作为社会

---

① 雁冰：《小说新潮栏宣言》，《小说月报》第十一卷第一号（1920 年）。
② 〔英〕以赛亚·柏林：《浪漫主义的根源》，吕梁等译，译林出版社，2011，第 9～10 页。

思潮的浪漫主义的美学赋型。

俞兆平认为，20 世纪上半叶，西方浪漫主义文学思潮在中国的传播和接受主要包括四种范式："一是以早期鲁迅为代表的尼采式的哲学浪漫主义，它偏于从强力意志的角度激发悲剧性的抗争精神；二是以沈从文为代表的卢梭式的美学浪漫主义，它偏于从美的哲学角度对人类在现代化进程中所产生的异化状态的抗衡；三是 1930 年之后以郭沫若为代表的高尔基式的政治学浪漫主义，它偏于从政治角度对无产阶级功利价值的追求；四是以林语堂为代表的克罗齐式的心理学浪漫主义，它偏于从心理角度对表现性的创作本质的推崇。"① 西方浪漫主义是一个涉及伦理学、政治学、哲学、美学等学科的意义庞杂的跨学科概念，作为异质文化被引进中国时又受本土文化和时代背景的影响而产生变异和分化，新文学建设者的翻译动机和翻译策略影响了浪漫主义进入中国的面貌，而浪漫主义也在中国经历了自己独特的旅程。

一

最早将浪漫主义概念引入中国的是梁启超。1902 年，梁启超在《论小说与群治之关系》中明确将文学分为"理想派"和"写实派"两种，"理想派"即接近于"浪漫主义"概念。1906 年，王国维在《文学小言》中将文学分为景/情、客观/主观两种类型，后者即接近"浪漫主义"的概念。而后，王国维在《人间词话》中将文学分为"理想与写实二派"。1907 年，留学日本的鲁迅在阅读日本学者木村鹰太郎的《拜伦——文艺界之大魔王》以及其他拜伦日译诗集后撰写了《摩罗诗力说》，对 18 世纪～19 世纪欧洲浪漫主义文学思潮进行梳理和阐释，热情赞美拜伦式"立意在反抗，指归在动作""争

---

① 俞兆平：《浪漫主义在中国的四种范式》，《天津社会科学》2010 年第 6 期，第 95～96 页。

天拒俗"① 的英雄，歌颂"刚健不挠，抱诚守真；不取媚于群，以随顺旧俗；发为雄声，以起其国人之新生，而大其国于天下"的"摩罗诗派"。②

1917 年，周作人受聘为北京大学文科教授，其主讲的"近世文学史"课程讲义《欧洲文学史》在 1918～1919 年付印。周作人在书中称"浪漫主义"为"传奇主义"："传奇主义以拒古典主义之文学而起，一言以蔽之，则情思对于理性之反抗也。精神所在，略有数端。一曰主观。……依个人之感性思想，立自由之艺术，以能达本己情意为先，形辞句皆所不顾，所谓抒情诗派（Lyricism）也。二曰民主精神。法国革命，去贵族政治而为民主，其精神亦见于艺文。十八世纪都会之文学，一转而言村市，咏叹田家，颂美天物，其风始于 Rousseau 与 Crabbe 之时，至 Wordsworth 而大成。所著《抒情诗集》（*Lyrical Ballad*）序中，申言其意。盖纯朴生活，不为因袭所制，田家习俗，又发自根本之感情，未受礼文涂饰。故人性之显见者较真，人生之意义与真相，因亦易于观取也。三曰惊异之复生（Renaissance of Wonder）。传奇派文学既以表现情思为主，故贵能撄人心，发其想象感情，得会通意趣，人间常事，不足以动听闻，则转而述异。凡幽玄美艳，或悲哀恐怖之事，皆为上选。神话传说，于是复兴，唯所取者非古代而在中世，如武侠之俗，虔敬之信，神圣之爱，空灵神秘之思，皆最适于当时之人心。"③ 周作人从主观、民主、传奇三方面总结浪漫主义特点，是五四时期较早对浪漫主义做出完整定义的学者。1925 年夏秋之际，沈雁冰在其撰写的《文艺小词典》中收录的"浪漫主义"词条，基本沿用了周作人的定义。1920年，沈雁冰在《文学上的古典主义、浪漫主义和写实主义》中，认为卢梭是"浪漫文学的第一人""注重想像""提倡创造，提倡个性"。

① 鲁迅：《摩罗诗力说》，载《鲁迅全集》（第一卷），人民文学出版社，2005，第 68 页。
② 鲁迅：《摩罗诗力说》，载《鲁迅全集》（第一卷），人民文学出版社，2005，第 101 页。
③ 周作人：《近代欧洲文学史》，北京十月文艺出版社，2013，第 88 页。

认为浪漫主义与古典主义的不同体现在以下七个方面："（一）古典文学认美是一成不变的，是绝对的；浪漫文学反之，认美是由于人类创造添积而成的，是相对的。（二）古典文学认古人所做的便是绝好的；浪漫派反之，他是求创造，不奴于古人的。（三）古典文学认已成的便是美之极则；浪漫文学认美之极则，在想像，人人可以想像一个美之极则出来。（四）古典文学是静的，浪漫文学是动的，古典文学使人感幽恬之趣，浪漫文学使人得兴奋之乐。（五）古典文学的作者，自己有欲望，有嗜好，或许是极强的嗜好，但做出来的文学，偏偏欲断绝嗜欲，所以古典文学是叫人禁止嗜好的；浪漫文学便是放纵嗜欲的。（六）古典文学于文体格局一面，务求首尾完具，于描写，务求篇幅匀称；浪漫文学于文体一面，则不畏有首无尾，或是有尾无首，于描写，也不务求匀称，而求动人。（七）古典文学的人生观是淡泊，是不立异，是不求猛进；浪漫文学的人生观便是好功，是欲创造，是重奋斗。"①

五四以后，在田汉、郭沫若、郁达夫等创造社成员的大力提倡下浪漫主义声势愈大，在翻译、创作、理论总结等方面都有所收获。郑伯奇在《中国新文学大系·小说三集》的导言里回忆："在五四运动以后，浪漫主义的风潮的确有点风靡全国青年的形势。'狂风暴雨'差不多成了一般青年常习的口号。当时簇生的文学团体多少都带有这种倾向。其中，这倾向发挥得最强烈的，要算'创造社'了。……第一，他们都是在外国住得很久，对于外国的（资本主义的）缺点，和中国的，（次殖民地）的病痛都看得比较清楚；他们感受到两重失望，两重痛苦。对于现实社会发生厌倦憎恶，而国内国外所加给他们的重重压迫只坚强了他们反抗的心情。第二，因为他们在外国住得很久，对于祖国便常生起一种怀乡病；而回国以后的种种失望，更使他们感到空虚。未回国以前，他们是悲哀怀念；既回国以后，

---

① 雁冰：《文学上的古典主义、浪漫主义和写实主义》，《学生杂志》第七卷第九号（1920年）。

他们又变成悲愤激越；便是这个道理。第三，因为他们在外国住得长久，当时外国流行的思想自然会影响到他们。哲学上，理知主义的破产；文学上，自然主义的失败，这也使他们走上了反理知主义的浪漫主义的道路上去。"① 1922 年，郭沫若在《〈少年维特之烦恼〉序引》中，称赞少年歌德是"伟大的主观诗人"，指出维特的性格是"狂飙突进时代"的产物，将小说中的浪漫主义思想概括为"主情主义""泛神思想""对于自然的赞美""对于原始生活的景仰""对于小儿的尊崇"② 五个方面。1920 年，创造社期刊作者之一黄仲苏对浪漫主义做了如下概括："浪漫主义所含有的是：（一）尊重中世纪的艺术；（二）启发人类对于自然界及世界的新观念；（三）引起人类对于非常的事实之兴趣；（四）扩充文字的范围——引用外国字并创造新的辞句；（五）破除一切习俗的拘束；（六）提倡个性的完成；（七）着重主观的表示；（八）忽视心理学与科学——思想的艺术与理论的艺术竟为他们置之度外。"③

对浪漫主义的讨论并不局限于创造社。1922 年，与郑振铎等早年一同创办《新社会》《人道》等期刊的瞿世英在《小说月报》上发表《小说的研究》，在与"古典派"比较的视野中总结"浪漫派"的特点："古典派的作品注重形式以致于造成许多没有生气的艺术，浪漫派却一反其所为不事模仿而事创新，重自由，重感情打破形式的束缚，因袭的裁制。努力发挥个性，创造文学的新生命。古典派既注重形式自必不注重主观，浪漫派却是极端的注重主观，简直是纯主观的作品。是精神的，是想像的，是超现实的，是超自然的。浪漫派生活于高而且美的理想中，努力发挥自我的热烈的情绪，用理想的眼光来察看人生，努力求最高的艺术的美之实现。所描写的

① 郑伯奇编选《中国新文学大系·小说三集》（影印本），上海文艺出版社，2003，第 3、12 页。
② 郭沫若：《〈少年维特之烦恼〉序引》，《创造季刊》第一卷第一期（1922 年）。
③ 黄仲苏：《1820 年以来法国抒情诗之一斑》，《少年中国》第三卷第三期（1921 年）。

是远大的精神，理想的，神秘的，非平凡的生活。"① 不仅如此，读者也在《小说月报》上参与了关于浪漫主义的讨论："浪漫主义为近代文学的开端。据皮亚儿所著十八世纪及十九世纪的美国浪漫主义史中所述，谓浪漫主义含有五种意味：（一）中古主义，即舍现在而想望中古；（二）归于自然，即避知识文明之繁文缛礼而返于人间的本然，爱好宇宙自然未加造作的纯雅；（三）反动的精神，即反对古来因习的道德及固定的思想；（四）神秘怪奇，厌恶现在平常无奇的事而想望怪奇；（五）感伤的，主观的及个人本位的，即系反抗常识的，论理的合理主义之感伤主义，反对客观的知识主义的主观主义，以及反对团体本位主义的个人本位主义。总之，即是自我的解放。故浪漫主义的基础，若与文艺复兴的所谓'世界的发见''人间的发见'比起来，则可说是'自我的发见'。"②

从上述译介文章可以看出，五四时期对浪漫主义理论的译介和讨论基本围绕着主观、个性、情感、想象、创造、灵感、自由、理想、神秘、传奇等概念展开。然而伴随着浪漫主义的译介和输入，五四时期对浪漫主义的批判否定的声音在 20 世纪 20 年代中期以后渐成声势。批评的声音不仅来自左翼理论家，也来自自由主义作家。

一方面，伴随着马克思主义唯物主义世界观和方法论在理论界取得主流地位，文学领域开始出现五四文学革命向无产阶级革命文学的转型，后期创造社的向左转预示着浪漫主义的衰落，浪漫主义"主观""唯心""个人主义"③"贵族的""玩具的"④ 特质使其在1925 年之后渐趋没落。1925 年，沈雁冰从阶级分析的角度指出：

① 瞿世英：《小说的研究》，《小说月报》第十三卷第九号（1922 年）。
② 仲云：《读近代文学》，《小说月报》第十五卷第一号（1924 年）。
③ 雁冰：《文学上的古典主义、浪漫主义和写实主义》，《学生杂志》第七卷第九号（1920 年）。
④ 沈雁冰：《近代文学体系的研究》，《茅盾全集·第三十二卷·外国文论四集》，黄山书社，2014，第 519 页。

"革命的浪漫主义是资产阶级鼎盛时代的产物，是一个社会阶级的健全的心灵的产物。"[①] 浪漫主义的阶级属性被特别强调，作为资产阶级上升期的新文艺，被看作19世纪资产阶级颓废文化在艺术方法上的表现。1926年，郭沫若在《文艺家的觉悟》里宣称："我们现在所需要的文艺是站在第四阶级说话的文艺，这种文艺在形式上是写实主义的，在内容上是社会主义的，除此以外的文艺都已经是过去的了。包含帝王思想宗教思想的古典主义，主张个人主义自由主义的浪漫主义，都已经过去了。"[②] 在《革命与文学》中，郭沫若明确表示："我们要要求从经济的压迫之下解放，我们要要求人类的生存权，我们要要求分配的均等，所以我们对于个人主义自由主义要根本划除，我们对于浪漫主义的文艺也要取一种澈底反抗的态度。"[③] 郭沫若特别强调西方国家历史处境和政治状况与西方浪漫主义的联系："滥觞于意大利之文艺复兴，而爆发于一七八九年之法兰西大革命。这时候在文艺上的表现便是浪漫主义对于形式主义的抗争。浪漫主义的文学便是最尊重自由，尊重个性的文学，一方面要反抗宗教，而同时于别方面又要反抗王权，意大利文艺复兴期中的诸大作家，英国的莎士比，米尔顿，法国的佛尔特尔，卢梭，德国的歌德，许尔雷，都可以称为这一派文学的伟大的代表。这一派文学，在精神上是个人主义自由主义，在表示上是浪漫主义的文学，便是十七八世纪当时的革命文学。然而第三阶级抬头之后，以个人主义自由主义为核心的资本主义渐渐猖獗起来，使社会上新生出一个被压迫的阶级，便是第四阶级的无产者。在欧洲的今日已经达到第四阶级与第三阶级的斗争时代了。浪漫主义的文学早已成为反革命的文学，一时的自然主义虽是反对浪漫主义而起的文学，但在精神上仍未脱尽个人主义与自由主义的色彩。……在欧洲今日的新兴文艺，在精

---

① 沈雁冰：《论无产阶级艺术》，《文学周报》第196期（1925年10月）。
② 郭沫若：《文艺家的觉悟》，《洪水》第二卷第十六期（1926年）。
③ 郭沫若：《革命与文学》，《创造月刊》第一卷第三期（1926年）。

神上是彻底表同情于无产阶级的社会主义的文艺，在形式上是彻底反对浪漫主义的写实主义的文艺。这种文艺，在我们现代要算是最新最进步的革命文学了。"① 1929 年，茅盾在《西洋文学通论》中明确表示："浪漫主义在根柢上是一种个人主义的艺术；这是应合于十九世纪成为支配者的资产阶级的个人主义自由竞争的经济组织。浪漫主义又是渴慕着'伟大'，'超凡'，'瑰丽'；这也说明了那时候新得政权的资产阶级的气势。""浪漫主义是新兴资产阶级意识在文艺上的表现。"② 浪漫主义的意识形态属性，以及后来的唯美主义、表象主义与浪漫主义千丝万缕的勾连，都被认为是资产阶级现代文明和资产阶级社会秩序在艺术上的体现，遭到左翼理论家的批判。

另一方面，受美国白璧德新人文主义影响颇深的持文化保守主义立场的梁实秋，也严词厉色地否定新文学运动的浪漫主义倾向："新文学运动，就全部看，是'浪漫的混乱'。"在《现代中国文学之浪漫的趋势》中，梁实秋批评新文学运动"全运动之趋向于浪漫主义"，"浪漫主义者的唯一的标准即是'无标准'"，现代中国文学弥漫着"抒情主义""印象主义"，"他们在心血沸腾的时候，如醉如梦，凭着感情的力量，想像到九霄云外，理性完全失了统驭的力量。……新文学家大半都是多情的人"，"自浪漫主义得势以来，韵文和散文实际上等于结了婚，诗和小说很难分开，文学的型类完全混乱，很少人能维持小说的本务。现今中国小说，什九就没有故事可说，里面没有布局，也没有人物描写，只是一些零碎的感想和印象"，"浪漫主义者专要寻出个人不同处，势必将自己的怪僻的变态极力扩展，以为光荣，实则脱离了人性的中心。'独创'做到这种地步，实在是极不'自然'的"，儿童文学则根据"逃避人生"的文学观而来，

---

① 郭沫若：《革命与文学》，《创造月刊》第一卷第三期（1926 年）。
② 茅盾：《西洋文学通论》，《茅盾全集·第二十九卷·外国文论一集》，黄山书社，2014，第 291～292、307 页。

"逃避的文学是欺骗的文学，以自己的情感欺骗自己"。① 自由主义文学流派的新月社本来是具有浪漫主义倾向的，但也在"健康与尊严"的旗帜下贯彻着"理性节制情感"的美学主张，对浪漫主义进行声讨："我们不敢赞许伤感与热狂，因为我们相信感情不经理性的清滤是一注恶浊的乱泉，它那无方向的激射至少是一种精力的耗废。我们未尝不知道放火是一桩新鲜的玩艺，但我们却不忍为一时的快意造成不可救济的惨象。'狂风暴雨'有时是要来的，但狂风暴雨是不可终朝的。我们愿意在更平静的时刻中提防天时的诡变，不愿意籍口风雨的猖狂放弃清风白日的希冀。我们当然不反对解放情感，但在这头骏悍的野马的身背上我们不能不谨慎的安上理性的鞍索。我们不崇拜任何的偏激，因为我们相信社会的纪纲是靠着积极的情感来维系的，在一个常态社会的天平上，情爱的分量一定超过仇恨的分量，互助的精神一定超过互害与互杀的动机。我们不愿意套上着色眼镜来武断宇宙的光景。我们希望看一个真，看一个正。"② 不仅如此，对浪漫主义的声讨还间接地受到思想界"科学与人生观"论战的影响。20 世纪 20 年代中期以后，在沸沸扬扬的科玄论战中科学派的获胜也使得浪漫主义开始消沉，科学主义渐成主流，浪漫主义则因其"主观""唯心""唯情"等特点被看作"科学"的反面，日渐褪色。沈雁冰曾感叹："自从工业革命以来，科学长足的进步，真是一日千里；科学万能的思想深中人心，几乎处处地方都要用科学方法来配合上去，太不合科学方法的浪漫文学自然也欲受知识阶级的鄙视。"③

值得注意的是，1928 年前后，浪漫主义理论在多重力量的攻

① 梁实秋：《现代中国文学之浪漫的趋势》，载贾植芳、陈思和主编《中外文学关系史资料汇编（1898～1937）》（上册），广西师范大学出版社，2004，第 225、231、232、235、238、239 页。
② 徐志摩：《新月的态度》，《新月》第一卷第一号（1928 年）。
③ 雁冰：《文学上的古典主义、浪漫主义和写实主义》，《学生杂志》第七卷第九号（1920 年）。

势下趋于落寞之际，却在创作上迎来了早期左翼作家的青睐。蒋
光慈等"太阳社"作家的小说热衷于抒写"革命 + 恋爱"的主题，
以"革命罗曼蒂克"为革命摇旗呐喊。对于日常生活的反抗和超
越是革命与浪漫主义的相似之处，革命对于现实的超越和对于理
想世界的热情追求在精神气质上与浪漫主义有着深刻的内在联系。
正因此，蒋光慈才明确表示："革命是最伟大的罗曼谛克""惟真
正的罗曼谛克才能捉住革命的心灵，才能在革命中寻出美妙的诗
意，才能在革命中看出有希望的将来。"① 1929 年，法捷耶夫在
"拉普"全会上以"打倒席勒"为口号发表讲话认为现实主义创作
方法与哲学上的唯物主义相符合，浪漫主义的创作方法和唯心主
义相符合，全面否定浪漫主义。受此影响，1930 年左联也大力提
倡"唯物辩证法的创作方法"，批评和否定浪漫主义。浪漫主义的
思想根源既是唯心主义，又发生和形成于"资本主义阵营"，对现
实和生活又采取个人主义的态度，不能加入"劳动人民的斗争"
中，因而浪漫主义在 20 世纪 30 年代的左翼文坛基本被隔绝于主流
文学秩序之外。在文学创作中对应的是，1931 年丁玲的小说《水》
得到了马克思主义文艺理论家冯雪峰的称赞，认为其"从浪漫蒂
克走向现实主义，从旧的写实主义走到新的写实主义"②，是革命
浪漫蒂克向社会剖析派和批判现实主义小说的过渡。1932 年，瞿秋
白等五人为华汉的小说《地泉》作序，全面展开对"普罗文学"的
"革命的浪漫蒂克"的批判。至此，浪漫主义的概念萎缩为一种感情
的、主观的、脱离民众的文艺形式，甚至被贴上了唯心、滥情、感
伤、软弱、颓废的刻板标签，在 20 世纪 30 年代逐渐暗淡了光辉，
直至 1937 年抗日战争全面爆发后才在"革命浪漫主义"的提倡中逐
渐走出阴霾。

---

① 蒋光慈：《十月革命与俄罗斯文学》，载《蒋光慈文集》（第四卷），上海文艺出版社，
1988，第 65、71 页。
② 丹仁：《关于新的小说的诞生》，《北斗》第二卷第一期（1932 年）。

二

整体而言，西方浪漫主义18世纪末期从英、法、德、俄等国滥觞，19世纪上半叶在西方乃至全世界产生广泛影响。上升期的资产阶级在政治上开展反封建反神权的斗争，掀起轰轰烈烈的资产阶级民主革命和民族解放运动，在文艺上反对古典主义的清规戒律，主张艺术自由，发起浪漫主义运动。浪漫主义的思想资源既来自对封建制度瓦解后"理性王国"并未到来的社会现实的失望，也受益于德国古典哲学、空想社会主义和启蒙主义时期人文主义的滋养，尖锐的社会矛盾无从解决，人们将希望诉诸浪漫主义，试图通过浪漫主义开创理想世界，在现实危机中找寻新的出路。19世纪上半叶，因地域和时代的不同浪漫主义在西方诸国的表现形态和理论主张各有不同，呈现主题与形态的多重面向和多线索交织的精神起源："原初的浪漫主义，兴起于法国大革命之前，滋长于欧洲民主运动和民族解放运动高涨时期。它既是上升期资产阶级的理想性表述，又代表了社会共同体对野蛮资本主义的抗议，对唯利是图的市侩道德的厌弃，还掺杂了没落贵族对逝去的黄金时代的追怀，呈现在文艺上，它既反映了对自由个人的想象和解放的呼声，又有对冷酷现实的否定和对理想世界的空想，还带有对中世纪田园诗有机社会的缅怀。它的末流逐渐丧失了批判性，演化为一种滥情、感伤甚至颓废的夸张文艺姿态和生活风格。"①

英国的浪漫主义运动通常被认为从"1789年法国大革命爆发"或华兹华斯"1798年《抒情歌谣集》的出版"开始，延续至"19世纪最初三十年"②。英国的浪漫主义是在本国产业革命和法国大革命的影响下形成和发展的，"文学与政治、诗歌与革命，从来没有这

---

① 刘复生：《浪漫主义问题及其他》，《南方文坛》2020年第6期，第65页。

② 〔美〕M. H. 艾布拉姆斯、杰弗里·高尔特·哈珀姆：《文学术语词典》（第10版）（中英对照），吴松江、路雁等编译，北京大学出版社，2014，第236页。

样紧密结合，而同时，诗艺的精湛、诗歌语言的革新也开辟了一整个新的时期"①。英国的浪漫主义以想象力、回归自然、神秘主义为特色。华兹华斯为他与柯勒律治合著的《抒情歌谣集》第二版撰写的序言被看作浪漫主义新诗歌向古典主义旧诗歌宣战的檄文，"强烈感情的自然流露"、"普通生活里的事件和情景"、富有"想象力的色泽"的语言和回归自然的主题，是华兹华斯、柯勒律治等第一代浪漫主义诗人的中心信条。而到了第二代浪漫主义诗人，拜伦、雪莱和济慈在法国革命思想影响下写诗，都是"争天拒俗"的民主派。三位诗人继承了华兹华斯回归自然的传统，拜伦和雪莱更富有英雄气质和革命激情，济慈则有着敏感的观察力，他们共同将英国浪漫主义推上了高潮。从晚清到五四，在中国被译介最多的作家是第二代浪漫主义诗人，尤其是拜伦和雪莱。

1902 年，梁启超在《新小说》第一年第二号上首次刊登"大文豪"拜伦的照片，称其为"英国近世第一诗家也，其所长专在写情，……每读其著作，如亲接其热情，感化力最大矣"。在小说《新中国未来记》第四回中，梁启超写黄克强、李去病二人留学归国途中夜宿旅顺某西式客店，听到隔壁有"一个少年中国的美少年"在唱拜伦的《渣阿亚》（《异教徒》）和长诗《唐·璜》里《哀希腊》中的两节。梁启超借小说主人公黄克强之口阐明译介拜伦的理由："摆伦最爱自由主义，兼以文学的精神，和希腊好像有夙缘一般，后来因为帮助希腊独立，竟自从军而死，真可称文界里头一位大豪杰，他这诗歌正是用来激励希腊人而作，但我们今日听来，倒像有几分是为中国说法哩。"②《哀希腊》一诗随后不仅被马君武、苏曼殊翻译过，五四时期也被胡适、刘半农、胡怀琛、柳无忌、王独清等以各种诗体翻译过。用拜伦诗来激励沉睡的国人，是近现代中国译者

---

① 王佐良：《英国文学史》，商务印书馆，2017，第 153 页。
② 梁启超：《新中国未来记》，《新小说》第一年第三号（1902 年）。

关注拜伦的主要译介动机，但具体到《哀希腊》各个版本的翻译，可以辨析出译介目的和译者文学观念的不同。在唤醒民族国家意识、赞美民主革命的意义上，梁启超强调拜伦热爱自由、为希腊独立而献身的英雄气质，马君武在1905年重译的《哀希腊》也突出了拜伦为民主革命而战的爱国热情和斗争精神。而在被称作"浪漫诗僧"的苏曼殊那里，他在1909年前后翻译的《哀希腊》虽然也洋溢着对希腊遭遇入侵的感愤和为民族自由而战的热切，却隐含着有别于梁启超的对个性主义、主观、抒情的浪漫气质的礼赞。苏曼殊在《潮音集》中如是介绍拜伦："拜伦的诗像种有奋激性的酒料，人喝了愈多，愈觉着有甜蜜的魔力，它们通篇中充满了神秘、美丽与真实。在情感、热诚和直白的用字内，拜伦的诗是不可及的。"① 在《〈拜伦诗选〉自序》中，苏曼殊说："拜伦以诗人去国之忧，寄之吟咏，谋人家国，功成不居，虽与日月争光，可也！"与梁启超、马君武相比，苏曼殊更多地站在诗人主体情感的角度肯定拜伦助希腊独立而战的壮举。五四之后，胡适等重译《哀希腊》，译诗中则少了这种为辛亥革命进行宣传动员的急切，多了些平心而论的从容和中肯。对此，1923年《哀希腊》的译者柳无忌分析得很清楚："拜轮写此诗时希腊独立运动即将来临，而苏曼殊（以及比他较早的梁启超与马君武）译诗时也正是中国辛亥革命的前夕。虽然相隔一个世纪，此诗的作者与译者同样为历史上消逝的光荣而感伤，同样扬起悲壮的歌声，为民族自由作文字宣传。等到后来重译者如胡适、胡寄尘与柳无忌的时候，'哀希腊'诗已失去其民族革命的意义，只是一部文学珍品而已。"②

　　相较于《哀希腊》的诸多译者，鲁迅更加看重拜伦"争天拒

---

① 苏曼殊：《〈潮音集〉英文自叙》，载贾植芳、陈思和主编《中外文学关系史资料汇编（1898～1937）》（上册），广西师范大学出版社，2004，第184页。

② 柳无忌：《苏曼殊与拜轮"哀希腊"诗——兼论各家中文译本》，《佛山师专学报》1985年第1期，第14页。

俗"的精神气质和现代主体意识。1907 年，鲁迅在《摩罗诗力说》中没有使用民族国家的视角，而是从主体觉醒的角度称赞拜伦"既喜拿坡仑之毁世界，亦爱华盛顿之争自由，既心仪海贼之横行，亦孤援希腊之独立，压制反抗，兼以一人矣"①。称赞拜伦式英雄"所遇常抗，所向必动，贵力而尚强，尊己而好战，其战复不如野兽，为独立自由人道也"②。鲁迅在梳理了欧洲浪漫主义文学后，热情赞许拜伦为代表的"摩罗诗派"："十九世纪初，世界动于法国革命之风潮，德意志西班牙意太利希腊皆兴起，往之梦意，一晓而苏；惟英国较无动。顾上下相连，时有不平，而诗人裴伦，实生此际。……迨有裴伦，乃超脱古范，直抒所信，其文章无不函刚健抗拒破坏挑战之声。平和之人，能无惧乎？于是谓之撒但。"③ "至力足以振人，且语之较有深趣者，实莫如摩罗诗派。……欧人谓之撒但，人本以目裴伦。今则举一切诗人中，凡立意在反抗，指归在动作，而为世所不甚愉悦者悉入之。为传其言行思维，流别影响，始宗主裴伦，终以摩迦（匈加利）文士。……大都不为顺世和乐之音，动吭一呼，闻者兴起，争天拒俗，而精神复深感后世人心，绵延至于无已。"④

与鲁迅发表《摩罗诗力说》同年，王国维亦从美学的角度介绍和评价拜伦，分析了浪漫主义代表人物拜伦个性张扬、愤世嫉俗，而又情感脆弱、细腻感伤的特点："白衣龙之为人，实一纯粹之抒情诗人，即所谓'主观之诗人'是也。其胸襟甚狭，无忍耐力自制力，每有所愤，辄将其所郁之于心者泄之于诗。……白衣龙非文弱诗人，而热血男子也，……以一身与世界战。夫强于情者，为主观诗人之常态，但若是之甚者，白衣龙一人而已。……其多情不过为情欲之情，毫无高尚之审美情及宗教情。然其热诚则不可诬，故其言虽如

---

① 鲁迅：《摩罗诗力说》，载《鲁迅全集》（第一卷），人民文学出版社，2005，第81页。
② 鲁迅：《摩罗诗力说》，载《鲁迅全集》（第一卷），人民文学出版社，2005，第84页。
③ 鲁迅：《摩罗诗力说》，载《鲁迅全集》（第一卷），人民文学出版社，2005，第75页。
④ 鲁迅：《摩罗诗力说》，载《鲁迅全集》（第一卷），人民文学出版社，2005，第68页。

狂如痴，实则皆自其心肺中流露出者也。"① 这里对浪漫主义"主观诗人"特质的总结，与王国维在稍后出版的《人间词话》中提出的以主观感情表现为主要特征的"有我之境"说是有内在联系的。

1924 年，《小说月报》第十五卷第四号出版"诗人拜伦的百年祭"专号，刊登拜伦译诗 7 首、翻译诗剧 1 篇、国外评论译文 6 篇和国内译介评论文章 13 篇，大致包括纪念拜伦百年祭的意义、拜伦生平著作介绍、拜伦文学史地位及影响和拜伦作品译介四个方面。在"卷头语"中郑振铎如是介绍拜伦："我们爱天才的作家，尤其爱伟大的反抗者。所以我们之赞颂拜伦，不仅仅赞颂他的超卓的天才而已，他的反抗的热情的行为，其足以使我们感动，实较他的诗歌为尤甚。他实是一个近代极伟大的反抗者！反抗压迫自由的恶魔，反抗一切虚伪的假道德的社会。诗人的不朽，都在他们的作品，而拜伦则独破此例。"② 王统照则撰文总结拜伦思想上的特点在于"热烈的冲动""自由的观念""革命的影响"三方面，称赞拜伦"生在全欧革命的酝酿期里，他有生一日全为革命的热火燃灼其精神，为有名的叛乱诗人"，诗歌中表现了"反抗的，刺激的，牺牲的，为人的世界而寻求自由的珍宝的热烈勇敢的精神"。③

雪莱译介进入中国的时间略晚于拜伦，《新小说》第二年第二号的卷首刊发了"英国人斯利（Bysshe Shelley）像"，并将其称为与歌德、席勒并列的"欧洲大诗人"。1922 年，为纪念雪莱逝世百年，《小说月报》《文学周报》《晨报副刊》等刊发了纪念雪莱的译诗和纪念文章。在 1922 年 7 月 18 日的《晨报副刊》上，周作人发表《诗人席烈的百年忌》，介绍雪莱是"英国十九世纪前半的少数革命诗人""与摆伦（Byron）并称"。"摆伦的革命，是破坏的，目的在除去妨碍一己自由的实际的障碍；席烈是建设的，在提示适合理性

---

① 王国维：《英国大诗人白衣龙小传》，《教育世界》第 162 号（1907 年）。
② 西谛：《卷头语》，《小说月报》第十五卷第四号（1924 年）。
③ 王统照：《拜伦的思想及其诗歌的评论》，《小说月报》第十五卷第四号（1924 年）。

的想像的社会，……席烈心中最大的热情即在涮除人生的苦恶，这实在是他全个心力之所灌注；他以政治的自由为造成人类幸福之直接的动原，所以每一个自由的新希望发生，常使他感到非常的欣悦，比个人的利益尤甚。但是他虽具这样强烈的情热，因其天性与学说的影响，并不直接去作政治的运动，却把他的精力都注在文艺上面。……他不主张暴力的抵抗，而仍是要理性的反抗，这便是一切革命的精神的本源。"①《创造季刊》则在 1923 年 9 月 10 日刊登"雪莱纪念号"，收录雪莱的 8 首译诗，并刊登张定璜、徐祖正、郭沫若等的评论文章，高度赞赏雪莱以无神论思想和浪漫主义精神对黑暗社会现实的反叛，雪莱的革命精神被看作中国思想启蒙运动和社会改造运动的宝贵思想资源。

如果说拜伦和雪莱是 20 世纪上半叶中国最受注目的英国浪漫主义诗人，那么雨果是 20 世纪上半叶被中国译介最多的法国浪漫主义作家。法国大革命以及此后资产阶级和贵族阶级旷日持久的拉锯战导致的政治动荡使法国浪漫主义具有很强的政治性，大革命胜利后的灰暗社会现实不仅没有实现"理性的胜利"，反而昭示着启蒙运动理想的破产。法国浪漫主义文学的社会经济基础是：拿破仑倒台以后法国开始了工业时代，封建贵族"特权"已被大半废除，新兴市民阶级日渐壮大，贵族和教会希望恢复昔日辉煌的地位，握有经济势力的市民阶级则在 1830 年发动七月革命坚决反抗。因此，1830 年围绕雨果戏剧《欧那尼》上演的决战已经不只是古典主义对浪漫主义的决斗，更是贵族阶级与市民阶级的决斗，政治社会意义远大于文学意义。勃兰兑斯曾说："这部作品呈现给我们的，不仅仅是维克多·雨果和一五一九年西班牙的一个片断，而且也是当时的整个青年一代和一八三〇年法兰西的一个场景。《欧那尼》是七月革命时期鼓舞法国青年精神的真髓；它是整个法国的形象，而从浪漫主义的

---

① 仲密：《诗人席烈的百年忌》，《晨报副刊》1922 年 7 月 18 日。

眼光看来，它已扩大成为世界的形象了。"① 法国浪漫主义大致包括两个阶段：前期以夏多布里昂和斯塔尔夫人为代表，前者的《基督教的真谛》流露出贵族阶级转向宗教的忧郁感伤，后者的《论文学》《论德国》等则受法国启蒙思想尤其是卢梭影响较深，崇尚唯情论，同情资产阶级革命，追求民主自由。后期以雨果为代表，他的《〈克伦威尔〉序言》是浪漫主义文学的宣言，有力地批判了势力强大的古典主义，确立了以美丑对照来塑造美的浪漫主义创作原则和文学的自由主义原则。20 世纪上半叶的中国，对法国前期浪漫主义作品的译介不多，对后期浪漫派的领袖雨果则多有关注。

作为法国浪漫主义的集大成者，雨果的小说早在 20 世纪初就被介绍到中国。据钱林森考证，中国第一篇关于雨果的译作应为 1901 年 4 月 10 日载于《小说月报》第 4 期的《聋裁判》，译者为冷（疑为陈冷血，即陈景韩）。② 1902 年，留学日本的鲁迅将报上的《哀史の片鳞》转译成中文《哀尘》，发表于 1903 年出版的《浙江潮》。该文即出自雨果《随见录》中的随笔《芳梯的来历》。同年，苏曼殊在《国民日报》上连载《惨世界》至第十一回，次年由陈独秀补写三回并统稿，1905 年由上海镜今书局出版，成为雨果作品汉译的最早的单行本。20 世纪第一个十年，包天笑、周瘦鹃、陈冷血、狄楚青以及林纾等晚清一代小说家都曾翻译过雨果的小说，第二个十年中成就最高的则非曾朴莫属，雨果的《九十三年》等多部小说都是由曾朴首先译介到中国，曾朴对法语及法国文学的熟悉、明白晓畅的文笔以及尊重原著的直译，使他的译作当之无愧成为 20 世纪 20 年代之前最经典的译本。雨果作品中崇高的人道主义精神、反抗强

---

① 〔丹麦〕勃兰兑斯：《十九世纪文学主流》（第五分册），张道真等译，人民文学出版社，1997，第 36 页。
② 钱林森、陈励：《"时间可以淹没大海，但淹没不了高峰"——雨果在中国》，《文艺研究》1991 年第 3 期，第 141 页。

权专制的民主思想、波澜壮阔的历史风云和惊心动魄的个人传奇，是吸引中国译者进行译介的主要原因。

清末民初时期备受知识分子关注的另一位法国思想家和文学家是卢梭。晚清对卢梭著作的翻译主要集中在其政治思想方面，最早译入中国的是卢梭的《社会契约论》。1898 年，上海同文译书局出版了依据日本自由民权思想家中江笃介（中江兆民）的日译本《民约译解》节译出版的中译本，名为《民约通义》，1899 年上海译书局又再次出版该书。1900～1901 年，留日学生杨廷栋翻译的《民约论》在《译书汇编》上连载，1902 年以《路索民约论》为名交由上海文明书局出版。1910 年中国同盟会机关刊物《民报》第 26 号刊发《民约论译解》。1918 年，马君武据法文原著翻译出版了名为《卢梭民约论》的中文文言译本。卢梭的天赋人权和主权在民的激进革命民主思想自此在中国传播，民权、民约、自由、平等等概念被知识界普遍采用。卢梭的理论在晚清政治生活中影响甚大，梁启超、王国维、刘师培等都写过卢梭的专论。卢梭的教育思想在中国的传播也始于晚清，1903 年，《教育世界》刊登了日本学者中岛端直重翻译的《爱美尔钞》，即《爱弥儿》。1904 年，《教育世界》刊发了王国维的《法国教育大家卢梭传》，系统介绍卢梭的教育思想。1923年，魏肇基将卢梭的《爱弥儿》由英文节译本转译为中文，在商务印书馆出版，这是《爱弥儿》最早的完整中译本。卢梭作为文学家的身份被强调，是在五四时期。如果说晚清推崇的是启蒙思想家的卢梭，看重的是《社会契约论》的政治意义，那么五四推崇的则是浪漫主义文学先驱的卢梭，看重的是《忏悔录》的文学价值。晚清辛亥革命需要政治思想的启蒙，而五四新文化运动看重文化思想的启蒙。刘纳曾分析："辛亥革命时期文学和五四文学，都把一个法国人——卢梭，奉为精神向导。在辛亥革命时期，有多少人以做卢梭这样的伟人相期许！他们写下了多少献给卢梭的颂歌！卢梭《民约论》（今译《社会契约论》）所描述的以社会契约为基础的民主共和国的蓝图，为辛亥革命时期文学百歌不厌。在五四时期，卢梭仍然被中国文学作者崇拜着，但是，人们的浓厚兴趣，已经从他的《民约论》转向《忏悔录》和《爱弥儿》。五四文学尊重'人'的自然本性的呼声，对'童心'美的向往，尤其是创造社作家'返回自然'和自我暴露的创作倾向，都分明显示着卢梭的强大影响。辛亥革命时期与五四时期文学作者热爱的是两个卢梭：启蒙思想家卢梭和浪漫主义者卢梭。然而，这又是同一个卢梭，他的《民约论》和《忏悔录》代表着人类近代意识的不同侧面：民主意识和自由意识。"① 卢梭在《忏悔录》和《新爱洛绮丝》中特别强调感情、自我和"返回自然"的理念，开西方浪漫主义之先河，也正满足五四一代作家对张扬个性、表现自我、反叛现实秩序的浪漫主义渴求。20世纪20年代至40年代，《忏悔录》的中译本至少有六种版本以上，其中包括张竞生1928年翻译的《卢骚忏悔录》、章独1929年翻译的《忏悔录》、汪炳焜1936年翻译的《卢骚忏悔录》、凌心渤1940年编译的《卢骚忏悔录》、沈起予1944年翻译的《忏悔录》、陈新1945年翻译的《忏悔录》等。1928年，郁达夫连续发表《卢骚的思想和他的创作》《卢骚传》《关于卢骚》等多篇文章，称卢梭是"真理的战士""大自然的骄子"。1930年，郁达夫着手翻译《忏悔录》续篇《一个孤独漫步者的沉思》。很多研究者已指出，卢梭的《忏悔录》《新爱洛绮丝》对郁达夫、巴金等现代作家的影响不言而喻。

英法浪漫主义不仅是艺术创作方法，更是一场广泛深刻的社会政治思潮。一方面，英法浪漫主义是对上升期资产阶级的礼赞，它从自由、平等、博爱的法国革命精神中汲取营养，在资产阶级反抗封建专制的斗争和民族解放运动中极具感召力。拜伦曾参加意大利资产阶级民主革命和希腊民族独立战争，《威尼斯颂》《哀希腊》等

---

① 刘纳：《嬗变——辛亥革命时期至五四时期的中国文学》，中国社会科学出版社，1998，第276、277页。

诗作表现了对封建专制的憎恨和对自由的向往；雪莱曾参加爱尔兰民族独立运动，《解放了的普罗米修斯》等诗作表达对君主专制的反抗；雨果的《悲惨世界》《九三年》等表达了深切的人道主义关怀和共和民主思想。另一方面，英法浪漫主义又隐含着对资本主义现代性的反叛，英国第一次工业革命所隐含的城市化和现代工业社会的种种危机，法国大革命后贵族阶级与资产阶级拉锯战所销蚀的对启蒙理想的坚信，都使浪漫主义思潮日益走向对工具理性的启蒙运动的批判，对科学万能论的反思。

而在中国，浪漫主义的传播有着复杂的

义是上升期资产阶级对文艺复

包裹着个人主义的中

心

、公私之

本位的"团

属于一定的血缘、

以家庭为代表的血

解放出来，成为现代国

的个体，个体的觉醒与民族

文化的觉醒、个人的解放与民族国家共同体的建构依然有着密切联系，国家本位和个人本位不是非此即彼的对立关系，而是寻求新的群己关系中的和谐互动。

对现实危机的悲剧性感受，在艰难处境中的挣扎与反抗，背离自身传统向外部文化世界寻求资源的反叛与执拗，以及理想无法实现的自毁冲动缠绕在一起，这些感受会让很多清末民初至五四时期的译者在欧洲浪漫主义的作品中找到深刻的认同与共鸣。从留日时期的鲁迅到创造社的郭沫若和郁达夫，他们从浪漫主义中汲取营养，但有各自的偏重。鲁迅崇尚尼采的超人哲学，看重现代人自我价值的认知和觉悟，赞美具有反抗和行动精神的人，他的摆脱奴隶思维谋求主体意识的"自我"包含着深刻的内省和反思。而创造社同人则感觉细腻、敏锐，崇尚天才和灵感，他们率先感受到普通人尚未感到的时代苦闷，勇于自我暴露和自我表现，理直气壮地确信和追求现代人的情感与欲望。郭沫若笃信包含西方个人主义精神气质的泛神论，以所向披靡的斗志去追求个性解放与自由。郁达夫笔下的零余者抒发了彷徨于人生歧路的孤独感伤，同构的个人情绪与民族情感来源于时代的社会情绪。

三

虽然德国与英法两国同处欧洲，但17～18世纪德国的政治状况与历史处境与英法列强有显著的不同。政治经济的落后、资产阶级的软弱、封建割据的分裂状态使德国自外于欧洲发达国家的阵营。尽管德国是浪漫主义的理论策源地，康德、席勒、黑格尔、歌德的美学思想和文学艺术理论为浪漫主义提供了坚实的理论基础，但是18世纪德国的政治经济状况非常薄弱，匍匐在光芒四射的英法强邻阴影之下。虽然16世纪德国曾是一个活力充沛、文化繁荣的国家，但是17世纪至18世纪初的德国，缺少强有力的中央政权，未能像英、法等邻国一样建立起强大的民族国家。国内资产阶级长期依附于封建贵族，资本主义经济发展迟缓，连年战争更是让德国的状况雪上加霜。德法战争不仅使德国主权破碎、分崩离析，而且给德国人带来了灭顶之灾，三分之一以上的人口在战火中丧生。德法战争中德国的战败摧毁了德国的精神，也导致了德国文化的萎缩和民族自卑心理的萌生，在强邻法国的文化风行欧洲的时候，17世纪末期至18世纪德国的民谣、通俗文学和音乐都表现出民族心理的创伤性体验。以赛亚·柏林在《浪漫主义的根源》中指出德国浪漫主义运动的根源是"受伤的民族情感和可怕的民族屈辱的产物"①，兴起之初便隐含着对欧洲启蒙理性主义的反抗。德国浪漫主义正是在激烈地反抗欧洲现代世界占据主导地位的科学万能论、理性主义和启蒙运动中开始的，在思想上表现为德国启蒙运动，在文学上形成了弘扬自我、突出个性、反抗社会的"狂飙突进"运动，青年时期的歌德和席勒等作家把感伤主义同反封建的热情相结合，创作了《少年维特之烦恼》《阴谋与爱情》等作品。

从晚清到五四时期，德国的哲学和文学一直受到译者的特别重视。哲学上尤以尼采为重。尼采打破一切偶像、重新估定一切价值标准的批判精神鼓舞着在破旧立新的渴望中寻找中国现代转型之路的中国知识分子，尼采超越平庸的超人哲学激发了他们强烈的共鸣。1902年，梁启超即介绍马克思和尼采："今之德国有最占势力之二大思想，一曰麦喀士之社会主义，二曰尼志埃之个人主义。麦喀士谓今日之社会之弊，在多数之弱者为少数之强者所压伏，尼志埃谓今日社会之弊，在少数之优者为多数之劣者所钳制。"② 1904年，王国维发表《叔本华与尼采》，将康德、叔本华和尼采做比较，辨析他们的学术渊源及其异同，称赞尼采"以旷世之文才，鼓吹其学说"，"以极强烈之意志而，辅以极伟大之知力，其高掌远蹠于精神界，固

---

① 〔英〕以赛亚·柏林：《浪漫主义的根源》，吕梁等译，译林出版社，2011，第44页。
② 梁启超：《进化论革命者颉德之学说》，《新民丛报》第十八号（1902年）。

秦皇汉武之所北面，而成吉思汗、拿破仑之所望而却步者也"。①
1907 年，鲁迅先后撰写《文化偏至论》《摩罗诗力说》《破恶声论》
等文章，盛赞尼采是"个人主义之至雄桀者矣，希望所寄，惟在大
士天才"②。1918 年，鲁迅用文言翻译了《查拉图斯忒拉的序言》一
至三节，但译稿没有发表。1920 年，沈雁冰对尼采学说做出了较为
全面的总结，认为尼采"思想卓绝的地方"在于"把哲学上一切学
说，社会上一切信条，一切人生观、道德观，从新称量过，从新把
他们的价值否定"。"精神自由""智慧的勇气""独立无惧""寻真理
的勇猛"等都是"尼采主义的结晶体"。③ 1920 年，《民铎》杂志出
版了"尼采号"，刊发了李石岑的《尼采思想之批判》等著译文章
共 8 篇。1923 年，郭沫若开始翻译尼采的《查拉图斯特拉如是说》，
译文《查拉图司屈拉钞》为该书的第一部共二十二节和第二部第四
节，连载于 1923 年 5 月 13 日至 1924 年 2 月 13 日的《创造周报》
上。尼采"反抗宗教思想""反抗藩篱个性的既成道德""以个人为
本位而力求积极发展""秉着个动的进取的同时是超然物外的坚决精
神一直向真理猛进"④ 的精神深深地吸引着追求主体创造精神的郭沫
若。1928 年，上海创造社出版部出版了第一部的二十二节，并且列
入"世界文库"。但遗憾的是，郭沫若并未将《查拉图司屈拉钞》
的全部翻译工作完成，后期创造社从"文学革命"转向"革命文
学"后，郭沫若放弃了对这部著作的翻译。不仅郭沫若中途放弃，
鲁迅也曾翻译该书而中途放弃。郭沫若自述："读《查拉图司屈拉》
旧译，……尼采的思想根本是资本主义的产儿，他的所谓超人哲学
结局是夸大了的个人主义。"⑤ "《查拉图司屈拉》结果没有译下去，

---

① 王国维：《叔本华与尼采》，载徐洪兴编选《求善・求美・求真：王国维文选》，上海远
东出版社，1997，第 64、74 页。
② 鲁迅：《文化偏至论》，载《鲁迅全集》（第一卷），人民文学出版社，2005，第 53 页。
③ 雁冰：《尼采的学说》，《学生杂志》第七卷第一至四号（1920 年）。
④ 郭沫若：《论中德文化书》，《创造周报》第五号（1923 年）。
⑤ 郭沫若：《沫若文集》（第八卷），人民文学出版社，1958，第 274～275 页。

我事实上是'拒绝'了它。中国革命运动逐步高涨，把我向上的眼睛拉到向下看，使我和尼采发生了很大的距离。鲁迅曾译此书的序言而没有译出全书，恐怕也是出于同一理由。"① 尼采在中国的译介受到时代背景和社会思潮的制约，同时也受到译者自身世界观、政治立场和文学观念的影响。

对德国文学的译介则以歌德的作品为主。首次翻译歌德作品的晚清译者当属王国维。1900 年王国维在翻译《势力不灭论》时引用了《浮士德》的摘译。1903 年，上海作新社译印赵必振的《可特传》详细介绍了歌德生平、著作及其在德国文学史上的地位。1907 年，在《人之历史》中，鲁迅称赞歌德是达尔文的先驱，"德之大诗人也，又邃于哲理，故其论虽凭理想以立言，不尽根于事实，而识见既博，思力复丰"②。1914 年，马君武在《君武诗集》中翻译了的《阿明临海岸哭女诗》和《米丽容歌》（分别出自《少年维特之烦恼》和《威廉·麦斯特的学习时代》），应时在译诗集《德诗汉译》中翻译了《鬼王》。③ 1917 年，周瘦鹃在《欧美名家小说丛刻》中翻译了小说《驯狮》。清末民初对歌德的译名并不统一，赵必振译为"可特"，王国维译为"哥台"，鲁迅、马君武、周瘦鹃译为"贵推"，应时译为"戈德"。五四前后，译介歌德的主力当属少年中国学会和创造社。少年中国学会早在 1919 年正式成立前就开展系列学术活动介绍康德和歌德，宗白华是其中的骨干，他还曾经与王光祈等同道者一起组织了以"介绍研究中德两国文化为宗旨"的"留德学生中德文化研究会"。经宗白华、郭沫若等的推动，歌德作品在中国的译介达到高潮，其中文译名也逐渐被统一为"歌德"。1920 年，亚东图书馆出版了郭沫若、宗白华、田汉三人"大体以歌德为中心"的通信集《三叶集》，对歌德的生平及著作进行了系统的介绍和研

① 郭沫若：《沫若文集》（第十卷），人民文学出版社，1959，第 75 页。
② 鲁迅：《人之历史》，载《鲁迅全集》（第一卷），人民文学出版社，2005，第 11 页。
③ 施蛰存主编《中国近代文学大系·翻译文学集·3》，上海书店，1991，第 156～158 页。

究。三人甚至还一度计划筹办歌德研究会，后因种种原因未能如愿。1919 年，郭沫若开始着手翻译《浮士德》，在第二部译后记中他说："我们的五四运动很有点象青年歌德时代的'狂飙突起运动'（Sturmund Drang），同是由封建社会蜕变到现代的一个划时代的历史时期。因为有这样的相同，所以和青年歌德的心弦起了共鸣，差不多是在一种类似崇拜的心情中，我把第一部翻译了。"① 郭沫若的翻译对其创作产生了影响，1921 年出版的诗集《女神》中的《女神之再生》就是以《浮士德》的诗句作序的，《浮士德》对郭沫若《孤竹君之二子》等戏剧创作的影响更是众所周知。1922 年，泰东书局出版了郭沫若翻译的《少年维特之烦恼》全译本，带有强烈浪漫主义和抒情色彩的维特的爱情故事，在反抗封建礼教、推崇个性解放的时代氛围中引起一代青年的极大共鸣，"维特热"风行一时。

五四时期，不仅少年中国学会和创造社对译介德国文学表现出极大的热情，文学研究会也在"为人生"的宗旨下同样关注德国文学的译介。1921 年，第十二卷第六号《小说月报》的"最后一页"中声明："我们主张为人生的艺术，……我们从第七期起欲特别注意于被屈辱民族的新兴文学和小民族的文学，……我们觉得国人对于德奥文学太冷淡了一点，从第七期起，我们特约许多精于那方面文学的朋友，切实介绍近代的德奥文学到中国来。"② 第十二卷第八号《小说月报》刊发了"德国文学研究专题"，译介日本学者山岸光宣、金子筑水等的德国文学研究论文四篇。在被称为"马克思主义的播火者"的中共一大代表李汉俊翻译的金子筑水的论文《"最年青的德意志"的艺术运动》中，引入了马克思主义的理论视角："所谓战争不过是与资本家因缘很深底一种物质的极野蛮的暴力行

---

① 郭沫若：《〈浮士德〉第二部译后记》，载傅勇林主编《郭沫若翻译研究》，四川文艺出版社，2009，第 327 页。
② 《最后一页》，《小说月报》第十二卷第六号（1921 年）。

为。人生底本义不应该让这种暴力来破坏的。在战争这一种机械力之外，人生别有本来自由的尊贵的精神力。这自由的尊贵的精神力久为十九世纪的物质文明所束缚所拘束，他的固有的力量差不多完全失却了。战争就是这种物质力最伟大的东西，要使人生复活，总非脱出这惨祸不可。……'最年青的德意志'并不是单纯的一种艺术运动，根本上却就是最热烈而且最革命的文化运动。听说从事这运动的青年艺术家都确信一切人生观底革新以及人生根本的革新或救济，他们差不多全身都充满着革命者或者创造者的意气和热情。在这一点上，他们确与十八世纪末'雾飚'（即'狂飙突起运动'，引者注）时代的文艺家相似，那时代底文艺家，反抗十七八世纪以来浅薄平凡的唯理主义和功利主义，虽然极其渺茫却是盲目地，用全力肯定主张赤热的主观。今天的德国青年艺术家也显然从正面和十九世纪底自然科学的产业主义的资本主义的自然主义的机械主义的文明宣战。解放十九世纪文明，似乎就是这新运动底眼目。据他们的主张：十九世纪文明把人生完全引到邪路去了，把人类尊贵的精神抛弃了，把他专一委给自然底暴力了。人类完全成了自然底奴隶，本有的精神力差不多完全失了作用。所以人类如果不赶快觉悟起来，回到本然；人生底灭亡就不远了。政治上的德意志就是人类生活可怜运命底象征。人类非赶快回到本然的状态不可。"①

近代以来，中国在西方主导的现代世界中所经历的屈辱创痛和德国在现代欧洲世界中所遭遇的精神伤痛颇为相似。在不断遭遇多个帝国主义国家入侵并签订一系列不平等条约的屈辱形势下，晚清知识分子曾怀着救国自强的目的翻译西书、创建西式工厂、兴办西式学堂并且向国外派遣留学生。自然科学中声光化电的"格致"

---

① 〔日〕金子筑水：《"最年青的德意志"的艺术运动》，厂晶译，《小说月报》第十二卷第八号（1921 年）。

"实学"，社会科学中富国强兵的经济军事政治之学备受晚清知识分子关注，科学被看作发达的物质文明和便捷高效的生产生活方式的象征，被认为是救国图强之必要手段与工具。与西方现代文明的启蒙理性相伴而来的科学，晚清以来曾一度无条件地成为"现代性"的标志而被信仰崇拜。然而，对科学的迷信也是一种迷信，盲目追求西方坚船利炮的物质文明并不能把握西方现代文明以人为主体的实质，对物质和技术的迷恋反而会造成现代人精神的空虚和整体性把握世界能力的缺失。

20 世纪初，鲁迅在留日期间撰写了《文化偏至论》、《科学史教篇》和《破恶声论》等文章，相当敏锐地察觉到了这一问题，将"破迷信""崇侵略""尽义务"的"国民说"和"同文字""弃祖国""尚齐一"的"世界人说"作为"恶声"进行批判。鲁迅对西方启蒙思想、"齐一"的世界主义、现代资本主义的物质主义的批判，显示了鲁迅反启蒙主义的启蒙立场、反世界主义的国际主义立场和反物质主义的人文主义立场，也是中国现代思想的闪光——从整体上拒绝接受弱肉强食的现代世界秩序，想象和开创有别于西方丛林秩序的新的世界秩序。五四时期，对于受"科学"与"民主"启蒙精神浸润已久的知识分子来说，对自然科学的尊崇无可非议，但对文学、文化等精神领域是否可以科学化是同样存疑的。事实上，1923 年中国思想界众所注目的"科玄论战"，也是就自然科学准则能否取代"人生观"展开论战。如果超越技术层面对科学的理解，在哲学层面和精神领域中考察科学，那么科学精神应体现在现代人面对客观世界的主体性精神态度和认识世界、改变世界的智慧与创造力。

在 18 世纪末的德国启蒙运动中，文明自觉与文化自觉是启蒙的两种路径。古典哲学家康德是 18 世纪德国文明自觉的代表，
法国理性主义传统，试图为人类共同的命运和文明前
之四海而皆准的答案。浪漫主义思想家赫尔德

的代表，认为民族文化的创造不存在于普遍的理性框架之中，而是要依靠本民族独特的天性自己去创造。赫尔德由此开辟了文化民族主义传统，希望超越以英法为代表的西欧文明的框架，尊重各民族的多样性和差异性，成就多元的包容的世界主义。许纪霖对此曾分析，对于英法来说，启蒙运动所追求的现代文明处在自身民族文化的延长线上，文化与文明具有同一性，对现代文明的认同意味着对民族文化主体性的认同，因而在英法推动启蒙不是问题。然而，对于德国来说，以英法为代表的西欧文明并非德意志民族文化传统的自然延续，西欧文明是外来的，而德意志文化是自身的，启蒙具有文明与文化的内在紧张性。近代德语中的"文明（Zivilisation）"意味着属于全人类共同的价值或本质，而"文化（Kultur）"则强调民族之间的差异和族群特征。德国启蒙运动中的"文明自觉"希望通过启蒙克服德意志民族的独特性，追求普遍人性，向以英法为代表的西欧文明看齐。"文化自觉"则在英法强势文明的外在压力下，试图从德意志自身的历史、语言和宗教传统中发现民族独特的本质，发现德意志人之所以为德意志人的民族精神，从而认同。①

19 世纪以来，帝国主义者以文明的全球传播，为血腥国家"的华丽外衣因为落后鲁迅等现代知识分子一直有以弱者为本位想象和重新建构世界秩序的理想。作为曾经在近代以来饱受帝国主义欺凌和蹂躏的民族，新文学建设者所构想的民族文学复兴之路并非通过复制和模仿西方争夺"彼可取而代之"的霸权，而是在更宽广的视野里怀着将民族文学消融于人类文学中的憧憬，向往着公正、平等的世界和全人类的解放，其中蕴含着的是世界大同的国际主义理想和以弱者为本位的人道主义关怀。这更接近赫尔德的文化民族主义的浪漫主义文化理想。浪漫主义以对日常生活和世俗趣味的反叛与超越为旨归，本质上包含着价值多元论的倡导和国际主义的视野。浪漫主义者意识到了人类理想的不可兼容性，因此也对现代文明四海皆同的唯一解决方案持批判和怀疑的态度。

沈雁冰认为，文学无国界，属于全人类。西方文明主导的现代世界秩序过于强调民族国家的物质利益，必然造成强势国家对弱势国家的压迫和掠夺，而从全人类自由与解放的角度来看，全人类是一个命运共同体，作为人类精神文明结晶的文学艺术"没有贵贱不分尊卑"，这里隐含的国际主义理想是与20世纪20年代末期兴起的以马克思主义理论为指导的左翼文学相通的。如果说建立在科技进步和工业革命基础上的西方发达的物质文明奠定了西方"文明国家"的地位，那么"文学艺术"所代表的精神文明则包含着打破"文明"世界等级秩序的力量。沈雁冰由此将全世界各民族文学艺术的沟通和交流看作打破现代世界丛林秩序的精神路径："凡在地球上的民族都一样的是大地母亲的儿子；没有一个应该特别的强横些，没有一个配自称为'骄子'！所以一切民族的精神的结晶都应该视同珍宝。视为人类全体共有的珍宝！而况在艺术的天地内是没有贵贱不分尊卑的！"[①]

文学研究会的又一位主将郑振铎，亦在沈雁冰同样的立场上强

---

① 记者：《被损害民族的文学·引言》，《小说月报》第十二卷第十号（1921年）。

调文学作为全人类精神文明结晶的共通性："以文学为一个整体，为一个独立的研究的对象，通时与地与人与种类一以贯之，而作彻底的全部的研究的。"[①] 1924～1927年，郑振铎在《小说月报》上连载的学术论著《文学大纲》中践行了他提出的"文学的统一观"。这部世界文学史按编年体例写作，熔古今中外于一炉，从荷马史诗、两希神话、诗经楚辞一直写到19世纪的中外文学，将世界文学作为整体进行考察，体现了国际主义的理想与抱负。郑振铎多次撰文表达了人类"思想与感情"的共通性超越狭隘民族主义的可能性："文学是没有国界的。因为无论人们的文明程度相差如何的远，无论他们的风土习惯是怎样的不同，他们的思想与感情总是相距不很辽远的；柏拉图、孔丘的学说，即在现时也还有不可逾越的；日本人与西班牙人、北欧人的爱情是同样的，他们的喜怒憎恨与恐忧之情也是丝毫无异的。因此，记录人们的思想与感情的文学，也自然是没有什么界限可言了。……'世界文学'几时才得出现？但是——我们却不可不勉力！"[②] 将"世界文学"作为全人类的"思想与感情"的载体，有助于打破西方启蒙话语建构起来的发达/不发达、文明/蒙昧、进步/落后的二元对立结构和由此形成的文明等级秩序。国际主义的视野和人类大同的理想体现了五四一代新文学建设者对丛林秩序的反抗。

在《留德学生中德文化研究会简章》中，宗白华、王光祈等宣称："我们以为世界的和平，与人类的幸福，要建筑在各民族的了解和同情上面。我们又以为东方文化与西方文化皆各有所偏，在人类的历史上，已经给我们许多痛苦和教训。假如我们人类自认是一种智慧的反省的进步的动物，便应该打破从前自己造出来的民族界限，另创造一种共同合作的生活。我们以为要实现人类共同合作的生活，

---

① 郑振铎：《文学的统一观》，《小说月报》第十三卷第八号（1922年）。
② 振铎：《文艺丛谈》，《小说月报》第十二卷第一号（1921年）。

非使东西两种文化结婚，另产生第三种文化不可。我们是生长在东方文化的中国，现在又来到西方文化的德国，便引起一种重大责任。这个责任便是力谋中德两民族的了解和同情，并且产生第三种文化，以实现我们人类共同合作的生活，一洗人类历史上的污点。"①

与西方启蒙视野中对世界均质、统一、明确的想象相比，在近代以来中国接踵而至的现实危机中成长起来的沈雁冰、郑振铎、宗白华等新文学建设者又十分重视"世界文学"和"第三种文化"，尊重各民族文化的差异性与多样性将各民族的文学艺术都平等地看作"精神的结晶"，视为人类共同的"珍宝"。沈雁冰曾说："文学的背景是全人类的背景，所诉的情感是全人类共通的情感。只是现在世界的人们还不能是纯然世界的人，多少总带着一点祖国的气味，所以文学创作中难免都要带一点本国的情调。"② 对民族文化的独特性的强调彰显了新文学建设者的"文化自觉"，即对自己的文化有"自知之明"："明白它的来历，形成过程，所具的特色和它发展的趋向，不带任何'文化回归'的意思。不是要'复旧'，同时也不主张'全盘西化'或'全盘他化'。"③ 这种文化自觉的历程费孝通先生用"各美其美，美人之美，美美与共，天下大同"④ 的主导思想来概括。毋庸讳言，西方现代文明对人类社会的发展与进步做出了极大贡献，人类以现代科技为利器征服自然改造自然，作为"宇宙的精华，万物的灵长"成为大自然的主人，科技转化成生产力带来了物质文明的巨大飞跃。但以不断开拓和征服为特征的西方文明也暗藏隐患，殖民主义让一些国家变得富庶强盛的同时却给另外一些国家带来苦难，帝国主义对弱小民族的剥削与掠夺造成世界范围内各民族地区间的巨大差异，由此引发的战争、民族冲突以及冷战

---

① 《留德学生中德文化研究会简章》，《少年中国》第三卷第二号（1921年）。
② 沈雁冰：《创作的前途》，《小说月报》第十二卷第七号（1921年）。
③ 费孝通：《人文价值再思考》，载《文化与文化自觉》，群言出版社，2016，第207页。
④ 费孝通：《人文价值再思考》，载《文化与文化自觉》，群言出版社，2016，第208页。

不断，其根源都在于群体间对物质利益和霸权地位的争夺。而中华民族在千年历史里形成的容忍多元、求同存异、合作共处、追求大同的传统文化精神，无疑为解决这些西方现代文明自身的缺陷带来启示。

第二节　写实主义与自然主义的创造性转化

写实主义和自然主义是五四时期"新文学"讨论最多的"批评主义"，在文学研究会、鸳鸯蝴蝶派、学衡派、创造社等以其为中心展开激烈争论的背后，隐藏着深刻的文化逻辑。与其说写实主义和自然主义是一种来自西方文学理论的典范，不如说它是中国文学借以反观自身的中介。经由对西方文学的历史性分析，中国文学进入了自我界定的现代性历史境遇。文学革命以输入西学颠覆传统为开端，但推进过程中包含着五四知识分子的民族文化认同和对中国文学现代化的自主性思考。

一

新文学建设者对写实主义和自然主义的提倡是建立在进化论基础上的。文学革命中陈独秀最早倡导写实主义和自然主义的概念。胡适曾回忆："新文学运动，其实陈先生受自然主义影响最大，看他一篇《欧洲文艺谈》，把法国文学艺术的变化分成几个时期：（一）从古典主义到理想主义（即浪漫主义）；（二）从浪漫主义到写实主义；（三）从写实主义到自然主义，把法国文学上各种主义详细地介绍到中国，陈先生算是最早的一个，以后引起大家对各种主义的许多讨论。"[1] 胡适所说的《欧洲文艺谈》，即陈独秀在1915年发表的

---

[1]　胡适：《陈独秀与文学革命》，载姜义华主编《胡适学术文集·新文学运动》，中华书局，1993，第190页。

《现代欧洲文艺史谭》。陈独秀在文学进化的脉络里突出写实主义、自然主义的重要地位："欧洲文艺思想之变迁，由古典主义（Classicalism），一变而为理想主义（Romanticism）。……十九世纪之末，科学大兴，宇宙人生之真相，日益暴露，所谓赤裸时代，所谓揭开假面时代，喧传欧土，自古相传之旧道德旧思想旧制度，一切破坏，文学艺术，亦顺此潮流。由理想主义，再变而为写实主义（Realism），更进而为自然主义（Naturalism）。……现代欧洲文艺，无论何派，悉受自然主义之感化。"[1] 陈独秀与胡适的观点在文学革命中相当具有代表性。无独有偶，胡愈之也将近二百年欧洲文艺思潮分为18世纪"重形式、轻情绪"的古典主义时代、19世纪上半叶"主观的文艺思潮勃兴"的浪漫主义时代、19世纪中叶以后"受了科学的影响"的写实主义或自然主义、19世纪末"主观的文学复兴"的新浪漫主义四个阶段。[2] 谢六逸根据美国文学家 Brander Matthews 所撰文学史将小说之发达分为古典派、浪漫派、写实派及自然派三个阶段。[3] 在进化论的意义上强调写实主义和自然主义，潜在地包含了价值判断——处于文学进化较高阶段的写实主义和自然主义，是西方文学走向现代化的重要环节，也是新文学学习的榜样。进化论之于"新文学"，并非达尔文总结生物进化规律的自然科学，也不是斯宾塞体现政治意图的社会达尔文主义，而是一种隐含在启蒙思想之中的价值和信仰，带有鲜明的意识形态色彩，以激动人心又咄咄逼人的姿态挑战传统文化和现实秩序。

五四时期提倡自然主义的旗手是沈雁冰。1920年，面对文学革命浪潮冲击下《小说月报》销量锐减的局面，以及罗家伦在《新潮》杂志上发表的《今日中国之杂志界》对商务系杂志的批判，商务印书馆让主编王蕴章将《小说月报》三分之一的篇幅交给青年编

---

① 陈独秀：《现代欧洲文艺史谭》，《新青年》第一卷第三号（1915年）。
② 愈之：《近代文学上的写实主义》，《东方杂志》第十七卷第一号（1920年）。
③ 谢六逸：《自然派小说》，《小说月报》第十一卷第十一号（1920年）。

辑沈雁冰，开辟《小说新潮》《编辑余谈》等栏目，译介域外文学，介绍"新派小说"，这是《小说月报》革新的前奏。在《小说新潮栏宣言》中，沈雁冰在进化论的基础上将西洋文学史归纳为古典主义－浪漫主义－（写实主义）自然主义－（表象主义）新浪漫主义的演进脉络："西洋的小说已经由浪漫主义（Romanticism）进而为写实主义（Realism）、表象主义（Symbolicism）、新浪漫主义（New Romanticism），我国却还是停留在写实以前，这个又显然是步人后尘。所以新派小说的介绍，于今实在是很急切的了。""西洋古典主义的文学到卢骚方才打破，浪漫主义到易卜生告终，自然主义从左拉起，表象主义是梅德林开起头来，一直到现在的新浪漫派；……我们中国现在的文学只好说尚徘徊于'古典''浪漫'的中间。"①将中国文学定位于西方文艺思潮的"古典"和"浪漫"之间，这种思路在文学革命中有一定的代表性：以承认西洋文学史的普遍性和主体性为前提，借助西方现代性思想资源建构一种线性时间的历史，视西洋文学史为放之四海而皆准的"世界文学史"标准形态，从而得出在历史进化链条中中国文学落后于西洋文学的价值判断，并以此建构对中国现代文学未来的普遍想象。由此，东西方空间的差异转化为传统/现代、旧/新的时间对比，文学革命确立了与中国传统文学断裂的合法性，但"西化"也隐藏着丧失中国现代文学主体性的危机。

新文学建设者未尝没有察觉到这种危机。事实上沈雁冰在提倡新浪漫主义还是自然主义的问题上一度犹疑不定。一方面，新浪漫主义是文学进化论链条中的高级阶段，在思想上昭示"真确的人生观"，似乎该是新文学追赶的目标："能帮助新思潮的文学该是新浪漫的文学，能引我们到真确人生观的文学该是新浪漫的文学，不是

---

① 雁冰：《小说新潮栏宣言》，《小说月报》第十一卷第一号（1920年）。

自然主义的文学，所以今后的新文学运动该是新浪漫主义的文学。"①
但另一方面，写实主义和自然主义客观描写的表现方法及其关注现
实人生的态度更符合中国文学发展的主体诉求："现在为欲人人能领
会打算，为将来自己创造先做系统的研究打算，都该尽量把写实派
自然派的文艺先行介绍。"② 沈雁冰的犹疑背后，隐含着认同西洋文
学的普遍性与探索中国文学主体性之间的矛盾，隐含着新文学建设
者译介西洋文学时思想内容与创作方法的矛盾。

　　1921 年 7 月，商务印书馆拟聘请胡适担任编译所所长，邀请胡
适暑假到上海考察，与商务旗下各杂志主编见面了解情况。胡适在 7
月 22 日的日记中写道："我又劝雁冰，不可滥唱什么'新浪漫主
义'。现代西洋的新浪漫主义的文学所以能立脚，全靠经过一番写实
主义的洗礼。有写实主义作手段，故不致堕落到空虚的坏处，如……
特……

象征派——那个能不受自然主义的洗礼过。"① 1921 年 12 月，《小说月报》出版了纪念佛罗贝尔（福楼拜）一百周年诞辰的"自然主义"专号。次年，沈雁冰以与读者通信互动的方式展开了近半年的关于自然主义的讨论——第十三卷第二号的《文学作品有主义与无主义的讨论》、第三号的《为什么中国今日没有好小说出现?》、第四号的《语体文欧化问题和文学主义问题的讨论》、第五号的《自然主义的论战》、第六号的《自然主义的怀疑与解答》。作为讨论的总结，沈雁冰在第十三卷第七号上发表了长文《自然主义与中国现代小说》，体现出新文学建设者对自然主义认识所能达到的理论高度。文章批评旧派小说形式上以"记账式"的叙述法写小说，"不知道客观的观察，只知主观的向壁虚造"，思想上或是为圣贤代言的"文以载道"，或是"游戏的消遣的金钱主义的文学观念"。批评新派小说虽有"严正"的文学态度而对生活不熟悉不能客观描写。"不论新派旧派小说，就描写方法而言，他们缺了客观的态度，就采取题材而言，他们缺了目的。"自然主义方法上有"客观描写与实地观察""两件法宝"，题材上有"社会人生的表现"和"科学的精神"，"恰巧可以补救这两个弱点"。②

　　作为新文化运动的产物，"新文学"有思想启蒙的质地和改变中国社会的雄心，携带着远远超过文学本身的现实能量，对中国现代社会、政治、思想、文化等各方面产生巨大影响。沈雁冰最终选择写实主义和自然主义，放弃新浪漫主义的提倡，意味着他拒绝了进化论意义上文学创新和西洋文学普适框架的诱惑。新文学建设者的主体性选择并非复制西方的写实主义和自然主义，而是结合现实与历史的因素进行的创造性转化。新文学建设者虽然重视写实派的科学态度和客观描写，但并不满足于其"太偏于客观方面，缺乏慰藉

---

① 《最后一页》，《小说月报》第十二卷第八号（1921 年）。
② 沈雁冰：《自然主义与中国现代小说》，《小说月报》第十三卷第七号（1922 年）。

的作用"，以及"机械的，物质的，定命的""人生观"。① 沈雁冰曾指出左拉"由生理方面观察人生"的"创作的态度"的"不妥当"："因为人生不仅是物质的，也是精神的，而且科学的实验方法，未见能直接适用于人生。"② 吴宓以新人文主义的立场批评"佐拉君不知写艳情必须节制，而不可淫靡。又不知高士感叹之词，必须远而不迫"③。五四文学革命以后，客观描写的方法与"为人生"思想相结合的现实主义逐渐成为现代文学理论的大潮，从五四时期对西方自然主义和写实主义的关注到 20 世纪 30 年代之后对苏联现实主义理论的重视，域外文学理论始终是现代文学转型的典范。但同时，中国古代"文统""道统""政统"合一的传统文学观念对文学的社会功能及政治功能的强调亦对中国现实主义理论的形成产生潜移默化的影响，两方面的合力促成了中国现实主义理论的繁荣。

二

五四时期新文学建设者普遍认为写实主义与自然主义是相似的。谢六逸认为："将写实主义看作浪漫主义与自然主义之间的过渡，其实自然主义与写实主义并没有什么本质的区别。自然主义包括写实主义。"④ 沈雁冰表示："文学上的自然主义与写实主义实为一物，自来批评家中也有说写实主义与自然主义之区别即在描写法上客观化的多少，他们以为客观化较少的是写实主义，较多的是自然主义。"⑤ 文学研究会对写实主义和自然主义的倡导，是与"表现人生指导人生"的文学观念密切结合的。沈雁冰从庞杂的自然主义文学理论中找出"进化""科学""真实""社会问题"等关键词，为

---

① 愈之：《近代文学上的写实主义》，《东方杂志》第十七卷第一号（1920 年）。
② 郎损：《"曹拉主义"的危险性》，《文学旬刊》第 50 期（1922 年）。
③ 吴宓：《论写实主义小说之流弊》，《中华新报》1922 年 10 月 22 日。
④ 谢六逸：《西洋小说发达史》，《小说月报》第十三卷第五号（1922 年）。
⑤ 雁冰：《通信·自然主义的怀疑与解答·答吕芾南信》，《小说月报》第十三卷第六号（1922 年）。

"为人生"的文学观提供理论基础。

新文学建设者普遍认为，在"实地观察"和"客观描写"这一点上，自然主义与写实主义是相通的，两者都能真实地描写和客观地展现生活，"写实派实在是浪漫派的反动，从理想的变成平凡的，从纯主观的变成客观的，从情感的变成理知的。……浪漫派小说的理想生活满足不了现实生活的欲望，……写实派只是因为人生中有某种现象，便将他描写出来，是人生的文学。……他们以冷静的态度去观察，将主观的意见除去，……我们对于左拉、毛柏桑（今译莫泊桑）辈应当表相当的敬意，他们在文学史上是应当有地位的"①。因为自然主义对"真实""不掩恶"的强调更甚于写实主义，所以沈雁冰选择将其作为救治文坛时弊的良药。沈雁冰对新浪漫主义的放弃，正如他对自然主义的提倡，都是以建构新文学为目标的，并且有明确的改造社会现实的功利动机——启蒙主义文学观把文学看作社会文化乃至革命事业的有机组成部分。《自然主义与中国现代小说》批评"文以载道"的文学观念，批评的是"圣经贤传上朽腐了的格言"，也就是儒家"道统"的文学观。新文学其实亦是"载道"的，只不过这个"道"是"现代性"的"道"，新文学追求富于形式感地讲述现实，将"道"的内容与"载"的形式看作有机整体，与幻想吸收新技巧而保有旧道德的清末民初文学划清界限。民族国家、启蒙救亡、个性解放等现实主题与"主义"的文学形式感共同造就了新文学理论、创作与批评，将政治小说、侦探小说、鸳鸯派小说等清末民初文学排斥在"现代性"装置之外。

写实主义与自然主义的另一个共通点在于两者都是西方近代科学精神的体现。陈独秀说："写实主义自然主义乃与自然科学实证哲学同时进步。"② 胡愈之说："从十九世纪中叶起，文艺思潮受了科

---

① 瞿世英：《小说的研究》（下），《小说月报》第十三卷第九号（1922 年）。
② 陈独秀：《答张永言》，《新青年》第一卷第四号（1915 年）。

学的影响，便成为写实主义或自然主义的时代。"① 谢六逸说："自然派本是受了证实科学的影响而促进的，所以是用科学的方法去著作。他们第一步骤是分解材料，……第二步骤是求真：实验。……第三是能深印人心。"② 自然主义被认为比写实主义更精确地描写了生活，更具科学的客观性和实证性，因而也更胜写实主义一筹。沈雁冰曾说"自然主义的真精神是科学的描写法"③，陈独秀认为"自然主义尤趋现实，始于左喇时代，最近数十年来事耳。虽极淫鄙，亦所不讳，意在彻底暴露人生之真相，视写实主义更近一步"④。写实主义与自然主义伴随近代科学发展而产生，将客观、理性的自然科学态度引入文学创作，符合五四崇尚"科学""进化"，追求理性的时代精神。

就文学思潮而言，新文学建设者将西方的自然主义视为19世纪现实主义的变异与发展，写实主义与自然主义"在文艺上虽略有分别，但甚细微"。在欧洲文艺思潮的进化链条上，前面的浪漫主义是"主观的文艺思潮"，后面的新浪漫主义是"主观的文学复兴"，而写实主义和自然主义受了19世纪"科学万能时代"的感召，"带些物质的现实的倾向"，是对此前"浪漫派的反动"。胡愈之将写实主义/浪漫主义的文学思潮归结为新文艺/旧文艺的分别："写实主义的新文艺，和浪漫主义的旧文艺自然是大不相同了，大概新旧两种文艺思想的分别：（1）新文艺重理智，旧文艺重情感；（2）新文艺重现实，旧文艺重理想；（3）新文艺求真，旧文艺求美；（4）旧文艺以艺术为最大目的，新文艺却以研究人生为目的；（5）旧文艺的态度是主观的，新文艺却是客观的；（6）旧文艺多描写惊心骇目的事

---

① 愈之：《近代文学上的写实主义》，《东方杂志》第十七卷第一号（1920年）。
② 谢六逸：《自然派小说》，《小说月报》第十一卷第十一号（1920年）。
③ 郎损：《"曹拉主义"的危险性》，《文学旬刊》第50期（1922年）。
④ 陈独秀：《答张永言》，《新青年》第一卷第四号（1915年）。

迹，新文艺却不脱日常生活的事情。"① 胡愈之以"新"确立了写实主义的合法性，以新/旧对写实主义/浪漫主义文艺思潮做出的定性隐含着西方现代性"唯新是尚"的价值判断。而对"重理智""重现实""研究人生""日常生活"等写实主义特点的概括又体现了新文学建设者的主体选择，"为人生"的文学观里既受五四时期欧洲启蒙主义思想所强调的个性解放和人道主义精神的启发，也有重视文学的社会作用的"文以载道"的中国传统文学观念的影响。

沈雁冰、谢六逸和胡愈之等的主张代表了文学研究会的立场，五四时期鸳鸯蝴蝶派、学衡派、创造社等围绕写实主义和自然主义的争论则从各自立场想象中国文学的现代转型。

《自然主义与中国现代小说》中批评的"游戏的消遣的金钱主义的文学观念"和"记账法"描写主要指向鸳鸯蝴蝶派和黑幕派。在古代文学系统中，小说是"雕虫小技壮夫不为"的难登大雅之堂的"小道"。与"目录学定义"的小说相比，"小说家定义"的小说尤其是流行于民间的白话通俗小说从未承担"载道"的责任，反而一直以娱乐性商业性为标榜。清末民初鸳鸯蝴蝶派和黑幕派小说便是这一类白话通俗小说演变的产物，它的拟想读者是小市民，小说内容接近"街谈巷语，道听途说"的"稗官野史"，有娱乐性、消遣性、趣味性、金钱主义的特点。当新文学以"现代性"为武器颠覆传统文学格局时，鸳蝴派和黑幕派就成为新文学围剿的对象。在"现代性"的画框里，文学要承担社会重整的宏大叙事功能以及构建民族国家共同体的功能，不重视小说社会功能的"鸳蝴"与"黑幕"就成了"文丐""文娼"。不过，鸳蝴派对娱乐消闲的日常生活叙事的追求，与旧小说"小道"观念有关联，亦蕴含着迎合大众文化市场的另一种"现代性"，在后来的海派小说、武侠言情小说中能看出其影响。范烟桥曾为鸳蝴派辩解："十二龄之《小说月报》今

---

① 愈之：《近代文学上的写实主义》，《东方杂志》第十七卷第一号（1920 年）。

以语体文欧化为帜，于是小说界别开生面矣。以自然主义为帜，故其背景并不加以深浓之烘染，在读者之细味，与四围小说大异其的。人有毁誉之论，余则以为不在文体而在内容。犹之道德高尚学问深邃者，马褂长袍无妨也，呢冠革靴亦无不可耳。"① 范烟桥显然没有意识到，鸳蝴派与新文学的"道德""学问"早已分属不同天地，"自然主义"背后的"现代性"文学观念、价值观念和思维方式才是两者之间的真正差别。鸳蝴派对"深浓之渲染"传奇情节的追求，恰是强调文学"是于人生很切要的工作"的"新文学"攻击的对象。"新文学"的内容与形式是一体的，新技巧只有在表现新人的新"道德""学问"时才能更好地被使用，"主义"中传达的是"现代性"框架中作者对世界和自我的认识。

作为对抗新文化运动的保守主义派别，学衡派对自然主义的批评隐含着中国思想文化现代转型的另一种可能性。学衡派核心成员受教于美国新人文主义代表人物白璧德、穆尔等，他们与师从实用主义哲学家杜威的胡适将美国思想界的论争引向对中国现实问题的思考，他们与新文化运动者同是以西方理论为武器，却是以古典主义立场捍卫中国传统文化价值和历史的连续性，声势上远大于被动地守旧的鸳蝴派。穆尔在人性二元论基础上提倡以"理"节"欲"："一部欧西文化史，不外人文主义（谓人异于物）与自然主义（谓人同于物）之势力迭为起伏互争雄长而已。"② 胡先骕说："今日资本主义之弊害，正为不知节制物质之欲望，故贪得无厌，致酿成今日贫富悬殊之现象。同时社会主义家救济之方法乃不求提倡节制的道德，而惟日日向无产阶级鼓吹物质的享用为人生惟一之幸福之学说。而嗾其仇视资本阶级，虽暴动残杀亦许之为正义。此以暴易暴之道也。今日新文化所主张之文学哲学之精神，亦正类此。非极端

---

① 范烟桥：《小说话》，载芮和师等编《鸳鸯蝴蝶派文学资料》（上），知识产权出版社，2010，第 54 页。
② 〔美〕穆尔：《穆尔论自然主义与人文主义之文学》，吴宓译，《学衡》第 72 期（1929 年）。

之写实主义、自然主义，即极端之浪漫主义、象征主义，绝无中正和平、涵养性情之作品。"① 在新人文主义者看来，自然主义的功利和浪漫主义的放纵造成了社会的混乱和政治的黑暗，自然主义以暴露黑暗见长，把人等同于物，是对人类道德、文化和艺术的践踏。新人文主义者主张从中国传统文化中寻求世界性普遍价值，以抵抗西方建立在科学和进化论基础之上的现代文明。新人文主义对自然主义的批评是来自新文学内部的一种否定性的制衡力量，于文学革命看似相反实则相成，共同促成了中国现代思想文化的转型。但胡先骕等的道德批判显示了理论与现实经济政治的脱节，试图以道德和文化解决现实社会危机不免流于空想。

新文学阵营内部批评自然主义的潮流来自创造社，情况又有不同。创造社与文学研究会同属于持启蒙立场的新文学阵营，他们的分歧主要来自"为艺术"与"为人生"的文学主张的分歧，以及浪漫主义和写实主义创作方法的分歧，前者关注想象和情感，后者则注重写实提倡表现人生指导人生。成仿吾于 1923 年发表的《写实主义与庸俗主义》一文将"再现"看作"庸俗主义"的特征："真实主义的文艺是以经验为基础的创造。一切的经验，不分美丑，皆可以为材料，只是由伟大的作家表现出来，便奇丑的亦每不见其丑。真实主义与庸俗主义的不同，只是一是表现（Expression）而一是再现（Represention）。再现没有创造的地步，惟表现乃如海阔天空，一任天才驰骋。"② 成仿吾轻"再现"重"表现"的观点与创造社当时提倡的"文学无目的论"是一致的，可以看出启蒙文学之外"纯文学"一脉的痕迹，如果说"为人生而艺术"接近"启蒙现代性"，那么"为艺术而艺术"则近乎"审美现代性"。不过，创造社对自然主义的攻击也折射出转型时期文学团体争夺话语权的策略，郭沫

---

① 胡先骕：《说今日教育之危机》，《学衡》第 4 期（1922 年）。
② 成仿吾：《写实主义与庸俗主义》，《创造周报》第 5 号（1923 年）。

若说："他们爱以死板的主义规范活体的人心，甚么自然主义啦，甚么人道主义啦，要拿一种主义来整齐天下的作家，简直可以说是狂妄了。"[①] 由此挑起了创造社与文学研究会在1922～1924年的激烈笔战。

五四时期围绕自然主义展开的讨论，反映出中国文学"近代化的多元性"。提倡者和反对者都没有把西方文学作为中国文学现代化的唯一范本，在坚定地追求"现代"的同时带着疑惑从根本上追问"现代"的意义，经由不断的否定实现深层的自我主体性的生成。

三

在欧洲文艺思潮的发展脉络中考察自然主义文学的兴起，首先源于18世纪50年代至70年代的法国，先后出现了龚古尔兄弟、左拉、莫泊桑等令人注目的大家。19世纪80年代以后法国自然主义在本国走向衰落，但在德国、英国、西班牙、意大利、日本、美国、拉丁美洲等国家和地区产生广泛影响，形成19世纪末到20世纪初世界性重大文学潮流。20世纪最初十年是日本自然主义兴盛时期，以岛村抱月、相马御风等理论家和国木田独步、岛崎藤村、田山花袋、正宗白鸟等作家为代表。五四时期自然主义理论大多数来自日本而非法国，岛村抱月的《文艺上的自然主义》、相马御风的《法国的自然主义文艺》以及谢六逸参考中村教授观点撰写的《西洋小说发达史》等重要文章相继发表在1921～1924年出版的《小说月报》上。

日本自然主义不是对法国自然主义的简单模仿，而是在创作中强化了主观、浪漫主义的因素。"日俄战争后，人们强调合理主义精神与个人觉醒，左拉式的写实性观察态度便和日本并未成熟的张扬自我，要求个性解放的浪漫主义合为一体，形成了具有日本独特个

---

① 郭沫若：《海外归鸿》，《创造季刊》第一卷第一号（1922年）。

性的自然主义文学。"① 日本自然主义产生的时代背景与法国不同：19 世纪后半叶，法国经济的腾飞与自然科学的发展同步，殖民政策和资本主义原始积累激化了民族矛盾和阶级矛盾，以左拉为代表的法国自然主义作家主张通过冷静观察和客观描写来暴露社会的黑暗、堕落与罪恶，反对浪漫主义逃避现实的主观和想象。而 20 世纪初日本虽经历明治维新但仍具有半封建特征，政治上天皇制极权主义压抑了资产阶级民主主义，思想上极权主义和家族主义束缚自我压抑个性。19 世纪 70 年代中期到 80 年代中期的自由民权运动遭遇失败，日本在经历 1894 年日俄战争、1895 年甲午战争、1905 年城市平民暴动之后逐渐走上军国主义、帝国主义之路，这些促使对现实不满又无力改变现实的知识分子在理想幻灭的苦闷中暴露时代和自我，以发现"时代的真实"和"自我的真实"。日、法文学的现代性起源亦大不同。法国浪漫主义运动对"人之主体性"的强调起源于基督教文明，而日本现代文学是"日本在蜕变为帝国主义的时候，从失败的自由民权派人士那里产生出来的，因此是排除了政治性现实的内面的文学"②。浪漫主义与自然主义并非不证自明的普世性概念，它们在法国是标记文学发展先后顺序的历史性概念，但在日本却是来自西洋的现代"认知装置"中有内在联系的共时性概念——浪漫主义的主观抒情和自然主义的客观描写都是个性觉醒和主体性确立的"现代人"的自我投射，对外部世界不关心的"内面的人"成为现代文学表现的核心。宫岛新三曾说："在自然主义的当时，一切问题都从自身出发的。所表现出来的作品，都是自身苦闷的声音。"③同是描写人的自然属性，左拉以自然科学的客观主义精神为依据，"运用实验方法来研究自然和人"。日本自然主义者则看重"自我告

---

① 〔日〕伊藤虎丸：《鲁迅与日本人：亚洲的近代与"个"的思想》，李冬木译，河北教育出版社，2001，第 25 页。

② 〔日〕柄谷行人：《民族与美学》，薛羽译，西北大学出版社，2016，第 7 页。

③ 〔日〕宫岛新三：《日本文坛之现状》，李达译，《小说月报》第十二卷第四号（1921 年）。

白""自我忏悔"，直接描写肉欲，以此来强调人的"自然性"和"本能冲动"。同是奉"真实"为圭臬，左拉强调科学化地"精确地再现"外部世界的"场景"，日本自然主义者则追求"内面的写实"，把个人生活内在的自然放在第一位，把社会放在第二位。

中国新文学建设者对法国自然主义和日本自然主义采取了"拿来主义"的态度，取舍中体现了在"反帝反封建"时代背景中建设新文学主体性的译介策略。1957年，茅盾在俄文版《外国文学》的"中国文学"专号上说："'五四'新文化运动是要继承和发展中国文学的现实主义传统的，然而在政治思想上比任何过去的中国的现实主义文学都要前进一大步；因为它明白提出了反帝、反封建的革命的思想内容。"① 五四初期的新文学建设者主要关注文学的"反封建思想"，这是受欧洲启蒙运动的启蒙主义和个人主义思想影响。因此新文学批评法国自然主义的"人生观"，而重视其"客观描写"的"技术"："从自然派文学所含的人生观而言，诚或不宜于中国青年人，但我们现在所注意的，并不是人生观的自然主义，而是文学的自然主义。我们要采取的，是自然派的技术上的长处。"② 法国自然主义暴露的现代资本主义社会中的贪婪、堕落与腐败，对刚踏上现代化征程的中国来说有些隔膜，自然主义"机械的物质的命运论"③也与"表现人生指导人生"的文学观念相背离。因此，与理论提倡形成反差的是作品翻译的寥落——迟至1927年才出现毕修勺翻译的《左拉小说集》和王了一翻译的左拉名篇《娜娜》《屠槌》，1934年李劼人翻译的爱德蒙·龚古尔的《女郎爱里萨》才出版。对于读者提出的翻译自然主义小说的建议，沈雁冰甚至表示译介作品

---

① 茅盾：《一幅简图——中国文学的过去、现在和远景》，载《茅盾全集·第二十五卷·中国文论八集》，黄山书社，2014，第102页。
② 雁冰：《自然主义的怀疑与解答·答周志伊信》，《小说月报》第十三卷第六号（1922年）。
③ 沈雁冰：《自然主义与中国现代小说》，《小说月报》第十三卷第七号（1922年）。

"可以从缓"①。对于日本自然主义，新文学认同其追求个性解放的反封建立场，却抵制其"无目的、无理想"（田山花袋）、"无解决"的"破理显实"（长谷川天溪）文学观。与日本文学的内面性、排除政治的封闭性不同，新文学关注现实政治，具有批判精神，将文学作为推进社会变革的利器。被看作日本自然主义文学的独特样态的"私小说"，表现个人琐屑生活，排斥社会时代背景，文学的社会功能很弱。但在受"私小说"影响主张袒露自我的郁达夫那里，"自叙传"小说中却蕴含着对祖国兴亡和民族命运的忧思。《沉沦》的主人公蹈海自尽前沉痛告白："祖国啊祖国！我的死是你害的，你快强大起来！强起来吧！你还有许多儿女在那里受苦呢！"将个人人生的悲剧与祖国的富强昌盛相联系，将个性解放与民族国家觉醒相联系，体现了新文学"反帝反封建"的现实目标。作为新文学思想资源的新文化运动，包含了现代民族国家与现代个人主体的双重思想启蒙，对外要抵抗帝国主义的侵略，对内要冲破封建礼教和家族主义的束缚，这是"为人生"文学观的深层内涵。

四

对帝国主义侵略的抵抗体现在军事上是反帝战争，体现在文学上就是对"现代的""普遍的"西洋文学典型的怀疑，以及对同样未放弃抵抗的俄国文学和"被损害的民族文学"的认同。《小说月报》第十二卷第十号"被损害的民族文学"专号译介了波兰、捷克、塞尔维亚、芬兰、希腊、乌克兰等国家的文学概况以及作品近30篇，第十二卷号外"俄国文学"专号译介文章近40篇，沈雁冰、周作人、鲁迅、王统照、瞿秋白、耿济之、郑振铎等都热情地参与了译介工作。"现代的""普遍的"西洋文学曾经征服了新文学建设者，文学革命就是以此为范本与传统文学决裂，但新文学反对回到

---

① 吴溥、雁冰：《通信》，《小说月报》第十三卷第九号（1922年）。

过去的传统，也反对成为西方的附庸，这种执着于自我的特征使中国文学在断裂的同时亦有内在的连续性。如果说五四初期的文学主要集中在"反封建"的思想，"反帝"的情绪主要通过对弱小民族的关注曲折传达，那么1925年"五卅运动"之后，"青年的作家们从他们梦幻的'象牙之塔'内伸处头来"，"有些青年的作者则走到'十字街头'，并且投下了笔，跑到那时候的革命阵营——南方的广州以及华北华中的民众革命组织里去了"。[①]

新文学由"文学革命"转入"革命文学"之后，无产阶级领导的"反帝国主义"的民族解放运动开始在左翼文学作品中出现，1930年左翼作家联盟的成立使革命文学在纲领、理论、组织、行动上实现统一，为现实主义注入新鲜的革命激情和政治活力。五四时期提倡的写实主义、自然主义，主要是指19世纪英法俄等国文学中，以知识分子个体立场批判社会现实的批判现实主义创作方法和以自然科学方法精确再现现实生活、隐藏主体态度的自然主义创作方法。20世纪20年代末期无产阶级革命文学兴起之后，批判现实主义和自然主义因缺乏高远的社会理想而在一定程度上被扬弃，而其关怀现实的人道主义精神和批判黑暗社会现实的立场则被继承，随之而起的是将批判现实与政治理想相结合的新的左翼文学的现实主义，并在此后五六十年中成为中国现当代文学的主流。1929年，太阳社译介日本左翼文论家藏原惟人的"新写实主义"理论（又译作"无产阶级现实主义""普罗列塔利亚写实主义"等）。20世纪30年代，"左联"致力于译介苏联的现实主义文论，吉尔波丁等提出的"社会主义现实主义"被译介并推广，1932年苏联首届作家代表大会确定"社会主义现实主义"为基本创作方法，巩固了其作为中国无产阶级文学基本创作方法的地位。"社会主义现实主义"虽然与

---

① 茅盾：《给西方的被压迫大众》，载《茅盾全集·第二十卷·中国文论三集》，黄山书社，2014，第637～638页。

19世纪批判现实主义和自然主义一样注重真实摹写现实，但更注重"革命"的立场、"历史化"的视野以及以社会主义精神对人民群众的思想教育和思想改造功能，强调与作品真实性同样重要的是作家立场的倾向性。这些主张在后来的左翼文学脉络中不断发展变化，既是现实主义创作方法在20世纪的深入和创新，同时也在特定时段里表现出将艺术与政治、意识形态之间的复杂关系简单化理解的局限。

日本学者竹内好认为中国文化是"回心型文化"而非日本的"转向型文化"，从彻底地否定传统出发，以对欧洲包括日本的抵抗为媒介，通过"回心"再生于现代，尽管在经济和物质层面较为落后，却在思想和道德层面保持先进。他说："近代化是借助西欧的力量得以实现的，而且它赋予了人类各种各样的价值。可是，西欧式的近代化追根究底就必须肯定殖民地制度。人道主义无法解决殖民地问题。这是西欧式近代化的盲点，它妨碍了近代化的自我贯彻。……中国就通过研究这一课题，推进了自身的近代化。……它一方面与马克思主义的民族理论相结合，另一方面又与万隆会议的精神相结合。"[①] 在半殖民地半封建的中国社会，文学家具有革命者的自觉，建设民族文学的焦虑与现实政治、经济、文化、思想复杂地缠绕。正如艾瑞克·霍布斯鲍姆所言："对非西方世界的多数艺术家而言，根本的问题却在'现代化'而非'现代主义'。……对于那些深觉自己的使命（以及自己的灵感来源），乃是'走入群众'，并描写群众痛苦，帮助群众翻身的人来说，契诃夫与托尔斯泰两人，显然比乔伊斯更符合他们的理想典范。……对于大多数视野并不仅限于本身传统，也非一味西化的非欧洲世界创作人才而言，他们的主要任务，似乎在于去发现、去揭开、去呈现广大人民的生活现实。

---

① 〔日〕竹内好：《从"绝望"开始》，靳丛林编译，生活·读书·新知三联书店，2013，第293页。

写实主义，是他们行动的天地。"① 中国现代文学的生产性在于创造性地转化来自近代西方的"普遍的东西"，并以此反驳和抵抗西方殖民主义和帝国主义。在鲁迅等现代作家那里，对西方典型的自觉抵制以及对俄国文学、被损害民族文学的关注是同步的。与"西欧近代化"相伴随的现代主义，远不如现实主义的批判精神和人道主义关怀对新文学建设者的吸引。1925 年"五卅"运动以后，沈雁冰等开始运用马克思主义阶级论解释文学现象，创造社开始对个人主义和浪漫主义进行自我否定并表明"无产阶级文艺"立场，在"文学革命"转向"革命文学"的潮流中，对自然主义的倡导转向对社会主义现实主义的建构。

五四新文学借用"自然主义"等西洋"批评主义"构建中国现代文学，包含着追求"现代性"的焦虑，也有对西方"现代性"的抵抗。文学革命强调的断裂，并非舍弃自我的改弦更张，而是以丧失自我的勇气从作为"他者"的西方那里收获更大的自我。通过自我否定和抵抗，被否定的自我获得新生。一方面，文学研究会的"研究介绍世界文学，整理中国旧文学，创造新文学"、周作人的"中国新文学源流"、胡适的"整理国故"等都拒绝以西方文学史想象中国，通过强调内在联系确认中国文学的主体性。另一方面，郑振铎的"文学的统一观"、沈雁冰的"世界文学"等观点又在与世界文学的普遍联系中确认自身主体性。他们提出："我们觉得文学的使命是声诉现代人的烦闷，帮助人们摆脱几千年来历史遗传的人类共有的偏心与弱点，使那无形中还受著历史束缚的现代人的情感能够互相沟通，使人与人中间的无形的界线渐渐泯灭；文学的背景是全人类的背景，所诉的情感是全人类共通的情感。"② "人们的最高精神的联锁，惟文学可以实现之。无论世界上说那一种语言的人们，

---

① 〔英〕艾瑞克·霍布斯鲍姆：《极端的年代（1914～1991）》，郑明萱译，中信出版社，2014，第 239～240 页。

② 沈雁冰：《创作的前途》，《小说月报》第十二卷第七号（1921 年）。

他们都有他们自己的文学，也同时有别的人们的最好的文学，就是，同时把自己的文学贡献给别人，同时也把别人的文学介绍来给自己。世界文学的联锁，就是人们的最高精神的联锁了。"[1] 他们强调全人类思想与情感的共通，为全人类提供一种具有普遍性的精神资源，新文学的抱负并非局限于狭隘民族文学的发展，而是作为世界文学的主体自觉地参与普遍性的话语建构。中国文学不在世界文学之下，而在世界文学之中。在凸显"天下"观念的文化传统中，新文学在与世界文学的联系之中建构自身，并特别重视向非西方价值体系开放，追求容忍异端、提倡多元的世界文学格局。五四新文学的追求，对今天的中国文学依然具有启示意义。

第三节 新浪漫主义的两种指向

五四时期文学理论是众声喧哗的多元场景，其中既有新文学建设者所提倡的写实主义和自然主义，也有对古典主义、浪漫主义、新浪漫主义文艺思潮的翻译与介绍。严家炎曾说："如果说二十年代中期郁达夫从浪漫主义、表现主义越来越走向写实主义，那么，鲁迅则可以说从原先的写实主义为主越来越增加了表现主义的成分。……总之，浪漫主义，写实主义，自然主义，象征主义，新浪漫主义，表现主义，达达主义，这些在欧洲一个半世纪里先后出现的历时的思潮，到'五四'后的中国却成为共时的了。它们几乎同时传入，在同一个文学舞台上各自表演，互比高低，又互相影响。"[2] 五四新文学并非欧洲文艺思潮的浓缩和复制，而是在共时的争论与交锋中将西方的浪漫主义、现实主义、自然主义和现代主义等文学思潮创造性地转化为中国的文学理论框架和创作原则。

---

[1] 本刊同人：《文学旬刊宣言》，《文学旬刊》第 1 期（1921 年）。

[2] 严家炎编《二十世纪中国小说理论资料（1917～1927）》（第二卷），北京大学出版社，1997，第 10～11 页。

20 世纪初流行于西方的新浪漫主义在五四时期进入中国后，有着相当宽泛驳杂的内涵，沈雁冰等提倡的"新浪漫主义"主要指霍普特曼、梅特林克、罗曼·罗兰、巴比塞等在思想内容上能以"健全之人生观"指导读者"向善"的理想主义，而郭沫若等关注的则是表现主义、象征主义、唯美主义、精神分析、意识流等在创作方法上的现代主义。

一

沈雁冰等新文学建设者在 20 世纪 20 年代初期提倡新浪漫主义的热情源于对进化论的笃信，认为新浪漫主义是文学发展的高级阶段，且在世界文学发展过程中具有普遍性。文学研究会成员多以进化论为理论依据提倡新浪漫主义，认为新浪漫主义是较写实主义和自然主义更高阶段的文学。西洋文学在描写方法上的演进过程是"从主观变到客观，又从客观变回主观"[1]，与之相对应的是西洋文艺思潮的进化顺序：浪漫主义 -（写实主义）自然主义 -（表象主义）新浪漫主义。

1920 年，沈雁冰受命对《小说月报》进行改革，这一年他在《小说月报》《时事新报·学灯》等期刊上屡次发表论文阐述新文学建构的方案。在《我们现在可以提倡表象主义的文学么?》一文中，沈雁冰提出："我们要晓得：写实文学的缺点，使人心灰，使人失望，而且太刺戟人的感情，精神上太无调剂，我们提倡表象，便是想得到调剂的缘故。况且新浪漫派的声势日盛，他们的确有可以指人到正路，使人不失望的能力。我们定然要走这路的。但要走路先得预备，我们该预备了。表象主义是承接写实之后，到新浪漫的一个过程，所以我们不得不先提倡。"[2] 这一方面确认了在进化论基础

---

① 冰：《我对于介绍西洋文学的意见》，《时事新报·学灯》1920 年 1 月 1 日。
② 雁冰：《我们现在可以提倡表象主义的文学么?》，《小说月报》第十一卷第二号（1920 年）。

上提倡新浪漫主义的合法性；另一方面强调新浪漫主义在精神上的引领作用和理想主义精神。

1925 年，沈雁冰在其撰写的《文艺小词典》中总结："新传奇主义虽亦注重情思，然因已经一次科学精神之洗礼，在本质上已非复旧日之传奇主义。故虽同一神秘，而旧传奇主义所表现者乃梦幻的空想的神秘思想，而非出自近代怀疑主义之神秘思想也。又如注重主观一点，虽亦为新旧传奇主义所共通，然新传奇主义所谓主观决非如'拜伦主义'之狂热奔放，而在以沉静之态度，达观人生，努力要发见人生内在之真实。"① （"新传奇主义"即新浪漫主义，"传奇主义"即浪漫主义，引者注）在进化论的框架里，沈雁冰强调"新传奇主义"与"传奇主义"在主观抒情特质上的联系，但又融入了现代科学精神和理性精神，因而是对"传奇主义"的超越，对"梦幻"和"情思"加以科学理性的节制，从而可以更好地反映作为主体的现代人的"内在之真实"。沈雁冰指出新浪漫派的一大优势在于思想——堪当"真确人生观"的引导：

能帮助新思潮的文学该是新浪漫的文学，能引我们到真确人生观的文学该是新浪漫的文学，不是自然主义的文学，所以今后的新文学运动该是新浪漫主义的文学。②

新浪漫派的另一优势在于其表现手段——充分发挥创作主体主观能动性的"观察"和"想像"可以弥补"徒尚分析"的写实主义和自然主义的不足：

世间万象，人类生活，莫不有善的一面与恶的一面；徒尚

① 茅盾：《文艺小词典》，载《茅盾全集·第三十一卷·外国文论三集》，黄山书社，2014，第 420 页。
② 雁冰：《为新文学研究者进一解》，《改造》第三卷第一号（1920 年）。

分析的表现法，不是偏在善的一面，一定偏在恶的一面。旧浪漫派文学与自然派文学就是各走一端的。丑恶的描写诚然有艺术的价值，但只表现人生的一边，到底算不得完满无缺，忠实表现。西洋写实派后新浪漫派的作品便都是能兼观察与想像，而综合地表现人生的。[①]

出于对文学社会功用的特别关注，沈雁冰提出新文学者的责任是"将西洋的东西一毫不变动的介绍过来"，但译介"西洋的东西"首先服务于中国社会现实危机的解决，即在思想内容上要"把德谟克拉西充满在文学界，使文学成为社会化，扫除贵族文学的面目，放出平民文学的精神"。[②] 如果说自然主义和写实主义致力于再现现实生活，那么新浪漫主义则是对现实生活的否定与超越，将现实理想化有利于读者展开对未来的新的想象。"新浪漫主义为补救写实主义丰肉弱灵之弊，为补救写实主义之全批评而不指引，为补救写实主义之不见恶中有善，与当世哲学人格惟心论之趋向，实相呼应。"[③] 这里所说的"人格惟心论"，不是哲学上的唯心主义，而是作家面对社会的主体性精神态度。在艺术表现上，自然主义崇尚纯粹客观的"分析"和"记录"，只就自己所见进行"分析"固然可以做到细节描写上的真实，却因创作主体态度的缺失很难对社会生活有整体的把握——"综合地表现人生"。

在沈雁冰看来，思想与艺术是同构的，"欲创造新文学，思想固然要紧，艺术更不容忽视"，"同是一个对象，自然派（Natural）去描摹便成自然主义的文学，神秘派去描摹便成神秘主义的文学"。[④] 沈雁冰认为在创作方法的哲学基础上新浪漫主义比自然主义更胜一

---

① 郎损：《新文学研究者的责任和努力》，《小说月报》第十二卷第二号（1921 年）。

② 佩韦：《现在文学家的责任是什么？》，《东方杂志》第十七卷第一号（1920 年）。

③ 雁冰：《〈欧美新文学最近之趋势〉书后》，《东方杂志》第十七卷第十八号（1920 年）。

④ 雁冰：《小说新潮栏宣言》，《小说月报》第十一卷第一号（1920 年）。

筹：自然主义与"科学的唯物主义并行"，新浪漫主义则"欲使灵肉的感觉一致"；自然主义是社会事实的精确实录，新浪漫主义则兼有"观察"与"想像"；"科学万能主义"的弊端是"只用分析的方法去观察人生，以致见的都是罪恶，其结果是使人失望，悲闷"，而新浪漫主义所表现的"美，德性，天才"是"文学"区别于"科学"的特质。"做小说的，盖勇往直前擒住心所最欲望的东西，不要怕缩。一切物是存在的，一切物是真实的，地球不过是脚下的灰尘"；自然主义是"冷酷的客观主义"，新浪漫主义则是"解放到冷烈的主观主义"；自然主义客观精确的科学态度虽是"空想虚无使人失望"浪漫主义的"反动"，但是两者都"不能引导健全的人生观"，唯有新浪漫主义可以"综合的表现人生的企图"，浪漫的精神常是"革命的解放的创新的"，"无论在思想界在文学界都是得之则有进步有生气"；"科学既然不能解决社会上的问题而气焰一矮"，新浪漫主义才能"告诉我们人类生活的真价值"。① 自然主义关注的是自然的人，而新浪漫主义关注的是社会的人。

　　沈雁冰赞赏罗曼·罗兰的《约翰·克里斯朵夫》，认为这部小说从人生观和世界观上是"新浪漫主义"的代表作，因为约翰·克里斯朵夫"灵魂的冒险便是一切人类灵魂的冒险，欲摆脱过去的专制，服务于将来"②。在"思潮之冲激"和"环境之迫压"之下，约翰·克里斯朵夫能保持自我的主体性，追求"新光明之黎明"，这种理想主义的精神状态正是五四时期个性解放潮流中现代主体价值观的体现——坚定与纯洁地献身理想，执着与真诚地追求信仰。沈雁冰对新浪漫主义"服务于将来"的赞美中包含着以美好的将来作为终极目标的乌托邦理想。表面上看，侧重主观的新浪漫主义和侧重客观的现实主义在创作方法上殊为不同，但新浪漫主义的面向"将来"

---

① 雁冰：《为新文学研究者进一解》，《改造》第三卷第一号（1920 年）。
② 雁冰：《为新文学研究者进一解》，《改造》第三卷第一号（1920 年）。

的理想主义却与20世纪20年代末期"左联"倡导的富于革命意味的现实主义却有相通之处：在面向未来的社会理想中寄托政治热情和爱国之心。

在西方文论发展脉络中，新浪漫主义对于人的主体性的重视可以看作对启蒙理性指导下的科学主义的一种反拨。以科学实验的客观严谨态度观察现实人生并精确摹写的写实主义和自然主义，因过于专注细节丧失了主体对世界的整体性把握。新浪漫主义的兴起体现了对写实主义和自然主义将科学和理性定于一尊的现代性逻辑的反思，强烈的主体意识和理想主义的底色也是对浪漫主义并不遥远的呼应。与18世纪至19世纪之交德国曾在欧洲所处的弱势地位相似，20世纪上半叶的中国也身处前现代的历史境遇和内忧外患的政治危机中。第一次世界大战危机引发了中国知识分子对西方现代性的幻灭，辛亥革命后袁世凯称帝引发了中国知识分子对共和政治的失望。在第一次世界大战引发的世界危机和袁世凯称帝的共和危机并存的时代中，新文学建设者大力提倡新浪漫主义，不仅体现了冲破困境的努力和对民族复兴的焦虑，也隐藏着对以科学、启蒙和理性主义为标志的西方现代性的质疑，蕴含着身负"国民性"精神创伤的不发达国家探寻适合自己的现代转型之路的冲动。沈雁冰等新文学建设者曾在五四时期践行以"思想革命"激发"文学革命"和"政治革命"的文化逻辑，而此刻对新浪漫主义的提倡，则意味着不发达国家文化意识的觉醒和主体意识的建立，也隐含着对西方现代性和"科学万能论"的反思。沈雁冰对"健全人生观""真确人生观"的重视，体现了"新浪漫主义"的"新理想主义"内核，诉诸着对文学在政治意义上的现代化渴望。

除罗曼·罗兰以外，新文学建设者对法朗士和巴比塞等有理想主义倾向的作家都青睐有加。自1920年起，中国掀起了译介法朗士作品的热潮，王统照赞扬法朗士"对人类全体的勇敢的热情的使人间生活向上去的主张"。同样受宠的还有巴比塞。1920年，沈雁冰亦在《东方杂志》上如是介绍巴比塞的小说："体裁算得是写实派，但思想却决不是写实派。可以说是新理想派。"① 1931 年，鲁迅赞扬巴比塞的小说是"无产者文学"，译介他的作品做"对比参考之用"，不但对"读者的见解"有益，而且是新文学作者"正确的师范"。②

沈雁冰对文学作品思想性的重视，使他以"文如其人"的标准衡量作家，以作家的写作立场和人生观来判定作品是否"积极进步"，并以此为标准选择译介域外作家。在这一视野中，日本持理想主义立场的"白桦派"和"新思潮派"亦赢得了中国新文学建设者的好感。以 1910 年创刊的《白桦》为中心形成的"白桦派"作家群，不满日本自然主义文学对私欲和丑恶的暴露，主张以理想眼光观察人生，认为新理想主义是文艺思想的主流。《小说月报》曾译介宫岛新三的文章，称赞志贺直哉、武者小路实笃、有岛武郎等作家"用理想的眼光观察人生……歌唱人生的光明"③。继"白桦派"兴起之后，以加藤武雄、菊池宽、芥川龙之介等作家为代表的"新思潮派"，同样不满于自然主义描写私生活脱离社会的倾向。但与"白桦派"乌托邦式理想主义的反抗不同，他们主张运用多种技巧对现实生活进行理智的心理的多侧面的描写。宫岛新三称赞"菊池宽氏对于人生具有光明的理想。他是文坛上数一数二的道学家。正义之念，率直之感，常在心中往来，这种地方不亚于志贺氏。他明明是艺术家又要做道德家。艺术家同时又是人生的教师，又是社会的预言者，这种风姿，惹起我们的好感"④。可见，正是"白桦派"和"新思潮派"理想主义的"风姿"引起了中国新文学译者的"好感"。

①　〔法〕巴比塞：《为母的》，雁冰译，《东方杂志》第十七卷第十二号（1920 年）。
②　鲁迅：《鲁迅与瞿秋白关于翻译的通信》，载罗新璋编《翻译论集》，商务印书馆，1984，第 279 页。
③　〔日〕宫岛新三：《日本文坛之现状》，李达译，《小说月报》第十二卷第四号（1921 年）。
④　〔日〕宫岛新三：《日本文坛之现状》，李达译，《小说月报》第十二卷第四号（1921 年）。

二

如果说新浪漫主义中的理想主义精神寄寓着左翼文学的政治诉求，将觉醒的个人与觉醒的民族相联系，将文学的启蒙叙事与现代民族国家的建构相联系，那么新浪漫主义对新文学建设另一重影响则是在创作方法上的启示，致力于发掘现代主体"内面"心理世界的表现主义、象征主义、唯美主义、精神分析、意识流等西方现代主义创作方法给中国现代文学的建构带来新异的启迪。

和自然主义在中国的传播一样，日本是五四时期新浪漫主义进入中国的重要中转站。1912 年，厨川白村的《近代文学十讲》出版，该书系统地梳理了 19 世纪中叶到 20 世纪初欧洲文艺思潮，认为新浪漫主义是当下欧洲文艺思潮的主要倾向，将浪漫主义比作人生 20 岁左右时"不懂世故的热情时代"，将自然主义比作 30 岁左右的"现实感渐趋强烈，美丽的幻梦宣告破灭的时代"，将新浪漫主义比作 40 岁前后的"事业巅峰期"。厨川白村认为新浪漫派总体有"情绪主观""神秘梦幻"的特点，但又以"更深一层的思想"超越了浪漫主义的"梦幻空想"；虽不同于注重"科学的精神"的自然主义，却同样来源于"痛烈的人生经验和修炼"。[①]

厨川白村所说的"新浪漫主义"是日本对欧洲 Neo-romanticism 的翻译，预示着大正时代日本文坛的主流。从明治时代（1868～1912）到大正时代（1912～1926），日本社会追求民主政治的自由氛围逐渐被专制极权的紧张形势所取代[②]，日本知识青年出现了从"政

---

① 〔日〕厨川白村：《近代文学十讲》，载《厨川白村全集》（第 1 卷），改造社，昭和 4 年版，第 345、357 页。

② 19 世纪 70 年代中期到 80 年代中期，日本资产阶级发起的一系列历时十年的自由民权运动在士族和地主知识分子组成的领导集团的压制下被镇压。1910 年，"幸德事件"中日本政府镇压日本的社会主义运动，诬陷日本社会主义先驱幸德秋水等 26 人"大逆不道，图谋暗杀天皇"并于次年对幸德秋水等 12 人施以绞刑，使社会陷入白色恐怖之中。在政府和社会压制左翼思想的紧张形势下，很多作家从对现实政治的参与退回到象牙塔之中，无心作为"政治上的能动者"进行创作，转而开始追求艺术上的唯美和官能享乐。

治青年"到"文学青年"的演变，即从参与社会现实的"政治上的能动者"向不关心外部世界的"内面的人"的转变。明治十年以后，在文坛占据中心位置的政治小说开始向"主观""内面"的文学转型。源于法国的自然主义在进入日本之后，将左拉强调的写实性观察与张扬自我、追求个性解放的浪漫主义相融合，形成日本独特的融"客观""主观"为一体的自然主义潮流。日俄战争之后，自然主义在日本形成了群体性的文学运动。新浪漫主义则是明治末年至大正初年继自然主义之后而兴起的文学潮流。

1906 年，鲁迅自仙台医专退学立志"弃医从文"时，正是日本自然主义占据主流的时期，但是鲁迅对自然主义并不欣赏，更关注东欧、北欧及弱小民族国家的文学。大正时代，日本文坛上自然主义渐渐衰落，新浪漫主义作为自然主义的反拨逐渐兴起，"在这时期的当中发生出来的享乐主义，理想主义，人道主义，浪漫主义，象征主义以及种种主义，大概都是自然主义的延长，是自然主义的对抗，这些主义辐辏而来，成了一个大海洋"①。宫岛新三的分析把自然主义、浪漫主义、象征主义、唯美主义等创作方法与体现作家人生观的理想主义、人道主义、享乐主义看作一个整体，勾勒出自然主义衰落之后的文坛生态。对于中国新文学建设者来说，以唯美、神秘和象征为核心的艺术追求与以新理想主义和人道主义为核心的人生观是"新浪漫主义"的两种指向。

1921 年，罗迪先首先将厨川白村的《近代文学十讲》译介到中国。谢六逸及创造社同人留日时期正是大正时代日本文坛"新浪漫主义"繁荣的时期。"新浪漫主义"对于主张"为艺术而艺术"的前期创造社同人无疑有相当大的吸引力。从田汉、郭沫若、郑伯奇、谢六逸等新文学建设者对新浪漫主义的介绍都能看出厨川白村观点对他们的影响。田汉不仅是最早翻译厨川白村文章的译者，还曾与

---

① 〔日〕宫岛新三：《日本文坛之现状》，李达译，《小说月报》第十二卷第四号（1921 年）。

郑伯奇一起拜访过厨川白村。1920 年，田汉在第二卷第十二号《少年中国》上发表《白梅之园的内外》，文中多次提及厨川白村文学观点对自己的影响。1920 年，在《新罗曼主义及其他》一文中，田汉提出新浪漫主义是"受现实之洗礼"，"陶冶于科学的精神后所发生的文学"，是"以罗曼主义为母，自然主义为父所生的宁馨儿"。"对于现实，不徒在举示他的外状，而在以直觉、暗示、象征的妙用，探出潜在于现实背后的 Something（可以谓之真生命，或根本义）而表现之。"① 1921 年，郭沫若曾答复陶晶孙创造社今后的文学方针将是"新罗曼主义"②，认为新浪漫主义将"浪漫主义跟现实主义有机结合起来，侧重于主观的创造与激情、幻想的表现，带有新鲜生动的内容"③。

　　1922 年，谢六逸阐释了"新浪漫主义"概念，将其与自然主义和浪漫主义做了比较，最后将其归为神秘主义和象征主义：

　　　　新罗曼主义（Neo-Romanticism）这一派是主情意的文艺，不以研究客观的事实为满足，将以强烈的主观之力，直觉科学之研究所不能及的神秘境界，以求事实的根本意义。

　　　　……新罗曼派的作品，虽然有许多是凭借梦幻，然其中仍寓现实的事象，题材虽非现实，但却不能说这种是非现实的，为什么呢？因为他们的目的，并不在将现实的事物现实的描写出来，仅仅是显示出那潜于现实奥底之根本的意义。……是能把事象的真生命，根本的意义（此二者可谓之为神秘），所以他们把直觉看得比经验重。至于传达的手段，则为暗示，暗示的手段，即用象征，所以新罗曼主义的一面，就是神秘主义，就

---

① 田汉：《新罗曼主义及其他》，《少年中国》第一卷第十二号（1920 年）。
② 陶晶孙：《记创造社》，载饶鸿竞等编《创造社资料》（下），福建人民出版社，1985，第776 页。
③ 郭沫若：《郭沫若书信集》（下），中国社会科学出版社，1992，第103 页。

是象征主义。①

　　田汉、郭沫若和谢六逸等同在大正时代的日本留学，他们撰写的介绍新浪漫主义的理论文章多取道日本。和日本新浪漫主义"情绪主观"的特点相一致，中国新文学建设者践行的"新浪漫主义"也有主情、唯美、张扬个性的特点，呈现神秘主义、象征主义、唯美主义、意识流等种种现代主义小说的特点。创造社作家的创作中，更是吸纳了尼采、柏格森、弗洛伊德的生命哲学和心理分析理论，创作出颇具现代主义特色的小说。1919 年，郭沫若在小说《牧羊哀话》中，通过梦境传达主人公听到悲惨爱情故事后而引发的恐惧。1922 年，郭沫若在《残春》中描写主人公爱牟被 S 姑娘吸引后做了性梦，梦醒后试图逃脱的故事。小说中充满意识流式的内心独白，郭沫若自称"着力点并不是注重在事实的进行，我是注重在心理的描写。我描写的心理是潜在意识的一种流动"②。创造社的另一位作家陶晶孙则深受日本新感觉派影响，在 20 世纪 20 年代就在日本开始了现代主义的创作实践，在陶晶孙的《音乐会小曲》《Café Pipeau 的广告》等描写光怪陆离的大都市文化的小说里，看得出达达主义、未来主义以及日本新感觉派影响的痕迹。

　　1929 年，谢六逸在回顾日本二十年来的文学时，提出"自然主义是理智的文学，是客观的文学，新浪漫主义的文学，则是憧憬于现实以上的文学"，擅长描写变态心理的谷崎润一郎的"享乐派与恶魔派的作品发挥着异香，是为新浪漫主义的一支脉"。③ 谢六逸亦赞赏谷崎润一郎的作品"兼备新浪漫派以后的一切特色"，因其以科学眼光审视变态心理，"破裂了传统的躯壳，脱离了常识性的桎梏"。《小说月报》曾刊载谷崎润一郎的小说《富美子的脚》，该小说描写

① 谢六逸：《西洋小说发达史》，《小说月报》第十三卷第十一号（1922 年）。
② 郭沫若：《批评与梦》，《创造季刊》第二卷第一期（1923 年）。
③ 谢六逸：《二十年来的日本文学》，《小说月报》第二十卷第七号（1929 年）。

一位六十岁的老翁，他是个受虐狂，对艺妓富美子的脚迷恋与崇拜，只有遭到富美子的脚的践踏，老翁才能满足："食欲已经差不多完全没有，但是富美子用棉花一般的东西浸了牛乳或肉汁，用她的脚趾夹了送到他嘴里去时，他还能像贪食一般的舔食。"① 从左翼的观点看谷崎，有唯美主义和享乐主义的流弊，带有浓厚的颓废色彩，但谢六逸却从"变态"的"求真"里看出了"新浪漫派"的品格。

与大正时代留日作家"文学青年"的特质相对照的，是明治时代后期留日的"政治青年"② 鲁迅。其对现代主义的吸收和借鉴最明显的就是对社会现实的关心。郭沫若、陶晶孙、田汉等前期创造社作家心仪的"新浪漫主义"是审美层面的现代主义，而鲁迅则更激赏思想层面的现代主义。在鲁迅看来，俄国象征主义作家更值得钦佩。"为人生"的激情和悲天悯人的精神是俄国象征主义与法国象征主义最大的区别。勃洛克的长诗《十二个》熔现实主义与象征主义于一炉，描写在暴风雪中跋涉的十二个红军战士，长诗用独特的语言、节奏和声调，用夜、风、雪、红军战士、恶狗、文人、教士、老妪、耶稣等形象，构成了一幅奇崛的象征主义画卷，表达了对祖国未来的期望。鲁迅曾称赞他"是在用空想，即诗底幻想的眼，照见都会中的日常生活，将那朦胧的印象，加以象征化"③。将象征主义的表现手法与个人、民族、国家的现实与觉醒相联系，是"政治

① 〔日〕谷崎润一郎：《富美子的脚》，沈端先译，《小说月报》第十九卷第三号（1928 年）。

② 内田义彦在《知识青年的各种类型》一文中曾将明治到大正时期的日本知识青年区分为"政治青年"（"明治青年"）和"文学青年"（"大正青年"），前者是指"从明治初年的动乱开始，经过自由民权运动，再到二十年代民族主义这一时期的'道德中坚'"，后者则指"在日清战争中懂事，又在日俄战争前后的军国主义氛围中，被赋予了自我觉醒"的一代人。如果说"明治青年"中个体的自觉与国家的独立密切联系，个体的"我"是"参与决定国家意志的政治上的能动者"，那么"大正青年"则是在认同已经固化的日本资本主义体制的前提下，以脱离乃至逃避体制的方式，在政治世界之外实现"我"的解放。"明治青年"是"生产上的能动者"，而"大正青年"是具有"消费者资格"。〔日〕伊藤虎丸：《鲁迅与日本人：亚洲的近代与"个"的思想》，李冬木译，河北教育出版社，2000，第 26～27 页。

③ 鲁迅：《〈十二个〉后记》，载《鲁迅全集》（第七卷），人民文学出版社，2005，第 311 页。

青年"在中国半殖民主义的历史语境中的期待与诉求。

"五卅运动"之后，随着创造社的集体转向，五四激情、自由的文学空气随着革命形势的发展变得政治化，"新浪漫主义"则因世界观及其隐含的"资产阶级"属性遭到左翼作家的否定和批判。1930年，茅盾在《西洋文学通论》中严厉批评"新浪漫主义"在思想上的"颓废"：

> 在文艺的新"主义"上，象征主义（Symbolism）和神秘主义（Mysticism）是颓废派的孪生子。两者都是排斥客观的丑恶的描写，而回到主观的梦幻，因此有人称之为"新浪漫主义"。然而它们之不是"新"浪漫主义，却又是很显然的。除了反对客观描写而外，浪漫主义所有的鲜明的主张，坚强的意志，毫不含糊的意识，活泼泼地勇往直前的气概，在神秘主义和象征主义的文艺中，都是没有的。我们所见于象征主义和神秘主义的，只是要逃避现实的苦闷惶惑的脸相！①

此时的茅盾仍然认为象征主义和神秘主义是"新浪漫主义"，只是不再褒奖它的"文学性"，而是从意识形态的角度出发，批判"新浪漫主义"世界观和人生观中存在的问题。

作为最具社会科学家气质的小说家和为中国马克思主义文艺批评的建立做出杰出贡献的文艺理论家，沈雁冰此时已能娴熟地运用唯物史观和马克思主义文学理论对新浪漫主义的"超然说"和"自我表现"两种文学观展开严厉批评：

> 当社会上两大对峙势力肉搏相争未见胜负的朕兆时，许多文

---

① 茅盾：《西洋文学通论》，《茅盾全集·第二十九卷·外国文论一集》，黄山书社，2014，第365～366页。

学家常依其环境的关系而徘徊动摇（当然有更多的文学家是要拥护支配阶级的意思，而且有更少的文学家会被吸引到挣扎着要求解放的阶级那一面去，然而不很多也不很少的是那些彷徨的人儿）。于是他们就会躲到"超然"的屏风后去，或是"超现实"，"超自然"的屏风后，但可惜躲来躲去还是在这社会里，所以他们实在仍是"超"不了什么，最近三十年间欧洲文坛上那些可以列入"超"字排行的象征主义，神秘主义，想象主义，新古典主义，实在就是表现了社会不安中文学家的躲避和彷徨。

从来的文学家又有一句惯熟的话：自我表现。当然，文学家的作品都是通过了"自我"而出现，即使是客观的描写也是通过了"自我"的产物。然而不要以为这个"自我"是独立的，游离的！应该不要忘记这个"自我"只是那个构成社会"大我"中间的一份子，是分有了"大我"的情绪和意识的！实际上，任何作家不能够从"大我"——他所属的"大我"分开或游离，而有一个他单独的"自我"。但是可惜那些标榜"自我表现"的作家却不能看清这一点，因而错误地不肯相信他自己实在是从属于社会中的某一阶级。①

二十多年后，在 20 世纪 50 年代后期紧张的冷战格局中，茅盾撰写了长文《夜读偶记》，对"新浪漫主义"概念进行了全面的梳理和批判——"总称为'现代派'的半打多主义"，在世界观上是"反对集体主义"的"唯我主义""不可知论的悲观主义"代表，因而在此世界观基础之上形成的创作方法是"'非理性的'形式主义"。此时茅盾批判"新浪漫主义"的更深层原因在于其意识形态上的"资产阶级"属性。在敌我分明的冷战格局中，既然"新浪漫

---

① 茅盾：《西洋文学通论》，载《茅盾全集·第二十九卷·外国文论一集》，黄山书社，2014，第 206~207 页。

主义"包纳的"现代派文艺"是资本主义阵营的主流文艺形态，那么"我们有理由说现代派的文艺是反动的，不利于劳动人民的解放运动，实际上是为资产阶级服务的"[①]。20世纪50年代对"新浪漫主义"的全盘否定已不是文学内部的讨论，而是冷战格局和冷战思维的体现。

三

近代以来，对于中国文学的现代化追求，实际上不仅是五四一代新文学建设者念兹在兹的重任，清末民初的旧派文人中也在进行着缓慢而艰难的"现代"转型。不过，碍于知识结构和思维模式的定式，以及获取知识和信息的渠道的有限，他们很难能够真正深入领会西方的种种"批评主义"及其背后的知识体系和思想内蕴。即便如周瘦鹃这样的旧派文人中水平较高的译者，在译介小说时也受限于知识结构，很难依据西方文学理论阐释西方小说。事实上，周瘦鹃译作甚多，其中不乏经典作家的经典作品，其选本的精到和译介态度的严肃曾被周氏兄弟赞誉"足为近来译事之光"，是"昏夜之微光，鸡群之鸣鹤"。[②] 但毋庸讳言，周瘦鹃尽管一直努力使译作向"现代"靠拢，但其与新文学建设者的知识体系的迥异是显而易见的。在周瘦鹃为其译作撰写的译者附记中，多是根据自己的理解大加发挥，"眼泪""情网"等字眼频繁出现，体现出集中于言情的"鸳蝴"风格。在其1911年翻译的法国八幕"情剧"《爱之花》里，周瘦鹃如是介绍该剧："大千世界，一情窟也。芸芸众生，皆情人也。吾人生斯世，熙熙攘攘，营营扰扰，不过一个情网罗之，一缕情丝缚之。春女多怨，秋士多悲，精卫衔石，嗟恨海之难填；女娲炼云，叹情天其莫补。一似堕地作儿女，即带情以俱来。纵至海枯

---

① 茅盾：《夜读偶记》，《文艺报》1958年第1、2、8、10期。
② 周树人、周作人：《周瘦鹃译〈欧美名家短篇小说丛刻〉评语》，《教育公报》第四卷第十五期（1917年11月20日）。

石烂而终不销焉。爱译是剧，以与普天下痴男怨女作玲珑八面观。愿世界有情人都成了眷属，永绕情轨，皆大欢喜。情之芽常苗，爱之花常开。"① 1918 年，在其翻译的欧战小说《为祖国故》序言中说："比得美人福克司氏《为祖国故》一篇，可泣可歌，允为欧战中唯一名著。小楼听语，百感填心，起视江山，沉沉不乐。挥吾泪花一斗，迻译是篇，间参己意，略加点染。"② 在 1920 年翻译的挪威易卜生的社会问题剧《社会柱石》的"小引"中，周瘦鹃也套用了文学革命中时髦的新名词"问题"和"主义"，但很快又回到"眼泪"的惯性解读上："他每一剧中，都有一种主义，一个问题，都有他一把悲天悯人的辛酸眼泪，随处挥洒。"③ 在 1920 年翻译的《畸人》中，周瘦鹃称法国作家伏兰是继莫泊桑之后的"后起之秀"，"他最擅长的，就是描写人生的痛苦。他那一枝笔，真是蘸着墨水和眼泪一起写的"。④ 周瘦鹃无法理解写实主义和自然主义小说冷峻客观的描写方法，只能按自己的理解将小说进行"奇情"加"苦情"的改造，以唤起读者的"泪花一斗"。这背后也反映了小说观念的冲突。传统的"小说家定义"中，通俗小说注重情节的趣味性，为娱乐消闲而生。而新文学者在启蒙主义立场中则强调小说的认识功能和教化功能，认为小说应该"表现人生指导人生"。

对于有现代主义创作特点的小说，周瘦鹃这样的旧派文人更是难以理解，因而在翻译时很难把握原著的精神。如果说从旧派文人翻译的写实小说中我们还看不出太多问题，那么从他们翻译的具有现代主义风格的小说中就能看出他们的捉襟见肘了——既受限于从传统市井通俗小说中脱胎的白话的表现力，更受制于译者知识结构决定的理解能力和阐释能力。

---

① 泣红译《爱之花》（法国情剧），《小说月报》第二卷第九至十二号（1911 年）。
② 〔美〕福克司：《为祖国故》，瘦鹃译，《小说月报》第九卷第八号（1918 年）。
③ 〔挪威〕易卜生：《社会柱石》，瘦鹃译，《小说月报》第十一卷第三号（1920 年）。
④ 〔法〕伏兰：《畸人》，瘦鹃译，《小说月报》第十一卷第一号（1920 年）。

以俄国作家安德列夫①的小说《红笑》的译介为例，可以看出新文学译者与鸳蝴派译者之间的距离。这部中篇小说用第一人称讲述一位普通战士"我"在战争中的感觉与幻觉，谴责战争对人在精神和肉体上的双重伤害。

首次翻译这部小说的译者是鲁迅。安特来夫是鲁迅最偏爱的俄国作家，而《红笑》是安特来夫的代表作。1909 年 4 月鲁迅曾翻译《红笑》，但遗憾的是译稿未及出版便已佚失。鲁迅称赞安特来夫"含着严肃的现实性""使象征印象主义相调和""消融了内面世界与外面表现之差，而显出灵肉一致的境地"。②

1917 年，周瘦鹃在《欧美名家短篇小说丛刻》中翻译了俄国作家的小说《红笑》，选择眼光不可谓不独到，但从他的译文中可以很明显地看出他与翻译内容之间的隔膜：

　　我又柔声问道："你可是害怕么？"他把嘴唇牵了一牵，似乎要回答出话来，不道这当儿那面庞斗的一变，瞧去已不象是个人的面庞，非常可怕。我一时也有些儿迷离惝恍，头脑不清。仿佛有一股热气吹在我右颊上，使我摇摇欲坠。张眼瞧时，不觉大吃一惊，原来刚才那个白白的面庞，已变做一件又短又红的东西，不住的喷出血来，好似那酒家招牌上所画的酒瓶，去着塞子，酒儿汩汩流出的样子。瞧这又短又红的东西上，还似乎带着笑容，似乎带着没牙齿的老婆子的笑容，这一笑便是红笑（红笑二字，颇不可解。原文如此，故仍之。）咦，这便是红笑。如今我才明白那些断手折足、洞胸碎颅的陈尸，不过是这红笑。那天空中，日光里，全世界上，也无非是这红笑。③

① 周瘦鹃译作盎崛利夫，鲁迅译作安特来夫，梅川译作安特列夫。
② 鲁迅：《〈黯澹的烟霭里〉译附后记》，载严家炎编《二十世纪中国小说理论资料（1917~1927）》（第二卷），北京大学出版社，1997，第 218 页。
③ 周瘦鹃译《红笑》，载《欧美名家短篇小说丛刻》，岳麓书社，1987，第 457 页。

1928 年，柔石、王方仁（笔名梅川）等在鲁迅的支持下在上海创办朝花社，次年梅川在鲁迅的支持下翻译小说《红的笑》，译作刊登于 1929 年的《小说月报》上，1930 年由商务印书馆出版单行本。上面这段周瘦鹃的令人费解的译文经梅川翻译后，译文如下：

> "你怕么？"我和善地重说。他的嘴唇抽动，想说出一句话，同时发生了不可思议的可怕的超自然的事。我觉得一股热气冲在我的右颊，使我摇摆——完了——那时在我眼前，代替白脸的，是一些短的钝的红的东西，血如从一只未塞的瓶中流出一样，从牠那里涌出，正如画在粗陋的行刑牌上一样。且那个短的红的在涌血的东西仍似乎在作一种微笑，一种无齿的笑——一种红的笑。我认识牠——那红的笑。我曾经寻牠，我得到牠了——那红的笑。现在我知道在那些残缺奇异的尸身中的是什么。这是红的笑。牠是在天上，牠是在太阳里，不久，牠将遍布于全个地球上了——那红的笑！①

这个段落是《红笑》的经典段落，也是小说题目的来源。1930年，商务印书馆出版的梅川翻译的《红的笑》时，鲁迅亲自撰文在小说护封上推介，深刻地指出小说题旨："这是一篇战斗的故事——战争的真面目，如现在决胜负的战争，无意于掩饰，也无意于夸大。题目是从一个可怕的偶然的事而来的，一颗爆弹炸去一个军官的头，其时他的嘴唇正扭着微笑。'且那个短的红的在涌血的东西仍似乎在作一种微笑，一种无齿的笑——一种红的笑。'"②

周瘦鹃的译文晚于鲁迅八年，早于梅川十二年。通过译文的对比可以看出彼此的差距。周瘦鹃的译文是清末民初通俗小说中常见

---

① 〔俄〕安特列夫：《红的笑》，梅川译，《小说月报》第二十卷第一号（1929 年）。
② 鲁迅：《〈红的笑〉说明》，载刘运峰编《鲁迅全集补遗》，天津人民出版社，2018，第550 页。

的白话，从字面上通俗易懂，但读来却有一种变戏法似的滑稽感："一股热气"吹在脸上，"白白的面庞""斗的一变"，成了"又短又红的东西"，带着"没牙齿的老婆子的笑"。而通过梅川的译文和鲁迅的解读，读者会知道"热气"是炸弹爆炸后的冲击的热浪，"斗的一变"是军官头颅被炸掉的瞬间，"又短又红的东西"是头被炸掉后流血的脖颈，"没牙齿的老婆子的笑"则是军官头颅被炸掉前唇边最后的微笑。安德列夫的作品主观色彩极浓，这段集夸张、变形于一身的描写读来令人毛骨悚然。在新文学译者看来，安德列夫的小说思想深刻、艺术出众，象征写实兼而有之的表现手段深化了小说的反战主题。但这种现代主义色彩颇浓的艺术手法对于长期浸润于传统白话通俗小说的译者周瘦鹃来说却十分晦涩难懂。在清末民初译者中，周瘦鹃的翻译态度是比较严肃的，他尽量以直译的方式再现原作内容："原文如此，故仍之。"但是他不得不无奈地承认："红笑二字，颇不可解。"周瘦鹃的无奈表明了清末民初文人对西洋文学理论的陌生以及对西洋小说阐释的乏力。

　　文学革命中，沈雁冰曾经清楚地表示，五四时期尽管新文化运动者和学衡派论战激烈，但是只是出于同一知识体系内部的激进与保守之争，而"礼拜六派"的旧文人却在西化的新式体系之外："我们和'复古派'有争辩，这争辩是彼此各站住一个立脚点；但是我们和'礼拜六派'却永不曾有过'争辩'，对于他们，无所谓'争辩'，因为他们底作品和议论，实在无处配以学理绳之。"① 从小说作品到小说批评与小说理论，全方位以西洋小说为榜样的中国小说现代转型有待于五四一代新文学建设者来完成。

---

① 雁冰：《介绍西洋文艺思潮的重要》，《民国日报》副刊《觉悟》1922 年 11 月 19 日。

下 编

清末民初，西方列强的炮火迫使中国社会偏离原有轨道，古老的东方帝国被迫卷入资本主义推动的"全球化"浪潮。在一个列强竞争的世界，在民族生死存亡的关头，中国应该向何处去？中国文化的出路何在？这是清末民初至五四一代知识分子共同的焦虑。所不同之处在于，前者伤感于古文明的衰落、震撼于西方现代科学技术的发达、忧心于列强瓜分的命运，而后者则在器物的觉悟和制度的觉悟之后深入到文化的觉悟、思想的觉悟和陈独秀所说的"伦理的觉悟"①，将目光聚焦于整个民族的现代文明的构建。两代知识分子都试图全盘性地想象新的中国，并为此设计种种"现代"转型的实践方案。尽管他们对传统的态度和诠释不同，改革的路径不同，但有一点是相似的：他们都意识到中国在世界格局中日益被边缘化的现实处境，中国已由世界中心的"中央之国"退缩到世界组成部分的"民族国家"进而退缩为列强环伺的"被损害民族"。在世界范围内找寻中国以及中国文化的尊严，是两代知识分子共同的企盼。中国现代文学转型过程并非线性进化的过程，清末民初文学的过渡性不是匀速前进也并非均质的存在。清末民初文学现场更像是一个中西文化碰撞、角力的场域，域外翻译文学的输入逐渐确立了中国现代文学转型过程中西方典范的地位，但文学的转型包含着错综复杂的因素，转型路径也不是简单的接受－影响模式，要充分考虑中国传统文学遭遇"西方""现代"文学时呈现的主动性。

辛亥革命之前，不论是仰慕西方民主的文人还是崇尚复古的文人，不论是维新派的"保皇"与"君主立宪"，还是革命派的"民主共和"，都将"救国救民"建立民族国家的政治目标看作文学翻译和创作义不容辞的使命与责任。以林纾为代表的一代译者更重视文学与政治的直接联系，希望翻译小说能在"富国强兵""自强保种"的政治革命中发挥作用。但在翻译百余种西方小说的同时，林

① 陈独秀：《吾人之最后觉悟》，《青年杂志》第一卷第六号（1916 年）。

纾在林译小说序跋中以古文家和小说家的文学修养、文学观念和审美眼光介绍和品评西方小说，为中国文学的现代转型从内容到形式逐渐确立起西方范式地位。林译小说为中国读者呈现了中西比较视野中最初的世界文学图景，尤其是影响了青年一代即五四一代知识分子的知识体系和文学经验的生成。晚林纾二十余年出生的周氏兄弟，曾经迷恋于林译小说呈现的中西交融的文学图景，终不满于林译小说主题的政治功利性、选材的通俗性和"以中化西"的艺术理解，在翻译中展现出"异域文术新宗，自此始入华土"的胸襟和眼界。以鲁迅为代表的一代译者虽然也重视翻译小说在现实斗争中的力量，但更重视文学革命和政治革命之间的环节——"人"的觉醒，以文学改造民族精神，在缔造现代民族国家的同时促成现代性主体的生成，在文学翻译和创作中更看重思想的启迪、人生的感悟和艺术的感染力。对民族国家的呼唤和对个性解放的追求，事实上都是"现代"观念的产物。在古今中外的碰撞与冲击中，他们每一次期待的远眺、每一次焦灼的探求、每一次痛苦的挣扎、每一次犹疑的抉择，都体现了文学主体思考的深刻和感受的深切，两代知识分子的群像构成了中国文学现代转型中极富象征意义的风景。

第四章 林译小说：中西交融文学图景的最初呈现

　　林纾（1852～1924），原名群玉，字琴南，号畏庐，自署冷红生，是清末民初文学翻译界首屈一指的人物，也因在1919年前后受到五四新文化运动者的激烈批判被看作复古逆流的代表，成为近现代文学史、思想史上备受争议的人物。林纾的一生富于戏剧性的转折，前半生命运多舛，出身贫寒又罹患肺病，二十一岁在乡塾教书，三十一岁中举人，但此后便屡试不第，多次考进士不中，一生不曾出仕①。林纾十八岁娶刘琼姿为妻，夫妻感情甚笃，但刘氏在林纾四十六岁时病故，长女林雪、次子林钧又在两三年内相继病故，给林纾带来沉重打击。1899年《巴黎茶花女遗事》的出版，可看作林纾苦尽甘来的转折点。这部林纾为纾解丧妻之痛而与友人王寿昌合译的法国小仲马名作②，在商务印书馆出版后一炮打响，林纾从此名扬海内，步入文坛，北上京城，成为清末民初文坛声名赫赫的翻译家

---

① 林纾七十岁时曾做自寿诗云："畏庐身世出寒微，颠顿居然到古稀。多病几无生趣望（纾十九岁咯血，至廿七岁始愈），奇穷未受伧人轨。回头安忍思家难，傲骨原宜老布衣。今日王城成小隐，修篁影里掩柴扉。"夏晓虹、包立民编注《林纾家书》，商务印书馆，2016，第229～230页。

② "纾丧其妇，牢悉寡欢。寿昌因语之曰：'吾请与子译一书，子可以破岑寂；吾亦得以介绍一名著于中国，不胜于蹙额对坐耶？'遂与同译法国大仲马《巴黎茶花女遗事》，至伤心处，辄相对大哭。"（应为小仲马，引者注）钱基博：《现代中国文学史》，吉林人民出版社，2013，第201页。

和小说家。

后半生的林纾时来运转，自 1901 年由杭州迁居北京，担任金台书院讲席，又受聘五城学堂总教习。1903 年起，林纾因翻译小说的盛名在教书之余受聘担任京师大学堂译书局"笔述"（京师大学堂即辛亥革命后的北京大学），1906～1909 年，受京师大学堂主持教学的桐城派姚永概器重，出任京师大学堂预科及师范馆经学教习，1910 年任分科大学经文科教习。1913 年，何燏时主政北大期间，林纾辞去北大教职。一般认为，林译小说质量最高的时期就是 1899～1913 年这段时间①。辞职后的林纾以翻译、诗画、著述为生，直至 1924 年去世。从清末民初至五四时期，林译小说在数量上都是"一个不可比肩的数字"，远远超过同时期其他译者。钱基博称林译小说在商务印书馆出版的"前后一百五十种，都一千二百万言"。日本学者樽本照雄最新统计的数据显示，林纾 1899～1925 年发表的翻译数量为 213 部，其中 1899～1916 年发表 146 部译作，1917～1925 年发表 67 部译作。林纾的翻译在当时极受读者欢迎，商务印书馆清末出版的"说部全书"外国小说翻译系列的 322 种单行本中，林译占 46%，共有 147 部。② 林纾擅长诗画，林译小说成名后林纾的画名也

---

① 较有代表性的是钱锺书的看法："他接近三十年的翻译生涯显明地分为两个时期。'癸丑三月'（民国二年）译完的《离恨天》算得前后两期之间的界标。在它以前，林译十之七八都很醒目；在它以后，译笔逐渐退步，色彩枯暗，劲头松懈，使读者厌倦。"钱锺书：《林纾的翻译》，《翻译通讯》编辑部编《翻译研究论文集（1949～1983）》，外语教学与研究出版社，1984，第 276 页。

② 〔日〕樽本照雄：《林纾冤案事件簿》，李艳丽译，商务印书馆，2018，第 2～3 页。林译小说确切数量说法不一。林纾自述：迻译泰西过百种（余同通西文者，译泰西小说近一百五十种，今合百种为余丛书）。夏晓虹、包立民编注《林纾家书》，商务印书馆，2016，第 235 页。郑振铎考证，林译小说成书共 156 种，其中已出版 132 种，尚未出单行本 10 种，存于商务印书馆未付梓的有 14 种。郑振铎：《林琴南先生》，《小说月报》第十五卷第十一号（1924 年）。郭延礼统计，林译翻译外国文学作品 180 余种，属小说者有 163 种。郭延礼：《中国近代翻译文学概论》，湖北教育出版社，1998，第 264 页。陈平原认为，林纾"一生共译刊"域外小说 163 种。陈平原：《中国现代小说的起点——清末民初小说研究》，北京大学出版社，2010，第 43 页。

水涨船高，甚至润格高于当年的齐白石。钱基博说："纾有书室，广数筵；左右设两案：一高将及肋，立而画；一案如常，就以作文；左案事暇，则就右案；右案如之；食饮外，少停晷也。作画译书，虽对客不辍；惟作文则辍。同县陈衍戏呼其室为'造币厂'，谓动即得钱也。"① 林纾善古文、能翻译、长于诗画、通晓拳剑，爱国重情而多才多艺，文财两旺又仗义疏财②，在清末民初文坛是影响很大的翻译家、古文家、小说家、诗画家。

第一节　"解聘"、"谒陵"与"双簧信"

——文学革命前后的林纾

林纾翻译的外国文学作品涉及多国，以英国文学居多，此外尚有法、美、俄、德、希腊、挪威、日本、瑞士、比利时、西班牙等多国文学，可谓创造了中国文学史上空前绝后的翻译奇迹。林译小说为中国文学的现代转型打开了"世界文学"的大门，将世界文学因素全面引入中国文学的整体生态，客观上促成了中外文学的历史性融合。在清末民初至五四前后的几十年里，林译小说影响了不止一代新文学建设者，从19世纪70年代出生的陈独秀到19世纪80年代出生的鲁迅和周作人，再到19世纪90年代出生的胡适、郭沫若、叶圣陶、徐志摩、郑振铎，再到20世纪初出生的冰心、巴金、钱锺书……这些年龄跨度有三四十年的现代文学名家无一不曾是林译小说的读者，他们通过林译小说了解外国文学，由阅读林译小说获得文学的最初觉悟。林译小说所展示的世界文学图景润物无声地影响了这一代知识分子的知识结构和文学经验，成为他们了解世界文学

---

① 钱基博：《现代中国文学史》，吉林人民出版社，2013，第213页。
② 林纾自寿诗云："未敢自跻《游侠传》，何妨略剖卖文钱。肯从杜白夸裘厦，阳羡曾无半亩田。"夏晓虹、包立民编注《林纾家书》，商务印书馆，2016，第236页。

的重要路径。①

一

正因为林纾在清末民初文坛举足轻重的地位和影响，使林纾在1917年开始的文学革命中被视为守旧派遭到新文学者的集体批判，林译小说的地位因之一落千丈，对林纾的评价从顶峰跌至低谷。

1918年3月，《新青年》第四卷第三号上刊登了堪称文学革命转折点的"双簧信"。钱玄同化名王敬轩，以守旧文人的口气批评文学革命及新文学，而刘半农则代表《新青年》阵营对王敬轩的来信逐段批驳。记者（刘半农）依据新文学者的文学观对林译小说做出了颠覆性的评价，全盘否定了林纾的文学成绩："用文学的眼光去评论他……没有半点儿文学意味。"刘半农对林译小说的批判主要集中在以下四个方面。其一，批评林译选择外国原著没有眼光："原稿选择得不精，往往把外国极没有价值的著作，也译了出来。"其二，批评林纾不懂外语导致的误译和删改："把译本和原本对照，删的删，改的改，'精神全失，面目皆非'……这大约是和林先生对译的几位

---

① 例如钱锺书回忆："林纾的翻译所起的'媒'的作用，已经是文学史上公认的事实。他对若干读者也一定有过歌德所说的'媒'的影响，引导他们去跟原作发生直接关系。我自己就是读了他的翻译而增加学习外国语文的兴趣的。商务印书馆发行的那两小箱《林译小说丛书》是我十一二岁时的大发现，带领我进了一个新天地、一个在《水浒》、《西游记》、《聊斋志异》以外另辟的世界。我事先也看过梁启超译的《十五小豪杰》、周桂笙译的侦探小说等等，都觉得沉闷乏味。接触了林译，我才知道西洋小说会那么迷人。我把林译里哈葛德、欧文、司各特、迭更司的作品津津不厌地阅读。假如我当时学习英文有什么自己意识到的动机，其中之一就是有一天能够痛痛快快地读遍哈葛德以及旁人的探险小说。"钱锺书：《林纾的翻译》，《翻译通讯》编辑部编《翻译研究论文集（1949～1983）》，外语教学与研究出版社，1984，第269页。1928年，郭沫若在利用"养病期中的随时的记述"写成的《我的童年》中回忆："林纾小说对于我后来的文学倾向上有决定性的影响，是Scott的《Ivanhoe》。这书我后来读过英文，他的误译和省略处虽很不少，但那种浪漫主义的精神他是具象地提示给我了。……在幼时印入脑中的铭感，就好像车辙的古道一般，很不容易磨灭。"郭沫若：《少年时代》，《我的童年》，人民文学出版社，1979，第114页。1924年，林纾去世后，周作人回忆："老实说，我们几乎都因了林译才知道有外国小说，引起一点对于外国文学的兴味，我个人还曾经很模仿过他的译文。"开明：《林琴南与罗振玉》，《语丝》第三期（1924年12月1日）。

朋友，外国文本不高明，把译不出的地方，或一时懒得查字典，便含糊了过去，林先生遇到文笔蹇涩，不能达出原文精奥之处，也信笔删改，闹得笑话百出。以上两层，因为先生不懂西文。"其三，批评林译的古文归化翻译："以唐代小说之神韵，迻译外洋小说"，"当知译书与著书不同，著书以本身为主体，译书应以原本为主体；所以译书的文笔，只能把本国文字去凑就外国文，决不能把外国文字的意义神韵硬改了来凑就本国文"。其四，批评林纾不懂诗歌戏剧的文类特征："《吟边燕语》本来是部英国的戏考，林先生于'诗''戏'两项，尚未辨明，其知识实比'不辨菽麦'高不了许多。"① 刘半农在回信中颇有"技高一筹"的骄傲和"不容置疑"的强势，"先生又闹了笑话了""这话太高了，恐怕先生更不明白""这一节，要用严厉面目教训你了"等表述比比皆是。而在回信的开头，刘半农自述"记者等自从提倡新文学以来，颇以不能听见反抗的言论为憾，现在居然有你老先生'出马'，这也是极应欢迎，极应感谢的"，却道出了"双簧信"引发林纾参战"构人于过"的嫌疑。正如鲁迅在《〈呐喊〉自序》中所说："他们正办《新青年》，然而那时仿佛不特没有人来赞同，并且也还没有人来反对，我想，他们许是感到寂寞了。"② 新文学者先是模仿守旧文人的口气杜撰了"王敬轩"批评新文学的檄文，后又以新文学者的立场对"王敬轩"进行针锋相对的回击，引来林纾参与论战，客观上扩大了文学革命的战果，却使此后的林纾陷入众矢之的的困境。

　　清末以来，林纾与北大的历史渊源和人事纠葛，也为林纾在文学革命中与北大新文学者的激烈论争埋下远因。自 1903 年北上担任京师大学堂译书局"笔述"起，林纾与北大结缘。1906 年 9 月至 1913 年 4 月，林纾先后担任京师大学堂预科及师范馆经学教习、分

① 刘半农：《文学革命之反响·复王敬轩》，《新青年》第四卷第三号（1918 年）。
② 鲁迅：《〈呐喊〉自序》，载《鲁迅全集》（第一卷），人民文学出版社，2005，第 441 页。

科大学经文科教习。大学堂教习的身份对于林纾来说不仅意味着不菲的经济收入，亦是对林纾学问的肯定，对其社会地位及名誉的认可。1913 年 4 月，时任校长何燏时停发林纾薪水，解聘林纾，让林纾耿耿于怀。在 1913 年 3 月至 9 月给其子林璐的数封家信中，林纾一再表达其愤懑之情："校长何某，目不识丁，坏至十二分，专引私人"，"大学堂何鑏（燏）时监督嫌余不通，不肯请"，"余并未得罪与他，何对人言，余品行不端，学问卑劣，可笑已极"，"吾终不愿入堂，再为教习"。① 何燏时 1912 年 12 月至 1913 年 11 月任北大校长，他的前任校长是严复。1912 年严复出任北大首任校长（1912 年 2 月 25 日任京师大学堂总监督，5 月 3 日京师大学堂改为北京大学校后任北大校长），深得严复信任的桐城派姚永概被任命为北大文科教务长，而他也是林纾的老友。严复去职后，姚永概萌生去意，对何燏时校长亦消极以待。林纾对何校长的微词可能也受到姚永概的影响。客观地看，处在辛亥革命失败后的现实危机中，何燏时解聘林纾可能不见得只是嫉贤妒能，应该也有政治经济的客观原因。在辛亥革命之后学潮不断、经费无着的情况下，何燏时自己也于 1913 年 6 月申请辞职并于 11 月获准。

林纾谴责何燏时的另一因由是何燏时只提携浙江同乡排斥异籍教师："大学堂校长何鑏（燏）时大不满意于余，对姚叔节老伯议余长短。……实则思用其乡人，亦非于我有仇也。"② 何燏时是浙江诸暨人，1899 年赴日留学，1905 年毕业于日本东京帝国大学，这样的履历使他的确在聘任教师时对留学日本、同为浙籍的归国留学生有所偏重。在解聘林纾的同一年，留日归国的沈尹默以章太炎弟子身份任教北大，据他回忆，何燏时在任时陆续引进章门弟子的理由

---

① 见 1913 年 3 月 10 日、4 月 7 日、6 月 10 日、9 月 12 日林纾致林璐信。夏晓虹、包立民编注《林纾家书》，商务印书馆，2016，第 26～27、34、44、46 页。
② 见 1913 年 4 月 12 日林纾致林璐信。姚叔节即姚永概。夏晓虹、包立民编注《林纾家书》，商务印书馆，2016，第 36 页。

是："太炎先生负重名，他的门生都已陆续从日本回国。"① 何燏时是工科出身，在日本东京帝国大学就读于采矿冶金专业。何燏时之后的继任校长胡仁源亦有留学日本和英国的工科背景，所修专业是造船。何、胡任校长时引进的"章门弟子"中，有就读早稻田大学史学专业的朱希祖，有就读东京物理学校的沈兼士，有就读师范专业的马裕藻和钱玄同，亦有游学避难于日本的黄侃……"双簧信"事件中的钱玄同也是 1906 年留学日本早稻田大学并与周氏兄弟在1908 年师从章太炎学习《说文解字》的。从这个角度看，解聘林纾在人事纠葛之外，其实也是北大转型，甚至是近代中国政治变迁及学术转型的一个投影。北大新进教员留学海外的学术背景意味着教员的知识结构从传统的经史子集向西方现代知识的转型，意味着大学专业设置和课程设置从传统门类向西方现代学科分类的转型，也意味着北大从残存书院特征的传统学堂向重"实学"轻"虚文"的西式现代学堂的转型。据沈尹默回忆，"太炎先生门下大批涌进北大以后，对严复手下的旧人则采取一致立场，认为那些老朽应当让位，大学堂的阵地应当由我们来占领"②，这从侧面反映了清末民初知识分子和五四一代知识分子在北大这个现代教育学术机构中对话语权和文化领导权的激烈争夺。在何、胡对学校制度、聘用师资等工作做出重大调整之后，到 1916 年蔡元培主政北大时，已明确将"仿世界各大学通例"③ 确立为北大的办学方针。

颇具意味的是，就在北大解聘林纾的当月，林纾拜谒崇陵，作《癸丑上巳后三日谒崇陵作》与《宿梁格庄》二诗，祭奠光绪皇帝，

---

① 沈尹默：《我和北大》，载陈平原、夏晓虹编《北大旧事》，生活·读书·新知三联书店，1998，第 164 页。

② 沈尹默：《我和北大》，载陈平原、夏晓虹编《北大旧事》，生活·读书·新知三联书店，1998，第 166 ~ 167 页。

③ 蔡元培：《答林琴南书》，《公言报》1919 年 4 月 1 日。

"余思念德宗皇帝，故特来谒陵耳"。① 不仅如此，林纾还立誓"岁必一来，用表二百余年养士之朝，尚有一二小臣，匍匐陵下矣"②。从 1913 年至 1922 年，已过花甲之年的林纾 11 次亲赴河北易县梁格庄拜谒崇陵，并留下《谒陵礼成志悲》《哀崇陵》《谒陵图记》等诗文和《谒陵图》《崇陵春色》等画作，或赞赏光绪帝雄才大略，或表达遗民的伤感留恋。从积极投身维新自强的翻译家和古文家，到冥顽不化的旧朝遗老，林纾的转变似乎十分突兀，也遭到新文学建设者的一再诟病。③ 但如与解聘事件结合来看，林纾谒陵未尝不是在借此抒怀明志——他对"心乎国民，立宪弗就"的光绪帝的赞许与其说是对清朝的留恋，不如说是在风云变幻、急剧转型的时代里对清明政治的向往和爱国之情的抒发。

光绪皇帝生前与林纾素无交集，林纾谒陵其实并非出于政治上对晚清政府的留恋，而更多的是一种道德姿态。在政治上，林纾支持共和反对复辟："仆生平弗仕，不算为满洲遗民，将来仍自食其力，扶杖为共和国老民足矣"④，在 1917 年的张勋复辟事件中，林纾明确表示"到死未敢赞成复辟之举动"⑤。林纾所看重的，是遗老在"守旧"姿态中彰显的忠肝义胆以及坚贞不屈，谒陵于林纾更多是乱

---

① 见 1913 年 4 月 12 日林纾致林璐信。夏晓虹、包立民编注《林纾家书》，商务印书馆，2016，第 37 页。

② 林纾：《畏庐续集》，商务印书馆，1917，第 62 页。

③ 1925 年，林纾去世之后，周作人撰文肯定林纾"介绍外国文学，虽然用了班马的古文，其努力与成绩决不在任何人之下"。开明：《林琴南与罗振玉》，《语丝》第三期（1924 年 12 月 1 日）。钱玄同批评林纾："本来启明那篇《林琴南与罗振玉》（见第三期），我也有些不同意。我底意见，今之所谓'遗老'，不问其曾'少仕伪朝'与否，一律都是'亡国贱俘，至微至陋'的东西。"钱玄同：《写在半农给启明的信底后面》，《语丝》第二十期（1925 年 3 月 13 日）。周作人对此回应："林琴南死后大家对于他渐有恕词，我在《语丝》第三期上也做有一篇小文，说他介绍外国文学的功绩。不过他的功绩止此而已，再要说出什么好处来，我绝对不能赞成。……凭了帝王鬼神国家礼教的名，为传统而奋斗，不能称为勇敢，实在可以说是卑怯。"开明：《再说林琴南》，《语丝》第二十期（1925 年 3 月 13 日）。

④ 连燕堂：《林纾：译界之王》，辽宁人民出版社，2015，第 62 页。

⑤ 林纾：《答郑孝胥书》，载薛绥之、张俊才编《林纾研究资料》，知识产权出版社，2010，第 88 页。

世中重情重义、临危不惧的道德坚守。在清末民初西学东渐的历史氛围里，"趋新"或"守旧"是每个知识分子面临的选择。对于林纾这一代知识分子来说，在译新书、开民智、尚武救国的时代潮流中，他们曾作为维新志士的代表勇立潮头，承担着王纲解纽时代中第一代启蒙者的重任。可叹的是，历史潮流汹涌向前，当五四一代知识分子以摧枯拉朽之势确立自身文化领导权之时，林纾这样的文人却在解聘一事中敏感地察觉到将被历史潮流所抛弃的命运。离开北大后的 11 次谒陵，或许可以看作林纾在解聘事件之后从"趋新"退回"守旧"的象征，是其在意识到自己或将被新时代抛弃后为寻求身份认同而做出的艰难选择。

　　"双簧信"事件发生一年之后，林纾致函蔡元培，在 1919 年 3 月 18 日的《公言报》上公开发表《致蔡鹤卿太史书》，反对"覆孔孟、铲伦常""尽废古书，行用土语为文字"①，由此在新文化运动者眼中更被认定为逆历史潮流而动的"封建卫道士"。蔡元培给林纾的著名回信后来也发表在《公言报》上，批评林纾"今据此纷集之谣诼。而加以责备，将使耳食之徒，益信谣诼为实录，岂公爱大学之本意乎"，阐明北大"循'思想自由'原则，取兼容并包主义"②的主张。当时文坛比林纾名气更大、地位更高的旧派文人不乏其人，为何独有林纾出面叫阵呢？除了林纾"木强多怒"③的性格，应当还有林纾对于北大爱怨交加的情感。陈平原曾从林纾与北大"悲欢离合"的纠葛分析林纾与北大诸君冲突时的心理："六年前被北大解聘的心结尚未解开。相对于陈、胡等后生小子，他是北大的老前辈，在这所大学工作了将近十年，有其自尊与自信。基于自家的政治及文化立场，林纾对北京大学另有想象与期待。也正因此，当听到社

---

① 林琴南：《致蔡鹤卿太史书》，《公言报》1919 年 3 月 18 日。

② 蔡元培：《致〈公言报〉函并附答林琴南君函》，载余世存主编《北大读本》，四川人民出版社，2018，第 59 页。

③ 林纾：《冷红生传》，载《畏庐文集》，商务印书馆，1910，第 25 页。

会上不少关于这所大学的风言风语时，林纾自以为有责任替北大'纠偏'，于是迫不及待地跳了出来，公私兼顾，说了一些情绪性的话。"在《林琴南再答蔡鹤卿书》中，林纾检讨自己因听信谣传而"于答书中孟浪进言"，实出于爱护北大名誉不忍"恶声盈耳"的初心①，陈平原认为这样的申辩是"可以接受的"。②

二

1924 年 10 月 9 日，林纾在北京去世，以"开眼看世界"的创新者始却以螳臂当车的守旧者终的命运让人感叹。饶有意味的是，一个月后，郑振铎在其主编的第十五卷第十一号《小说月报》上，发表了给林纾"盖棺论定"的文章《林琴南先生》。这期《小说月报》的卷首彩页共五张，第二张彩页以整页篇幅刊登了"最近逝世之英法二大文学家"法国作家法郎士（即阿纳托尔·法朗士，引者注）、英国作家康拉特（即约瑟夫·康拉德，引者注）的照片，第三张彩页便是以整页篇幅登载的"最近逝世之中国文学家"林纾的照片，承认了林纾的文学家地位。版面的安排暗示着林纾之于中国文学相当于法郎士之于法国文学、康拉特之于英国文学。接下来的彩页是"林纾的笔迹"③。紧随其后的彩页是林纾的画。《林琴南先生》在该期《小说月报》中被排在第二篇，第一篇是郑振铎翻译的《印度寓言》，足见主编郑振铎对其的重视。樽本照雄指出了一个细节，即这篇文章落款是"十三年，十一月，十一日"，而《小说月报》的版权页上写的是"中华民国十三年十一月十日初版发行"，他认为："既然刊登了比发行日还要晚 1 日才执笔的文章，那么，实

---

① 林琴南：《林琴南再答蔡鹤卿书》，《大公报》1919 年 3 月 25 日。
② 陈平原：《古文传授的现代命运——教育史上的林纾》，《文学评论》2016 年第 1 期，第 9 页。
③ 郑振铎在林纾亲笔信下注："此为林先生将死时给高梦旦先生等友人的信，此信可算是他的绝笔"。《小说月报》第十五卷第十一号（1924 年）。

际的刊行日应当比这个日期稍晚一点吧。特意延期了杂志的发行，也就是说明郑振铎的文章是非常重要的。"①

郑文的观点基本可以代表新文学建设者的普遍观点，他在文章开头如是描述林纾在清末民初经五四至去世前文坛评价的变化：

> 林琴南先生以翻译家及古文家著名于中国的近三四十年的文坛上。当欧洲大战初停止时，中国的知识阶级，得了一种新的悟觉，对于中国传统的道德及文学都下了总攻击。林琴南那时在北京，尽力为旧的礼教及文学辩护，十分不满意于这个新的运动。于是许多的学者都以他为旧的传统的一方面的代表，无论在他的道德见解方面，他的古文方面，以及他的翻译方面，都指出他的许多错误，想在根本上推倒他的守旧的，道德的，及文学的见解。这时以后的林琴南，在一般的青年看来，似乎他的在中国文坛上的地位已完全动摇了。然而他的主张是一个问题，他的在中国文坛上的地位，又另是一个问题；因他的一时的守旧的主张，便完全推倒了他的在文坛上的地位，便完全埋没了他的数十年的辛苦的工作，似乎是不很公允的。但那时为了主张的不同，我们却不便出来说什么公道话。②

郑文所说的"知识阶级"很显然是指五四时期包括钱玄同、刘半农、胡适、罗家伦等在内的新文学建设者。而他们想"推倒"的，显然也不是作为翻译家和古文家的林纾个人，而是作为"旧的传统的代表"的具有象征意义的"林纾"们。新文学建设者满怀建构民族文学的责任心和使命感，带着企盼中国文学像英、法文学一样成为"世界性文学"的迫切而焦虑的心理，力求尽快确立新文学的合

---

① 〔日〕樽本照雄：《林纾冤案事件簿》，李艳丽译，商务印书馆，2018，第367~368页。
② 郑振铎：《林琴南先生》，《小说月报》第十五卷第十一号（1924年）。

法性并迅速扩大文学革命的影响——他们需要一个人作为"守旧"的代表与之对阵，而林纾是合适的人选。一方面确是因为林纾对古文的执着和对传统的捍卫；另一方面也说明了林纾在当时无论是在古文创作方面还是在小说翻译方面确实具有"以一当十"对抗"围攻"的地位和影响力。事实上，公允论之，在清末民初文坛上，林纾不仅不是保守的，在某些方面甚至是相当前卫的。林纾在《巴黎茶花女遗事》《迦茵小传》等小说中对爱情的态度，在《黑奴吁天录》中对黑人的同情，在《红礁画桨录》中对婚姻自由的感慨，在《爱国二童子传》等小说中对晚清政治的批判和对君主立宪的向往，无一不给五四一代的新文学建设者以最初的关于"爱情""自由""社会""个人""国家"等现代价值观念的启蒙。陈思和在论及五四文学的先锋性时曾说："具有先锋性的文学常常'不仅反对敌人，还要反对同一阵营中比它更有权威的人'。"① 因此胡适在《文学改良刍议》中的"八不"主要批判的不是晚清遗老遗少的旧体诗而是革命色彩浓重的南社，创造社的"异军突起"的矛头所向不是鸳蝴派而是文研会。新文学建设者讨伐的不是晚清"略通虚字"便"握管而著小说"的粗制滥造的小说和"操觚之始，视为利薮"的金钱主义的小说②，而是用浅近文言翻译、体现诸多现代价值观念的林译小说，这恰恰是因为林译小说在清末民初的文学地位和在青年一代读者中的广泛影响。

郑振铎在文中肯定了林纾翻译的功绩："打开了中国人看世界的视野""使中国人知道外国也有与司马迁比肩的作家""提高了小说的地位"。但是林译的诸多缺点却给读者留下更深刻的印象：林纾不懂外语；翻译了大量无价值的作品；将剧本改写成小说；大幅删减原作；误译很多；将原作者的国籍搞错。郑文在结尾处看似中肯地"盖棺论定"：

① 陈思和：《"五四"文学：在先锋性与大众性之间》，《北京大学研究生学志》2006年第2期，第12页。
② 寅半生：《〈小说闲评〉叙》，《游戏世界》第一期（1906年）。

所以不管我们对于林先生的翻译如何的不满意，而林先生的这些功绩却是我们所永不能忘记的，编述中国近代文学史者对于林先生也绝不能不有一段的记载。①

日本学者樽本照雄认为，这篇看似公正的评论实是"盖棺谬论定"，成为此后漫长的林纾负面评价史中"冤案的原点"。樽本照雄在《林纾冤案事件簿》一书中逐条反驳了上述这些看似定论的判断，认为上述林译被指责的所有缺点，都是出于郑振铎的误解。樽本照雄在该书中还提出了更尖锐的批评，认为对林纾"群殴"式的批判是出于新文学建设者有意"诱导"的策略，使对林译小说的负面评价根深蒂固地持续至今。②

三

1935 年，林纾去世 11 年后，郑振铎在《中国新文学大系·文学论争集》导言中再一次回顾"双簧信"事件：

> 在《新青年》的四卷三号上同时刊出了王敬轩的给《新青年》编者的一封信，和刘复的《复王敬轩书》。王敬轩原是亡是公乌有先生一流人物。托为王敬轩写的那一封信乃是《新青年》社的同人钱玄同的手笔。为什么他们要演这一出"苦肉计"呢？从他们打起了"文学革命"的大旗以来，始终不会遇到过一个有力的敌人们。他们"目桐城为谬种，选学为妖孽"，而所谓"桐城，选学"也者却始终置之不理，因之，有许多见解他们便不能发挥尽至。旧文人们的反抗言论既然竟是寂寂无闻，他们便好像是尽在空中挥拳，不能不有寂寞之感。所谓王

---

① 郑振铎：《林琴南先生》，《小说月报》第十五卷第十一号（1924 年）。
② 〔日〕樽本照雄：《林纾冤案事件簿》，李艳丽译，商务印书馆，2018，第 353～354 页。

敬轩的那一封信，便是要把旧文人们的许多见解归纳在一起，而给以痛痛快快的致命的一击的。可是，不久，真正有力的反抗运动也便来了。古文家的林纾来放反对的第一炮。他写了一篇《论古文白话之消长》，……①

可以看到，五四时期"桐城""选学"等掌握话语权力的旧派文人的置之不理是新文学建设者选择林纾作为拟想敌的又一个原因。相对于林纾，桐城古文大家吴汝纶更赏识的是严复，认为"自吾国之译西书，未有能及严子者也""文如几道，可与言译书矣"②。严复幼年因家贫辍学而中断科举之路，就读福建船政学堂，因成绩优异被派往英国深造，但多次参加科举考试未第而抱憾终生。严复认为要在士大夫阶层中产生足够的影响力，须借助外力的引荐，于是求助吴汝纶。吴汝纶曾任内阁中书，做过曾国藩及李鸿章的幕僚，他对严复"其书骎骎与晚周诸子相上下"③ 的赞誉确实使严复译著在国内声名鹊起。王宏志曾分析吴汝纶作为"赞助人"对严复翻译的影响："吴汝纶以桐城古文大家的地位，对严译的流行有很大帮助，也正好补救了严复在旧学中人地位较低的不足。"④ 对文学革命的论争双方，严复虽不满文学革命，但摆出了一副"不屑与辩"的清高姿态，确保其在激烈的论争中全身而退：

> 北京大学陈、胡诸教员主张文白合一，在京久已闻之，彼之为此，意谓西国然也。不知西国为此，乃以语言合之文字，而彼

---

① 郑振铎：《导言》，载郑振铎编选《中国新文学大系·文学论争集》（影印本），上海文艺出版社，2003，第5～6页。
② 吴汝纶：《〈天演论〉序》，载贾植芳、陈思和主编《中外文学关系史资料汇编（1898～1937）》（上册），广西师范大学出版社，2004，第3～4页。
③ 王栻编《严复集》，中华书局，1986，第1318页。
④ 王宏志：《重释"信、达、雅"——20世纪中国翻译研究》，清华大学出版社，2007，第108页。

则反是，以文字合之语言。……设用白话，则高者不过《水浒》、《红楼》；下者将同戏曲中簧皮之脚本。就令以此教育，易于普及，而斡弃周鼎，宝此康瓠，正无如退化何耳。须知此事，全属天演，革命时代，学说万千，然而施之人间，优者自存，劣者自败，虽千陈独秀，万胡适、钱玄同，岂能劫持其柄，则亦如春鸟秋虫，听其自鸣自止可耳。林琴南辈与之较论，亦可笑也。①

而在林纾一方，一方面，1906 年，身为京师大学堂经学教员的林纾虽与桐城派古文家姚永概、马其昶多有来往并得到吴汝纶的赞赏，但林纾坚称"吾非桐城弟子"②。在古代"儒林""文苑"泾渭分明的传统体系中，纯文人很难进入居于正统地位的士林，而小说家在纯文人中更低一等，翻译小说家在小说家中又低一等，以翻译小说闻名的林纾正是因此被陈独秀嘲讽"野狐禅的古文家"，是算不得桐城正宗的。另一方面，林纾任教京师大学堂的 1906 年正是科举制废除的这一年，当时的学生中不乏进士，而林纾能以举人之名担任进士之师，正是在晚清传统崩坏的形势下才成为可能。杨联芬曾分析林纾的心理："林纾只有举人资格，又非师从关系，在门户和等级森严的传统学术风气下，这种'自谦'有时也是维护自尊。……林纾在当时，是翻译小说的名气大于他作古文的名声的，而'小说家者流'，是正宗古文派看不起的"③。相对于严复"学理邃赜"的学术著作，林纾翻译的是"难登大雅之堂"的小说。当时吴汝纶盛赞的"严子"是"儒林"精英，而林纾只是在"文苑"中处于桐城边缘的文人。在清末民初文坛，林纾实没有必要作为"守旧"的代表应战新文学建设者，但正因桐城派的不屑回应，文学革命的目标

---

① 孙应祥：《严复年谱》，福建人民出版社，2014，第 415 页。

② 林纾：《〈慎宜轩文集〉序》，载王书良等主编《中国文化精华全集·文学卷》（三），中国国际广播出版社，1992，第 787 页。

③ 杨联芬：《晚清至五四：中国文学现代性的发生》，北京大学出版社，2003，第 118 页。

对准了青年们更熟悉的林纾。在这个意义上，作为文学革命的对立面的林纾，是被建构出来的。新文学建设者是幸运的一代人，他们有为自己做史的机会。他们在新文学运动余波未尽之际便着手为同代人做出评价，并且他们的评价大体上被后来者所接受，此后的新文学史基本都沿用他们的论断，使林纾在中国现代文学史上的形象由清末民初多才多艺的文章大家堕落为"拼我残年极力卫道"的颠顸老人。这样的评价一直持续到20世纪80年代，茅盾还在质疑林纾不懂外文，认为林纾与人对译的翻译方式影响了翻译的质量：

> 与严复差不多同时代的林纾（即林琴南）翻译了许多文学作品，但他本人却不懂外文，是别人口译，他笔录下来，而且是用文言文翻译的。当时与他合作的人有好几个，猜想起来，林的合作者虽懂外文，文言不一定写得好，所以自己不翻译。但林的早期译作，信虽未必，雅、达则有之；至其后期译作，则信、达、雅三者都没有了；此为公论，非我一人之私言。①

第二节　古文家、小说家、翻译家
——林纾的多重身份

林纾能成为清末民初影响最大的翻译家，一个重要的原因是他的文人身份，他的古文素养和小说家经验使他在翻译小说时更加关注原著的文学笔法。与梁启超出于政治启蒙动机译介小说和严复为富国强兵"迻译"西籍不同，林纾更多从文人的视角翻译和介绍小说。他的"胎息史汉""古朴顽艳"的文风也吸引了众多读者。

然而，因为林纾不懂外文，所以林纾的翻译形式是与合作者对

---

① 茅盾：《茅盾译文选集》，上海译文出版社，1981，第1页。

译的形式，合作者口译，林纾以浅近文言笔录。五四以来对林纾不懂外文和对译形式的批评绵延至今。1934 年，茅盾依然沿袭这种观点批评林纾"翻译的方法"是"歪译"：

> 林氏是不懂"蟹行文字"的，所有他的译本都是别人口译而林氏笔述。我们不很明白当时他们合作的情形是别人口译了一句，林氏随即也笔述了一句呢，还是别人先口译了一段或一节，然后林氏笔述下来？但无论如何，这种译法是免不了两重的歪曲的：口译者把原文译为口语，光景不免有多少歪曲，再由林氏将口语译为文言，那就是第二次歪曲了。[①]

茅盾将"直译"与"歪译"对立，认为"五四"之后成了权威的"直译"正是在反抗林纾的"歪译"过程中确立的。如果以原文为中心，"两重"的翻译势必造成语言二次转换过程中的原作词语、句法和风格的某种失落，但如果以译文为中心的角度看，"两重"的翻译不仅不是糟糕的"歪译"，恰恰成就了林纾集数百种、多国文学于一身的独特的翻译风格。无论在翻译总量上还是在国别数量上，后世翻译家几乎无人能及林纾。对林纾来说，不懂外语反而使他获得了更大的自由，一来他无须提高自身外语水平只需寻觅各语种高水平的译者便可；二来是他的翻译相当于二度创作，有情节意境的启迪而没有篡改原文的心理障碍，比起创作严格要求"文气、文境、文词"的古文容易得多。钱基博尝谓林纾创作古文"矜持异甚""或经月不得一字，或涉旬始成一篇"，而译书"则运笔如风落霓转，而造次咸有裁制，不加点窜""盖古文者，创作自我，造境为难；而译书则意境现成，涉笔成趣已"。[②]

---

① 茅盾：《直译·顺译·歪译》，《文学》第 2 卷第 3 期（1934 年）。
② 钱基博：《现代中国文学史》，吉林人民出版社，2013，第 200 页。

一

美国语言学家罗曼·雅科布逊在《论翻译的语言学问题》中将翻译分为语内翻译（Intralingual Translation）、语际翻译（Interlingual Translation）、符际翻译（Intersemiotic Translation）三类。语内翻译指在同一种语言内部的翻译，用一个意思相近的词迂回地说明解释语词；语际翻译是指不同语言之间的翻译，用其他语言解释某种语言。林译不仅是语际翻译，也是语内翻译，是对原著双重的转译——首先是合作口译者将西文翻译为中文的口语（白话），然后再由林纾将白话转译为中文的书面语（浅近文言）。对于其他晚清译者而言，他们更习惯于意译而不是逐字逐句的直译，理解西文原意之后进行语际翻译，首选的语体是文言的书面语，因其简洁、符合日常写作习惯。而对于林纾而言，他不用直接面对西文，无须语际翻译，只需在中文内部进行语内翻译，反而使翻译活动更少受到原文的影响，只专心于提升译文的品质。

林纾先后与王寿昌、魏易、陈家麟、曾宗巩、王庆骥、王庆通、李世中、毛文钟等十九人合作翻译，因合作者多是通晓西文的好友，沟通顺畅，彼此熟悉，速度甚快，前期译文质量也颇高。在林译小说的序跋中，林纾自述他与合作者翻译的方式是"逐字逐句"的"口译""笔述""耳受而手追""声已笔止"："前此所译《茶花女遗事》、《黑奴吁天录》、《伊索寓言》，颇风行海内，又固因逐字逐句口译而出，请余述之，凡八万余言。"① 这种合作翻译的速度甚快，"四小时"可得"六千言"："予不审西文，其勉强厕身于译界者，恃二三君子为余口述其词，余耳受而手追之，声已笔止，日区四小时，得文字六千言。"② "魏生时来口译，日五六

① 林纾：《〈利俾瑟战血余腥录〉叙》，载罗新璋编《翻译论集》，商务印书馆，1984，第164页。
② 林纾：《〈孝女耐儿传〉序》，载林纾译《孝女耐儿传》，商务印书馆，1915，第1页。

千言，不数日成书。"① 林纾坦然承认：

其间疵谬百出。乃蒙海内名公，不鄙秽其轻率而收之，此予之大幸也。②

急就之章，难保不无舛谬。近有海内知交投书，举鄙人谬误之处见箴，心甚感之。惟鄙人不审西文，但能笔述；即有讹错，均出不知。③

惜余年已五十有四，不能抱书从学生之后，请业于西师之门；凡诸译著，均恃耳而屏目，则真吾生之大不幸矣。……顾以中西文异，虽欲私淑，亦莫得所从。嗟夫！青年学生，安可不以余老悖为鉴哉！④

林纾期望青年一代学习西文的愿望是真诚的，但其实他很可能并不把翻译中的"讹错"放在心上。其一，他并不认为与原作对比有"谬误"就影响译作本身的品质。恰恰是因为对译作品质的自信才使他能无遮掩地承认其中的"疵谬"。其二，即便有"讹错"，合作翻译的方式也让"不审西文"的林纾减轻了心理负担。不知者不为罪，林纾甚至可能会明知故犯地增加"讹错"，而这些"讹错"却常常是林译小说魅力之所在。如钱锺书所说，尽管舆论指摘林译小说"漏译误译随处都是"，但找到后来"忠实"的译本甚至外文原作来读，"就觉得宁可读原文"⑤。可以说正是林纾的文学才华在

---

① 林纾：《〈西利亚郡主别传〉附记》，载陈平原、夏晓虹编《二十世纪中国小说理论资料（1897~1916）》（第一卷），北京大学出版社，1997，第353页。

② 林纾：《〈孝女耐儿传〉序》，载林纾译《孝女耐儿传》，商务印书馆，1915，第1页。

③ 林纾：《〈西利亚郡主别传〉附记》，载陈平原、夏晓虹编《二十世纪中国小说理论资料（1897~1916）》（第一卷），北京大学出版社，1997，第353页。

④ 林纾：《〈撒克逊劫后英雄略〉序》，载林纾译《撒克逊劫后英雄略》，商务印书馆，1914，第3页。

⑤ 钱锺书：《林纾的翻译》，载《翻译通讯》编辑部编《翻译研究论文集（1949~1983）》，外语教学与研究出版社，1984，第270页。

"讹错"中的发挥，成为林译小说最具吸引力、最具特色的部分。我们可以将此看作林纾的自谦之词，因为林纾接下来写道："今我同志数君子，偶举西士之文字示余，余虽不审西文，然日闻其口译，亦能区别其文章之流派，如辨家人之足音。"①此中流露出了林纾作为晚清古文大家和小说家对于自己文学修养、审美趣味、鉴赏能力的自信。

林纾并不认为合作对译的方式是译书的缺憾，也与中国千百年来的翻译传统有关。在东汉至唐宋的佛经翻译，明末清初的科技翻译、《圣经》翻译的高潮中，"耳受而手追"的合作对译方式古已有之，集体翻译时的讨论有助于译者各擅其长，客观上提升了翻译的质量。东晋之前，译经可以由口授、传言和笔受三人分工进行，其中口授、传言可由一人完成。东晋至隋唐，佛经翻译由私译转为官译，由个人翻译转为集体翻译。唐代译场制度的翻译职司有十一种，包括译主、证义、证文、度语、笔受、缀文、参译、刊定、润文、梵呗、监护大使共十一种分工，其中"润文""证义"等职又常由多人分担。宋代印僧天息灾主持的官译佛经译场中译经人员有九种分工：译主、证义、证文、书字、笔受、缀文、参译、刊定、润文。明末清初，利玛窦、汤若望、罗雅各布、南怀仁等来华传教士译著成书有三百余种，其中有关科学的占一百二十种左右。翻译的组织形式依然是两人或多人合作完成，主要是士大夫阶层与传教士合作译著，徐光启、李之藻等士大夫对传教士的译著进行笔录、润色、作序推荐以及印刻流传。明朝万历年间，意大利天主教耶稣会传教士利玛窦曾与徐光启采用对译的方式合作翻译《几何原本》，利玛窦自述其与徐光启的合作翻译是："癸卯冬，则吴下徐太史先生来，太史既自精心，长于文笔，与旅人辈交游颇久，私计得与对译成书；……先生就功，命余口传，自以笔受焉；反覆展转，求合本书之意，以中夏

① 林纾：《〈孝女耐儿传〉序》，载林纾译《孝女耐儿传》，商务印书馆，1915，第1页。

之文，重复订政，凡三易稿。先生勤，余不敢承以怠，迄今春首，其最要者前六卷，获卒业矣。"① 这与林译小说合作对译的方式何其相似。在晚清，伴随着期刊等现代传媒业的发达，期刊上登载翻译长篇小说和短篇小说的数量日渐增多，很多译作都署名为"某某译述，某某润辞"，译者们采用合作的方式弥补各自在语言上的不足。

二

　　文学翻译与我国历史上曾占主流地位的宗教翻译、科技翻译、外事翻译等翻译活动不同，它包括情感性、艺术性、美学风格、语体特点等文学翻译的特质。其他翻译活动能做到以明白畅达的译文忠实地进行语言转换就可满足需求，但对于文学翻译来说，仅在"达意"层面实现语言之间的技术转换还远远不够。文学翻译需要用艺术性的语言对原著进行再度创作，不仅要描写人物或者复述情节，还要创作出能感染读者的艺术意境，使读者在阅读译文时能得到思想的启迪和美的熏陶，使读者对译文中人物、思想、情感产生强烈的共鸣。文学作品的翻译过程是翻译与创作统一的过程，因此优秀的文学译者一定是精通母语且有深厚文学修养的语言大师。中国的文学翻译并非始于林纾，但能自觉地进行文学翻译、将世界文学图景作为文学经验呈现在众多知识分子面前的却是林纾，在中学、大学等新式教育机构里诸多青年学子阅读最多的也是林译小说。

　　林纾不懂外语并不妨碍林译小说的成功，原因在于林纾作为古文家的文学修养。林纾古文家的功底使林译小说熠熠生辉，较之翻译小说，他自己更看重的是古文创作。林纾自幼嗜读《左传》《史记》《汉书》，尝谓《魏其武安侯列传》"最入人肝脾"，少年时省下"母所赐买饼饵之钱""以市残破《汉书》读之"。林纾自言"少时

---

① 〔意大利〕利玛窦：《译〈几何原本〉引》，载罗新璋编《翻译论集》，商务印书馆，1984，第90~91页。

博览群书。五十以后，案头但有《诗》、《礼》二疏、《左》、《史》、《南华》、韩欧之文，此外则《说文》、《广雅》，无他书矣"。林纾亦认为学者为文当取径于《左氏传》及司马迁之《史记》、班固之《汉书》、韩愈之古文：

> 此四者，天下文章之祖庭也。自周秦以迄于元明，其间以文名而卒湮没勿章者何限，胡以左、马、班、韩巍然独有千古？正以精神诣力，一一造于峰极，历万劫不复漫灭耳。[1]

林纾欣赏韩杜诸诗，佩服桐城派奉为师宗的归有光的古文。在给友人李宣龚的书信里，他说：

> 吾诗七律专学东坡、简斋；七绝学白石、石田，参以荆公；五古学韩；其论事之古诗则学杜。惟不长于七古及排律耳。
>
> 六百年中，震川外无一人敢当我者。[2]

钱锺书曾回忆，康有为曾答谢林纾之画作《万木草堂图》而题诗"译才并世数严林"，但林纾并不满意："林纾不乐意人家称他为'译才'"，"林纾原自负为'文雅雄'，没料到康有为在唱和应酬的诗里还只品定他是个翻译家；'译才'和'翻译徒'虽非同等，总是同类。他重视'古文'而轻视翻译，那也并不奇怪，因为'古文'是他的一种创作，一个人总认为创作比翻译更亲切的是'自家物事'"。[3] 1924 年，在"林蔡之争"中败下阵来的林纾在病危之际

---

① 钱基博：《现代中国文学史》，吉林人民出版社，2013，第 199 页。
② 钱锺书：《林纾的翻译》，载《翻译通讯》编辑部编《翻译研究论文集（1949～1983）》，外语教学与研究出版社，1984，第 286 页。
③ 钱锺书：《林纾的翻译》，载《翻译通讯》编辑部编《翻译研究论文集（1949～1983）》，外语教学与研究出版社，1984，第 286 页。

立下"遗训十事"，期望最看重的儿子林琮能传承古文家学："琮子古文，万不可释手，将来必为世宝贵。"临终前以指书于林琮掌中："古文万无灭亡之理，其勿怠尔修。"① 在林纾看来，古文功底是"耳追笔受"翻译的根基。而对朽木难雕的另一个儿子林璐，林纾不求他能精通学问，但求他能习洋文以谋生："吾意以七成之功治洋文，以三成之功治汉文。汉文汝略略通顺矣。然今日要用在洋文，不在汉文。尔父读书到老，治古文三十年，今日竟无人齿及。汝能承吾志、守吾言者，当勉治洋文，将来始有啖饭之地。"② 习古文为继承家学，学洋文为养家糊口，可见在林纾的心中古文的重要远远高于翻译。

桐城派古文要求将道统与文统合一，推崇六经、《语》、《孟》《左传》、《史记》、唐宋八大家和归有光为文统的根源。在林译小说的序跋中，林纾常以古文义法在中西小说笔法、古文小说章法中寻找相似之处，以弥合中西文化之间、白话及欧化语与古文之间的裂痕，这一方面提升了西方小说在文学体系中的地位，另一方面也促进了中国读者对西方小说的理解和接受。他点评《译林》："万骑屏息阵前，怒马飞立，朱披带剑，神采雄毅者。拿破仑第一誓师图也。吾想其图如此，其文字必英隽魁杰，当不后于马迁之纪项羽。"③ 他评价《黑奴吁天录》："是书开场、伏脉、接笋、结穴，处处均得古文家义法。可知中西文法，有不同而同者。"④ 在《撒克逊劫后英雄略》序中，他表示："纾不通西文，然每听述者叙传中事，往往于伏线接笋变调过脉处，大类吾古文家言。"⑤ 在《英国诗人吟边燕语》

①　夏晓虹、包立民编注《林纾家书》，商务印书馆，2016，第133页。

②　夏晓虹、包立民编注《林纾家书》，商务印书馆，2016，第46页。

③　林纾：《〈译林〉序》，《译林》第一期（1901年）。

④　林纾：《〈黑奴吁天录〉例言》，载陈平原、夏晓虹编《二十世纪中国小说理论资料（1897~1916）》（第一卷），北京大学出版社，1997，第43页。

⑤　林纾：《〈撒克逊劫后英雄略〉序》，载林纾译《撒克逊劫后英雄略》，商务印书馆，1914，第1页。

序中，他将莎士比亚与杜甫进行比较："莎氏之诗，直抗吾国之杜甫，乃立义遣词，往往托象于神怪。"[①] 在《洪罕女郎传》跋语中，他又用韩愈、《史记》类比哈葛德："盖着纸之先，先有伏线，故往往用绕笔醒之，此昌黎绝技也。哈氏文章，亦恒有伏线处，用法颇同于《史记》。"[②] 在译介最钟爱的作家狄更斯的《孝女耐儿传》时，他认为曹雪芹的《石头记》与之相比"终竟雅多俗寡，人意不专属于是"；《史记》与之相比"以史公之书，亦不专为家常之事发也"[③]。在翻译《滑稽外史》时，他介绍狄更斯"每有所言，均别出花样，不复一沓，因叹左、马、班、韩能写庄容，不能描蠢状，迭更司盖于此四子外，别开生面矣"[④]。在《冰雪因缘》序中，他比较左丘明、司马迁史传笔法与狄更斯现实主义笔法的异同："左氏之文，在重复中，能不自复；马氏之文，在鸿篇巨制中，往往潜用抽换埋伏之笔而人不觉。迭更氏亦然。虽细碎芜蔓，若不可收拾，忽而井井胪列，将全章作一大收束，醒人眼目。"[⑤]

三

林译小说的吸引力也来自林纾作为小说家的才华，钱锺书、周作人、郭沫若等很多林译小说的读者都着迷于林译小说的文学魅力。林纾的作家身份使他能更好地以文学笔法翻译小说，从创作角度理解域外小说的优长。有论者曾评论林译小说的妙笔生花："尝谓林译须赏识于牝牡骊黄之外，此才识得林译。不可泥于原著的一字一句，西洋文法的在前在后，拘拘嗛嗛去责尤以译出一百数十种之多、具

① 林纾：《〈英国诗人吟边燕语〉序》，载陈平原、夏晓虹编《二十世纪中国小说理论资料（1897～1916）》（第一卷），北京大学出版社，1997，第139页。
② 林纾：《〈洪罕女郎传〉跋语》，载陈平原、夏晓虹编《二十世纪中国小说理论资料（1897～1916）》（第一卷），北京大学出版社，1997，第181页。
③ 林纾：《〈孝女耐儿传〉序》，载陈平原、夏晓虹编《二十世纪中国小说理论资料（1897～1916）》（第一卷），北京大学出版社，1997，第293～294页。
④ 林纾：《〈滑稽外史〉原序》，载林纾译《滑稽外史》，商务印书馆，1914，第7页。
⑤ 林纾：《〈冰雪因缘〉序》，载林纾译《冰雪因缘》，商务印书馆，1914，第1页。

有高深文学修养的林纾。当赏其以译为文，有如己出，摄其意境神韵，风味宛在；而译者己身又往往化入著者之文境中，随之俯仰悲欢。若谓梁任公文章有大电力，当谓林琴南译笔有真灵感。别篇不论，试引所译欧文《记惠斯敏司德大寺》为例，那种秋士寥落，萧骚寂寞之感，吾人试加重译，恐难表达。林译小说的词藻妍练，文笔雅洁，尤属有目共睹，开卷即知。"①

　　林纾擅长从小说的艺术表现手段分析域外小说的新质。他评价《撒克逊劫后英雄略》的对话符合人物身份特征："每人出话，恒至千数百言，人亦无病其累复者。"② 他称赞《洪罕女郎传》的环境描写"西人之为小说，多半叙其风俗，后杂入以实事。风俗者不同者也，因其不同，而加以点染之方，出以运动之法，等一事也，赫然观听异矣"③。他曾评点柯南·道尔的《歇洛克奇案开场》的倒叙手法："文先言杀人者之败露，下卷始叙其由，令读者骇其前而必绎其后，而书中故为停顿蓄积，待结穴处，始一一点清其发觉之故，令读者恍然，此顾虎头所谓'传神阿堵'也。"④ 也曾赞许《离恨天》中的插叙笔法："今此书写葳晴在岛之娱乐，其势万不能归法，忽插入祖姑一笔，则彼此之关窍已通，用意同于左氏。可知天下文人之脑力，虽欧亚之隔，亦未有不同者。"⑤ 陈平原认为，晚清的读者接受西洋小说多从"可考异国风情，鉴其政教得失"入手，实际上隐藏的是对西洋小说艺术价值的怀疑。而在这种情况下，林纾能提出"西人文体，何乃甚类我史迁也"，并"从古文家眼光再三肯定西洋

①　邵祖恭：《林纾》，载薛绥之、张俊才编《林纾研究资料》，福建人民出版社，1982，第347 页。
②　林纾：《〈撒克逊劫后英雄略〉序》，商务印书馆，1914，第 1～2 页。
③　林纾：《〈洪罕女郎传〉跋语》，载陈平原、夏晓虹编《二十世纪中国小说理论资料（1897～1916）》（第一卷），北京大学出版社，1997，第 181 页。
④　林纾：《〈歇洛克奇案开场〉序》，载陈平原、夏晓虹编《二十世纪中国小说理论资料（1897～1916）》（第一卷），北京大学出版社，1997，第 351 页。
⑤　林纾：《〈离恨天〉译余剩语（1913）》，载罗新璋编《翻译论集》，商务印书馆，1984，第 183 页。

小说的技巧，继而在自己的创作实践和文论著作中模仿引用、引申发挥，确实是朝前迈进了一大步"。① 也正是经由林译小说，西洋小说的艺术价值逐渐被晚清文人所关注，并且逐步确立起西洋小说在中国现代小说转型中的"范式"地位。

虽说林纾的翻译有"以中化西"的"归化"之嫌，其中也难免有牵强附会和曲解误会之处，但总的说来，他成功地将中西方不同的小说传统、白话与古文不同的文体融为一体，使林译小说成为新旧结合、中西结合的混合物。林译小说中熔白话、俗语、欧化语、外来词为一炉的浅近文言，将古文章法、史传笔法与域外小说比较分析的译者序跋，为读者提供了一个中外小说交流竞技的平台，林译小说也由此成为晚清文学现代化的重要组成部分。

与五四时期新文学建设者的激进态度不同，林纾对待中西文化的交锋是一种温和的改良态度，他没有将中国本土文学置于与域外文学对立的位置，而是将西洋小说的翻译融入他的古文试验之中，客观上促进了中外小说形式上的契合和观念上的互证。林纾集古文家与小说家合一的身份使他在翻译小说时表现出特殊的优势：他一边用林译小说印证域外文学正当性和当下价值，一边又试图证明中国传统文学资源的长久生命力及其在现代的合法性。林纾的翻译实践为我们提供了方法论上的借鉴，在一定程度上体现了晚清译者在中西文化对话的方式和心态上的自信。

第三节 "桐城义法"与"探险之说"

——中西文化碰撞中的林译小说

1910 年，商务印书馆主办的第一卷第一号的《小说月报》刊登

---

① 陈平原：《前言》，载陈平原、夏晓虹编《二十世纪中国小说理论资料（1897～1916）》（第一卷），北京大学出版社，1997，第 9 页。

了专门介绍林纾小说的广告，著译皆有，共四十七种："林先生专治古文，名满海内，其小说尤脍炙人口。盖不徒作小说观，直可为古文读本也。"① 林纾的古文师法桐城派古文，林译小说则尝试中西文化在形式上的契合、观念上的互证和文化上的交流。与五四新文化运动者颠覆传统反对文言的激烈态度相比，林纾是守旧的文化爱国者。但与晚清保守的士大夫阶级相比，林纾又是变革时代里的"革命者"，他试图将外国文学转化为中国文学价值资源，将外国文学融入中国传统文学的主题内容和文言形式之中。对于翻译小说中呈现的西方世界，林纾既赞美西方"崇耻而尚武"的民族精神，又警惕白人"假文明之名，行野蛮之实"的"劫掠"行径。

一

义法是桐城派文论的重心。桐城派祖师方苞说："义即《易》之所谓'言有物'也，法即《易》之所'谓言有序'也。义以为经而法纬之，然后为成体之文。"② "言有序"即以"雅驯"为标准。方苞门人沈廷芳曾如是记载方苞主张的"古文义法"："南宋、元、明以来，古文义法不讲久矣。吴、越间遗老尤放恣，或杂小说，或沿翰林旧体，无一雅洁者。古文中不可入语录中语，魏、晋、六朝藻丽俳语，汉赋中板重字法，诗歌中隽语，《南北史》佻巧语。"③清代诗文家李绂曾在《穆堂别稿》中规定古文禁用"儒先语录""佛老唾余""训诂讲章""时文评语""四六骈语""颂扬套语""传奇小说""市井鄙言"。桐城派古文体现的是士大夫阶级的庄重和清高，以与乡野鄙俗相区分：不可轻佻谐谑，不可华词丽藻，不用圣贤语录，不用市井俚语。但如此一来行文古雅有余而活泼不足。林纾写古文时严守桐城义法，但翻译小说时则使用较通俗、随便、

---

① 《广告》，《小说月报》第一卷第一号（1910 年）。
② （清）方苞：《方苞集》（上），上海古籍出版社，2008，第 58 页。
③ （清）方苞：《方苞集》（下），上海古籍出版社，2008，第 890 页。

富于弹性的文言和来自文言小说的"小说笔法"，在译文中广泛吸纳了很多口语、外来语、音译词，也受到欧化语法的影响，并不恪守桐城派的清规戒律。

桐城派所谓"言有物"，即在小说的思想和情感方面，林纾是秉承桐城"义法"的。姚鼐所谓"明道义、维风俗以诏世者，君子之志"①，方苞所谓"非阐道翼教，有关人伦风化不苟作"②，都在林译小说中有所体现。大量译介西方小说使林纾有了区别于桐城派的中西方比较视野，在林译小说中表现为中西方文明传统的冲突、对抗与融合，体现了中国传统遭遇西方现代时多种力量的角逐。一方面，他从中国传统道德观出发对西方小说进行解读，以引导读者理解西方，同时论证传统道德的合法性。另一方面，他又参照西方小说从军事、经济、教育等方面反思中国的缺陷与不足。对于经历了两次鸦片战争、中日甲午战争、八国联军侵华战争等一系列沉重打击的晚清知识分子来说，经济发达、军事强大、婚恋自由的西方既是让国人羡慕仿效的榜样，又是让深陷水深火热之中的中国人深感痛苦和耻辱的根源。正是出于这种进退失据的心理，正风俗、启民智、救国图强成为林译小说的主题。从文化的象征意义上看，桐城派主张"言有序，言有物"的古文义法是文化传统和社会建构的支点，林译小说在用秩序井然的古文义法弥合风雨飘摇、王纲解纽的乱世中文化传统的斑驳裂痕，尽管这种努力从结果上看徒劳无功，但这一代文人在时代巨变面前"挽狂澜于既倒"的责任感和使命感令人肃然起敬。

从儒家传统伦理道德观念出发，林纾将"孝"看作伦理道德的基础，进而强调"忠义"。他在译介西方小说的序跋中试图分析中西伦理道德上的共通之处，赋予传统道德在全人类美德意义上的普遍

① （清）姚鼐：《复汪进士辉祖书》，载《惜抱轩诗文集》，上海古籍出版社，1992，第89页。
② 谢卫平：《中国文学流变史》，上海交通大学出版社，2008，第423页。

性，由此确立儒家传统伦理道德在现代生活中的合法性，同时也打消中国读者对西方小说的疑虑和抵触情绪。在《英孝子火山报仇录》的序言中，他驳斥当时流传的"欧人多无父，恒不孝于其亲"的谣言为"盲论者之言"，指出"西人为有父矣，西人不尽不孝矣，西学可以学矣"。他赞扬小说中为母复仇的孝子汤麦司的"忠孝之道"，并引申为"知行孝而复母仇，则必知矢忠以报国耻"，认为为母尽孝才能为国尽忠，表明自己译介该书的目的是"盖愿世士图雪国耻，一如孝子汤麦司之图报亲仇者，则吾中国人为有志矣"。[①] 在《美洲童子万里寻亲记》的序言中，林纾坦言自己曾对欧美"文明"有误解："美洲一十一龄童子，孺慕其亲，出百死奔赴亲侧。余初怪骇，以为非欧、美人，以欧、美人人文明，不应念其父子如是之切。既复私叹父子天性，中西初不能异，特欲废黜父子之伦者自立异耳。"[②] 1915 年，商务印书馆出版林译小说《义黑》时，广告中称赞小说里历经千难万险带领主人一双儿女逃难、终得骨肉团聚的黑女奴的行为为"义"。以"孝""义"为连接点，林纾试图寻找中西道德的共同之处，尽管其中不乏误读，但为中国读者在心理和感情上接受外国小说拉近了距离。

二

与同时代译者相比殊为可贵的是，林纾面对西方小说时较为开放的心态和翻译观，对于原著中林纾不理解或不赞同的外国风俗，林纾没有无原则地删译和改译，较多保留了原作中的描写，仅在序言中表达自己的态度。林译小说中言情小说占了一定比重，他对"言情"小说有相当归化的理解，将其限制在"发乎情止乎礼"的

---

① 林纾：《〈英孝子火山报仇录〉序》，载林纾译《英孝子火山报仇录》商务印书馆，1914，第 2 页。

② 林纾：《〈美洲童子万里寻亲记〉序》，载林纾译《美洲童子万里寻亲记》，商务印书馆，1914，第 1~2 页。

传统道德范围内。他嘲讽哈葛德的小说"言男女事，机轴只有两法，非两女争一男者，则两男争一女"①，"人固尚武，而恒为妇人屈，其视贵胄美人，则尊礼如天神……故角力之场，必延美人临幸，胜者偶博一粲，已侈为终身之荣宠"②，林纾将小说中为爱情而战的男主人公喻为"吾乡之斗画眉"的"媚雌"："雌者一鸣，则二雄之角愈力，竟死而犹战，其意殆求媚于雌者"③，讥讽其与虫兽无异。在翻译司各特赞扬骑士精神的小说《剑底鸳鸯》时，林纾不理解勇武的英雄爱梵阿为何如此崇拜美人，"带甲常踞花侯膝下，恭受花圈"，"此礼为中国四千年之所无"。④ 在《彗星夺婿录》序中，林纾说："如司各德诸老，则尊礼美人如天神，至于膜拜稽首，一何可笑。"⑤可以看出，林纾秉承传统的礼教观，但在翻译西方小说时能尊重原著，不随意篡改，这在晚清译者中是比较难得的。

　　一个众所周知的例证是哈葛德的《迦茵小传》的翻译公案。蟠溪子（杨紫驎）和天笑生（包天笑）在 1901 年首次译介该书时（译作《迦因小传》），"惜残缺其上帙。而邮书欧美名都，思补其全，卒不可得"⑥，因此只翻译了下半部⑦。为保全迦茵的"清洁娟好，不染污浊"的"贞操"，杨、包二人有意删掉迦因怀孕并生下

① 林纾：《〈洪罕女郎传〉跋语》，载陈平原、夏晓虹编《二十世纪中国小说理论资料（1897~1916）》（第一卷），北京大学出版社，1997，第 181 页。

② 林纾：《〈剑底鸳鸯〉序》，载林纾译《剑底鸳鸯》，商务印书馆，1914，第 1 页。

③ 林纾：《〈剑底鸳鸯〉序》，载林纾译《剑底鸳鸯》，商务印书馆，1914，第 1 页。

④ 林纾：《〈剑底鸳鸯〉序》，载林纾译《剑底鸳鸯》，商务印书馆，1914，第 1 页。

⑤ 林纾：《〈彗星夺婿录〉序》，载陈平原、夏晓虹编《二十世纪中国小说理论资料（1897~1916）》（第一卷），北京大学出版社，1997，第 373 页。

⑥ 蟠溪子：《〈迦因小传〉引言》，载《晚清文学丛钞·小说戏曲研究卷》，中华书局，1960，第 207 页。

⑦ 因鲁迅在《上海文艺之一瞥》中说杨、包二人为维护封建旧道德而故意删去迦因生下私生子的下半部，此后学者多从此说，郭延礼等当代学者亦从此说，认为杨、包二人为维护封建礼教假托原著残缺上半部。范伯群、栾梅健等学者在《礼拜六的蝴蝶梦》（1989）、《通俗文学之王包天笑》（1999）指出杨、包译本所译乃下半部。经沈庆会考证，杨、包译本所译半部《迦因小传》并非上半部而为下半部，是事实上的残缺而非故意删节，但杨、包译本确实删节了所有迦因怀孕并生下私生子的内容。沈庆会：《谈〈迦因小传〉译本的删节问题》，《华东师范大学学报》（哲学社会版）2006 年第 1 期，第 73 页。

私生子的内容。四年之后，林纾"补译全书"，为了区别于《迦因小传》，林纾在 1905 年交付商务印书馆出版时将"因"改作"茵"，以示完整，定名为《足本迦茵小传》。对照杨、包译本，林译添加了迦茵未婚先孕并生下私生子的情节，详细地描述了迦茵得知怀孕后的恐惧复杂心情。林译本出版后遭到了卫道者寅半生的严厉批评："不意有林畏庐者，不知与迦因何仇，凡蟠溪子所百计弥缝而曲为迦因讳者，必欲历补之以彰其丑。……今蟠溪子所谓《迦因小传》者，传其品也，故于一切有累于品者皆删而不书。而林氏之所谓《迦茵小传》者，传其淫也，传其贱也，传其无耻也。"[①] 寅半生是从传统小说观的道德教化功能出发，谴责林译"于社会毫无裨益"，"传"应"传其品焉，传其德焉，而使后人景仰而取法者也"。[②]

其实，林译也并非真正的"足本"，为了维护传统礼教，林译删去了原作上半部亨利与迦茵私通的内容，使读者看到下半部中对迦茵私生子的描写时倍感突兀。但整体上看，林纾从文学本体的角度，认为"哈书精美无伦，不忍听其沦没"[③]，较之杨、包译本删改较少。较之杨、包译本，林译迦茵还是在相当程度上挑战了传统道德婚恋观，彰显了西方小说追求个性解放、男女平等、人格独立的现代爱情观，这也给年轻一代的五四知识分子以最初的现代爱情观的启迪。郭沫若曾回忆迦茵怎样给少年时代的他现代爱情观念的启迪："那女主人公的迦茵是怎样地引起了我深厚的同情，诱出了我大量的眼泪哟。我很爱怜她，我也很羡慕她的爱人亨利。当我读到亨利上古塔去替她取鸦雏，从古塔的顶上坠下，她张着两手去接受着他的时候，就好像我自己是从凌云山上的古塔顶坠下来了的一样。我想

---

① 寅半生：《读〈迦茵小传〉两译本书后》，载薛绥之、张俊才编《林纾研究资料》，知识产权出版社，2010，第 116 ~ 117 页。

② 寅半生：《读〈迦茵小传〉两译本书后》，载薛绥之、张俊才编《林纾研究资料》，知识产权出版社，2010，第 117 页。

③ 林纾：《〈迦茵小传〉小引》，载陈平原、夏晓虹编《二十世纪中国小说理论资料（1897 ~ 1916）》（第一卷），北京大学出版社，1997，第 154 页。

假使有那样爱我的美好的迦茵姑娘，我就从凌云山的塔顶坠下，我就为她而死，也很甘心。"①

在林译小说《剑底鸳鸯》中，男主人公休鼓拉西的侄子达敏与意薇岑初有恋情，最终与意薇岑订婚的却是休鼓拉西。休鼓拉西订婚后出征打仗三年未归，留守在家的达敏与意薇岑一直能"以礼自防"。休鼓拉西兵败西归后，认为自己年老不应连累少妻，自毁婚约欲赐婚达敏，但又心存疑虑，百般试探达敏是否与意薇岑有私情，确认二者"以礼自防"后方才赐婚。林纾预料到不做删改可能会遭到抵制："此在吾儒，必力攻以为不可"，但仍愿冒"几几得罪于名教"的风险尊重原作，因为"中外异俗，不以乱始，尚可以礼终。不必蹴其事，但存其文可也"。②

西方基督教教义与中国儒家礼教多有抵触。鸦片战争之后，中国民间社会中流传着很多有关基督教的邪恶想象。有论者指出："鸦片战争之后，国人感觉洋祸在洋教，中国与西方的冲突在教义之争。在朝廷士大夫看来，夷人传教，流毒最宽，贻祸最久。首先是对礼教秩序的冲击，基督教只顺上帝，不孝父母，数典忘祖，弃伦灭理；其次是对政治秩序的冲击，基督教扶植愚民、蔑视朝廷、犯上作乱，人还是中国之人，心却已是夷人之心了。在民间百姓看来，传教士行踪诡秘，言谈怪诞，他们强占土地，干涉词讼，支持教民为非作歹。总之，洋药（指鸦片，引者注）害人，洋教害人更甚；通商之弊小，传教之弊大。"③ 1908 年，林纾给时任顺天府大城县知县的儿子林珪写信叮嘱判案要旨，其中一条是如何应对教民诉讼。林纾说自己"有《新旧约全书》一部"，建议儿子"暇时翻阅，择书中语，可备驳诘耶稣教之犯律违例者"。林纾认为"士大夫惟不与教士往

---

① 刘元树主编《郭沫若自传》，安徽文艺出版社，1997，第 90～91 页。
② 林纾：《〈剑底鸳鸯〉序》，载林纾译《剑底鸳鸯》，商务印书馆，1914，第 2 页。
③ 周宁：《世界是一座桥：中西文化的交流与建构》，广西师范大学出版社，2007，第 112 页。

来，故无籍之民，恃教为符，因而鱼肉乡里"①，可见他对基督教既无好感也不认同。

但即便如此，值得注意的是林纾在翻译《鲁滨孙漂流记》时并没有删减其中的"宗教家言"。他认为译者应尊重原著，不能"参以己见"："至书中多宗教家言，似译者亦稍稍输心于彼教，然实非是。译书非著书比也，著作之家，可以抒吾所见，乘虚逐威，靡所不可；若译书，则述其已成之事迹，焉能参以己见？彼书有宗教言，吾即译之，又胡能讳避而铲锄之？故一一如其所言。"② 从上述例子可以看出，五四时期为新文学建设者所诟病的林译小说"误译""歪译""故意删节"，并非完全客观公允的判断。林译小说中存在"删节""误译"，但也并非毫无节制地"歪译"和没有底线地"误译"。林纾在对原作的增删、改译中体现出的决绝与犹豫、冲锋与回旋，正反映了清末民初文人接触西方文学时进退失据的艰难。

三

与梁启超欲借小说界革命开启民智一样，林纾译书有强烈的现实政治目的，非常看重译书的启蒙作用，将译书看作救国的启蒙手段。林纾译介小说之初，曾以欲"斗游"必先"习水"为喻，认为亚洲欲"抗欧"需先以欧洲为榜样完成学术的启蒙，而开启民智之途径在于译书：

> 吾谓欲开民智，必立学堂，学堂功缓，不如立会演说，演说又不易举，终之唯有译书。顾译书之难，余知之最深。昔巴黎有汪勒谛者，在天主教汹涌之日，立说辟之，其书凡数十卷，

---

① 夏晓虹、包立民编注《林纾家书》，商务印书馆，2016，第14页。
② 林纾：《〈鲁滨孙漂流记〉序》，载罗新璋编《翻译论集》，商务印书馆，1984，第170页。

多以小说启发民智。①

林纾多次痛陈其译书的目的在于救国：

> 《译叹》何为而作也？叹外人之蔑我铄我蹂践我吞并我。其谬也至托言爱我而怜我，谋遂志得。言之无检，似我全国之人均可儿侮而兽玩之。呜呼！万世宁可忘此仇哉！顾不译其词，虽恣其骂詈轻诋，吾人木然弗省，则亦听之而已。迨既译其词，讥诮之不已，加以鄙哕；鄙哕之不已，加以污蔑，污蔑之不已，公然述其瓜分之谋，而加我以奴隶之目。呜呼！此足咎外人乎？亦自咎耳！②

> 犹太人之见唾欧人久矣，狗斥而奴践之，吮其财而尽其家，欧人顾乃不怜，转以为天道公理之应尔。然国家有急，又往往假资于其族，春温秋肃之容，于假资还资时，斗变其气候。犹太人之寓欧，较幕乌为危，顾乃知有家，而不知有国，抱金自殉，至死不知国为何物。此书果令黄种人读之，亦足生其畏惕之心，此又一妙也。③

在中西比较的视野中，林纾对比翻译小说中的西方社会反思中国的积贫积弱，认为救国之道在于青年与实业。他在《爱国二童子传》中称青年学生为"至宝至贵、亲如骨肉、尊若圣贤之青年有志

---

① 林纾：《〈译林〉序》，《译林》第一期（1901年）。《译林》出版于1901年3月5日，由林纾和日本人伊藤贤道任监译，商务印书馆代印。1900年，林纾撰写此序时正是经义和团运动和八国联军之役，慈禧仓皇西逃四个多月之后。《译林》编译者将八国联军攻陷北京看作奇耻大辱，因而译书有明确的政治救国动机。但与孙中山革命派和康梁改良派的主张相比林纾是软弱的改良主义立场，他在序中仍称光绪和慈禧为"二圣"。
② 张俊才：《林纾年谱简编》，载薛绥之、张俊才编《林纾研究资料》，福建人民出版社，1986，第37～38页。
③ 林纾：《〈撒克逊劫后英雄略〉序》，载林纾译《撒克逊劫后英雄略》，商务印书馆，1914，第2页。

学生"，"稽首顿首"劝告青年学生"存名失实之衣冠礼乐，节义文章，其道均不足以强国。强国者何恃？曰：恃学，恃学生，恃学生之有志于国，尤恃学生之人人精实业"。① 他以犹太人重实业而西人不能奈何为例说明实业是国之"支柱"，继而赞同"立宪"，强调要有"爱国之心"而不当争个人"有位无位"：

> 较诸吾国小说中人物，始由患难，终以得官为止境，乐一人之私利，无益与国家。若是书者，盖全副精神不悖于爱国之宗旨矣。……天下爱国之道，当争有心无心，不当争有位无位。有位之爱国，其速力较平民为迅，然此亦就专制政体而言。若立宪之政体，平民一有爱国之心，及能谋所以益国者，即可达于议院。②

同时，林纾认为在一个以武力称霸世界的时代里救国之道应在尚武。在译介《剑底鸳鸯》时他说："余之译此，冀天下尚武也。""人人尚武能自立，故国力因以强伟。甚哉！武能之有益于民气也。"③ 在《鬼山狼侠传》序中，他称赞"尚武"的西洋小说，并认为《水浒传》流传至今是因其"尚武"：

> 故西人说部，舍言情外，探险及尚武两门……明知不驯于法，足以兆乱，然横刀盘马，气概凛冽，读之未有不动声色者。吾国《水浒》之流传，至今不能漫灭，亦以尚武精神，足以振作凡陋。④

在《埃斯兰情侠传》中，他自述译介此书为"侠"不为"情"：

---

① 林纾：《达旨》，载林纾译《爱国二童子传》，商务印书馆，1914，第1页。
② 林纾：《达旨》，载林纾译《爱国二童子传》，商务印书馆，1914，第6页。
③ 林纾：《〈剑底鸳鸯〉序》，载林纾译《剑底鸳鸯》，商务印书馆，1914，第1~2页。
④ 林纾：《〈鬼山狼侠传〉序》，载林纾译《鬼山狼侠传》，商务印书馆，1914，第2页。

是书情迹奇诡，疑彼小说家之侈言，顾余之而译之，亦特重其武概，冀以救吾种人之衰惫，而自厉于勇敢而已。其命曰《情侠传》者，以其中有男女之事，姑存其真，实则吾意固但取其侠者也。①

林纾的尚武主张贯穿了他的翻译、创作和日常生活。他刻苦习武，拳剑造诣颇高，七十岁时尝做自寿诗云："惜逢颓运如今日，恨不沙场死壮年。"他创作的笔记体小说《技击余闻》记录各类武术高人的绝技奇闻，创作的长篇小说《剑腥录》中的主人公邴仲光"以文章武能自名于世"，在庚子事变之后用精湛剑术护卫家人平安脱险。

自 1840 年第一次鸦片战争以来，中国面临帝国主义者的频繁入侵。1856 年英法联军的侵略，1900 年八国联军的侵略，1895 年之后日本和俄国对中国的虎视眈眈，使国家处在危如累卵的形势之中。列强环伺，鲸吞蚕食，中华民族处在亡国灭种的危机之中。林译小说以"补正史之阙"的传统小说观，"寓劝诫，广见闻，资考证"，发挥小说的认识功能和教化功能。林纾翻译《不如归》时，称"其中尚夹叙甲午战事甚详。余译既，若不胜有冤抑之情，必欲附此一伸，而质之海内君子者。……余向欲著《甲午海军覆盆录》，未及竟其事。然海上之恶战，吾历历知之"，译介《不如归》的目的在于"为叫旦之鸡，冀吾同胞警醒"。② 在《英孝子火山报仇录》序言中，他写道："书言孝子复仇，百死无憚，其志可哀，其事可传，其行尤可用为子弟之鉴……盖愿世士图雪国耻，一如孝子汤麦司之图报亲仇者，则吾中国人为有志矣！"林纾的小说观与梁启超在"小说界革命"中"开启民智"的小说观是大体一致的，政治救国的译介动机

---

① 林纾：《林琴南书话》，浙江人民出版社，1999，第 130 页。
② 林纾：《〈不如归〉序》，载徐中玉主编《中国近代文学大系·文学理论集·2》，上海书店，1995，第 695～696 页。

使翻译小说具有了不同于"小道"的合法性，也使小说在文学系统中逐渐成为超越诗文的中心文体。

在"自强保种"的时代氛围中，晚清知识分子的民族意识逐渐凸显，从弱势种族、国家角度出发，既向往西方列强的富强，又同情和自己一样的弱势民族。林纾在《黑奴吁天录》跋中说译书动机是"非巧于叙悲以博阅者无端之眼泪，特为奴之势逼及吾种，不能不为大众之一号"①。林纾"为振作志气，爱国保种之一助"②的译介目的在晚清颇能引起读者共鸣，读者灵石在读过《黑奴吁天录》后，就从"黑人"的处境联想到全球"受制于异种人之代表"：

> 全球人之受制于白人，若波兰，若印度，若缅甸，若越南，若澳大利亚洲，若南洋群岛，若太平洋、大西洋群岛，无一而非黑人类乎？则此书不独为黑人全种之代表，并可为全地球国之受制于异种人之代表也。我黄人读之，岂仅为沉醉梦中之一警钟已耶？……我国黄种国权衰落亦云至矣。四百余州之土，尽在列强之势力范围，四万万之同胞，已隶白人之奴隶册籍。我黄人不必远征法、美之革命与独立，与日本之维新，即下而等诸黑人，能师其渴想自由之操，则乘时借势，一转移间，而为全球之望国矣。③

四

林纾翻译最多的是英国作家哈葛德的小说，共二十余种。哈葛

---

① 林纾：《〈黑奴吁天录〉跋》，载陈平原、夏晓虹编《二十世纪中国小说理论资料（1897～1916）》（第一卷），北京大学出版社，1997，第44页。
② 林纾：《〈黑奴吁天录〉跋》，载陈平原、夏晓虹编《二十世纪中国小说理论资料（1897～1916）》（第一卷），北京大学出版社，1997，第44页。
③ 灵石：《读〈黑奴吁天录〉》，《觉民》第八期（1904年）。

德小说以探险、言情、神怪为主，他本人是 19 世纪末具有英国维多利亚时代风格的通俗小说家。陈平原指出，哈葛德在晚清的流行与当时读者旧的审美趣味有关："善于鉴赏情节而不是心理描写或氛围渲染。"① 林纾对哈葛德的青睐有迎合读者的原因。神怪、世情题材的小说在魏晋时即有萌芽，在唐传奇、宋话本、明清小说里亦异彩纷呈、不乏佳作，哈葛德小说的题材符合晚清读者对小说的理解和阅读期待。

五四时期，鲁迅、胡适、郑振铎、陈西滢、沈雁冰、罗家伦等新文学建设者都严厉地批评过林译哈葛德小说。从"为人生"的主张和注重"情调""风格"的现代文学观出发，他们普遍认为哈葛德小说探险及言情的内容、曲折离奇的情节只满足市民消遣娱乐的需要，既于时政无补，又缺乏艺术价值，因此林纾译介哈葛德小说是林纾不懂外语而缺乏文学鉴赏力的明证。② 五四新文学建设者不曾留意的是哈葛德的双重身份——他不仅是 19 世纪的小说家同时也是英帝国的殖民者，而这一点却是林纾关注的。

1875～1882 年，哈葛德曾服务于南非英国殖民政府。哈葛德大量以非洲为背景的小说，都是其在 1882 年回国之后创作的。林纾译介哈葛德小说时以文人的敏锐发现这种矛盾：一方面，林纾主张向西方国家学习尚武精神，以富国强兵的实际举措挽救国家危亡；另一方面，林纾指出，"西人始创"的"探险之说"是披着"英雄"外衣的"行劫"，"先以侦，后仍以劫"，殖民宗主国以武力征服弱国的实质是野蛮残暴的"劫掠"。而自鸦片战争以后，面临被瓜分命

---

① 陈平原：《前言》，载陈平原、夏晓虹编《二十世纪中国小说理论资料（1897～1916）》（第一卷），北京大学出版社，1997，第 10 页。

② 例如，鲁迅在《祝中俄文字之交》中讥讽林译哈葛德小说是"伦敦小姐之缠绵和非洲野蛮之古怪"。郑振铎在《林琴南先生》中评价林译小说"除了科南·道尔与哈葛德二人的之外，其他都是很重要的，不朽的名著"。周作人曾说："《埃及金塔剖尸记》的内容古怪，《鬼山狼侠传》则是新奇，也都很有趣味。"周作人：《鲁迅与清末文坛》，载《鲁迅的青年时代》，北京十月文艺出版社，2011，第 84～85 页。

运而一再忍辱吞声的"吾支那"，正陷于这种被"劫掠"的困境之中。在《雾中人》的序中，林纾写道：

> 古今中外英雄之士，其造端均行劫者也。大者劫人之天下与国，次亦劫产，至无可劫，西人始创为探险之说。先以侦，后仍以劫。独劫弗行，且啸引国众以劫之。自哥伦布出，遂劫美洲，其赃获盖至巨也。若鲁滨孙者，特鼠窃之尤，身犯霜露而出，陷落于无可行窃之地，而亦得赍以归。西人遂争美其事，奉为探险之渠魁，因之纵舟四出，吾支那之被其劫掠，未必非哥伦布、鲁滨孙之流之有以导之也。顾西人之称为英雄而实行劫者，亦不自哥伦布始。当十五世纪时，英所称为杰烈之士，如理察古利弥、何鉴士、阿森亨、阿美士者，非英雄耶？乃夷考所为，则以累劫西班牙为能事，且慷慨引导其后辈之子弟以西土多金，宜海行攫取之，则又明明以劫掠世其家矣。今之阨我、吭我、挟我、辱我者，非犹五百年前之劫西班牙耶？然西班牙固不为强，尚幸而自立，我又如何者？美洲之失也，红人无慧，故受劫于白人。今黄人之慧，乃不后于白种，将甘为红人之逊美洲乎？[①]

哈葛德创作小说的时间集中在 19 世纪末，彼时大英帝国已在两个多世纪的全球殖民扩张后建立起"日不落"的强大国家，工业革命的成就和市场经济的兴起使维多利亚时代末期社会的伦理观、价值观、思想文化发生剧变。哈葛德以英国殖民北非洲为背景创作的小说难免不折射出当时英国的社会意识形态：以适者生存、弱肉强食建构现代世界权力逻辑，以西方为中心建构现代世界等级秩序，以英国为代表的西方文明作为"现代性"的代表，非西方文明则是

---

① 林纾：《〈雾中人〉序》，载林纾译《雾中人》，商务印书馆，1913，第 1 页。

愚昧、落后、待启蒙的"他者"。事实上，哈葛德小说中英雄主义、探索异域、征服未知、追求爱情、渴望财富等主题至今依然得到欧洲读者的追捧，《所罗门王的宝藏》① 在西方一再被翻拍成影视剧就是明证。哈葛德小说一方面以文学的隐喻方式维护了英国海外扩张殖民非洲的正当性和合法性；另一方面，又未尝不包含"对于古文明的衰落灭亡"的"怀古情绪"。李欧梵曾分析哈葛德创作复古式小说的原因在于，"他认为维多利亚的时代太过文明，英国元气已经伤了，英国那种绅士风的东西不行了。面对非洲武士，白人抵抗不了。他一方面奉行英国殖民主义，一方面不自觉地仰慕非洲。"② 从心态上看，林纾存在与哈葛德相似的"对于古文明的现代命运的焦虑"，林译小说对"古文"的捍卫以及从西方小说中寻找道德普遍性和"史传笔法"的努力，与哈葛德在"复古"的情感上产生共鸣。

不过，与哈葛德不同的是，作为现实世界中的被"劫掠"之国的作家，林纾对哈葛德小说中因力弱而受欺的北非洲充满同情，对白人殖民者的狡诈、自大及种族歧视流露出警惕。在《斐州烟水愁城录》序言中，林纾写道：

> 此篇则易其体为探险派，言穷斐州之北，出火山穴底，得白种人部落，其迹亦桃源类也。复盛写女王妒状，遂兆兵戈，语极诙谲。且因游历斐州之故，取洛巴革为导引之人。书中语语写洛巴革之勇，实则语语自描白种人之智。
>
> ……哈氏此书，写白人一身胆勇，百险无惮，而与野蛮拼命之事，则仍委之黑人，白人则居中调度之，可谓自占胜著矣。③

---

① 林纾将该作品译为《钟乳髑髅》，单行本交由商务印书馆 1908 年出版。
② 张春田编《"晚清文学"研究读本》，广西师范大学出版社，2016，第 4 页。
③ 林纾：《〈斐州烟水愁城录〉序》，载陈平原、夏晓虹编《二十世纪中国小说理论资料（1897～1916）》（第一卷），北京大学出版社，1997，第 157～158 页。

在为哈葛德《鬼山狼侠传》撰写的序言中，林纾也对作为西方话语中"野蛮之国"的弱国国民性进行反思。林纾痛斥被劫掠的"积弱之社会"的"奴性"之害甚至胜于殖民者的"劫掠"，这一点与鲁迅主张的"国民性改造"有相似之处：弱小民族的危机不仅源于帝国主义的侵略，更与国民的奴隶根性有关。不过，林纾还未能达到五四一代知识分子通过思想革命的"立人"以实现政治革命的"救国"的高度，他仅是从政治救亡的角度告诫同胞要培养百折不挠、英勇顽强的"贼性"：

> 大凡野蛮之国，不具奴性，即具贼性。奴性者，大酋一斥以死，则顿首俯伏，哀鸣如牛狗，既不得生，始匍匐就刑，至于凌践蹴踏，惨无人理，亦甘受之，此奴性然也。至于贼性，则无论势力不敌，亦必起角，百死无馁，千败无怯，必复其自由而后已。虽贼性至厉，然用以振作积弱之社会，颇足鼓动其死气。……如今日畏外人而欺压良善者是矣。脱令枭侠之士，学识交臻，知顺逆，明强弱，人人以国耻争，不以私愤争，宁谓具贼性者之无用耶？若夫安于奴，习于奴，恢恢若无气者，吾其何取于是？则谓是书之仍有益于今日之社会可也。[①]

因此，林纾盛赞《斐州烟水愁城录》和《鬼山狼侠传》中的黑人民族领袖洛巴革，称其为有"贼性"的"狼侠"，"终始独立，不因人以苟生者也"。[②] 同时，林纾也未受狭隘民族情绪的影响而自我封闭，反而热切呼唤国人学习欧人的开拓精神："欧人志在维新，非新不学，即区区小说之微，亦必从新世界中着想，斥去陈旧不言。

---

① 林纾：《〈鬼山狼侠传〉序》，载林纾译《鬼山狼侠传》，商务印书馆，1914，第 1~2 页。
② 林纾：《〈鬼山狼侠传〉序》，载林纾译《鬼山狼侠传》，商务印书馆，1914，第 1 页。

若吾辈酸腐，嗜古如命，终身又安知新理耶？"①

在危机四伏的世界局势中，林纾对中国文明依然存有信心，对西方列强既不盲从，也不拒斥，他焦虑于中国传统文化的衰落，亦愤慨于西方的武力扩张，这种情绪在晚清文人中很有代表性。与五四一代知识分子强调"反封建"的思想革命相比，清末民初知识分子更加强调"反帝"的救亡图存。林纾说：

> 吾华开化早，人人咸以文胜，流极所至，往往出于荏弱。泰西自希腊、罗马后，英法二国均蛮野，尚杀戮。一千五百年前，脑门人始长英国，撒克逊种人虽退衄为齐民，而不列颠仍蕃滋内地。是三族者，均以武力相尚。即荷兰人虱于其间，强勇不逮脑门，而皆有不可猝犯之勇概。流风所被，人人尚武，能自立，故国力因以强伟。……故究武而暴，则当范之以文。好文而衰，则又振之以武。今日之中国，衰耗之中国也。恨余无学，不能著书以勉我国人，则但有多译西产英雄之外传，俾吾种亦去其倦敝之习，追蹑于猛敌之后，老怀其以此少慰乎！②

读者灵石则在《黑奴吁天录》的读后感中揭露小说中白人"假文明之名，行野蛮之实"的种族歧视和武力征服：

> 白人之狂者，堂皇演说，欲地球尽归白人为主，别种人于家畜上别制贵重之名以名之，而屏诸人类之外；或他种人皆称人，位于畜之上。白人则别立贵重名目，以高据于人类之上。嗟乎！白人假文明之名，行野蛮之实，真乃惨无人理矣。虽然，

---

① 林纾：《〈斐州烟水愁城录〉序》，载陈平原、夏晓虹编《二十世纪中国小说理论资料（1897～1916）》（第一卷），北京大学出版社，1997，第158页。

② 林纾：《〈剑底鸳鸯〉序》，载林纾译《剑底鸳鸯》，商务印书馆，1914，第1、3页。

国必自伐，而后人伐之。已不自立，于人乎何尤？[1]

在中西比较的视野中，林纾一方面以"桐城义法"对西方小说的主题与艺术进行解读，以"归化"的方式引导读者理解西方，同时论证传统道德和小说笔法的合法性；另一方面又参照西方小说从军事、经济、教育等方面反思中国的缺陷与不足。对于小说中的现代西方世界，林纾的态度是复杂的：他赞美"尚武""爱国"的西方，痛斥以"探险"为名"劫掠"的西方。

林译小说是近现代翻译文学史上不可忽略的存在，林纾的功绩也应放在晚清历史化的语境中加以考察。林译小说提供了中外文学观念和艺术形式碰撞、对抗和交融的场域，展现了中国文学视野中最初的世界文学图景，将世界文学的因素全面地引入了中国文学的整体生态中，为中国文学的现代转型提供了丰沛的资源。在林译小说中，传统文学并未与西方文学形成分化与对立。林纾试图将对翻译的西洋小说整合进传统文化资源中，以求最大限度地满足读者需求，维护传统文化资源的合法性。置身于晚清的现实危机中，林纾与严复、梁启超等清末民初知识分子一样，将翻译活动、文学变革与政治革命紧密捆绑，赋予林译小说以政治启蒙、尚武救国的现实政治目的。对于弱肉强食、殖民他国的帝国主义的"西方"和以科技进步和启蒙思想为内核的代表现代文明的"西方"，林纾等晚清一代知识分子更警惕前者，而五四一代知识分子则更仰慕后者。对于五四一代知识分子来说，救亡图存首先要引进以"德先生"和"赛先生"为象征的西方现代文明，要为晚清绑定的文学革命与政治革命松绑，以思想革命和伦理革命为契机开启从古老帝国向现代民族国家转型的路径。而思想革命和伦理革命首先要求"反封建"，然后才是"反帝"。在这样的视野里，五四一代知识分子更加强调"文

---

[1]　灵石：《读〈黑奴吁天录〉》，《觉民》第八期（1904 年）。

明西方"的"现代性"，而在一定程度上遮蔽了"殖民西方"的残暴。值得注意的是，晚清著译中常见的作为"殖民者"形象的"洋鬼子""洋大人""洋教士"，在文学革命中的译作及创作中很少出现。而五四时期，作为民主、自由、理性、科学等"现代文明"象征的"启蒙者"的西方人形象则在追慕"现代性"的视野中被强化。在五四文学革命"反封建"的思想潮流中，以"现代性"概念中的进化论为武器，胡适等新文学建设者确立了西方文学的合法性和典范性地位，放逐甚至颠覆了本土的文学传统。在西方现代文学与中国传统文学隐含的新/旧、先进/落后、文明/蒙昧的价值对立中，新文学取代了古代文学，终结了文言文的地位，推动了文体的现代转型，构建了全新的文学理论空间，开创了新文学史。

第五章　留日时期的鲁迅译著：
思想革命与文学自觉

　　鲁迅（1881～1936），名樟寿，字豫山，后改名周树人，字豫才。鲁迅非常重视翻译，一生译作宏富，涉及 15 个国家，近 300 万字。受域外文学启发，鲁迅常以中国传统文化之外的新锐视角审视中国文学和文化，他的翻译目的、翻译策略、译介作家作品都包含着新文学建设者的远见卓识和强烈的主体意识。鲁迅一生全力支持和帮助从事文学翻译工作的译者，希望能通过翻译吸收外国文学和文化的优长，打破中国历代文学革新取法古代传统的惯性。鲁迅留日时期的译作，与他对"立人"和"科学"精神的推崇相辅相成。他留日时期的译作（1903～1909）与前期林译小说（1899～1913）发表时间有交叉重合，然而对照林译小说，鲁迅译作在思想和艺术上所呈现的鲜明异质性，表明他们确已分属于不同的时代。林译小说中隐约可见的西方范式的树立以及融汇中西文学的尝试，已经不能消化和容纳鲁迅译作中的异质性。鲁迅译作中对弱小民族及弱势群体的关注、对现代人"内面之精神世界"的挖掘、对现实主义、现代主义等创作方法的借鉴、对直译的重视和古文的运用，使得他对民族国家、现代人、科学、创作方法、文体等的理解都逐渐显现与林纾、严复、梁启超等一代译者的差异，而这些差异生动地体现了文学现代转型的脉络。现代文学不是一个古而有之、不证自明的概念，正是在对西方典范的参照和对古代文学传统的超越和抵抗的过程中，现代文学建构自身并为之赋型。在 20 世纪世界文学的整体视野中考察鲁迅译作的现代性特质及其与世界文学的联系，能使我们对中国文学现代转型现场有更深刻的理解。

　　鲁迅在日本留学时期的文学翻译是与学术思想论文、科学论文的撰写同时进行的，有鲜明的时代印记和个性特征。鲁迅的译作大体可以分成两个时段。前期是 1902 年 4 月至 1906 年 3 月。1902 年，鲁迅从江南陆师学堂附设的矿务铁路学堂毕业赴日留学，经横滨转东京入弘文学院学习，与许寿裳等人在东京组成浙江同乡会，筹办会刊《浙江潮》。该刊为月刊，于 1903 年 2 月出版首刊，12 月停刊，共 10 期①。1903 年，鲁迅在《浙江潮》上共发表 5 篇作品，分别为译述的历史文章《斯巴达之魂》、法国雨果的随笔《哀尘》和法国科幻小说家凡尔纳的《地底旅行》②，以及科学论文《中国地质略论》和《说鈤》。同年，鲁迅在东京进化社出版了其翻译的法国科幻小说家凡尔纳的作品《月界旅行》。而鲁迅在这个时段翻译的科幻小说《北极探险记》和翻译的论文《世界史》《物理新诠》均未发表且已佚失。1904 年 9 月至 1906 年 3 月，鲁迅到仙台医学专门学校求学，这个时段是鲁迅思想的转折点，1906 年的"幻灯片事件"被看作鲁迅"弃医从文"的分界线。在仙台期间，繁重的课业使鲁迅无暇他顾，著译较少，《造人术》可能是鲁迅在此时期唯一的译作③，

---

① 广告中有 11、12 期合刊目录，但至今未见此合刊。
② 全书共译得十四回，一、二回发表于第十期《浙江潮》，1906 年 3 月在南京启新书局出版全书。
③ 周作人回忆："承示《造人术》。确系鲁迅所译，由我转给《女子世界》者，其日初我者，即是编者丁初我氏。……翻译时期当在一九〇五年中，其时鲁迅在弘文学院已经毕业，计当已进仙台医学校矣。"陈梦熊：《知堂老人谈〈哀尘〉〈造人术〉的三封信》，《鲁迅研究动态》1986 年第 12 期，第 41 页。

这篇翻译自美国作家路易斯·托崙①的小说由周作人代为投稿刊登在上海 1906 年第四、五期合刊的《女子世界》②上。后期是 1906 年 3 月至 1908 年 8 月。1906 年 5 月，鲁迅在上海出版了与顾琅合编的《中国矿产志》。1906 年夏秋之间，鲁迅回国与朱安结婚，停留数天之后带周作人一同返日。1906 年 6 月，章太炎自上海出狱后东渡日本并在东京主编《民报》，其间与周氏兄弟结识，并于 1908 年为周氏兄弟、许寿裳、钱玄同、朱希祖等 8 人讲授小学和训诂学。1907 年夏，周氏兄弟与许寿裳筹办《新生》杂志未果。鲁迅原拟刊登在《新生》上的四篇论文《人间之历史》、《摩罗诗力说》、《科学史教篇》和《文化偏至论》在河南留日学生主办的《河南》月刊上发表。同年，鲁迅与周作人合作翻译英国小说家哈葛德和安特路朗合著的小说《红星佚史》。鲁迅翻译的匈牙利籁息的《裴彖飞诗论》和创作的《破恶声论》均因《河南》停刊而未完稿。1909 年 3 月和 7 月，周氏兄弟合译的《域外小说集》第一、二册出版。1909 年 4 月鲁迅翻译俄国安特来夫的小说《红笑》，未出版而稿佚。

　　伊藤虎丸将留日时代的鲁迅称作"原鲁迅"，这一观点是很有见地的。鲁迅一生的思想和小说主题，"实际上几乎都可以在这一时期的评论中找到原型"。"明治三十年代二十几岁的鲁迅，凭借自己鲜活的感受力"，从"刚刚接触到的西方近代科学、近代文学和 19 世纪的个人主义思想"中，深刻而正确地把握到与东方思想"犹水火

---

① 据宋声泉考证，《女子世界》原刊上标注为"路易斯·托崙"。宋声泉：《鲁迅译〈造人术〉刊载时间新探——兼及新版〈鲁迅全集〉的相关讹误》，《鲁迅研究月刊》2010 年第 5 期，第 47 页。故正文中《造人术》作者写为"路易斯·托崙"。在《鲁迅全集》（人民文学出版社 2005 年版）、《鲁迅译文全集》（福建教育出版社 2008 年版）以及其他鲁迅翻译研究的文章中，《造人术》作者多标注为美国作家"路易斯·托伦"或"路易斯·托仑"。

② 宋声泉：《鲁迅译〈造人术〉刊载时间新探——兼及新版〈鲁迅全集〉的相关讹误》，《鲁迅研究月刊》2010 年第 5 期，第 45 页。

然"异质的西方近代精神的本质①，并且通过翻译和著述尖锐地呈现出来。鲁迅留日期间的翻译与著述虽与林译小说在时间上有交叉，但在译介动机、翻译策略、文学观念、知识体系、文体意识、语言形式等方面呈现明显的异质性。以西方为典范的范式转移，在林译小说中初露端倪。而在留日期间的翻译和著述中，鲁迅对西方近代精神和世界经济政治大势的整体把握，在诸多方面都开启了五四时期文学革命的先声，至今仍给我们深远而有益的启示。

第一节　"庄严世界"里的"文明"幻象

——《哀尘》的译介

鲁迅发表的译作始见于 1903 年 6 月出版的《浙江潮》——雨果的随笔《哀尘》和译述的历史文章《斯巴达之魂》都刊登在第五期《浙江潮》上。雨果是晚清备受推崇的法国作家，也是鲁迅喜欢的作家，在南京矿务铁路学堂读书时鲁迅就曾读过雨果的作品②。1902 年 12 月，梁启超主编的《新小说》第二号上刊登嚣俄（今译雨果）的照片，称其为"法国大文豪"，这引起了同在东京的鲁迅的注意。鲁迅翻译发表《哀尘》的 1903 年，也正是苏曼殊的译作《惨社会》（今译《悲惨世界》）在上海《国民日报》上发表的年份。《哀尘》出自雨果《随见录》中的一篇随笔，记录了作家在 1841 年目睹的一个"贱女子"被凌辱的遭遇。这篇译文虽然短小，但从译笔的风格、题材与内容的选择以及主题思想上可以看出留日时期的鲁迅与沉默十年之后在"文学革命"中发声的鲁迅在文学观、世界观、社会观

---

① 〔日〕伊藤虎丸：《鲁迅与日本人：亚洲的近代与"个"的思想》，李冬木译，河北教育出版社，2000，第 60 页。

② 周作人曾在《鲁迅小说里的人物》中回忆，1903 年鲁迅回国期间带给他日译本雨果中篇小说《怀旧》，1905 年花费半个月官费购买八册英译雨果小说选集送给他。鲁迅：《从胡须说到牙齿》，载《鲁迅全集》（第一卷），第 264 页。

和翻译策略等方面潜在的一致性。

一

《哀尘》原名为《芳梯的来历》（*Origine de Fantine*，今译《芳汀的来历》），作于 1841 年，出自雨果的《随见录》（*Choses vues*）。1841年1月7日，雨果当选为法国学士院会员，两日之后赴席拉覃夫人晚宴，不久后据当晚所见所思，雨果撰写此篇随笔。据戈宝权考证，雨果后来在创作《悲惨世界》第一部《芳汀》时，曾把这篇随笔发展为《悲惨世界》第五卷第十二章《巴马达波先生的无助》和第十三章《市公安局里面一些问题的解决》，人物稍有不同，情节基本一致①。

《哀尘》全文 2000 余字，按时间顺序讲述嚣俄（雨果）一晚之中经历的两件事：先是晚宴上嚣俄与球哥特对法国殖民阿尔及利亚的争论，后是在归家途中见恶少年欺凌弱女子芳梯而警察偏袒少年惩罚芳梯，嚣俄为之伸张正义。在对前一事的争论中，富于人道主义情怀的嚣俄曾在"文明国家"对"蒙昧国家"进行"文明"启蒙的意义上认同法国殖民阿尔及利亚的合法性。但在接下来的归途所见中，弱女子芳梯的遭遇又让嚣俄意识到"文明国家"并非"庄严世界"，依然存在着仗势欺人的强权逻辑，嚣俄对此进行了严肃的反思和批判。

译文先是写在席拉覃夫人举办的晚宴上，嚣俄遇见行将就任的亚耳惹利亚②太守球哥特。就法国殖民阿尔及利亚一事，嚣俄与英武

① 戈宝权：《关于鲁迅最早的两篇译文——〈哀尘〉、〈造人术〉》，《文学评论》1963 年第 8期，第 133 页。

② 亚耳惹利亚即阿尔及利亚，1830 年法国占领阿尔及利亚海岸地区，阿尔及利亚总督侯赛因被流放，法国殖民地逐渐向阿尔及利亚南部地区渗透，但由于遭到当地居民抵抗，1905 年法国才基本完成对整个阿尔及利亚的占领。据戈宝权考证，球哥特应为法国将军Bugeaud（1784～1849），1836～1847 年曾率领法国军队侵略非洲北部，1840 年任阿尔及利亚总督（即鲁迅所译亚耳惹利亚太守），1843 年升为元帅，1844 年在伊斯里河上击败摩洛哥人，被封为伊斯里公爵。该文中将军认为使阿尔及利亚沦为殖民地是困难的事，但 1846 年这位将军已改变看法，认为阿尔及利亚与法国合并，从各方面都很有益，他本人还找到了一种更方便的实行殖民地化的办法。戈宝权：《关于鲁迅最早的两篇译文——〈哀尘〉、〈造人术〉》，《文学评论》1963 年第 8 期，第 133～134 页。

粗豪的球哥特将军展开一场"诗人与武人"的"纵论"：

> 将官于亚耳惹利亚一事，心滋不平。其论曰："法国取此，是使法国尔后无辞以对欧罗巴也。夫攻取之易者，莫亚耳惹利亚若！在亚耳惹利亚，其兵易于围击，捕其兵，无以异捕鼠，其兵直可张口啖之耳。且欲殖民于亚耳惹利亚，有慕难者，以厥土贫瘠故也。间尝躬历其地，见所艺黍，每茎相距者尺有半。"
>
> 嚣俄曰："诚然，古罗马人所视为太仓者，今乃若是欤？虽然，即信如君言，而余尚以此次之胜利为幸事，为盛事。盖灭野蛮者，文明也。先蒙昧之民者，开化之民也。吾侪居今日，世界之希腊人也，庄严世界，谊属吾曹。吾侪之事，今方进步，余惟歌'霍散那'而已。君与余意，显属背驰。然君为武人，为当事者，故云尔；余为哲学者，为道理家，故云尔耳。"①

"诗人与武人"、作家与将军争论的焦点在于法国是否应该殖民阿尔及利亚。从球哥特将军的眼光来看，法国殖民阿尔及利亚难度很大：打败阿尔及利亚在军事上"攻取之易"——"其兵易于围击"，但是殖民阿尔及利亚在经济上无利可图——"厥土贫瘠"。而对于持人道主义和启蒙主义立场的作家嚣俄来说，经济上是否是"太仓"并不重要，军事上的胜利才是"幸事""盛事"，因为"庄严世界"法国殖民阿尔及利亚是"文明"对"野蛮"的征服，是"开化之民"对"蒙昧之民"的启蒙。来自"庄严世界"的法国人是"世界之希腊人"，是世界先进文明的代表，有引领"蒙昧之民""进步"的责任。如果说嚣俄所说的"殖民"从普及文明的出发点尚有人道主义和启蒙主义的良好愿望，那么球哥特所说的"殖民"

---

① 〔法〕嚣俄：《哀尘》，庚辰译，《浙江潮》第五期（1903年）。

则揭开了"普及文明"的温情面纱，露出了内在的残酷本质——确保宗主国经济政治利益的最大化。

晚宴结束后在法国街头的见闻触动了嚣俄，使其反思"文明"与"野蛮"的实质：嚣俄目睹一少年在寒夜里无端用雪球袭击路边一风尘女子取乐，这位"贱女子"因还击而惊动了巡查，但巡查来了之后"皆竟执此女子而不敢触少年""任其悲鸣，漠然不稍动"。巡查带女子去警署的路上，嚣俄注意到周围随行的"喧笑之群众"的冷漠："凡是等事起，例多旁观者。"巡查最终判定依法监禁该女子六个月，嚣俄欲作证人证实女子无过，巡查的回复是监禁之刑是依法处置：

> 此女子犯大道击人之科，渠曾殴辱一绅士，渠应处以六月之禁锢。

待嚣俄表明其身份，警部"其前之倨傲，倏一易而为足恭"，马上请嚣俄坐下陈述。嚣俄为女子辩护如下：

> 吾以吾目亲见之，彼绅士握雪为丸，以投女子之背，此女子固未尝识绅士，因被击而发痛苦之声。渠固先奔绅士以击之，然渠之权利所应尔也。即不措问其暴乱，而雪丸之苦痛与激冷，此女子之蒙害，固已甚矣。绗当事其母或育其儿之女子，而夺之食，则警部无宁科罚锾之为愈，是则在肇衅之绅士，盖应捕者实非此女子而绅士也。

警部依据法律规定让嚣俄在证言上签名，终于得以保释该女子。该女子再三拜谢，嚣俄感叹文明国度理应常见的"亲切"和"正理"对于"不幸女子"来说是何等"惊感"：

是等不幸之女子，待以亲切，不仅惊感而已，待以正理亦然。①

嚣俄将晚宴争论与街头偶遇这两件事在文章中并置，并非只是按时序做的记录，而是有深意存焉。他在文中将法国因殖民地"贫瘠"而放弃普及"文明"的做法与"庄严世界"里恃强凌弱的、并不"文明"的行为做比较，进行反思和批判，体现了作家的人道主义关怀和启蒙主义立场。尽管《哀尘》的结局较为圆满，女子被保释，正义得以伸张，文明战胜野蛮，从作家的立场看，"庄严世界"值得期待。然而从弱者的立场来看，"庄严世界"在现存的世界格局和社会结构中只能是自欺欺人的"幻象"，"诗人"的"文明"理想如何敌得过"武人""攻取"的强力，也并不是所有"贱女子"都有被主持公道的作家拯救的幸运。

二

对于19世纪以来在列强环伺、忍辱偷生的国度里成长的青年鲁迅来说，《哀尘》激发的就是另一种弱者立场的思考。鲁迅考入南京江南水师学堂和南京矿务铁路学堂读书的1898年，正是戊戌变法失败的这一年，也是德国租借山东省胶州湾的这一年，而后者是1919年五四运动的远因。鲁迅在南京读书的四年间，列强正步步紧逼瓜分中国：俄国租借旅顺和大连，法国占领广州湾，英国租借九龙半岛和威海卫，美国向中国要求门户开放……与此相关的还有鲁迅在中日甲午战争失败后赴日留学时的耻辱感："日本当政者的国家优越感及其对中国的轻蔑态度，影响著一般的日本国民，使人人都怀着对中国和中国人的轻蔑态度。直到投降前，日本小孩子嘲弄别人时，常

---

① 〔法〕嚣俄：《哀尘》，庚辰译，《浙江潮》第五期（1903年）。

常爱说：'笨蛋，笨蛋，你的老子是个支那人！'"① 作为来自被侮辱与被损害的弱国的留学异域的青年，鲁迅对亚耳惹利亚和芳梯的悲惨处境是感同身受的，他在《译后记》中悲愤地追问："嗟社会之陷穽兮，莽莽尘球，亚欧同慨，滔滔逝水，来日方长！使嚣俄而生斯世也，则剖南山之竹，会有穷时，而《哀史》辍书，其在何日欤？其在何日欤？"② 对弱者和弱国的同情是鲁迅日后力主推介弱小民族文学的一个原因。正因为中国深知在侵略者践踏和蹂躏之下的痛苦，才更能对被侮辱、被损害、被蹂躏的弱者的痛苦感同身受。

对"人各有己"的"人国"的向往，对"崇强国""侮胜民"的"兽性爱国者"的批判，在鲁迅四年之后撰写《文化偏至论》《破恶声论》等论文里有更成熟的思考和阐释。在《文化偏至论》中，鲁迅指出，19 世纪欧洲"物质文明之盛，直傲睨前此两千余年之业绩……久食其赐，信乃弥坚，渐而奉为圭臬，视若一切存在之本根"，近五十年来欧洲"得其通弊，察其黯暗……以反动破坏充其精神，以获新生为其希望"。③ 而对中国来说，最重要的还是"非物质""重个人"。如果只追求物质层面的富强，以求在"物竞天择"的残酷竞争中成为"适者"和"强者"，而不对"弱肉强食"丛林法则本身的合理性进行批判性地反思，那么人性的尊严很难体现，人类社会的幸福自由也难以实现。在《破恶声论》里，鲁迅痛斥"崇强国""侮胜民"的所谓"爱国者"，其实是"兽性爱国者"，虽身处弱者的苦难，却向往着强盗的逻辑："颂美侵略，暴俄强德，向往之如慕乐园，至受厄无告如印度波兰之民，则以冰寒之言嘲其陨落。"④

如果说雨果站在发达国家的立场，从启蒙立场和人道主义关怀

---

① 〔日〕实藤惠秀：《中国人留学日本史》，谭汝谦、林启彦译，生活·读书·新知三联书店，1983，第 182 页。

② 庚辰：《〈哀尘〉译后记》，《浙江潮》第五期（1903 年）。

③ 迅行：《文化偏至论》，《河南》第七号（1908 年）。

④ 鲁迅：《破恶声论》，载《鲁迅全集》（第八卷），人民文学出版社，2005，第 34～35 页。

主张为全世界带去"庄严世界"里的西方现代文明，那么站在被侮辱被损害者的立场，鲁迅感受到的却是"庄严世界"温情脉脉面纱之后的虚伪与残酷。在对外关系上，"庄严世界"以"文明"假象掩盖宗主国对殖民地的征服与剥夺的事实；而在"庄严世界"内部，上流社会和国家机器合谋欺凌压迫弱者。在对外与对内行为中恃强凌弱、强者通吃的逻辑其实是一致的。"法律"本是西方现代文明的象征，但是对于"无心薄命之贱女子"芳梯来说，却是"社会法律有足以压抑人者"，使其"阅尽为母之哀，而转辗苦痛于社会之陷阱"。①

在国际关系里，"庄严世界"里的强国假"文明"之衣"攻取"并殖民"野蛮"的弱国，却因弱国"贫瘠"而认为"綦难"想放弃，深刻地说明强国殖民弱国实质上是以启蒙"蒙昧之民"为掩护对其进行经济利益和政治利益的掠夺。对于殖民地阿尔及利亚而言，宗主国的虚伪在于一面进行残酷的军事侵略和经济剥削，一面又打着"文明"的旗号将殖民美化为拯救落后民族于水火的正义之举。西方列强以"现代性"为普遍文化形态，并在此基础上设立具有等级次序的文化演进路线，宗主国与殖民地的关系于是被处理成文明/野蛮、开化之民/蒙昧之民的对立，殖民行为被美化为"文明"的启蒙，殖民者则是来自"庄严世界"的文明使者。《哀尘》的反讽意义在于对这一"现代文明"虚伪和残酷内核的揭露。在"文明"的"庄严世界"内部，衣冠楚楚的恶绅士与势利蛮横的警察联手欺凌沦落风尘的弱女子，深刻地说明了"庄严世界"的内部也并不"文明"。资本主义对利润的无限追求决定了恃强凌弱、金钱至上是必然的社会现实——无论在国际关系上还是在国内社会里都是如此。"衣裳丽都"的少年"绅士"是巡查眼中的"文明"人，因此警部罔顾事实恃强凌弱决意监禁"野蛮"的风尘女子，恰恰与"文明"的强

---

① 庚辰：《〈哀尘〉译后记》，《浙江潮》第五期（1903 年）。

国殖民"野蛮"的弱国形成呼应，揭掉"文明"虚伪面纱之后的"庄严世界"，现出野蛮、残忍、强权和势利的本质。"庄严世界"里的国民见弱者受难毫无同情之心，依然"喧笑""旁观"。法律是文明社会的公器，然而也不能伸张"正理"，警部口口声声"依定律"，强调的只是程序上的正义而非实质上的正义。从女子的悲惨经历里可见，法律不过是弱肉强食的资本主义社会里强者欺压弱者的工具。

鲁迅在篇末译者附记中介绍《哀尘》中的女子就是《悲惨世界》中沦落风尘的妓女芳梯："芳梯者，《哀史》中之一人，生而为无心薄命之贱女子，复不幸举一女，阅尽为人母之哀，而转辗苦痛于社会之陷穽者其人也。"[①] 站在弱者本位的立场，鲁迅愤然写道：

> "依定律请若尝试此六阅月间"，噫嘻定律，胡独加此贱女子之身！频那夜迦，衣文明之衣，跳踉大跃于璀璨庄严之世界；而彼贱女子者，乃仅求为一贱女子而不可得。[②]

鲁迅痛斥"恶绅士"为"频那夜迦"（梵文为 Vināyaka，意为"离碍"，即欢喜天，是印度教神话中的暴害世界之神），把"绅士"看作"衣文明之衣"的恶鬼神，是在质疑"文明社会"里的法律——"定律"，控诉弱肉强食的资本主义社会里强者对弱者的压迫。芳梯的反抗注定是"仅求为一贱女子而不可得"的悲剧结局，因为她面对的不仅是某个恶绅士或某个凶巡查，而是整个资本主义社会制度以及统治阶级的国家机器。资本主义文明将经济领域从社会领域中隔离开来并与社会领域对立，攫取最大经济利益的无穷欲望推动了科技进步和财富积累，使之成为"文明"的"璀璨庄严之世界"，但是资本唯利是图的贪婪本性必然造成强者对弱者的剥削、

---

① 庚辰：《〈哀尘〉译后记》，《浙江潮》第五期（1903 年）。
② 庚辰：《〈哀尘〉译后记》，《浙江潮》第五期（1903 年）。

压迫和掠夺，无论是对外侵略弱国还是对内欺凌弱者，其内在逻辑
都是一致的，都是 19 世纪中期资本主义世界体系形成过程中不可克
服的危机。

在鲁迅看来，在强者凭恃霸权命名"道德"与"义理"的伪文
明世界里，复仇是弱者反抗强者最简单有力的方式。与《哀尘》同
期刊登在《浙江潮》上的还有鲁迅译述的《斯巴达之魂》，将这两
篇文章对照来看别有深意。《斯巴达之魂》以古希腊斯巴达的故事激
发中华民族的尚武精神，反抗外国侵略。而鲁迅之所以译介《斯巴
达之魂》，与 1903 年东京留学生会的拒俄事件有关。在《浙江潮》
第四期的《留学界记事》一文中载，俄国代理公使向东京《时事新
报》特派员声言"俄国现有政策断然取东三省归入俄国版图"①，
中国东京留学生会遂号召留学生组成义勇队抗俄，并致函北洋大
臣："昔波斯王泽耳士以十万之众，图吞希腊，而留尼达士亲率丁
壮数百，扼险拒守，突阵死战，全军歼焉。至今德摩比勒之役，
荣名震于列国，泰西三尺之童，无不知之。夫以区区半岛之希腊，
犹有义不辱国之士，可以吾数百万里之帝国而无之乎！"② 鲁迅在
引言中写道："大仇斯复，迄今读史，犹懔懔有生气也。我今缀其逸
事，贻我青年。呜呼！世有不甘自下于巾帼之男子乎？必有掷笔而
起者矣。"③ 斯巴达复仇的战斗精神，是和后来鲁迅译介的东欧被压
迫民族作家的复仇精神一以贯之的。复仇的主题在鲁迅后来翻译的
《域外小说集》、《工人绥惠略夫》、《铸剑》以及《野草》等著作中
得到了进一步的深化和发展。

从译介动机上看，《哀尘》包含着对弱小民族和被侮辱者被损害
者的同情，《斯巴达之魂》则在俄国吞并东北的危机下号召国民如斯
巴达一样奋起复仇。鲁迅选择《哀尘》和《斯巴达之魂》作为自己

---

① 《留学界记事》《（二）拒俄事件》，《浙江潮》第四期（1903 年）。
② 《留学界记事》《（二）拒俄事件》，《浙江潮》第四期（1903 年）。
③ 自树：《斯巴达之魂》，《浙江潮》第五期（1903 年）。

最初的译介对象，体现出与清末民初一代知识分子救国主张的不同之处。鲁迅不止步于通过输入西方列强的"器物""科技"以实现"富国强兵"目的的"金铁主义"思路，而是尝试从经济、政治等层面深入分析帝国主义侵略中国的动机与实质，因此更具说服力和号召力。

三

在此需要留意的是，1903 年集中发表包括《哀尘》在内的 5 篇鲁迅作品的期刊《浙江潮》，这本由日本东京浙江同乡会创办的杂志 1903 年在日本东京创刊，发刊一年，共出 12 期，迄今所见 10 期。《浙江潮》的刊名寓意为"革命潮汹涌的象征"①，为 1905 年同盟会的建立和 1905~1907 年革命派摧毁维新派的思想阵地做出了积极贡献。鲁迅的挚友许寿裳就是该刊的编辑之一，鲁迅的译作及创作受《浙江潮》影响甚大，其主题及思想也保持内在的一致性。《浙江潮》是集政论、学术、时事、风物志于一身的综合刊物，发刊词声称办刊宗旨为以"爱国之泪组织""挟其万马奔腾排山倒海之气力，以日日激刺于吾国民之脑，以发其雄心，以养其气魄""非徒供阅者悦目怡魂，要皆切实有用，可以增长智识、激发志气"②，有很强的民族主义色彩，体现了晚清知识分子"救国救民"的急切和焦虑。在 20 世纪初资本主义从垄断资本主义转向帝国主义的时代氛围中，《浙江潮》从经济、政治的角度指出帝国主义的侵略造成了中国深重的民族危机，因而比梁启超、林纾时代单纯爱国保种的宣传和源于民族情感的排外主张更加深刻，更有见地。例如，《浙江潮》第二期中慧僧撰写的《二十世纪之太平洋》一文对帝国主义和世界格局的分析有这样广阔的视野和深刻的见解：

①　许寿裳：《亡友鲁迅印象记》，岳麓书社，2011，第 13 页。
②　《发刊词》，《浙江潮》第一期（1903 年）。

今日之所谓帝国主义者，非无意流行之名词，而人类社会紧切之事实也。所谓世界政策者，非政治家之野心梦想，而时代之精神与国际政局之警语也。世界大势，既准加速度之例，以日逐于文明之竞场，而列国乃以国家为生存竞争之本位，整顿其军政，发达其工商业，培养其经济资力，内以巩民族之统一，外以谋国力之膨胀策……数千年来，沉寂无聊之太平洋而成为列国竞争之中心点。

今日世界各国倾其全力以经营太平洋者：美则蹈海而至，俄则越陆而来，若英若法若德，皆经由地中海，渡印度洋，急起直追，不遗余力。葱葱哉，郁郁哉，列国角逐之中心，世界贸易之通路，二十世纪之大舞台，舍太平洋其谁与归也。

……

以区区日本岛国，自维新以来，未及半世纪，即有如今日之发达，始则由中东战争扬国威于中外，继则因北清事变，遂一跃与列强为伍。今亦眈眈逐逐，亦欲实行其帝国主义。而俄露斯又无日不整备军旅，欲逐其南下之政策，始于旅顺大连湾一试其手段。他如西伯里亚及东清铁道，费多年之经划，渐次告成。使太平洋各沿岸与欧洲之交通缩短至三周以内，此亦列国所瞩目而惊叹者也。英国于南方经营香港，于中央扩张长江一带之势力，于北方租借威海卫及经营秦皇岛。德意志亦锐意经营山东，无时敢暇。遂使极东之老大帝国不期而成国际政治及世界贸易之中心也。嗟夫！睡狮睡狮，世界之风潮，日日冲击乎其目其耳面，乃酣然若无睹，不再数年，而寝尔皮而食尔肉，可豫断也。

综览太平洋之全局，将来之事变正未有艾，而其竞争之中心点则北太平洋之方面也。而支那适当其冲。自中日战争以后，欧美列强莫不锐意扩张其政治上之势力与商业上之利益。千八百九十八年，而德国租借胶州湾，得山东之铁道敷设权矣。同年二月，而英国立内河开放及扬子江沿岸不得割让条约矣。同年三月，而俄国租借旅顺大连湾。同年四月，而英国租借威海湾。同月，法国租借广州湾。同月日本得福建不得割让之保证。夫列国对支那占据政治的势力既如彼，欲行其经济侵略，吸其血而收其膏也。而非占据政治的地步则不能保护其商业利益，非扩张政治的范围亦无由振兴商业的经营也。支那既化为列强商战之大市场。于是注入资本以攫取商工业上之利益或开凿其富源，或求其铁道敷设权，或索取其矿山采掘权，而所谓和平的战争者。①

另一位作者酆癸则在《新名词释义·帝国主义》一文中犀利地指出了帝国主义"策弱肉强食公理"行"吞并"和"侵略"之事的实质：

> 帝国主义者，并吞主义也。即强并弱，大兼小之谓也。……侵略的帝国主义者以侵略他国版图增益己国领土为务。……伦理的帝国主义者，名正言顺，以为道德上应如是，义理上应如是，事势上应如是。若野蛮之土，未开之域，及政府蛮陋不能尽其发达之责任者，则得占领之。邻接弱国不能永久保持其独立，将为他强国所并吞，而危险将及己国者，得施种种之手段方法，以并有其国土，统治其人民是。实合于真理，顺乎人情，而世人亦举不以为非者也。②

这里酆癸所说的"伦理的帝国主义"正是《哀尘》中法国侵略阿尔及利亚这类殖民行径，以"道德"名义行"野蛮"之事。酆癸

---

① 慧僧：《二十世纪之太平洋》，《浙江潮》第二期（1903年）。
② 酆癸：《新名词释义·帝国主义》，《浙江潮》第六期（1903年）。

在该文中还进一步指出人口增长、领土狭隘、富源贫乏（即原料和能源）等是帝国主义国家侵略的原因，而"文明人对野蛮人实具训导杀罚之权"。[1]

在《哀尘》发表三个月之后，鲁迅又在《浙江潮》上发表了他撰写的论文《中国地质略论》。从题目看，论文与他在南京矿务铁路学堂所学专业一致，应是一篇专业性较强的科学论文。但在这篇论述我国煤炭资源分布的论文中，鲁迅却从经济和政治的角度揭露了帝国主义以掠夺能源为目的的侵略实质。文中，鲁迅忧心如焚地指出，自1871年以来，德、匈、俄、日多位地质矿产学者到中国勘探地质矿产，实为侵略的前奏："列强领土之中，既将告罄，而中国乃直当其解决盛衰问题之冲，列国将来工业之盛衰，几一系于占领支那之得失，遂攘臂而起，惧为人先。复以不能越势力平均之范围，乃相率而谈分割，血眼欲裂，直睨炭田。"在"强种鳞鳞，蔓我四周，伸手如箕，垂涎成雨，造图列说，奔走相议，非左操刃右握算，吾不知将何以生活也"的现实处境里，鲁迅急切地号召同胞自强救国："中国者，中国人之中国。可容外族之研究，不容外族之探捡；可容外族之赞叹，不容外族之觊觎者也。"[2]如果说在《哀尘》这样的文学性较强的译作中鲁迅含蓄隐晦地表达了爱国图强的心声，那么在《中国地质略论》这样的科学论文中，鲁迅对民族危亡的焦虑以及对爱国保种的民族主义精神的宣扬已经显得非常急切和直接了。

将鲁迅留日时期的译著与同时期林译小说对照阅读，自强的精神是一以贯之的，爱国的拳拳之心是一致的。但与林纾不同的是，鲁迅接受了以西方近代科学为基础的新式教育，又身处以西方为榜样实现现代化崛起的明治三十年的日本，亲历日俄战争在日本国内的反响，使得鲁迅能在世界格局中以政治、经济、军事、文化的多

---

[1] 酌癸：《新名词释义·帝国主义》，《浙江潮》第六期（1903年）。
[2] 索子：《中国地质略论》，《浙江潮》第八期（1903年）。

维视角审视中国的处境和面临的危机，其视野的开阔和思想的深广是林译小说无可比拟的。

第二节　"科学者"与"文学者"的双重视角
——科学小说的译介

自 1872 年清政府第一次向国外派遣留学生起，学生留学的专业基本上都是"实学"："拟选聪颖幼童送赴泰西各国书院，学习军政、船政、步算、制造诸书。约计十余年，业成而归。使西人擅长之际，中国皆能谙悉，然后可以渐图自强。"[①] 甲午战争失败后，留日学生人数激增，鲁迅便是在洋务派主办的江南陆师学堂附属矿务铁路学堂毕业之后，由清廷江南督练公所审核、两江总督批准赴日的留学生中的一员。鲁迅就读的矿务铁路学堂，"以开矿为主，造铁路为辅"，在这里鲁迅第一次接触到西方现代自然科学，学习了地学（地质学）、金石学（矿物学）、代数、几何、格致（物理）、化学等课程[②]。到日本后，鲁迅先入东京弘文学院普通科江南班学习日语，结业后到仙台医学专门学校学习医学。这样的教育背景和知识结构使鲁迅在初译小说时对科学小说有特殊的偏爱，正如 1934 年鲁迅在给杨霁云的信中所说："我因为向学科学，所以喜欢科学小说。"[③] 鲁迅译介的《地底旅行》中的主人公亚蔺士就是一位"矿物地质两科尤为生平得意之学"的"博物学博士"，喜好"研究矿山及测地之学"，关注"地球内部情形"[④]，与曾撰写《中国地质略论》的鲁

---

① 曾国藩：《拟选聪颖子弟出洋习艺疏》，载徐中玉主编《中国近代文学大系·文学理论集·2》，上海书店，1995，第 667 页。
② 周作人：《鲁迅的国学与西学》，载《鲁迅的青年时代》，北京十月文艺出版社，2011，第 52 页。
③ 鲁迅：《致杨霁云》，载《鲁迅全集》（第十三卷），人民文学出版社，2005，第 99 页。
④ 〔英〕威男（实为〔法〕凡尔纳著，引者注）：《地底旅行》，索子译，《浙江潮》第十期（1903 年）。

迅的专业是一样的。而且在晚清"实业救国""科学救国"的时代
氛围里，在梁启超以启蒙新智为目标发动的小说界革命的影响下，
科学小说也是晚清小说译者的宠儿①。留日期间鲁迅的译著，主要包
括《中国地质略论》《说钼》《人间之历史》等科学论文；《科学史
教篇》《文化偏至论》《摩罗诗力说》《破恶声论》等学术思想论文；
《哀尘》《斯巴达之魂》《域外小说集》等文学译作；《地底旅行》
《月界旅行》《造人术》等介于科学与文学两者之间的翻译科学小
说②。从这些翻译小说和撰写的论文中，我们可以看到源自西方的现
代自然科学与现代文学令青年鲁迅耳目一新、深受冲击，不断激发
鲁迅将现代科学精神和现代文学观念作为西方现代文明进行整体上
的把握。

一

　　法国作家儒勒·凡尔纳的科幻小说在明治中期的日本很流行，
在《新民丛报》上连载的《十五小豪杰》和在《新小说》上连载的
《海底旅行》是"当时杂志中最叫座的作品"③，周作人说这促使鲁
迅决心翻译《月界旅行》。1903 年，鲁迅翻译的《月界旅行》由日
本东京进化社出版。同年年底鲁迅翻译的《地底旅行》第一、二回
发表在《浙江潮》第十期上，1906 年由南京启新书局出版了完整版
译本。1905 年，鲁迅翻译美国路易斯·斯特朗的《造人术》，由周

① 晚清以科普、启蒙等为目的主张译介科学小说者颇多。侠人："西洋小说尚有一特色，则
科学小说是也。"《小说丛话》，《新小说》第十三号（1905 年）。定一："中国无科学小
说，……然补救之方，必自输入政治小说、侦探小说、科学小说始。盖中国小说中，全
无此三者性质，而此三者，尤为小说全体之关键也。"《新小说》第十五号（1905 年）。
海天独啸子："使以一科学书，强执人研究之，必不济矣。此小说之所以长也。我国今
日，输入西欧之学潮，新书新籍，翻译印刷者，汗牛充栋。苟欲其事半功倍，全国普及
乎？请自科学小说始。"《〈空中飞艇〉弁言》（1903 年明权社版）。
② 翻译科学小说《北极探险记》和翻译科学论文《物理新诠》均未发表，已佚。
③ 周作人：《鲁迅与清末文坛》，载《鲁迅的青年时代》，北京十月文艺出版社，2011，第
83 页。

作人代为投稿发表在上海《女子世界》第四、五期合刊上。上述三篇科学小说都是鲁迅依照日译本转译的，另有一部未出版的《北极探险记》也很可能是凡尔纳的作品，是鲁迅据1881年井上勤翻译出版的《北极一周》或1887年福田直彦翻译出版的《万里绝域　北极旅行》的日译本转译的。《月界旅行》和《地底旅行》都是凡尔纳作品，但鲁迅译文中署名有误，前者署名"美国查理士·培仑"，后者署名"英国威男"，"在日本，明治时期的翻译小说里有很多是根据英译本翻译过来的，所以可以说翻译途径一般就是原文（法语）→英语→日语→中文"①，几经转译之后，日译本的错误会带入中译本之中。

　　1902年梁启超在日本创办的《新小说》上刊登"泰西最新科学小说"《海底旅行》②，鲁迅发表于1903年的《月界旅行》《地底旅行》亦为凡尔纳小说，题目也与《海底旅行》颇相似。鲁迅自述译介科学小说的目的在于普及科学知识以开启民智，亦与梁启超的主张一致。在《月界旅行》辨言中，鲁迅说："盖胪陈科学，常人厌之，阅不终篇，辄欲睡去，强人所难，势所必然矣，惟假小说之能力，被优孟之衣冠，则虽析理谭玄，亦能浸淫脑筋，不生厌倦"，"故掇取学理，去庄而谐，使读者触目会心，不劳思索，则必能于不知不觉间，获一斑之智识，破遗传之迷信，改良思想，补助文明，势力之伟，有如此者"。他认为我国"言情、谈故、刺时、志怪"的小说"架栋汗牛"，而科学小说凤毛麟角，故译介"经以科学纬以人情"的科学小说以弥补"智识荒隘"的弊端，"导中国人群以进行，必自科学小说始"。③借助小说形式通俗易懂地讲述科学知识，

① 〔日〕武田雅哉、林久之：《中国科学幻想文学史》（上卷），李重民译，浙江大学出版社，2017，第60页。

② 《海底旅行》自《新小说》第一号（1902年）起连载，第一号署"英国萧鲁士原著南海卢藉东译意东越红溪生润文"。《海底旅行》即法国科幻小说家儒勒·凡尔纳的小说《海底两万里》，误译为英国萧鲁士当是从日译本转译过程中出现的讹误。

③ 鲁迅：《〈月界旅行〉辨言》，载《鲁迅全集》（第十卷），人民文学出版社，2005，第164页。

给中国读者科学知识普及和启蒙，以实现科学救国的目的，在这一点上鲁迅沿袭了梁启超和林纾等的思路。不过，此时的鲁迅并不重视直译，受梁启超所译政治小说和林译小说的影响，都是采取意译方式译介，《地底旅行》"虽说译，其实乃是改作"，《月界旅行》由二十八章删节至十四回。1934 年，鲁迅在给杨霁云的信中说："年青时自作聪明，不肯直译，回想起来真是悔之已晚。"①

但和梁启超他们不同的是，鲁迅不是只在技术进步的层面将科学理解为救国的手段和工具，鲁迅看重的是现代欧洲文明和现代科学中体现的人的主体精神和创造力。鲁迅写道：

> 在昔人智未辟，天然擅权，积山长波，皆足为阻。递有刳木剡木之智，乃胎交通，而桨而帆，日益衍进。惟遥望重洋，水天相接，则犹魄悸体慄，谢不敏也。既而驱铁使汽，车舰风驰，人治日张，天行自逊，五州同室，交贻文明，以成今日之世界。然造化不仁，限制是乐，山水之险，虽失其力，复有吸力空气，束缚群生，使难越雷池一步，以与诸星球人类相交际。沉沦黑狱，耳室目朦，夔以相欺，日颂至德，斯固造物所乐，而人类所羞者矣。然人类者，有希望进步之生物也，故其一部分，略得光明，犹不知餍，发大希望，思斥吸力，胜空气，泠然神行，无有障碍。若培伦氏（应为凡尔纳，笔者注），实以其尚武之精神，写此希望之进化者也。凡事以理想为因，实行为果，既莳厥种，乃亦有秋。尔后殖民星球，旅行月界，虽贩夫稚子，必然夷然视之，习不为诧。据理以推，有固然也。如是，则虽地球之大同可期，而星球之战祸又起。呜呼！琼孙之福地，弥尔之乐园，遍觅尘球，竟成幻想，冥冥黄族，可以兴矣。②

---

① 鲁迅：《致杨霁云》，载《鲁迅全集》（第十三卷），人民文学出版社，2005，第 99 页。
② 鲁迅：《〈月界旅行〉辨言》，载《鲁迅全集》（第十卷），人民文学出版社，2005，第 163 页。

在古人智力未及之时，大自然威力无限——"天然擅权"。而随着人类智力的发展，人类能造独木舟，"而桨而帆"。及至近代，又能"驱铁使汽"，造车造舰。因为人类的发展进化，大自然的威力削弱了——"天行自逊"，遂有"五州同室，交贻文明，以成今日之世界"。然而因为地球引力，人类难以离开地球与其他星球的人类交际，人类能力的局限让"造物所乐"，而为"人类所羞"。在这里，鲁迅始终强调人的主体性，技术进步只是科学发展的结果，而科学的主体是人。人的主体精神的建立是现代欧洲文明和现代自然科学的核心——人类之所以区别于其他动物，是因为人类具有改造自然征服自然的智慧和能力。人类面对自然和社会的主体性精神态度以及人类改变世界创造世界的主观能动性，是现代科学精神的体现。因此，鲁迅断言"人类者，有希望进步之生物也"，译介凡尔纳创作的《月界旅行》能够激发人类的"尚武之精神"，实现"希望之进化"。接着，鲁迅又以民族主义者的拳拳爱国心推断，"殖民星球，旅行月界"之后，"地球之大同可期，而星球之战祸又起"，待那时"冥冥黄族，可以兴矣"。

二

当晚清留日学生大多把科学实验作为科技发展的手段，一心追求"坚船利炮"的"实学"的时候，鲁迅则对科学有更深入的思考，他把科学的精神作为一种世界观和人生观来看待，强调"实证之德"。与物质层面的科技相比，他更看重创造科技的人的思想和内在精神。因此，在他留日时期翻译的科学小说中，特别注重对追求"真理"的科学精神的强调。他在《科学史教篇》一文中说："顾治科学之桀士，……盖仅以知真理为惟一之仪的，扩脑海之波澜，扫学区之荒秽，因举其身心时力，日探自然之大法而已。"[1]

---

① 令飞：《科学史教篇》，《河南》第五号（1908 年）。

1906 年，在鲁迅翻译的美国作家路易斯·托崙的小说《造人术》里，主人公就是这样一位献身科学、矢志不渝的科学家：

> 因以造人芽为毕生志，负大造之意气以从事兹，往六年，二千一百九十日，未尝一日忘是事。是故资产半罄，世事就荒，众笑嗑嗑然而不怒。验实垂数十百次，败而不挠，惟曰："此可就，吾竟能之。"自信如金石。夫献身学术，悉谢欢娱之学者，尘俗喜怒不撄心，何待言说。①

《造人术》讲述的是美国波士顿理化大学化学教授伊尼他辞职后在实验室中研制人工造人——"人芽"，历经六年时间终获成功的故事。伊尼他身上具有鲁迅所看重的科学者的品质：献身学术，不计名利，离群索居，悉谢欢娱，不为尘俗中喜怒所打扰，以探索未知追求真理为志向，通过实验不断接近真知。

在鲁迅翻译的《地底旅行》里，主人公亚黎士之所以能担当到地球内部探险的重任，也是因其素有"献身为学术的牺牲之志"②。小说中写亚黎士临行前因此行危险而犹豫，"万端感想，倏涌心头，意大地中心，必有无穷崄巇。或遇酷热镕石为河，或遭冱寒坚冰成陆，怕比风灾鬼难之域更当艰辛万倍"，但"丈夫作事宁惧艰危，为学术的牺牲固当尔尔"③，遂下决心探险，这是鲁迅把握的现代科学精神。而伊尼他能经历上百次的实验失败终矢志不移，"败而不挠""自信如金石"，这也是鲁迅赞赏的科学精神——西方的自然科学里蕴藏着人对社会和自然的崭新的主体性精神态度，这是东方文明所

---

① 〔美〕路易斯·托仑：《造人术》，索子译，载《鲁迅译文全集》（第八卷），福建教育出版社，2008，第5页。
② 〔英〕威男（实为〔法〕凡尔纳著，引者注）：《地底旅行》，索子译，《浙江潮》第十期（1903 年）。
③ 〔英〕威男（实为〔法〕凡尔纳著，引者注）：《地底旅行》，索子译，《浙江潮》第十期（1903 年）。

缺乏的。

《造人术》渲染了自然科学制造"人芽"的伟力，人在人工制造生命的实验中取代了上帝的位置，"人芽"的成功诞生颠覆了"造物主""神创论"的世界观。在《造人术》的结尾中，伊尼他教授的造人实验成功了，"极黑""极微"的"怪玄珠"，"隆然"有颅，"翘然"有腕，"睫如椒目"。伊尼他为此欢呼雀跃：

> 假世界有第一造物主，则吾非其亚耶？生命，吾能创作！世界，吾能创作！天上天下，造化之主，舍我其谁！吾人之人之人也，吾王之王之王也！人生而为造物主，快哉！感谢之冷泪，累累然循新造物主颊……①

神田一三指出，鲁迅所采用的原抱一庵主人的日译本，"收录到单行本《（小说）泰西奇文》里的译文，仅仅是英文原著的七分之一"②。在英文原著中，伊尼他后来受到了自己创造的"人芽"的威胁，"人芽"咬住他的脖子甚至能用人的语言思考和交流，向伊尼他发出了"我是什么？"的追问，而伊尼他既无法控制"人芽"的不断增殖，也无法控制"人芽"的思想和行动。当教授欲消灭"人芽"时才发现自己已经对亲手制造出来的生命无能为力。这一切让伊尼他恐惧——伊尼他的本意是创造稍逊于人类的生命种类。最后，危机得到了戏剧性的解决——实验室发生了爆炸，怪物也在爆炸中消失得无影无踪。在鲁迅的译文中，人工制造生命有力地挑战了"神造说"，是对科学的礼赞。而在路易斯·托崙的原著中，已经隐约看得出盲目的科技崇拜和自然理性的技术物化可能带给人类的毁

---

① 〔美〕路易斯·托仑：《造人术》，索子译，载《鲁迅译文全集》（第八卷），福建教育出版社，2008，第6页。

② 〔日〕神田一三：《鲁迅〈造人术〉的原作·补遗——英文原作的秘密》，许昌福译，《鲁迅研究月刊》2002年第2期，第29页。

灭性的灾难①。而对于鲁迅的译文，周作人和丁初我曾做出不同角度的解读——《造人术》之所以能在上海《女子世界》杂志上发表，是由周作人代鲁迅投稿给《女子世界》的，而丁初我则是《女子世界》的编辑。周作人在为《造人术》写的跋语中说："《造人术》，幻想之寓言也。索子译《造人术》，无聊之极思也。彼以世事之皆恶，而民德之日堕，必得有大造鼓洪炉而铸冶之，而后，乃可行其择种留良之术，以求人治之进化。是盖悲世之极言，而无可如何之事也。"②从中我们可见进化论对其的影响以及他们对改造国民性的思考。周作人在跋语里还说："世界之女子，负国民母人之格，为祖国诞育强壮之男儿，其权直足以天地参，是造物之真主也。……人生而为造物主，快哉！吾国二万万之女子，二万万之新造物主也"③，这固然是考虑到《女子世界》的办刊宗旨，但也从对女性的赞美中可见人道主义的立场和男女平等、女性解放的思想。周作人后来补充说这篇译文甚至就是鲁迅想办《新生》的初衷④，从周作人的表述中可看出周氏兄弟对同时代知识分子的超越，是中国文学现代转型的先觉者。而在编辑丁初我的跋语里，则与路易斯·托崙对盲目科学崇拜的担忧不谋而合："吾读《造人术》而喜！吾读《造人术》而惧！采美术，炼新质，此可喜；播恶因，传谬种，此可惧。"⑤

---

① 对此，有论者也做出不同角度的论述，例如神田一三认为原著中对"人芽"——俾格米人的描写容易让人联想到19世纪美国政治漫画中的中国人，将俾格米人的怪物形态与晚清中国人的形态并列，体现了当时的美国人对中国人的歧视〔日〕神田一三：《鲁迅〈造人术〉的原作·补遗——英文原作的秘密》，许昌福译，《鲁迅研究月刊》2002年第2期，第31页。

② 熊融：《鲁迅最早的两篇译文——〈哀尘〉、〈造人术〉》，《文学评论》1963年第6期，第90页。

③ 熊融：《鲁迅最早的两篇译文——〈哀尘〉、〈造人术〉》，《文学评论》1963年第6期，第90页。

④ 周作人回忆："《造人术》跋语只是臆测译者的意思，或者可以说就是后来想办《新生》之意。不过那时还无此计划。"陈梦熊：《知堂老人谈〈哀尘〉〈造人术〉的三封信》，《鲁迅研究动态》1986年第12期，第41页。

⑤ 熊融：《鲁迅最早的两篇译文——〈哀尘〉、〈造人术〉》，《文学评论》1963年第6期，第90页。

鲁迅对现代西方自然科学以及包括社会科学和人文科学在内的现代西方文明的思考，既有对科学的推崇，又有对迷信"科学"的反思，不是停留在"科学万能""仿效西方"的层面，而是有深入的辨析和批判性的思考。可以将鲁迅 1907 年发表在《河南》第一号上的《人间之历史》和 1908 年发表在《河南》第五号上的《科学史教篇》两篇论文，与鲁迅翻译的科学小说做互文式解读。

1907 年，在《人间之历史》中，鲁迅说："有生无生二界，且日益近接，终不能分，无生物之转有生，是成不易之真理，十九世纪末学术之足惊怖，有如是也。"[1] 鲁迅认为有机生命来自无机物是 19 世纪末学术的新发现，这可以看作在《造人术》中科学家在实验室中制造"人芽"的科学依据。文中鲁迅引用法国生物学家拉马克的观点，认为"动植诸物，与人类同，无不能诠解以自然之律；惟种亦然，决非如《圣书》所言，出天帝之创造"，"故进化论之成，自破神造说始"。科学的力量破除了"神造说"的迷信，使小说中的科学家伊尼他感受到成为"新造物主"的自信。《造人术》里表现出对科学的信赖与敬畏，以及人作为主体能够用科学探索未知的尊严与兴奋。

但在《科学史教篇》中，鲁迅对晚清以来国人对西方科学技术以及西方现代文明的态度进行了深刻的批判。对于出于民族自尊心或盲目自信动辄声称中国"古已有之"的"死抱国粹之士"，鲁迅认为他们并没有领会科学"构思验实"的实质：

> 盖神思一端，虽古之胜今，非无前例，而学则构思验实，必欲时代之进而俱升，古所未知，后无可愧，且亦无庸讳也。[2]

鲁迅举了英人在印度铺设自来水管而印度人称自来水管本由印

---

[1]　令飞：《人间之历史》，《河南》第一号（1907 年）。
[2]　令飞：《科学史教篇》，《河南》第五号（1908 年）。

度古贤发明的例子，批判"旧国笃古之余，每至不惜于自欺如是"，而中国"死抱国粹之士，作此说者最多，一若今之学术艺文，皆我数千载前所已具"。对于只重"博览"而少"发见"的翻译诠释者，鲁迅也做出反思：他赞赏"希腊罗马之科学"之"探未知"，批判"亚拉伯之科学"的"模前有"，对后者的"翻译诠释之业大盛"和"以注疏易征验，以评骘代会通"不以为然。在鲁迅看来，生吞活剥地搬运和诠释西方科学一门一类的零碎知识无异于盲人摸象，并不能整体性地把握西方现代文明的精髓。对于仅从物质层面仰慕并仿效西方的"中体西用"者，鲁迅认为更是远离科学精神：自鸦片战争以来，洋务派以及维新派仅从富国强兵角度强调科技的重要，而事实上只追求西方坚船利炮的物质文明不过是舍本逐末，并没有领悟到现代科学的真谛。鲁迅认为，科学应以"知真理"为唯一目的。在《科学史教篇》里他以瓦特等英、德、法科学家为例说明"科学名家"献身科学"岂在实利"，重视实利甚于科学是"倒果为因"。因此，当"社会之耳目""日颂当前之结果"时，"学者独恝然而置之"。科学与实业的关系应是先科学后实业，"相互为援，于以两进"：

> 故震他国之强大，栗然自危，兴业振兵之说，日腾于口者，外状固若成然觉矣，按其实则仅眩于当前之物，而未得其真谛。……顾著者于此，亦非谓人必以科学为先务，待其结果之成，始以振兵兴业也，特信进步有序，曼衍有源，虑举国惟枝叶之求，而无一二士寻其本，则有源者日长，逐末者仍立拔耳。①

与晚清很多知识分子看重科学的"兴业振兵"的急功近利的行为相比，鲁迅的深刻和睿智在于他意识到，要发展现代科技，首先要有科学精神的现代人，有了人的主体性精神态度，"精神亦以振，

---

① 令飞：《科学史教篇》，《河南》第五号（1908 年）。

国民风气，因而一新"①。

鲁迅十分重视《造人术》《月界旅行》《地底旅行》《北极探险记》等科学小说中对于未知世界的探索，如果说"获一斑之智识，破遗传之迷信"尚与晚清科学小说译者们的"科学救国"的功利主张不相上下，那么"改良思想，补助文明""导中国人群以进行"②已上升到文明论的高度去把握东西方文明的异质性。这种把握不是停留在富国强兵、声光电化的器物层面的把握，也不是如晚清一代知识分子一样在西方小说中找到与中国传统的相通之处，"以中化西"的强调"古已有之"，看重的是人的"智识"和"思想"，即有独立意志的思想主体，能够既不依附于传统也不依附于西学地走中国的现代化道路。鲁迅之所以要在翻译和著述中凸显和强调东西方文明的异质性，并非要依附于西方走"西化"的道路，也并非要退回传统的老路上，而是要以他的中国传统文化积淀和对西方现代文明的领悟，完成对古代传统和现代西方的双重"抵抗"，然后在这种双重抵抗中确认现代中国的主体性以及中国独特的现代性——即是汪晖所说的"反现代的现代性"③。如伊藤虎丸所说："他留学时代的文学运动，其目的就是要把这种对于中国文明来说完全异质的西方文明的'内质'诉诸给中国人。"④

三

1902～1909年的留日生活，将鲁迅置于古今中外交汇的风口浪尖，中国的古代传统与西方的现代文明、故国的伦理道德与域外的

① 令飞：《科学史教篇》，《河南》第五号（1908年）。
② 鲁迅：《〈月界旅行〉辨言》，载《鲁迅全集》（第十卷），人民文学出版社，2005，第164页。
③ 汪晖：《声之善恶：鲁迅〈破恶声论〉〈呐喊·自序〉讲稿》，生活·读书·新知三联书店，2013，第56页。
④ 〔日〕伊藤虎丸：《鲁迅与日本人：亚洲的近代与"个"的思想》，李冬木译，河北教育出版社，2000，第84页。

现代科学在青年鲁迅的思考中激烈地碰撞，带给他新鲜的刺激也激发他更深入的思考。19 世纪 60 年代以来，日本明治维新在"脱亚入欧"的思想指导下实施的一系列强国之策此时已初见成效。日本无疑已经是亚洲最具西方现代化特征的国家，即使在世界范围内与西方发达国家相比也毫不逊色，日本的欧化在一定程度上可谓"青出于蓝而胜于蓝"。然而日本对西方自然科学和现代文明全盘吸收的态度，是中国应该亦步亦趋复制的吗？中国的现代化要追随日本的脚步吗？鲁迅有自己的思考和判断。

1904 年，离开东京只身求学仙台的鲁迅在给后来资助他出版《域外小说集》的蒋抑卮的信中写道：

> 树人到仙台后，离中国主人翁颇遥，所恨尚有怪事奇闻由新闻纸以触我目。曼思故国，来日方长，载悲黑奴前车如是，弥益感喟。……惟日本同学来访者颇不寡，此阿利安人亦殊懒与酬对，所聊慰情者，厪我旧友之笔音耳。近数日间，深入彼学生社会间，略一相度，敢决言其思想行为决不居我震旦青年上，惟社交活泼，则彼辈为长。以乐观的思之，黄帝之灵或当不馁欤。[①]

此处"阿利安人"即欧洲 19 世纪的"雅利安人"，指代当时自视"高贵人种"的某些日本学生。当时日本人中有针对中国的种族主义言论，认为日本是不同于黄种中国人的"雅利安人"。但鲁迅并不认为日本学生的"思想行为"在"震旦青年"之上。鲁迅认为西方现代科学的源头在欧洲诸国：

> 十八世纪中叶，英法德意诸国科学之士辈出，质学生学地学之进步，灿然可观……迨酝酿既久，实益乃昭，当同世纪末

---

① 鲁迅：《致蒋抑卮》，载《鲁迅全集》（第十一卷），人民文学出版社，2005，第 329 页。

叶，其效忽大著，举工业之械具资材，植物之滋殖繁养，动物之畜牧改良，无不蒙科学之泽，所谓十九世纪之物质文明，亦即胚胎于是时矣。①

鲁迅在译作《地底旅行》中如是介绍欧洲现代文明：

> 溯学术初胎，文明肇辟以来，那欧洲人士，皆沥血剖心，凝神竭智，与天为战，无有已时。渐而得万汇之秘机，窥宇宙之大法，人间品位，日以益尊。……却说开明之欧土中，有技术秀出，学问渊深、大为欧美人士所钦仰之国曰德意志，鸿儒硕士，蔚若牛毛。②

颇有意味的是，鲁迅译介的小说虽都是据日译本翻译，却没有日本原创小说。鲁迅虽然人在日本，却缺乏译介日本文学的热情，除夏目漱石等少数几位外，鲁迅对其他日本作家兴趣不大，对当时正在兴起的袒露个人欲望的自然主义文学尤感乏味③。晚清留学生多

---

① 令飞：《科学史教篇》，《河南》第五号（1908 年）。

② 〔英〕威男（实为〔法〕凡尔纳著，引者注）：《地底旅行》，索子译，《浙江潮》第十期（1903 年）。

③ 据周作人回忆：鲁迅"对于日本文学当时殊不注意，森鸥外，上田敏，长谷川二叶亭诸人，差不多只看重其批评或译文，唯夏目漱石作俳谐小说《我是猫》有名，豫才俟各卷印本出即陆续买读，又曾热心读其每天在《朝日新闻》上所载的小说《虞美人草》，至于岛崎藤村等的作品则始终未尝过问，自然主义盛行时亦只取田山花袋的小说《棉被》一读，似不甚感兴味。……豫才于拉丁民族的文艺似无兴趣，德国则为海涅之外只取尼采一人。"周作人：《关于鲁迅之二》，载《鲁迅的青年时代》，北京十月文艺出版社，2011，第 146~147 页。又说："日本语他也学得很好，可是他不多利用，所以日本现代作品，只有在《现代日本小说集》中夏目漱石等几个人的小说而已。"周作人：《鲁迅与中学知识》，载《鲁迅的青年时代》，北京十月文艺出版社，2011，第 59 页。1934 年，陶亢德因想学日文请鲁迅推荐老师，鲁迅回复："我的意见，是以为日文只要能看论文就好了。因为他们介绍得快。至于读文艺，却实在有些得不偿失。……学日本文要到能够看小说，且非一知半解，所需的时间和力气，我觉得并不亚于学一种欧洲文字，然而欧洲有大作品。先生何不将豫备学日文的力气，学一种西文呢？"鲁迅：《致陶亢德》，载《鲁迅全集》（第十三卷），人民文学出版社，2005，第 144 页。

认为日本维新的成功在于走模仿西方的速成之路，因此中国学生留日的目的是仿效日本吸收欧美文化。对此周氏兄弟并不认同：其一，日本“速成”“模仿”西方固然成功，但“模仿”的办法本身却“不一定怎么对”；其二，学习西方文明，可直接取法欧美，不必转道日本。① 与晚清留学生注重以日本为中介学习欧美文化不同，翻译《月界旅行》等科学小说之后，鲁迅从 1909 年出版的《域外小说集》开始更多用德文转译俄国及弱小民族的文学。周作人回忆，鲁迅选择翻译作品时偏爱“自由与解放”“革命与爱国”的文学，对“过分强调人性”、与“人民和国家”脱节的自然主义不以为然：

> 他学的外国语是德文，但对于德国文学没什么兴趣，歌德席勒等大师的著作他一册都没有，所有的只是海涅的一部小本集子，原因是海涅要争自由，对于权威表示反抗。他利用德文去翻译别国的作品，介绍到中国来，改变国人的思想，走向自由与解放的道路。鲁迅的文学主张是为人生的艺术，虽然这也就是世界文学的趋向，但十九世纪下半叶欧洲盛行自然主义，过分强调人性，与人民和国家反而脱了节，只有俄国的现实主义的文学里，具有革命与爱国的精神，为鲁迅所最佩服。他便竭力收罗俄国文学的德文译本，又进一步去找别的求自由的国家的作品，如匈牙利，芬兰，波兰，波西米亚（捷克），塞尔维亚与克洛谛亚（南斯拉夫），保加利亚等。②

---

① 周作人：“我们往日本去留学，便因为它维新成功，速成的学会了西方文明的缘故，可是我们去的人看法却并不一致，也有人以为日本的长处只有善于吸收外国文化这一点，来留学便是要偷它这记拳法，以便如法炮制。可是我却是有别一种的看法，觉得日本对于外国文化容易模仿，固然是它的一样优点，可是不一定怎么对，譬如维新时候的学德国，现在的学美国都是，而且原来的模范都在，不必要来看模拟的东西，倒是日本的特殊的生活习惯，乃是他所固有也是独有的，所以更值得注意去察看一下。”周作人：《知堂回想录》（上），安徽教育出版社，2008，第 122～123 页。

② 周作人：《鲁迅的国学与西学》，载《鲁迅的青年时代》，北京十月文艺出版社，2011，第 53 页。

四

我们习惯于将1906年在仙台医专课堂上的"幻灯片事件"看作一件有象征意味的事件，这是鲁迅"弃医从文"的分界线，从科学者转为文学者的分界线：

> 因为从那一回以后，我便觉得医学并非是一件紧要事，凡是愚弱的国民，即使体格如何健全，如何茁壮，也只能做毫无意义的示众的材料和看客，病死多少是不必以为不幸的。所以我们的第一要著，是在改变他们的精神，而善于改变精神的是，我那时以为当然要推文艺，于是想提倡文艺运动了。①

但其实在鲁迅那里，科学与文学并不能做截然的区分，它们整体性地包容于现代西方文明中。许寿裳回忆，鲁迅"志愿学医"是因为"要从科学入手，达到解决这三个问题的境界"——"一，怎样才是理想的人性？二，中国国民性中最缺乏的是什么？三，它的病根何在？"②鲁迅"从医"与"从文"的目标所向是一致的。从鲁迅留日时期的著译来看，科学论文、学术思想论文、翻译小说是互为表里、相辅相成的，其内在核心是一致的，即对人的主体性科学态度的整体把握。自然科学、社会科学、人文科学都是西方现代文明的产物，学科的专业细分看似专业知识和研究的深入，但事实上造成了人类整体性把握世界能力的丧失。鲁迅对科学的认识不是碎片化的各门学科和各种技术，而是基于对科学精神的整体性把握：

> 故科学者，神圣之光，照世界者也，可以遏末流而生感动。

---

① 鲁迅：《〈呐喊〉自序》，载《鲁迅全集》（第一卷），人民文学出版社，2005，第438～439页。

② 许寿裳：《我所认识的鲁迅》，载《鲁迅传》，九州出版社，2017，第145，128～129页。

时泰，则为人性之光；时危，则由其灵感，生整理者如加尔诺，生强者强于拿破仑之战将云。今试总观前例，本根之要，洞然可知。……当防社会入于偏，日趋而之一极，精神渐失，则破灭亦随之。①

而在对西方现代文明的整体把握上，狭义的自然科学、社会科学与文学艺术等人文学科知识同在现代知识范畴之中：

盖使举世惟知识之崇，人生必大归于枯寂，如是既久，则美上之感情漓，明敏之思想失，所谓科学，亦同趣于无有矣。故人群所当希冀要求者，不惟奈端已也，亦希诗人如狭斯丕尔（Shakespeare）；不惟波尔，亦希画师如洛菲罗（Raphaelo）；既有康德，亦必有乐人如培得诃芬（Beethoven）；既有达尔文，亦必有文人如嘉来勒（Garlyle）。凡此者，皆所以致人性于全，不使之偏倚，因以见今日之文明者也。②

在《文化偏至论》的结尾，鲁迅提出一连串凌厉的追问："将以富有为文明欤？""将以路矿为文明欤？""将以众治为文明欤？""若曰惟物质为文化之基也，则列机括，陈粮食，遂足以雄长天下欤？"鲁迅指出欧美之所以富强，在于其现代文明的全面发展，而作为现代文明核心的现代科学精神，依赖于有内在深度的现代人的创造："然欧美之强，莫不以是炫天下者，则根柢在人。"因此对于中国，"将生存两间，角逐列国是务，其首在立人，人立而后凡事举；若其道术，则必尊个性而张精神"③。

---

① 令飞：《科学史教篇》，《河南》第五号（1908 年）。
② 令飞：《科学史教篇》，《河南》第五号（1908 年）。
③ 迅行：《文化偏至论》，《河南》第七号（1908 年）。

　　结合鲁迅留日时期中国留学生皆以"实学"为志业的现状①，鲁迅的"弃医从文"就更显得意味深长——无论是将之理解为一个文学者对科学的背叛，还是理解为一个科学家对文学的转轨，都不能整体性地深刻理解西方现代文明的实质。"医"与"文"，自然科学与人文科学，原本就孕育在同一个欧美现代文明的母体之内。自然科学带来了物质文明的发达和生产生活方式的转变，人文科学则带来人的思维方式、认识论和方法论的改变。斯塔夫里阿诺斯曾总结，18世纪末期以来西方在世界中居于优势地位的基础在于"科学革命、工业革命和政治革命给了欧洲以不可阻挡的推动力和力量"，而三大革命的特点在于它们相辅相成，整体性地构成了欧洲现代文明的基础："它们（指欧洲1763～1914年的科学、工业、政治三大革命，引者注）互相依赖，相互之间不断起作用。牛顿对支配天体运动的若干定律的发现和达尔文关于生物进化的理论，对政治思想有着深远的影响。同样，近代民族主义若无印刷和电报之类的技术新发明，也是完全难以想象的。反之亦然：政治影响了科学，给科学进步以强有力的促进的法国革命就是其中一例。政治还影响了经济，……'制造业和商业总是在教会和国王干预最少的地方最繁荣。'"②

　　留日时期的鲁迅，在遭遇与中国传统文化极为不同的西方现代文明时，没有像晚清多数知识分子一样选择"以中化西"的策略克服文明与文化冲突所带来的不适感，而是认真地、艰苦地与之近身肉搏，并在搏斗的过程中追根溯源地寻找西方现代文明真正的内驱力，从哲学层面而非科技层面去理解科学。作为时代的先觉者，鲁迅对与中国传统文化尖锐对立的西方现代文明的认识是清醒的，然

---

　　① 鲁迅曾说："特十余年来，介绍无已，而究其所携将以来归者；乃又舍治饼饵守图圄之术而外，无他有也。"令飞：《摩罗诗力说》，《河南》第三号（1908年）。"在东京的留学生很有学法政理化以至警察工业的，但没有人治文学和美术。"鲁迅：《〈呐喊〉自序》，载《鲁迅全集》（第一卷），人民文学出版社，2005，第439页。

　　② 〔美〕斯塔夫里阿诺斯：《全球通史：从史前史到21世纪》（下册），吴象婴等译，北京大学出版社，2006，第478页。

而这种深入透辟的认识并不为很多晚清的留日学生所理解。然而，青年鲁迅的内心又是强大的，恰如彼时鲁迅所赞颂的尼采笔下的"超人"，他并不认为多数人赞同的就是真理①。鲁迅既反对回到中国过去的传统，也反对不假思索地欧化，更反对将西方发达国家等同于"世界"，他的搏斗体现了新文学建设者的主体性精神态度。正是在这个搏斗的过程中，现代人的主体性得到确认，包括科学和文学在内的西方现代文明的本质得到把握，并经由作为"他者"的西方确立起现代中国的主体性，中国现代转型的关键时刻正悄然降临。

第三节　"内面精神"与"弱小民族"

——《域外小说集》的译介

1895 年中日甲午战争的失败和《马关条约》的签订，标志着洋务派"中体西用"以"求富""自强"为目标的规划的落空，救亡图存成为当务之急。戊戌变法和维新运动的失败，义和团运动与八国联军侵华，觊觎东北利益的日俄战争……一系列沉重的现实危机面前，为谋求救国图存之办法，清廷派遣赴日留学生的规模也迅速扩大。1896 年，"清朝首次遣派学生十三人抵达日本，……到了1906 年，有谓竟达一、二万名之多"②。1906 年，周作人考取日本官费留学。这年夏秋之间，鲁迅奉母命回国与朱安完婚，在国内短暂停留数日后携周作人同回日本。因有与周作人的合作，才有 1906 年《新生》杂志的筹办和 1909 年《域外小说集》的刊行。而日本人对

---

① 鲁迅说："惟多数得是非之正也，则以一人与众禺处，其亦将木居而芋食欤？"意思是：如果多数人的意见就是正确的，那么一个人与一群大猴子在一起，难道也要住在树上靠吃橡实为生吗？迅行：《文化偏至论》，《河南》第七号（1908 年）。

② 〔日〕实藤惠秀：《中国人留学日本史》，谭汝谦、林启彦译，生活·读书·新知三联书店，1983，第 1 页。又见舒新城："自（光绪）二十七年（1901）至三十二年（1906）五六年间，留日学生达万余，实为任何时期与任何留学国所未有者。"舒新城：《近代中国留学史》，上海书店，2011。

中国人的总体态度，甲午战争之后由钦敬逐渐转为蔑视"明治时代，日本人侮辱中国人的绰号是'猪尾巴'或'豚尾奴'"。1896 年首批赴日的 13 名留学生中有 4 人不足一月就回国，原因之一是蓄辫中国留学生受到日本小孩"猪尾巴"的嘲弄。① 正如高山樗牛所言："日清战争中所取得的胜利极大地鼓舞了一部分国民的自信心，它使排外自尊的病态心理加剧。"②

1868 年，明治维新之后的日本走上了激进的模仿西方的文明开化道路，中国则在与西方列强及日本屡战屡败的沮丧和随之而来的一系列不平等条约的签订中沦为衰败颓靡的末日帝国，西方列强贪婪地在中国国土上瓜分各自的势力范围，攫取巨大的经济利益和政治利益。1885 年，福泽谕吉以中日之间的朝鲜争端为背景撰文《脱亚论》，将中国和朝鲜称为"亚细亚东方之恶友"，认为日本欲实现文明开化就要走"脱亚入欧"的道路。中国虽未参战，但 1904 ~ 1905 年的日俄战争与中国息息相关：日俄之间爆发的这场帝国主义战争以中国东北为战场，以争夺对中国东北和朝鲜半岛的控制权为目标。日本在日俄战争中的胜出，是颇具象征意味的——这是亚洲国家首次战胜欧洲国家，黄种人首次战胜白种人。日俄战争以后，日本借以称雄亚洲并跻身西方列强，更膨胀了日本称霸亚洲的野心，加重了日本对中国的蔑视。

一

鲁迅在仙台医专读书的两年，正是日俄交战并大获全胜之际。因此，不难想象，当鲁迅在仙台医专的课堂上"随喜"日本同学欢呼日本在日俄战争中取得的胜利的时候，在幻灯片上看到替俄国人做间谍的中国人被日本人砍头示众的时候，尤其是看到徒有"强壮

---

① 〔日〕实藤惠秀：《中国人留学日本史》，谭汝谦、林启彦译，生活·读书·新知三联书店，1983，第 184 页。
② 王屏：《近代日本的亚细亚主义》，商务印书馆，2004，第 146 页。

的体格"却神情麻木的中国人围观同胞被砍头的时候，鲁迅的内心充满了怎样的愤怒和屈辱。鲁迅去偏僻寒冷的仙台学医，本是不愿与只求"仕进"不求"学问"的中国留学生们为伍，然而在没有中国留学生的仙台医专，鲁迅遇到了另外的不快：鲁迅在考试中取得了不错的成绩，而日本同学妒忌藤野老师对他的"热心照顾"，"检查讲义和写匿名信"，并且怀疑藤野先生"泄露试题"。[①] 1906 年 3 月，鲁迅从仙台医专退学，决定"弃医从文"，投身文艺运动重造国民精神。鲁迅"弃医从文"的选择在《〈呐喊〉自序》中被戏剧性地表述为受幻灯片事件的刺激，但实际上并非出于偶然和冲动，而是包含着先"立人"后"救国"的深思熟虑。自 1906 年离开仙台到 1909 年回国的三年里，鲁迅在日本尝试创办《新生》杂志，撰写了《人间之历史》《摩罗诗力说》《科学史教篇》《文化偏至论》《破恶声论》一系列思想含量和学术含量很高的论文，与周作人合作翻译出版了被视为现代文学先声的《域外小说集》，此外还翻译了《裴彖飞诗论》、《红笑》以及《红星佚史》中的十六首译诗。20 世纪初的日本处于中西文明交汇冲撞的旋涡，鲁迅在旋涡深处体验到了东西方文明尖锐的冲突。他投身文艺运动的决定，源于他对异质性的西方现代文明的敏锐观察和整体把握，源于他在西方现代文明参照下对中国社会现实的深刻剖析，源于他对中国现代转型路径的长远思考以及爱国救国的使命感和责任感。

"欲救中国须从文学始"，离开仙台后的鲁迅首先开始筹办文学杂志《新生》。在当时"什九学法政，其次是理工，对于文学都很轻视"的实用为上[②]的留学界风气中，"留学生办的杂志并不少，但

---

① 周作人：《鲁迅的青年时代》，北京十月文艺出版社，2011，第 37～40 页。
② 许寿裳称："一九〇二年的夏天，留日学生的人数还不过二三百，后来'速成班'日渐增多，人数达到二万，真是浩浩荡荡，他们所习的科目不外乎法政，警察，农，工，商，医，陆军，教育等，学文艺的简直没有，据说学了文学将来是要饿死的。"许寿裳：《我所认识的鲁迅》，载《鲁迅传》，九州出版社，2017，第 146～147 页。

是没有一种是讲文学的"①。留学生中对鲁迅筹办《新生》的态度是
"颇以为奇"。有人问鲁迅："你弄文学做甚，有什么用处？"鲁迅回
答："学文科的人知道学理工也有用处，这便是好处。"② 鲁迅反感
于晚清留学生界对文科和理工科的割裂，倾向于整体性地观照同属
西方现代文明的文科和理工科。鲁迅认为，西方现代文明的兴起，
是因为人从宗教束缚中解脱，思想自由，才有了哲学上的新发现和
科技上的新发明，才有后来美洲大陆的发现、第一次工业革命的兴
起、文艺复兴以及殖民地的开辟。也就是说，"近代科学，是在作为
自由的主观精神的人，把作为客观物质的自然对象化，通过实验引
申出法则，再借助法则去重新构现自然的基础上确立的。"③ 19 世
纪，随着科技的发展，人们感受到了物质文明的"益利"，而将物质
文明看作"一切存在之本根"，用物质文明概括和限制"精神界所
有事"。④ 将物质与精神对立，科学被狭隘理解为关于自然与社会的
具体知识，现代学科建制将科学区分为自然科学和社会科学，又进
一步细化为理工法政等专业。然而，创造科学的人、人之于社会和
自然的主体性精神态度被忽视了，科学没有上升到思想的层面被接
受，而只是作为方便生产生活的技术和知识被学习。晚清留学生或
是为了国家的危亡或是为了个人的"仕进"，都更看重直接关乎国计
民生的"实学"。在鲁迅看来这有失偏颇，他认为不仅要把科学作为
技术和知识来学习，更要将科学上升到世界观和人生观的哲学层面
来整体把握，文科与理工科一样，都是将现代人的主体性精神态度
作为共同前提。如果只执迷于科技的应用而忽略人的主体性精神，
人就会为物所奴役，成为科技的奴隶而不是主人。因此，鲁迅认为，

①　周作人：《我与鲁迅之二》，载《鲁迅的青年时代》，北京十月文艺出版社，2011，第 142 页。
②　周作人：《我与鲁迅之二》，载《鲁迅的青年时代》，北京十月文艺出版社，2011，第 142 页。
　　周作人说发问者可能是胡仁源，后者曾留学日本，1913 年 11 月至 1916 年 12 月担任北大校长。
③　〔日〕伊藤虎丸：《鲁迅与日本人：亚洲的近代与"个"的思想》，李冬木译，河北教育
　　出版社，2000，第 80 页。
④　迅行：《文化偏至论》，《河南》第七号（1908 年）。

物质文明虽是"现实生活之大本"，但若"崇奉过度"，就会"倾向偏趋"，19世纪末西方过度崇信物质文明的"通弊"已经开始显现："物欲来蔽，社会憔悴，进步以停，于是一切诈伪罪恶，蔑弗乘之而萌，使性灵之光，愈益就于黯淡。"在"人惟客观之物质世界是趋"的时候，鲁迅呼吁重视"主观之内面精神"。①

筹办《新生》杂志是鲁迅留日时期的转折点，标志着其对晚清以来在救国主题下"政治革命""文学革命"合一思路的扬弃，"思想革命"成为衔接"政治革命"与"文学革命"重要的一环，"思想革命"在政治救亡中的意义被凸显出来。②《新生》即"新的生命"的寓意以及"改变精神"的宗旨③，与后来五四新文化运动在思想革命意义上的"再造新文明的'觉悟'"，是在一条延长线上的。

二

《新生》因人力财力两方面的欠缺未能办成，为《新生》撰写的稿件却没有浪费。《人间之历史》《摩罗诗力说》《科学史教篇》《文化偏至论》《破恶声论》等理论文章后来发表于1907～1908年的《河南》杂志上，十六篇翻译小说刊行在1909年的第一、二册《域外小说集》上。

鲁迅为《域外小说集》撰写的序言虽短小，但如周作人所说，"气象多么的阔大"，也看得出"自负"的意思，实在是一篇"极其谦虚也实在高傲的文字"。④鲁迅写道：

---

① 迅行：《文化偏至论》，《河南》第七号（1908年）。
② 周作人曾分析鲁迅筹办《新生》杂志前后的思想转变："以前他的志愿是从事医药，免除国人的痛苦，至是翻然变计，主张从思想改革下手，以为思想假如不改进，纵然有顽健的体格，也无济于事。他本来也曾经在同乡留学生所办的杂志《浙江潮》上写过些文章，又翻译焦尔士威奴的《月界旅行》，但还没有强调文学的重要作用，大约只是读了梁任公的《新小说》，和他的所作的《论小说与群治的关系》，所受的一点影响罢了。"周作人：《知堂回想录》（上），安徽教育出版社，2008，第136页。
③ 鲁迅：《〈呐喊〉自序》，载《鲁迅全集》（第一卷），人民文学出版社，2005，第439页。
④ 周作人：《知堂回想录》（上），安徽教育出版社，2008，第160页。

《域外小说集》为书，词致朴讷，不足方近世名人译本，特收录至审慎，迻译亦期弗失文情。异域文术新宗，自此始入华土。使有士卓特，不为常俗所囿，必将犁然有当于心，按邦国时期，籀读其心声，以相度神思之所在。则此虽大涛之微沤与，而性解思维，实寓于此。中国译界，亦由是无迟莫之感矣。①

鲁迅在此明确指出了《域外小说集》相对于晚清乃至中国文学传统的开创性意义。

其一，译介动机的不同。"异域文术新宗，自此始入华土"，打破了晚清以来将域外文学价值局限于教化功能的认识，正面承认域外文学的现代思想和艺术技巧，并且明确树立"异域"文学改造"华土"文学的"新宗"地位，对域外文学异质性和"异域""新宗"地位的刻意强调都是晚清"以中化西"的归化思路中不曾有过的。

其二，现代文学的自觉。"文术"将文学作为一种近代科学范畴内的学问，不仅包括文学作品，还包括文学理论、创作方法等整套支撑现代文学的知识体系。"文术"也蕴藏着小说的文体自觉。晚清以来梁启超发起的"小说界革命"虽从"新民"意义上对小说地位做出了借力于政治的提升，但在以诗文为核心的传统文学观念内部并没有真正接纳"不登大雅之堂"的小说②。周氏兄弟是把翻译小

---

① 鲁迅：《〈域外小说集〉序》，载《鲁迅全集》（第十卷），人民文学出版社，2005，第168页。
② 例如，1903年，楚卿说："吾昔见东西各国之论文学家者，必以小说家居第一，吾骇焉。吾昔见日人有著《世界百杰传》者，以施耐庵与释迦、孔子、华盛顿、拿破仑并列，吾骇焉。吾昔见日本诸学校之文学科，有所谓《水浒传》讲义、《西厢记》讲义者，吾益骇焉。"楚卿：《论文学上小说之位置》，《新小说》第七号（1903年）。《小说月报》主编恽铁樵说："欧人以小说与文学并为一谈，故小说家颇为社会所注意。"铁樵：《作者七人·序》，《小说月报》第六卷第七号（1915年）。"窃谓小说有异乎文学，盖亦通俗教育之一种，断非精微奥妙之文学所可并论也"树珏：《本社函件最录》，《小说月报》第七卷第一号（1916年）。"文苑中之诗词，虽非小说，然小说与文学为近。"铁樵：《编辑余谈》，《小说月报》第八卷第一号（1917年）。

说作为学问来做，真正在文学学科的意义上把小说当作文学系统中的核心文体来探讨：不仅"收录至审慎"，翻译方法亦是采用"弗失文情"的直译，并认为在小说的"心声""神思"中有"性解思维"（"性解"出自严复译作，意为天才，引者注），唯有"不为常俗所囿"的"卓特"之士，才能明白——"犁然有当于心"。

其三，译介策略的不同。"词致朴讷，不足方近世名人译本"，用朴讷的古文翻译，但有别于"近世名人译本"。一般认为，这里的"近世名人"指的是林纾①，但实际上也包含对严复式文言译文以及梁启超式文白参半译文的抵抗。鲁迅早年翻译的小说，包括《哀尘》《造人术》《地底旅行》《月界旅行》等都能或多或少从中看出其受严、林、梁等译作的影响。但在翻译《域外小说集》时周氏兄弟已经有意识地疏离深得桐城义法的严复式译文、有唐宋遗风的林纾式译文和用"和文汉读法"翻译的梁启超式译文，《域外小说集》中"朴讷"的古文是受其师章太炎的影响——章太炎"革命""复古""崇魏晋"等从内容到形式的主张与桐城派殊异，也与追慕唐宋的林纾、维新派的梁启超大为不同。

其四，对"中国译界"尤其是文学译者的翻译活动重视。陈平原曾分析晚清很多译作不见译者署名的原因是"对小说翻译这一创造性劳动的轻蔑态度"，"随着译作的风行及小说地位的提高，翻译小说才逐渐成为一项被社会认可的高雅事业"。②钱锺书则博举古今中外事例说明翻译者即翻译活动的不受重视，即如清末民初影响最大的翻译小说家林纾，也非常不满意康有为在唱和诗"译才并世数

---

① 鲁迅在1932年致增田涉的信中说："《域外小说集》发行于一九〇七年或一九〇八年，我与周作人还在日本东京。当时中国流行林琴南用古文翻译的外国小说，文章确实很好，但误译很多。我们对此感到不满，想加以纠正，才干起来的。"鲁迅：《〈域外小说集〉序》，载《鲁迅全集》（第十卷），人民文学出版社，2005，第169页。
② 陈平原：《中国现代小说的起点——清末民初小说研究》，北京大学出版社，2010，第32～33页。

严、林"里品定他是个翻译家，林纾显然更愿意以古文行世。① 也正因此，"译界"才愈发显得"迟暮"，翻译愈发需要被重视。将翻译置于文学、社会和文化动态发展的框架中考察，无论是在引进新思想和激发新觉悟上，还是在提供新的语言形式和艺术技巧上，翻译文学都是推动中国现代文学创新、激活传统文学的主要力量。从鲁迅1903年翻译《哀尘》、周作人1904年翻译《侠女奴》始，周氏兄弟终其一生重视翻译，身体力行地从事文学翻译，并一直尽己所能地支持文学翻译活动，为翻译正名，强调翻译文学在中国文学现代转型中的重要性。20世纪20年代，在创造社与文学研究会就翻译地位展开的"处女"与"媒婆"之争中，鲁迅反驳了轻翻译重创作的看法："'崇拜创作'。从表面上看来，似乎这和要求天才的步调很相合，其实不然。那精神中，很含有排斥外来思想，异域情调的分子，所以也就是可以使中国和世界潮流隔绝的。……创作家出来了，从实说，好的也离不了剌取点外国作品的技术和神情，文笔或者漂亮，思想往往赶不上翻译品，甚者还要加上些传统思想，使他适合于中国人的老脾气，而读者却已为他所牢笼了，于是眼界便渐渐的狭小，几乎要缩进旧圈套里去。"② 鲁迅认为，"创作翻译和批评，我没有研究过等次，但我都给以相当的尊重。对于常被奚落的翻译和介绍，也不轻视，反以为力量是非同小可的"③。

三

值得注意的还有《域外小说集》第一册的书名和封面设计。鲁

---

① 钱锺书说，刘禹锡有诗云："勿谓翻译徒，不为文雅雄"；谢灵运译经多有成就，但评论家只重视他是大诗人不提他是翻译家；英国诗人蒲伯说有位贵人劝他不要翻译荷马史诗的理由是"一位好作家不该去充当翻译家"；法国小说家兼翻译家拉尔波在《翻译家的庇佑者》中说翻译者是文坛上最被忽视和贱视的人。钱锺书：《林纾的翻译》，载《翻译通讯》编辑部编《翻译研究论文集（1949～1983）》，外语教学与研究出版社，1984，第286、295页。

② 鲁迅：《未有天才之前》，载《鲁迅全集》（第一卷），人民文学出版社，2005，第175～176页。

③ 鲁迅：《新的世故》，载《鲁迅全集》（第八卷），人民文学出版社，2005，第185页。

迅名之曰"域外"是颇具深意的。"域外"中包含着对西方中心主义的反抗。晚清以来的翻译小说多译自欧美等诸发达国家，译者在序跋中经常援引"泰西""欧洲各国"等的情况以阐述观点，将世界简化为由欧美诸强国构成的"西方"。如果承袭晚清余脉，恐怕多半会唤作《泰西小说集》《欧美小说集》或《外国小说集》。而鲁迅命名的"域外"，则"一是偏重斯拉夫系统，一是偏重被压迫民族也"①，打破了"唯西方马首是瞻"的一元化格局——非所有的外国文学都等于西方文学。"域外"一词开创了多元化的世界文学场景，未尝不含有消解西方文学霸权的动机："查英德文书目，设法购求古怪国度的作品，大抵以俄国，波兰，捷克，塞尔维亚（今称南斯拉夫），保加利亚，芬兰，匈牙利，罗马尼亚，新希腊为主，其次是丹麦，瑙威，瑞典，荷兰等，西班牙，意大利便不大注意了。"② 鲁迅在《域外小说集》略例中强调了"域外"在选材上侧重"北欧"、"南欧"和"泰东"——这是与"欧西""泰西"相对的范畴："近世文潮，北欧最胜，故采译自有偏至。惟累卷既多，则以次及南欧暨泰东诸邦，使符域外一言之实。"③ "域外"与"外国"亦不同，"域外"的命名包含着对尚未实现民族独立与建国的"域外"人民的同情和支持。对于18世纪后期三次被俄国、普鲁士和奥地利瓜分的波兰，周氏兄弟怀着深深的同情："最为注重的是波兰，……因为他们都是亡国之民，尤其值得同情。"④

《域外小说集》一、二册中共收英、美、法国各一人一篇，俄国四人七篇，波兰一人三篇，波思尼亚一人二篇，芬兰一人一篇。第一、二册《域外小说集》的十六篇作品及作者如下。

① 周作人：《我与鲁迅之二》，载《鲁迅的青年时代》，北京十月文艺出版社，2011，第144页。
② 周作人：《我与鲁迅之二》，载《鲁迅的青年时代》，北京十月文艺出版社，2011，第145页。
③ 鲁迅：《〈域外小说集〉略例》，载《鲁迅全集》（第十卷），人民文学出版社，2005，第170页。
④ 周作人：《知堂回想录》（上），安徽教育出版社，2008，第164页。

第一册七篇，一〇七页：

【波兰】显克微支：《乐人杨珂》

【俄国】契诃夫：《戚施》《塞外》

【俄国】迦尔洵：《邂逅》

【俄国】安特来夫：《谩》《默》

【英国】淮尔特（王尔德）：《安乐王子》

第二册九篇，一一二页：

【芬兰】哀禾：《先驱》

【美国】亚伦坡：《默》

【法国】摩波商：《月夜》

【波思尼亚】穆拉淑激支：《不辰》《摩诃末翁》

【波兰】显克微支：《天使》《灯台守》

【俄国】迦尔洵：《四日》

【俄国】斯谛普虐克：《一文钱》

　　这个目录在今天看来显得简单粗陋，不足以涵括今日之"世界文学"概念。但是对于开一代风气之先的周氏兄弟来说，却是费尽周折"经营了好久"的计划。困难并非来自翻译本身，主要是因为经费紧张和原著难寻。首先是经费紧张。据周作人回忆，官方提供的留学经费实在很少："一个月领得三十三圆，实在是很拮据的"，而介绍新文学需要购买资料，只能译书赚钱；"留学费是少得可怜，也只是讲究可以过得日子罢了，要想买点文学书自然非另筹经费不可，但是那时稿费也实在是够刻苦的，平常西文的译稿只能得到两块钱一千字，而且这是实数，所有标点空白都要除外计算"。① 周氏兄弟很清楚为谋利译书和为治学启蒙译书之间的区别："翻译比较通

---

① 周作人：《知堂回想录》（上），安徽教育出版社，2008，第134、144页。

俗的书卖钱是别一件事，赔钱介绍文学又是一件事。"① 幸而，同乡蒋抑卮资助二百元，最终才使《域外小说集》得以付印。资金有限，但"介绍文学"的目的使鲁迅完全不计收益：《域外小说集》印刷"特别考究"，"蓝色罗纱纸"封面，"上好洋纸"的内页，第一册印数为1000册，第二册印数为500册，定价却只有"小银圆三角"。从中可以看出鲁迅译介域外文学建设新文学的严肃态度和奉献精神，这与以谋利为目的的很多晚清翻译小说不可同日而语。② 这种不问名利但求有贡献于新文学建设的思想是贯穿鲁迅文学生涯始终的。其次是"弱小民族"的书目难求。即如周作人所说"弱小民族，大都还被帝国主义的大国所兼并，他们的著作英文很少翻译，只有德文译本还可得到"③，鲁迅在南京和日本学过德文，可以翻译德文译本，《域外小说集》中的鲁迅所译三篇小说《谩》《默》《四日》即据德文本所译。但购买德文书籍却颇费周章，需托日本书店代购。周作人曾详细回忆兄弟二人译印《域外小说集》时的辛苦与努力：

> 东欧各国的材料绝不易得，俄国比较好一点，德文固然有，英日文也有些。杂志刊行虽已中止，收集材料计划却仍在进行，可是很是艰难，因为俄国作品英日译本虽有而也很少，若是别的国家如匈牙利，芬兰，波兰，捷克斯洛伐克，保加利亚，南斯拉夫（当时叫塞尔维亚与克洛谛亚），便没有了，德译本虽有但也不到东京来，因此购求就要大费气力。鲁迅查各种书目，又在书摊购买旧德文文学杂志，看广告及介绍中有什么这类的

---

① 周作人：《我与鲁迅之二》，载《鲁迅的青年时代》，北京十月文艺出版社，2011，第142页。
② 例如晚清翻译小说家徐念慈曾批评为牟利省力而译书的晚清译者："抑或售书，呈功易，卷帙简，卖价廉，与著书之经营久，笔墨繁，成本重，适成一反比例，因之舍彼取此，乐是不疲与？亦为原因之一。由后之说，是借不律以为米盐日用计者耳。此间不乏植一帜于文学界者，吾愿诸君之一雪其耻也。"觉我：《余之小说观》，《小说林》第十期（1908年）。
③ 周作人：《鲁迅的国学与西学》，载《鲁迅的青年时代》，北京十月文艺出版社，2011，第53页。

书出版，托了相识的书店向丸善书店定购，这样积累起来，也得到了不少，大抵多是文库丛书小本，现在看来这些小册子并无什么价值，但得来绝不容易，可以说是"粒粒皆辛苦"了。①

鲁迅设计的《域外小说集》封面也意味深长，上方是一幅长方形的取自旧德文杂志的图片：左半边是一位典雅端庄的身着希腊古装女子的半身侧影，手里握着一把竖琴；右半边是一轮从地平线上喷薄而出的朝阳，光芒万丈，一只鸟儿在阳光里展翅翱翔。鲁迅选定的图案是富有象征意味的：占画面三分之一的人像侧影凸显了人在世界中的主体位置，手中的竖琴象征着对爱、美和艺术的追求。初升的太阳寓意着"新生"，而沐浴在阳光里飞翔的鸟儿则是对自由、解放、光明世界的礼赞。图片下方是与图片所占篇幅略同的五个古朴篆字："或外小說人"，书名由鲁迅好友陈师曾题写，取法章太炎曾为周氏兄弟讲授的《说文解字》。域外风情的图画与中国古朴的篆字以同等篇幅出现在封面上，象征着中国与域外、传统与现代的碰撞与交融。《域外小说集》的正文，也是以精奥深微的古文翻译摹写异域风土人情的域外小说，看得出章太炎以"复古"为"革命"的思想对其的影响。章太炎主张的"复古"的古文，是对明清八股文和桐城古文为代表的体制化文言的超越，其主要思路是从宋以前废弃不用的古字中寻找资源，在中西文化交流过程中借西方异质性资源激活中国的传统文化，从而在抵制欧风美雨的同时实现民族文化的复兴。因此章太炎的"复古"，不是和晚清卫道士一样的保守倒退，而是有着相当激进的民族主义内核。在《域外小说集》刊行前一年发表的《文化偏至论》里，鲁迅已经清楚显示了这种独特的新文学建设思路："外之既不后于世界之思潮，内之仍弗失固有之血脉，取今复古，别立新宗。"②

---

① 周作人：《鲁迅的文学修养》，载《鲁迅的青年时代》，北京十月文艺出版社，2011，第65~66页。

② 迅行：《文化偏至论》，《河南》第七号（1908年）。

《域外小说集》的古文翻译，其实有"既不后于世界之思潮"，又"弗失固有之血脉"的考虑，即既要抵抗欧风美雨，又要保持民族气节，如此方能"别立新宗"，开创中国的新文学。

四

应当注意的是，与初创《新生》杂志的思路一致，鲁迅认为新文学建设的路径不应该似晚清一般与政治救亡直接捆绑，而是应该先有思想革命，先"立人"，再去完成救亡图存的政治使命。"立人"当是"救国"的前提，鲁迅在新文化运动和文学革命开始的十年之前就表现出先觉者的睿智和深刻，以现代思想启蒙运动为核心的新文化运动实际上是在鲁迅思想的延长线上。鲁迅主张的是建立在个人主义基础上的人道主义，先锻造具备个人主义精神的个人，再重铸重视人的尊严和价值的国民性，这与日后在文学革命中周作人在《人的文学》中提倡的人道主义精神是基本一致的。因此，在《文化偏至论》中，鲁迅一再强调人的"主观之内面精神"，强调"内面之生活""精神生活""个人尊严"是"二十世纪之文明"的内质：

> 二十世纪之文明，当必沉邃庄严，至与十九世纪之文明异趣。新生一作，虚伪道消，内部之生活，其将愈深且强欤？精神生活之光耀，将愈兴起而发扬欤？成然以觉，出客观梦幻之世界，而主观与自觉之生活，将由是而益张欤？内部之生活强，则人生之意义亦愈邃，个人尊严之旨趣亦愈明，二十世纪之新精神，殆将立狂风怒浪之间，恃意力以辟生路者也。
>
> 人生意义，致之深邃，则国人之自觉至，个性张，沙聚之邦，由是转为人国。[①]

---

① 迅行：《文化偏至论》，《河南》第七号（1908 年）。

一般认为，《域外小说集》选译小说的主题"偏于东欧和北欧的文学，尤其是弱小民族的作品，因为它们富于挣扎、反抗、怒吼的精神"①。这样的评价主要依据鲁迅1933年在的《我怎么做起小说来》中的自述：

> 注重的倒是在绍介，在翻译，而尤其注重于短篇，特别是被压迫的民族中的作者的作品。因为那时正盛行着排满论，有些青年，都引那叫喊和反抗的作者为同调的。……因为所求的作品是叫喊和反抗，势必至于倾向了东欧，因此所看的俄国，波兰以及巴尔干诸小国作家的东西就特别多。②

以及1956年周作人关于《新生》以"民族解放"为目标翻译"弱小民族""竭力挣扎"的文学的回忆：

> 《新生》的介绍翻译方向便以民族解放为目标，搜集材料自然倾向东欧一面，因为那里有好些"弱小民族"，处于殖民地的地位，正在竭力挣扎，想要摆脱帝国主义的束缚，俄国虽是例外，但是人民也在斗争，要求自由，所以也在收罗之列，而且成为重点了。③

但王宏志曾就此提出不同看法。他在考察《域外小说集》十六篇译文后，认为《域外小说集》的"政治性"并不强，无论是译自英美法帝国主义国家的小说，还是译自东北欧和俄国的小说，"几乎完全听不到'叫喊和反抗'的声音，丝毫见不到斗争的痕迹"，都是些"更沉重、更哀伤、更灰暗"的故事，"《域外小说集》原来并没有意图宣扬反抗的声音，更不要说直接联系到排满反清的革命情

---

① 许寿裳：《亡友鲁迅印象记》，岳麓书社，2011，第48页。
② 鲁迅：《我怎么做起小说来》，载《鲁迅全集》（第四卷），人民文学出版社，2005，第525页。
③ 周作人：《鲁迅的文学修养》，载《鲁迅的青年时代》，北京十月文艺出版社，2011，第65页。

绪上去"。① 王宏志进一步论证，鲁迅在《我怎么做起小说来》中对创作背景和动机的自述未必指向《域外小说集》，而周作人对《新生》的回忆一文发表在鲁迅如日中天、周作人背负罪状的 1956 年，很有可能并未如实反映创办《新生》时的思想状况。

考察《域外小说集》的翻译小说，其主题的确缺少"叫喊与反抗"，多"沉重与哀伤"：鲁迅翻译的《谩》写无法相信女友的男人在猜疑和狂怒中杀了女友之后陷入绝望；《默》写神甫伊革那支的女儿威罗在沉默压抑的气氛中离家出走卧轨自杀，开朗乐观的妻子也因此中风瘫痪陷入沉默，伊革那支最后在女儿的墓地里迷了路；《四日》写 1877 年俄国与土耳其战争中的一个掉队的伤兵孤零零倒在战场上不得营救的四日，他旁边是一具被他杀死的土耳其士兵的尸体；周作人翻译的《安乐王子》写王子塑像倒塌、燕子死了之后人们在争吵怎样重塑金像；《灯台守》写看守灯塔的波兰老翁因看故国诗人的诗集入迷而忘记点灯，最后丢了工作；《乐人扬珂》写热爱音乐的穷苦男孩被殴打致死，死前仍向往天国中有上帝赐予的胡琴；《天使》中丧母后成为孤儿的女孩玛利萨，被告知会得到天使保护，却在独自上路时遇见了狼……这样的小说从情节上看确实如王宏志所说与"民族革命或斗争"关系不大，更接近周作人面对社会、政治和革命的"中庸"态度和"移情"的文学观。② 不过，《域外小说集》译文所呈现的"衰世哀音"③，并不仅是被侮辱、被损害民族的沉重哀伤，更没有由悲情导致的颓废。周氏兄弟尤其是鲁迅对神秘主义和象征主义的偏爱体现了对人"主观之内面精神"的重视。以鲁迅推崇的俄国作家安特来夫为例，鲁迅称其：

---

① 王宏志：《"人的文学"之"哀弦篇"——论周作人与〈域外小说集〉》，载《翻译与文学之间》，南京大学出版社，2011，第 249、254 页。

② 王宏志：《"人的文学"之"哀弦篇"——论周作人与〈域外小说集〉》，载《翻译与文学之间》，南京大学出版社，2011，第 250、258～259 页。

③ 王宏志：《"人的文学"之"哀弦篇"——论周作人与〈域外小说集〉》，载《翻译与文学之间》，南京大学出版社，2011，第 263 页。

象征神秘之文，意义每不昭明，唯凭读者之主观，引起或一印象，自为解释而已。

今以私意推之，《谩》述狂人心情，自疑至杀，殆极微妙，若其谓人生为大谩，则或著者当时之意，未可知也。《默》盖叙幽默之力大于声言，与神秘教派所言略同，若生者之默，则又异于死寂，而可怖亦尤甚也。[①]

无论是对读者的要求还是对小说主人公的分析，鲁迅都特别强调现代人的心理深度。这种对人的内心的迷狂、恐惧、绝望、焦虑、抑郁等心理体验的深入挖掘，是在此前的传统小说中不曾有的现代心理体验。如柄谷行人所说，"现代的自我"不是在头脑里建立起来的，"现代的自我"作为自我得以存在，需要"现代的制度"、"风景"和"心理的人"同时作为"现代的制度"出现。所谓现代文学是"作家"的"自我""表现"，已经是在现代文学的装置之中了[②]。鲁迅称安特来夫"含着严肃的现实性以及深刻和纤细，使象征印象主义与写实主义相调和""消融了内面世界与外面表现之差，而现出灵肉一致的境地"[③]。关注人的"内面世界"的安特来夫是柄谷行人所说的"内在的人"，他写出了作为事实存在但此前没有得到呈现的现代人的心理世界，用强调主观想象、虚构、变形的表现手法，开掘出人的内在体验和思想情感深度。

试看《域外小说集》中鲁迅译安特来夫《默》的结尾描写伊革那支恐惧心理的一段，因女儿自杀而带有负罪感的伊革那支神甫来到女儿威罗墓地，冥冥中感觉女儿仍在用沉默做无声的谴责，内心

---

① 鲁迅：《〈域外小说集〉著者事略》（群益版），载《鲁迅全集》（第十卷），人民文学出版社，2005，第 174～175 页。

② 〔日〕柄谷行人：《日本现代文学的起源》，赵京华译，生活·读书·新知三联书店，2003，第 9、29 页。

③ 鲁迅：《〈黯淡的烟霭里〉译者附记》，载《鲁迅全集》（第十卷），人民文学出版社，2005，第 201 页。

感到无比惊惧恐怖：

> 时声朗而定矣。比默，恍忽有应者出于渊深，若复可辨。伊革那支复四顾屈其身、倾耳至于草际，曰："威罗答我！"则有泉下之寒，贯耳而入，脑几为之坚凝。顾威罗则默，其默无穷，益怖益阅。伊革那支力举其首，面失色如死人，觉幽默颤动，颡气随之，如恐怖之海，忽生波涛。幽默偕其寒波，滔滔来袭，越顶而过，发皆荡漾，更击胸次，则碎作呻吟之声。伊革那支眙目愕顾，五体栗然，渐逞力伸背而起，自肃其状，俾勿震越。又拂冠及膝际，以去沙尘，交臂三作十字，徐行而去。顾幽宅乃突呈异状，道亦绝矣。①

伊革那支与女儿在心灵上的隔膜导致女儿在沉默压抑中自杀。威罗死后妻子也在绝望中陷入沉默，伊革那支最终在沉默中惊惧而崩溃。安特来夫虽然在小说中以现实主义的手法描写了伊革那支一家因彼此隔膜而毁灭的悲剧命运，但给人印象最深的还是对"默"的极度夸张变形以及对主人公心理描写散发的浓烈主观感受。小说情节线索简单，浓墨重彩着力描写的是阴森恐怖的氛围和人物因痛心疾首而神智失常的心理。安特来夫并非隶属于 20 世纪俄国最有影响的作家阵营，但鲁迅毫不讳言对他的偏爱。安特来夫小说中强烈的主观感受和阴冷的艺术风格，使之呈现与清末民初流行的政治小说、侦探小说、言情小说等关注情节和趣味的小说截然不同的风格，这种鲜明的异质性是鲁迅所要强调的现代文学的特质，即对现代人"主观之内面精神"的挖掘和表现。正如俄国形式主义文论家什克洛夫斯基所说，写实主义是要把我们身边熟悉的事物陌生化，安特来夫以"内在的人"的视角发现了现代人内心深处的"风景"。

---

① 李新宇、周海婴主编《鲁迅大全集·11》，长江文艺出版社，2011，第129页。

《四日》中写一位俄土战争中负伤的战士脱离队伍在战场上度过苦难的四日：双腿重伤不能行动，身边是一具正在腐烂的被自己杀死的土耳其士兵尸体，靠土耳其士兵的水壶里的水活命，已方部队已经撤退，自己可能永远无法获救而饿死在战场……鲁迅如是翻译士兵"吾"在战场上濒死的第三天对死神和战争的恐惧：

> 是举既空。吾已不复能振，惟微合其目，奄然僵卧耳。且风向屡变，时或贶清新之气，时或依然以腐殠来。邻人为状，今日亦益厉，不能尽以楮墨。吾偶启目微睨之，乃慄然。面肉已消，脱骨而去，槁骸露齿。吾虽多见髑髅，或制人体为标本，顾未赌凶厉怖人有如此也。骸著戎服，衣结作光烂然，令吾震慑，心乃作是念曰："所谓战事，——此耳，其象在是！"①

"吾"邻近的土耳其士兵的尸体经三日已腐烂，恶臭逼人。"吾"睁眼再看时，士兵颜面已经脱骨掉下，现出露齿的骷髅。只剩尸骨上军装的"衣结"依然闪亮——这也是"吾"眼中战争的形象。接着，最后一滴水也喝光了，"吾"在对死神的恐惧中诅咒"始作战斗以苦人群之全世界"。从《谩》、《默》到《四日》，鲁迅表现出对安特来夫、迦尔洵等主观色彩浓郁、擅长书写恐惧绝望心理的作家的偏爱，也曲折传达出被侮辱、被损害的弱小民族面对强大发达国家的恐惧。竹内好在战后复刊的第 100 期《中国文学》上说："鲁迅不是很早就开始引入外国文学了吗？那时他是这么说的：我讨厌拉丁系文学。果然他并没有翻译法国和英国的小说。我认为这是很重要的。他所采用的是东欧小国的东西，是弱小民族的东西。……其结果是成为一个契机，造就了有别于日本文学的东西。我感觉到的，是他对殖民宗主国家之文学的厌恶，虽然这只是他文

---

① 李新宇、周海婴主编《鲁迅大全集·11》，长江文艺出版社，2011，第 136 页。

学上的直觉。……成为鲁迅文学出发点的意识是一种被吞噬的恐惧、迦尔洵式的恐惧。这种恐惧同时也是对封建制度的恐惧，是作为殖民地担心被世界吞噬的恐惧。……我认为这个才是他与日本文学在根本上的差异。"① 竹内好认为以鲁迅为代表的中国现代文学的出发点是对封建制度和殖民地化的双重恐惧，这种双重恐惧激发了被压迫、被侵略的中国的双重"抵抗"，并在双重抵抗中生成了中国现代文学自身的主体性以及强烈的民族主义情绪。

《域外小说集》关注弱小民族不是为了直接呈现政治斗争层面的"叫喊与反抗"，而是为了彰显现代人的灵魂的深，即人的"主观之内面精神"。唯因弱小民族在现实世界中所受的压制和在物质文明上的匮乏，通过文学锻造他们的精神强度和韧性才更为重要。当真正的政治斗争开始时，他们才更有可能被唤起"再造新文明的觉悟"，被培育成新的政治主体。在《破恶声论》中，鲁迅痛斥那些"崇强国""侮胜民"的"兽性爱国者"——他们"颂美侵略，暴俄强德，向往之如慕乐园，至受厄无告如印度波兰之民，则以冰寒之言嘲其陨落"。"吾华土亦一受侵略之国"，对于"华土同病之邦"的弱小民族，要"为自繇张其元气，颠仆压制，去诸两间，凡有危邦，咸与扶掖，先起友国，次及其他，令人间世，自繇具足"，唯其如此才能使"眈眈皙种，失其臣奴，则黄祸始以实现"②。在鲁迅看来，要实现这样的"自繇"（自由），就要唤醒民智未开的"朴素之民"的"纯白"之心和"内曜"，使之发出"心声"，把人从造成奴隶根性的社会现实中解放出来，成为弱小民族反抗侵略者、殖民者的战斗主体。从这个意义上说，弱小民族的深重危机，表面上在于列强的侵略，更本质的原因是国民自身的奴隶根性。

鲁迅对以进化论、自然科学以及尼采、拜伦等所代表的 19 世纪

---

① 〔日〕坂井洋史：《关于"东方"现代文学的"世界性"——以竹内好、石母田正和周氏兄弟对于民族主义的观点为例》，谭仁岸译，《山东社会科学》2017 年第 1 期，第 71 页。
② 鲁迅：《破恶声论》，载《鲁迅全集》（第八卷），人民文学出版社，2005，第 35、36 页。

欧洲现代文明进行整体性的把握，认为创造欧洲现代文明的主体是人，将"立人"看作恪守三纲五常的儒家传统与欧洲文明的异质性所在。在《摩罗诗力说》中，鲁迅呼唤"刚健不挠，抱诚守真；不取媚于群，以随顺旧俗；发为雄声，以起其国人之新生，而大其国于天下"的"精神界之战士"①，在反抗与战斗中实现人的尊严，经由个人主义之路实现民族主义的理想。五四时期，陈独秀也撰文强调儒家传统与西方现代文明的异质性在于人的"自由精神"："儒者三纲之说，为吾伦理政治之大原，共贯同条，莫可偏废。三纲之根本义，阶级制度是也。……近世西洋之道德政治，乃以自由平等独立之说为大原，与阶级制度极端相反。此东西文明之一大分水岭也。"他由此得出结论："伦理的觉悟"，而非"政治的觉悟"，"为吾人最后觉悟之最后觉悟"。②从鲁迅到陈独秀，以"伦理革命"和"思想革命"为中介连接"文学革命"与"政治革命"的思路是一致的。辛亥革命前鲁迅作为先觉者的觉悟和思考，在处于一战危机和辛亥革命失败后共和危机的五四时期得到了回应。从这个角度来看，如周作人所说，"'五四'以后发生新文学运动"，"可以看做《新生》运动的继续"③。

第四节　"文术新宗""始入华土"

——域外文学典范的确立

1906 年 3 月离开仙台医专对鲁迅留日时期的译著活动具有转折意义。如果说此前鲁迅译著是深受"政治救国""科学救国"的时代氛围感召，那么 1906 年春夏之后的鲁迅离开仙台去东京，为"改

---

① 鲁迅：《摩罗诗力说》，载《鲁迅全集》（第一卷），人民文学出版社，2005，第 101、102 页。

② 陈独秀：《吾人之最后觉悟》，《青年杂志》第一卷第六号（1916 年）。

③ 周作人：《知堂回想录》（上），安徽教育出版社，2008，第 161 页。

变精神”而从事“文艺运动”，在文学革命开始的十年之前即进行了先觉者自觉的探索。在文言、白话、欧化语之间，鲁迅不断尝试用不同于晚清流行的体制化文言和章回体白话的语言进行翻译，为汉语的现代转型不断输入新质。鲁迅留日时期的译文前期追慕严、林的雅驯文风，间或可见“新民体”的慷慨激昂和“冷血体”的冷隽峭拔。留日后期的译文则特别突出西方小说的异质性，他在叙事模式、心理描写等层面进行了有益的探索。在译介策略上，鲁迅开始采用直译的方法刻意凸显域外文学的异质性，以促进新文学的诞生。而从周氏兄弟对作家小传、引文注释、标点符号等细节的强调上，可以看出作为范式的域外文学典范的确立。

一

《哀尘》和《斯巴达之魂》译于 1903 年，皆译之以文言，这在清末民初是相当普遍的现象，与译者的知识结构、文言本身的特点、拟想读者和文体传统都有关系。首先，对于鲁迅这一代曾接受传统私塾教育的知识分子而言，读古书写古文是自小接受的训练，以文言为书面语的创作或翻译对他们来说更得心应手，对于严复、林纾、梁启超、陈景韩等晚清一代知识分子就更是如此：自严复 1897 年翻译出版《天演论》和林纾 1899 年翻译出版《巴黎茶花女遗事》始，二人的翻译活动始终都用古文，所不同的仅是严复追求“汉以前字法句法”的“尔雅”①，林纾则更加心仪唐宋古文。梁启超 1902 年翻译《十五小豪杰》时为达到启蒙目的初拟“纯用俗话”，但“甚为困难”，最终改为“劳半功倍”的文言②。此外文言本身也具有优势：凝练、深刻、优雅、含蓄、音韵铿锵，承载了中国文化传统尤其是人文传统的精华，很多词语和表达方式因有丰厚的古代经史典

---

① 严复：《〈天演论〉译例言》，载徐中玉主编《中国近代文学大系·文学理论集·2》，上海书店，1995，第714页。
② 少年中国之少年：《〈十五小豪杰〉译后语》，《新民丛报》第六号（1902年）。

籍支撑而更显"言有尽而意无穷"。从读者的角度看，《浙江潮》的
读者是晚清留学生群体，多为徐念慈所说的"出于旧学界而输入新
学说者"，他们对"遣词缀句，胎息史汉，其笔墨古朴顽艳，足占文
学界一席而无愧色"的林译小说文体更有好感，因而"崇拜之者
众"①。此外，《哀尘》与《斯巴达之魂》文言译文也与文体有关。
《哀尘》接近于笔记体小说，《斯巴达之魂》则接近于史传，这两种
文体在中国历史悠久，用文言翻译没有任何障碍，用白话翻译反而
会遭遇困难。

　　值得注意的是，同样译于 1903 年前后的科学小说《月界旅行》
《地底旅行》《北极探险记》使用了文白参半的语言。鲁迅自述翻译
科学小说的译介动机是使读者"获一斑之智识，破遗传之迷信"，这
是受晚清"科学救国"时代氛围影响所致，其"导中国人群以进
行，必自科学小说始"②的表述与梁启超"今日欲改良群治，必自
小说界革命始；欲新民，必自新小说始"③的句式何其相似。鲁迅翻
译科学小说与梁启超翻译政治小说一样，都带有"导化群氓"的政
治启蒙目的，但除政治启蒙之外，鲁迅还有"改良思想，补助文明"
的思想启蒙动机，以科学精神改造国民性。这样的想法在与鲁迅密
切接触的浙江留日学生中是比较普遍的，例如《浙江潮》第三期有
飞生的这样一段论述：

　　　　吾中国民有最恶之性质一，曰组织力薄弱而无规则思想是
也。凡世界无论如何极大极公平之题目，苟一入无规则思想者
之脑筋中，未有不横决而入于大祸者，此吾考之各种历史而知
者也。无规则之原因何在？则科学思想之不发达其首也。凡人

---

①　觉我：《余之小说观》，《小说林》第十期（1908 年）。
②　鲁迅：《〈月界旅行〉辨言》，载《鲁迅全集》（第十卷），人民文学出版社，2005，第
　　164 页。
③　饮冰：《论小说与群治之关系》，《新小说》第一号（1902 年）。

之有科学思想者，其论事必条理，其处事必精神周到，其断事必决绝，其立身必整齐而厚重。何以故？盖科学与一人之品性有密切之关系在焉。

在晚清士农工商传统社会结构分崩离析之际，飞生特别看重留学生在社会中的重要地位，他寄希望于留学生能对"全体"实行"文明"启蒙和"道德"启蒙，"以救中国"：

> 欲其近于文明，必先有一种特别社会能握全群之机关，自成一种风俗，此社会先动而后能渐及于全体。……今苟欲提倡道德，终不可不赖是，虽然我国无之也。官社会，勿论矣。士社会，虽有可乘之地位，然性质薄弱不足以任艰险也。农工商社会则智识太浅有不足。于是吾思之，重思之，今日之责任断不能不归于留学生。……吾侪今日者将挟其学、挟其智、挟其才、挟其手段以救中国。其学其才其智必足以救之。①

鲁迅正是带着这种以留学生为代表的新式知识分子的使命感和责任感翻译科学小说的。与《哀尘》《斯巴达之魂》以留学生群体为主的拟想读者不同，科学小说中文白参半的语言和章回体小说形式的翻译对于文化水平不高的读者来说通俗易懂。《浙江潮》发刊词曾有"本志有白话一种，纯以官音演说，女学及儿童教育俾略识之无之妇孺皆能通晓，并可学习官音"②的声明，非常看重白话文章浅近直白的通俗教育功能。在中国古代文类系统中，笔记体文言小说与章回体白话小说分属雅/俗不同的文类，前者是"补正史之阙"的"雅文学"，后者是"普通社会"的"小说思想"，两者的表现内容、

---

① 飞生：《国魂篇》，《浙江潮》第三期（1903 年）。
② 《发刊词》，《浙江潮》第一期（1903 年）。

语言及体制都各有天地。在启民新智的时代氛围中，清末民初较为普遍的看法是，"白话体"有"通俗逮下"之功，是"小说之正宗"。"文言体""道源最古""故于社会无大势力，而亦无大害"。白话章回体"趣味之浓深，感人之力之伟大，亦倍蓰之而未有已焉"，故"于中国社会上势力最大"。① 因此，梁启超倡导的"小说界革命"针对的就是白话章回体小说。鲁迅在翻译《月界旅行》和《地底旅行》时使用章回体小说的体式对原作进行了改写，有利于达到"使读者触目会心，不劳思索"，于"不知不觉间"② 获取知识的目的。例如《月界旅行》及《地底旅行》全部采用章回体对偶回目，《月界旅行》以"究竟为着甚事，且听下回分解"等作为结尾的套语，以全知视角连贯讲述，以"一线串珠"的单一情节演进为叙事主线，等等。在文言/白话译语的使用上，鲁迅没有完全依循明清章回体小说的体制使用白话，而是做出了多种探索。如《月界旅行》中属于书面语范畴的书信用文言，叙事用白话：

> 到了次日，忽见有个邮信夫进来，手上拿着书信，放下自去。社员连忙拆开看时，只见上写道：
> 本月五日集会时，欲议一古今未有之奇事。谨乞
> 同盟诸君子贲临，勿迟是幸！十月三日，书于拔尔祛摩。枪炮会社社长巴比堪。
> 社员看毕，没一个晓得这哑谜儿，惟有面面相觑。那性急的，恨不能立刻就到初五，一听社长的报告。③

在《地底旅行》中则是在描写人物和风景时间或使用文言的套语和典故，叙事用文雅白话，对话则时而文言，时而白话：

---

① 管达如：《说小说》，《小说月报》第三卷第七号（1912 年）。
② 鲁迅：《〈月界旅行〉辨言》，载《鲁迅全集》（第十卷），人民文学出版社，2005，第164 页。
③ 李新宇、周海婴主编《鲁迅大全集·11》，长江文艺出版社，2011，第13 页。

山有最高峰，曰斯恺兹列。每年七月顷，喷火以后，其巅
留一巨穴。余欢喜无量，不觉雀跃。余覃思大念，欲旅行地底
者久矣，今幸获新知，可偿夙愿，故决计一行。

……

只见洛因已从门外款款而入，黛眼波澄，蜷发金灿，微笑
问道："君气色大恶，遮莫有烦恼么？"……原来这洛因是列曼
的亲戚，生得蕙心兰质，楚楚可怜，与亚萬士极相契合。然洛
因虽是女子，却具有冒险的精神，敌天的豪气，所以得知此番
地底旅行，却比亚萬士更为欢喜。

……

船长却悠然答道："阁下何必着急如是呢？荒村景色，处处
宜人。策杖寻幽，岂不大佳么？"亚萬士亦在傍笑道："终日奔
驰，独未探得此事。此刻有什么法子呢？"列曼没法，只得走到
平原，瞻眺风景。但见茅屋参差，远林如荠，晚禾黄处，小鸟
欢鸣。乳羊成群，牧童偷睡。亚萬士亦为之心旷神怡，大赏旅
行的佳趣。渐而晚山争赭，慕（暮）霭苍然，两人便入村中，
饮了几瓶啤酒，徐步登舟。①

在《北极探险记》中，鲁迅有意识地尝试用文白对应叙事与对
话："叙事用文言，对话用白话。"小说中文言白话混杂的情况在清
末民初十分常见，为使语言纯净统一，《新小说》《新新小说》等杂
志征稿时都告诫作者文白皆可，但"既用某体者，则全部一律"。②
鲁迅的自觉尝试与清末民初很多译者因草率随意导致的文白混用不
同，是在译介异质的域外文学作品时对文言及白话表达范围的有意
扩展。对于创作小说来说，雅/俗、文/白泾渭分明的传统文类限制

---

① 〔英〕威男（实为〔法〕凡尔纳著，引者注）：《地底旅行》，索子译，《浙江潮》第十期
（1903 年）。
② 《中国唯一之文学报〈新小说〉》，《新民丛报》第十四号（1902 年）。

会使作者自然而然地遵循既有的体制，不会另辟蹊径地挑战文白混杂的语言。但是对于翻译小说来说，译者要面对与中国传统小说迥异的词语、句法、标点符号等，以及异域新鲜的内容、思想和笔法。鲁迅尝试用文白之分对应叙事对话之别，体现出借译文激发文言和白话的表现力的努力。但是这种自觉的尝试在当时并不能为时人所理解，《北极探险记》的译稿托人介绍给商务印书馆，不但被退稿，还被编辑斥之为"译法荒谬"①，之后数次投稿均被拒绝，最终在邮寄过程中遗失，殊为遗憾。

二

在从仙台退学之前，即 1903～1906 年，鲁迅受严复、林纾、梁启超、陈景韩等人的影响较大，译文既有严、林所追求的雅驯之风，也可见梁启超"新民体"的"笔锋常带情感"、陈景韩"冷血体"的冷隽峭拔的风格。周作人曾回忆，留日之前的鲁迅在南京矿务铁路学堂读书时，喜爱阅读的作品是严幾道（严复）、林琴南（林纾）、梁任公（梁启超）、冷血（陈景韩）、苏曼殊的译本：

> 在南京的时候，豫才就注意严幾道的译书，自《天演论》以至《法意》，都陆续购读。其次是林琴南，自《茶花女遗事》出后，随出随买，我记得最后的一部是在东京神田书林所买的《黑太子南征录》，一总大约有三二十种吧。其时"冷血"的文章正很时新，他所译述的《仙女缘》，《白云塔》我至今还约略记得。又有一篇嚣俄（今改译雨果）的侦探谈似的短篇小说，叫作什么尤皮的，写得很有意思。苏曼殊又在上海报上译登《惨世界》，于是一时嚣俄成为我们的爱读书，找些英日文译本来看。末了是梁任公所编刊的《新小说》，《清议报》与《新民

---

① 鲁迅：《致杨霁云》，载《鲁迅全集》（第十三卷），人民文学出版社，2005，第 99 页。

丛报》的确都读过也很受影响，但是《新小说》的影响总是只有更大不会更小。梁任公的《论小说与群治之关系》当初读了的确很有影响，虽然对于小说的性质与种类后来意见稍稍改变，大抵由科学或政治的小说渐转到更纯粹的文艺作品上去了。①

1961 年 4 月，陈梦熊就发表在《浙江潮》第五期上的译文《哀尘》和《斯巴达之魂》请教周作人是否为鲁迅所作，得到的回复是：

> 承录示《哀尘》一篇，此确系鲁迅所译，因一因署名"庚辰"，此乃系最后制伏怪物"无支祁"之神人，鲁迅曾取以为号，二因其文体正是那时的鲁迅的，其时盛行新民体（梁启超）和冰（冷）血体（陈冷血），所以是那么样，译者附言更是有他的特色。《斯巴达之魂》想系根据日文编译的，若是翻译一定写出原作者的姓名了。②

再来看《哀尘》中鲁迅的译文和译者附言，前者有明显的"冷血体"风格，后者则颇具严复古文的特点：

> 既达警署，嚣俄欲径入为女子雪其罪。复自省曰：己之名，已多知者。且迩日报章亦遍揭之。因是等事，而辄厕入其中，则物议所从生也。要之，嚣俄毋入署。
>
> 拘此女子之警署，则在楼下。前临通衢。嚣俄欲悉其究竟，据窗窥之，见此女子以失望之余，惨然伏地而搔其发。嚣俄怦然心动，恻怛不堪。渠复深思，终而觉悟，曰：嚣俄应入署。

---

① 周作人：《我与鲁迅之二》，载《鲁迅的青年时代》，北京十月文艺出版社，2011，第 141 页。
② 陈梦熊：《知堂老人谈〈哀尘〉〈造人术〉的三封信》，《鲁迅研究动态》1986 年第 12 期，第 39～40 页。

……

兹……而嚚俄遂署名。女子惟再三曰：此绅士如何之善人乎！渠如何之善人乎！①

译者曰：……频那夜迦，衣文明之衣，跳踉大跃于璀璨庄严之世界；而彼贱女子者，乃仅求为一贱女子而不可得。谁实为之，而令若是！老氏有言："圣人不死，大盗不止。"彼非恶圣人也，恶伪圣之足以致盗也。嗟社会之陷穽兮，莽莽尘球，亚欧同慨，滔滔逝水，来日方长！使嚚俄而生斯世也，则剖南山之竹，会有穷时，而《哀史》辍书，其在何日欤？其在何日欤？②

周作人认为，"读'频那夜迦'以下一节，特别是'剖南山之竹'以下，确实可以感到，鲁迅的受严幾道、梁任公的影响的文章，而思想则是他自己的。……陈冷血在时报上登小说，惯用冷隽，短小突然的笔调，如抄本第三页（按指《哀尘》抄件）'要之嚚俄毋入署''嚚俄应入署''兹……（另行）而嚚俄遂署名。（另行）女子惟再三曰：云云'均是。"③

在鲁迅的译文中，从词语到句法、标点，从选材到文风，都可以看出严、林、梁、陈的痕迹。1935 年，鲁迅回忆："《斯巴达之魂》，现在看起来，自己也不免耳朵发热。但这是当时的风气，要激昂慷慨，顿挫抑扬，才能被称为好文章，我还记得'被发大叫，抱书独行，无泪可挥，大风灭烛'是大家传诵的警句。但我的文章里，也有受着严又陵的影响的，例如，'涅伏'就是'神经'的腊丁语的音译，这是现在恐怕只有我自己懂得了。"④ 周作人回忆："严幾

---

① 〔法〕嚚俄：《哀尘》，庚辰译，《浙江潮》第五期（1903 年）。
② 〔法〕嚚俄：《哀尘》，庚辰译，《浙江潮》第五期（1903 年）。
③ 陈梦熊：《知堂老人谈〈哀尘〉〈造人术〉的三封信》，《鲁迅研究动态》1986 年第 12 期，第 40 页。
④ 《鲁迅全集》（第七卷），人民文学出版社，2005，第 4 页。

道又用了'达旨'的办法……琅琅可诵，有如'八大家'的文章。
因此大家便看重了严几道，以后他每译一部书来，鲁迅一定设法买
来。……康梁虽然都是保皇的，但梁任公毕竟较为思想开通些，他
的攻击西太后看去接近排满，而且如他自己所说，'笔锋常带情感'，
很能打动一般青年的心，所以有很大的势力。……我们对林译小说
有那么的热心，只要他印出一部，来到东京，便一定跑到神田的中
国书林，去把它买来，看过之后鲁迅还拿到订书店去，改装硬纸板
书面，背脊用的是青灰洋布。"① 王风指出，《月界旅行》和《地底
旅行》的题材很可能受到梁启超译《十五小豪杰》和卢藉东译《海
底旅行》的影响，《斯巴达之魂》的题材可以溯源至梁启超在《新
民丛报》第十三号上发表的《斯巴达小志》，而《〈月界旅行〉辨
言》中"然人类者，有希望进步之生物也，故其一部分，略得光明，
犹不知餍，发大希望，思斥吸力，胜空气，泠然神行，无有障碍。
若培伦氏，实以其尚武之精神，写此希望之进化者也"则"纯是严
复观念，梁启超文风"。而冷血的影响，则主要在于大量使用"密集
分段和问号叹号"和"短峭的句式"②。

三

《造人术》是鲁迅留日时期译作中一个有转折意义的文本，很可
能是鲁迅"弃医从文"立志从事文艺运动的第一篇译作③。这篇一

---

① 周作人：《鲁迅与清末文坛》，载《鲁迅的青年时代》，北京十月文艺出版社，2011，第
82、83、85 页。
② 王风：《世运推移与文章兴替——中国近代文学论集》，北京大学出版社，2015，第 125、
131、135 页。
③ 2001 年，日本学者神田一三推测，"如果《造人术》公开发表于 1905 年，说明他是在学
医时翻译的"。〔日〕神田一三：《鲁迅〈造人术〉的原作》，许昌福译，《鲁迅研究月
刊》2001 年第 9 期，第 36 页。2010 年，据宋声泉考证，"《造人术》真正的刊发时间在
1906 年 4 月以后，那么认定其翻译时间是 1906 年的春天。"宋声泉：《鲁迅译〈造人术〉
刊载时间新探——兼及新版〈鲁迅全集〉的相关讹误》，《鲁迅研究月刊》2010 年第 5
期，第 45 页。

千四百余字的小说，与此前鲁迅译作相比是最短的一篇，但是在中国文学现代转型的视野中考察却别具深意。

《造人术》开头的环境描写风格颇得严复《天演论》译笔简约雅洁的神采：

> 疏林居中，与正室隔，一小庐，三面围峻篱，窗仅一，长方形，南向。垂青缟缦，光灼然，常透庭面，内燃劲电，无间昼夜，故然。[1]

> （可对比严复译赫胥黎《天演论》，开头为：赫胥黎独处一室之中，在英伦之南，背山而面野。槛外诸境，历历如在几下。乃悬想二千年前，当罗马大将恺彻未到时，此间有何景物。）

《造人术》的句法也深得"冷血体"冷峻简利、频繁分段之风，试看如下句式：

> 而实若何？
>
> ……
>
> 自信如金石。
>
> ……
>
> 虽然，今竟何如？今日今时竟何如？彼之容止，将日冷淡耶？
>
> 视之，彼频晕矣。呼翁暴，故彼肩低且昂。
>
> ……
>
> 此何物耶？
>
> ……

---

[1] 〔美〕路易斯·托仑：《造人术》，索子译，载《鲁迅译文全集》（第八卷），福建教育出版社，2008，第5页。

　　　视之！视之！

　　　……

　　　否否——重视之，重视之。

　　　……

　　　视之！视之！视之！①

　　讲述实验室造人的《造人术》在题材上看似与《月界旅行》《地底旅行》同属科学小说，但鲁迅译介此文已不是如《月界旅行》《地底旅行》一般普及科学知识。鲁迅的译文是对日文原文的忠实翻译②，直译的方法忠实地呈现了域外小说与传统小说迥然有别的表现技巧，表现出在文学本体意义上对小说在形式上的追求。《造人术》最为人瞩目的是对主人公伊尼他的心理描写、全知叙事与限制叙事方式的自由转换，以及第三人称叙事与第一人称叙事的自由转换，而这些日后都成为五四作家推动中国小说叙事转型的关键。长久以来，由于说书艺人以"说－听"传播方式为基础生成的表现技巧在案头小说中传承，中国传统章回体小说多采用"全知视角连贯讲述一个以情节为中心的故事"③，全知视角使叙事者可以自由出入人物内心，因而很难有深入的心理描写。全知视角的万能叙事者宛如上帝一般洞悉一切的叙事也往往破坏小说的真实感，使得小说结构的重心不得不落在曲折离奇的情节上。与传统章回体小说截然不同的是，《造人术》的情节简单，讲述伊尼他造人的故事，但却有丰富精彩的心理描写和叙事视角及人称的转换。试看如下段落：

---

① 〔美〕路易斯·托仑：《造人术》，索子译，载《鲁迅译文全集》（第八卷），福建教育出版社，2008，第5～6页。

② 据神田一三考证，鲁迅《造人术》的日文版原作，收录于原抱一庵主人（余三郎）所译的《（小说）泰西奇闻》（知新馆，1903）中。上写"ルイストロング"（路易丝·斯特朗——译者）原作，原标题也是《造人术》。〔日〕神田一三：《鲁迅〈造人术〉的原作》，许昌福译，《鲁迅研究月刊》2001年第9期，第38页。

③ 陈平原：《中国小说叙事模式的转变》，北京大学出版社，2010，第259～260页。

伊尼他氏前，陈独立几，上有波黎器，弯曲有口似水注，正横卧。

有白色波，自横卧屈曲水注状器之口出，流以滞，端见玄珠，极黑，极微，伊尼他视线所注者此。

视之！视之！

此小玄珠，如有生，如蠕动，如形成，乃弥硼（膨）大，乃如呼翕，乃能驰张。此实质耶？实物耶？实在耶？幻视幻觉，罔我者非耶？我目非狂瞀耶？我脑非坏乱耶？

否否——重视之，重视之。①

前两段以第三人称全知叙事方式描写伊尼实验室中的场景：曲口玻璃器中的“玄珠”——“人芽”。后三段则迅速转为第一人称限制叙事方式，从伊尼他的视角写发现“玄珠”的惊讶、激动、兴奋的感受。两部分的转换非常自然，一连串“……耶？”的急促反问和“视之！视之！”的短句都是伊尼他的所思所感，“罔我者非耶？我目非狂耶？我脑非坏乱耶？”以第一人称“我”进行的心理描写非常生动鲜活。《造人术》与诸多晚清小说包括鲁迅此前的翻译小说最大的不同在于以第一人称直接表现叙述者的内心感受，并以叙述者“我”的主观感受安排故事的发展节奏，突出主人公的心理体验。晚清小说多采用以情节为中心的“记账式”写法，而《造人术》以“我”的心理描写为中心，大大增强了小说的艺术感染力。刊发此文的《女子世界》编辑丁初我在译者附言中发出了“吾读《造人术》而喜！吾读《造人术》而惧！”②的感叹，真切反映出以生动的心理描写给读者带来的新异审美体验。而对心理、情调、风格的追求取

---

① 〔美〕路易斯·托仑：《造人术》，索子译，载《鲁迅译文全集》（第八卷），福建教育出版社，2008，第6页。

② 熊融：《鲁迅最早的两篇译文——〈哀尘〉、〈造人术〉》，《文学评论》1963年第6期，第90页。

代对趣味和情节的关注，正是清末民初小说向五四小说转型最重要的环节。作为参照，我们可以看一下受白话章回体小说体式限制的《地底旅行》，用全知视角表现亚薾士内心活动时的乏力：

> 亚薾士越加惊疑，暗想此必发狂无疑。惟呼洛因来，或可稍解其烦闷。仰首吐息，涉想方殷。不图列曼学士早经瞥见，大声叫道："亚薾士！亚薾士来来！"
>
> ……
>
> 驭者加上一鞭，黄尘拥轮，去如激箭。亚薾士眼中惟仿佛见亭亭倩影，遥望车尘，而马车一转，正被列曼遮着，暗忖道：余欲望洛分，叔父蔽之。
>
> ……
>
> 亚薾士虽历览雄都，终不免时生遐想。望伊人兮天一方，挑灯偶语，联袂游行，都如昨梦，不可得矣。亚薾士方支颐驰思，恍若有亡。①

全知视角下的叙述者借"暗想""暗忖""遐想""驰思"描述主人公心理，很难精确细腻地表现人物的心理活动，也不易使读者阅读时产生真实感。从文学转型的角度看，意译/直译的译介方法关系重大。域外小说重心理描写，章回体小说重情节趣味，鲁迅在意译《地底旅行》和《月界旅行》时受限于章回体小说体式不得不对域外小说进行改写，而《造人术》中的直译则有意无意地突出了西方小说的异质性，在1909年出版的第一、二册《域外小说集》中对这种异质性的强调越发明显。正是这些中外小说之间存在的异质性要素，成为新文学建设过程中中国小说由传统向现代转型的催化剂。

---

① 〔英〕威男（实为〔法〕凡尔纳著，引者注）：《地底旅行》，索子译，《浙江潮》第十期（1903年）。

五四时期的文学革命以"人的文学"为出发点，强调情调、风格、主观感受、心理体验是衡量小说的首要标准，而为清末民初文人所看重的情节、趣味、雅驯文笔等，则成为过时的"前现代"特征。

四

《域外小说集》中，鲁迅的三篇译作《谩》《默》《四日》题材不同，但主人公都是有着孤绝心理体验的个人，体现了鲁迅对现代社会中人的"内面之精神"的关注。鲁迅直译的翻译策略愈发凸显了域外小说中主人公的"内面世界"，与充满主观色彩的环境描写一同营造出狂放、神秘、幽深、压抑、恐惧等极致的心理体验，《谩》和《四日》的第一人称视角更有利于表现人的"内部之生活"，在极端处境中对现代人灵魂深处的挖掘之深让人叹为观止。从叙事模式上看，三篇小说使用了传统小说中较少见的第一人称、限制视角、客观叙述，使叙事者不能如章回体小说一样自由出入被观察的主人公的内心世界，但却可以细致精微地描绘出作为观察主体的主人公的内心世界。

《谩》采用了第一人称、限制视角的叙事模式。小说以"吾"的视角讲述了一个挚爱女友的"狂人"陷入"谩"（欺骗）的恐惧之中，求"诚"而觉"谩"并在"谩"的感受中发狂，最终杀死女友，却仍不能从"谩"的主观感受中解脱。《谩》以限制视角叙事，"吾"始终不知女友所想所为，而在一再的猜疑中认定女友欺骗自己。尽管女友反复表白："吾爱君，汝宜信我"，"吾爱君，吾悉属汝"，在狂人看来都是"其外满敷诚色，而内乃暗然"，"顾盼亦复幽闶不可彻"。[①] 小说对"吾"的幻觉描写和心理描写深入精微，写"吾"等候女友而女友未至时：

---

① 李新宇、周海婴主编《鲁迅大全集·11》，长江文艺出版社，2011，第119、121 页。

吾不知胡以时复大乐，破颜而笑，指则拳曲如鹰爪，中执一小者，毒者，鸣者，——厥状如蛇，——谩也。谩蜿蜒夺手出，进啮吾心，以此啮之毒，而吾首遂眩。嗟夫！一切谩耳——①

以第一人称视角写"吾"杀女友后之懊悔：

嗟夫，吾误矣！吾杀女子，而使谩乃弗死。吁，使未以祈求讯鞫，黏诚火于汝心，则慎毋杀女子矣！②

写女友死后"吾"仍无法从受骗感中摆脱的恐惧与绝望：

嗟夫，惟是亦谩，其地独幽暗耳。劫波与无穷之空虚，欠伸于斯，而诚不在此，诚无所在也。顾谩乃永存，谩实不死。大气阿屯，无不含谩。当吾一吸，则鸣而疾入，撕裂吾胸。嗟乎，特人耳，而欲求诚，抑何愚矣！伤哉！③

小说的环境描写也是以第一人称视角展开，与人物心理相互映衬。例如，对"吾"杀女友前所见阴森诡异的环境描写衬托狂人阴冷凄绝的心理："吾居遥在市外，大野被雪，进瞰幽窗，环野皆幽黯，此外亦惟幽黯屹立，茂密无声。野乃自发清光，如死人面目之在深夜。——巨室盛热，一烛方燃，其红焰中，死野又投以碧采。"④

《默》采用了限制视角、客观叙述的叙事模式。除了老神甫伊革

① 李新宇、周海婴主编《鲁迅大全集·11》，长江文艺出版社，2011，第121～122页。
② 李新宇、周海婴主编《鲁迅大全集·11》，长江文艺出版社，2011，第123页。
③ 李新宇、周海婴主编《鲁迅大全集·11》，长江文艺出版社，2011，第123页。
④ 李新宇、周海婴主编《鲁迅大全集·11》，长江文艺出版社，2011，第121页。

那支对女儿威罗的问询流露的蛛丝马迹之外，到底是何原因导致威罗的沉默，小说并未交代。老神甫到底是冷酷自私的可恶之人还是不善交流的可怜之人，小说也未给出判断。而恰恰是限制视角加深了小说人物的真实感，给读者留出丰富的想象和解读空间。小说的叙事方式也不同于以笔记体和章回体为代表的中国传统小说。例如小说结尾写伊革那支在威罗的墓地中迷路，语言描写、行为描写、心理描写、环境描写融为一体，相得益彰：

> 伊革那支自哂曰："误矣！"遂止岐路间。顾不能俟，未一秒时，即复左折，默迫之耳。默出自碧色垅中，十字架亦各嘘气，地怀僵蜕，孔孔均吐幽波。伊革那支行益急，左右奔驰，越墓撞于阑槛，铁制华环，刺手见血，法服亦撕裂如鹑衣，第心中则止存一念，曰觅去路耳。
>
> 伊革那支尽其心力，跳跃往来，久乃益疾，长发散乱于法服之上，而去路终不在前。其时状至怖人，张口釡息，色如狂醒，厉于幽鬼。终乃奋力一跃，突出墓场。①

第一句是神甫强作镇定的自言自语。"遂止……左折"是描写神甫惊慌失措的行为。"默迫之耳……均吐幽波"是描写几欲发狂的神甫感受到绿色坟墓中腾然而起的沉默后的恐惧心理，堆满尸体的土地的每一个毛孔"均吐幽波"，阴森恐怖之至。接着是伊革那支慌不择路左冲右突衣衫凌乱的行为描写。最后一部分写伊革那支在极度恐惧中狂奔，乱发纷飞，如"幽鬼"般恐怖吓人。自由直接引语、自由间接引语和心理叙事的交叉使用显示了翻译文体特有的风格。

《四日》也是采用第一人称、限制视角的叙事模式。小说以俄土

---

① 李新宇、周海婴主编《鲁迅大全集·11》，长江文艺出版社，2011，第129页。

战争中受伤的俄军伤兵彼得·伊凡涅支的视角记录在战场上孤独等待救援的煎熬四日。"吾"双腿受伤不能行动，自己所属的俄军部队已撤离战场，在断粮缺水的情况下"吾"时刻感受到死神将至。小说以第一人称视角叙事，以多个片段结构全文，每个片段都以伤兵的限制视角展开：对战争亦真亦幻的记忆，剧痛中知道自己双腿负伤，呻吟中发现身旁土耳其兵的死尸，绝望中对死后的想象以及对生的留恋，从死尸身上拿到水壶的稍纵即逝的兴奋和随之而来的沮丧，对母亲和恋人的回忆以及对残酷战争的诅咒，极度衰弱中在死亡边缘中挣扎……全文大部分都是"吾"的幻觉、感觉、梦境、回忆等心理描写，其中不乏意识流色彩的描写。直到最后获救，方才打破独白与救援战友有简短对话。试看小说中"吾"在战场上苦撑四日后濒死的心理体验：

> 别矣吾母，别矣吾爱吾妻！……死！汝安在？趣来前，趣来前，趣擭我矣！
>
> 顾死乃不来，亦不擭我。吾惟卧烈日之下，咽干且坼，而水无余滴，尸殍则弥曼空气中，彼肉全尽矣，有无量数蛆蠕蠕而坠，蠢动满地，既食邻人尽，仅余槁骨戎衣，——则以次及于我，而吾之为状，于是如前人！
>
> 白昼既去，深夜继之，亦复如是。比夜阑而东方作，亦复如是。又空过一日矣。……
>
> 棘枝动摇，有声如私语，右谓我曰："汝死矣，死矣，死矣！"左则应之曰："不复相见也，不复相见也，不复相见也！"①

这一段中既有对亲人的回忆与生的留恋，又有不堪忍受折磨但

---

① 李新宇、周海婴主编《鲁迅大全集·11》，长江文艺出版社，2011，第136页。

求速死的挣扎，还有对烈日以及身边死尸的描写，以及由此想到自己也即将变成死尸的恐惧，最后则是幻觉身边簌簌作响的灌木丛"有声如私语""汝死矣"。整篇小说完全以第一人称视角和限制叙事写濒死之人的心理体验，而不致力于情节的起伏跌宕，这在中国传统小说中几乎是没有的。

从传统小说观来看，《谩》、《默》和《四日》重心理描写而不重情节——既非"曲折离奇"，也缺乏"趣味"。三篇小说中主人公紧张复杂的心理体验也是在中国传统小说中相当罕见的，这正是鲁迅对引入文学作品中的"主观之内面精神"的尝试，正是因为"象征印象主义与写实主义相调和""消融了内面世界与外面表现之差，而现出灵肉一致的境地"①，鲁迅才对安特来夫的作品青睐有加。三篇小说中主人公孤独、压抑、恐惧、绝望的心理感受，已有注重"内面之世界"的"现代"意味。讲史、公案、世情、神魔、英雄等中国古代传统小说类型都是对外部世界人与事的讲述，而这些小说则致力于讲述有着超常敏锐、丰富感觉的主人公与外部世界之间充满苦痛的精神联系。

周氏兄弟译介小说是为"改造精神"，这与清末民初绝大多数译者的政治启蒙或商业利益的动机不同。周氏兄弟是将文学视为西方现代文明的精髓，引入域外文学激活衰落中的古帝国的文明，他们的译介标志着异域文学典范地位的确立以及在学科意义上现代文学的确立。他们突破了清末民初译者对"情节曲折"和"文笔雅驯"的关注，以寻根究底的科学精神和追求真理的求实精神，把域外文学翻译引向"学问"的探讨。从他们对作品中的注释及作家小传的重视，可以看出晚清译者与周氏兄弟的差距。1906 年，周氏兄弟翻译哈葛德与安特路朗合著的《红星佚史》时，因书中内容是古希腊

① 鲁迅：《〈黯淡的烟霭里〉译者附记》，载《鲁迅全集》（第十卷），人民文学出版社，2005，第 201 页。

故事，安特路朗又是以"神话学说和希腊文学著述著名"的作家，所以周作人苦心收集了"索引式的附注"，对"古希腊埃及神话的人物说明"，以期读者能获得系统的古希腊文学知识，对古希腊故事能有全面客观的理解。但寄给商务印书馆后这些附注都被删减掉了："中国读者向来就怕这'烦琐'的注解的，所以编辑部就把它一裹脑儿的拉杂摧烧了。"周作人无奈地说："这在译者无法抗议，……译书的时候不来再做这样出力不讨好的事情"。① 而在1909年周氏兄弟自己出资出版的《域外小说集》中，他们贯彻了自己的文学观，不仅注出了"文章典故"，并且将"著者小传及未译原文"也收录在"卷末杂识"中。不仅如此，周氏兄弟还有意识地在译文中使用西式标点符号。在《哀史》《地底旅行》《月界旅行》《造人术》等早期译文中已不乏对"？、！、！！、……、『』"等标点符号的尝试，而《域外小说集》中则进一步将其规范化。例如他们在《域外小说集》略例中明确说明："！表大声，？表问难，近已习见，不俟诠释。此他有虚线以表语不尽，或语中辍。有直线以表略停顿，或在句之上下，则为用同于括弧。如'名门之儿僮——年十四五耳——亦至'者，犹云名门之儿僮亦至；而儿僮之年，乃十四五也。"② 他们以现代科学的理性精神推进文学向现代的转型。虽然同处晚清，但周氏兄弟的文学观及翻译观确已与众多晚清译者分属不同的天地，成为文学革命的先声。

第五节　"取今复古，别立新宗"

——留日时期的语言文字观

1906年3月，"弃医从文"的鲁迅离开仙台赴东京与许寿裳等

---

① 周作人：《知堂回想录》（上），安徽教育出版社，2008，第145页。
② 鲁迅：《〈域外小说集〉略例》，载《鲁迅全集》（第十卷），人民文学出版社，2005，第170页。

商议一同投身文艺运动，1906 年夏，周作人随返乡结婚的鲁迅一同
赴日留学，成为鲁迅提倡文艺运动最得力的助手，周作人的英文基
础、文学素养以及兄弟怡怡的感情都为鲁迅留日后期从事文艺活动
提供了莫大的支持：筹办《新生》杂志，在留日学生主办的《河南》
月刊上发表《人间之历史》《摩罗诗力说》《科学史教篇》《文化偏至
论》《破恶声论》等极富思想创见的论文，筹划刊行两本《域外小说
集》……著译数量虽不多，但对中国思想、文化、文学现状的判断
以及对中国现代转型诸问题的思考已经在系列论文中显出相当深度，
而对新文学建设中关键环节的思考也在《域外小说集》中初见雏形。
审视回国后经十年沉默在五四文学革命中再度发声的鲁迅著译，仍
可在文学观、世界观、价值观等方面找到他对留日时期提出的诸多
问题的深化与回应。从薄薄两本《域外小说集》中，能看到周氏兄
弟尤其是鲁迅在语言文字、标点符号等方面做出的深入探索。

一

1920 年，鲁迅在上海群益书社出版的新版《域外小说集》序中
说："我看这书的译文，不但句子生硬，'诘诎聱牙'，而且也有极不
行的地方"①，表明此时已经历五四白话文运动的鲁迅对古奥精微的
古文文体的放弃。但使用"句子生硬""诘诎聱牙"的古文翻译
《域外小说集》，实际上是周氏兄弟留日时期刻意为之的选择，它的
古文文体与《人间之历史》《摩罗诗力说》《科学史教篇》《文化偏
至论》《破恶声论》等论文是一致的，可以看作未出版的《新生》
甲、乙编。周作人曾表达过对这段经历的珍视：《域外小说集》"文
字的古雅总是比听过文字学以前要更进一步了！虽然这部小说集销
路不好，但总之是起了一个头，刊行《新生》的志愿也部分的得以

① 鲁迅：《〈域外小说集〉序》，载《鲁迅全集》（第十卷），人民文学出版社，2005，第
177 页。

达到了，可以说鲁迅的文艺活动第一段已经完成。"① 鲁迅自己也说，译印《域外小说集》"一要学问，二要同志，三要工夫，四要资本，五要读者。"② 这里的"学问"包括"外国新文学"的学问，包括"小学"的学问，是体现现代科学精神的作为"学问"的文学及文学翻译。

周氏兄弟以古奥文言翻译《域外小说集》，体现了与林译小说不同的文学观和翻译观。林译小说用"古朴顽艳"的浅近文言翻译，"归化"的译介策略符合读者的阅读期待，因而在社会影响力和市场收益上"名利双收"。而《域外小说集》有意以"词致朴讷"区别于林纾的"名人译本"，是为了以"文艺""转移性情，改造社会"。为此他们不计名利，采取"迻译亦期弗失文情"的"异化"策略，只为激发更多"不为常俗所囿"的"卓特之士"。③ 因而译文使用的"文言"，并非唐宋八大家古文、明清八股文这样固化了的文言，而是从《说文解字》中追溯文字本义的文言，这样的文言不仅不是"复古"，反而是极致的"革新"——以翻译文学为媒介，激活先秦魏晋古语中沉睡千年的"废弃语"④。以上古文言完成对异域现代思想情感的表意实践，从而赋予在漫长历史中表意功能逐渐凝滞的汉语以新生的活力。面对《域外小说集》内容上与中国传统文学迥然不同的"内面精神"和"衰世哀音"⑤，周氏兄弟在语言形式上用同样迥异于清代时文的"诘诎聱牙"的古文凸显域外文学的异质性，以异域新鲜的思想和情感激活上古文言中的"废弃语"，既不失民族语言文字的传统，又突出"异域文术新宗，自此始入

---

① 周作人：《鲁迅的青年时代》，北京十月文艺出版社，2011，第45页。
② 鲁迅：《〈域外小说集〉序》，载《鲁迅全集》（第十卷），人民文学出版社，2005，第176页。
③ 鲁迅：《〈域外小说集〉序》，载《鲁迅全集》（第十卷），人民文学出版社，2005，第168页。
④ 章太炎云："世人言文，以为外来，新造诸语，有时需用，废弃语则直为官师所不材。"又云："西方新语多取希腊，或本梵文，腐殢之化神奇，道则不易。"章太炎：《正名杂议》，载王元化主编《章太炎学术论著》，浙江文艺出版社，1998，第151页。
⑤ 王宏志：《"人的文学"之"哀弦篇"——论周作人与〈域外小说集〉》，载《翻译与文学之间》，南京大学出版社，2011，第263页。

华土”的开创性意义。木山英雄的看法是很有见地的："为了对应于细致描写事物和心理细部的西方写实主义，他们所果敢尝试的以古字古意相对译试验，哪怕因而失之于牵强，但恰恰因为如此，通过这样的摩擦，作为译者自身的内部语言的文体感觉才得以真正形成吧。"①

　　周氏兄弟在文体上的"复古"选择与章太炎有密切关系："此后又受了章太炎先生的影响，古了起来。"② "有一个时期也很搞过文字学，特别是《说文解字》，如《域外小说集》中那些文言译的短篇上，很留下些痕迹，特别在集里那短短的引言上。"③ 1906 年 7 月，章太炎自上海出狱后赴东京，主编同盟会机关报《民报》的同时主办国学讲习会，又在东京神田大成中学的讲堂定期讲学，在留学界很有影响。如果说 1906 年之前周氏兄弟的译著受严复、梁启超、林纾、冷血等的影响较大，那么 1906 年之后对他们产生重要影响的则是章太炎。无论是救国还是为文，《民报》时期的章太炎都与严复、梁启超、林纾等人主张有太多的不同，后者是戊戌时代的改良派，章氏则是辛亥时代的革命派；后者认为科技进步与物质发达的西方文明是人类共同文明，倡导富国强兵适者生存的西式现代化之路，章氏则称"公理""进化""惟物""自然"为"四惑"④，警惕西方对物质文明的崇拜，认为"天演"的进化论只是自然规律而非社会原理，强调社会进化依托于人的精神与道德，提出的是反抗西方现代化的主张。从鲁迅 1907～1908 年发表的《摩罗诗力说》《文化偏至论》《破恶声论》一组论文中，我们可看出晚清改良派与革命派论争大背景中鲁迅所受的章太炎思想的影响，与章太炎的

① 〔日〕木山英雄：《文学复古与文学革命》，赵京华编译，北京大学出版社，2004，第 231 页。
② 《鲁迅全集》（第七卷），人民文学出版社，2005，第 4 页。
③ 周作人：《鲁迅读古书》，载《鲁迅的青年时代》，北京十月文艺出版社，2011，第 74 页。
④ 章炳麟：《四惑论》，《民报》第 22 号（1908 年 7 月 10 日）。

《五无论》《四惑论》《俱分进化论》等著作"观点如同一辙，简直是太炎先生著作的翻版"①。

鲁迅称章太炎为"有学问的革命家"②，因其一直将学术研究建立在民族革命的目标之上。章太炎研究语言文字有很强的民族主义目的："考合旧文，索寻古语，庶使夏声不坠。"③ 他倡导"国粹"，将语言与历史视为国族之本："用国粹激励种姓，增进爱国的热肠"，"要人爱惜汉种的历史。……一是语言文字，二是典章制度，三是人物事迹"。④ 王汎森说，"章太炎所谓的'国粹'有两方面的意义，一是相对于满族而说，一是相对于西学所说。相对于满族，则'国粹'的一个重要部分即贮存在历史、小学、典章制度中的历史记忆。所以章太炎的'用国粹激励种姓'的主张，其实即是以汉族的历史记忆去激励民族自觉。"⑤ 除反清之外，章太炎的民族主义还有反帝爱国的指向，他不满欧化主义者"总说中国人比西洋人所差甚远，所以自暴自弃"。通过比较中外语言特点，章太炎指出"中国特别的长处"："中国文字，与地球各国绝异，每一个字，有他的本义，又有引申之义。若在他国，引申之义，必有语尾变化，不得同是一字，含有数义。中国文字，却是不然"，进而指出中国"小学"与欧洲"比较语言"学的异质性。章太炎精通"小学"，欲通过提倡"小学""文学复古"实现"爱国保种"的目的。⑥ 受章太炎的民族主义思想影响，周氏兄弟以古奥文言翻译《域外小说集》也有"爱国保

① 章念驰：《我的祖父章太炎》，上海人民出版社，2011，第 149 页。
② 鲁迅：《关于太炎先生二三事》，载《鲁迅全集》（第六卷），人民文学出版社，2005，第 566 页。
③ 章太炎：《正言论》，载章太炎撰《国故论衡》，上海古籍出版社，2011，第 44 页。
④ 章太炎：《东京留学生欢迎会演说辞》，载《章太炎全集》（第十四卷），上海人民出版社，2018，第 8、4 页。
⑤ 王汎森：《中国近代思想与学术的系谱》，河北教育出版社，2001，第 76 页。
⑥ 章太炎：《东京留学生欢迎会演说辞》，载《章太炎全集》（第十四卷），上海人民出版社，2018，第 8～10 页。

种"、复兴衰微的古老文明的初衷。

二

1908 年，受无政府主义思想影响的吴稚晖在《新世纪》上宣扬"大同世界"，认为世界语言终归大同，因此中国当以"万国新语"取代汉语实现"大同"。章太炎则以民族主义立场在《民报》上数次撰文激烈反对："彼欲以万国新语剿绝国文者犹是，况挟其功利之心，歆羡纷华，每怀靡及，恨轩辕、厉山为黄人，令已一朝堕藩溷，不得蜕化为大秦晳白文明之族。其欲以中国为远西藩地者久，则欲绝其文字，杜其语言，令历史不燔烧而自断灭，斯民无感怀邦族之心亦宜。……语言文字亡，而性情节族灭，九服崩离，长为臧获，何远之有？"① 吴稚晖与章太炎的论争之关键在于对"语言文字之学"本质的认识，持世界主义语言观的吴稚晖将语言看作"供人与人相互者也"的纯交流工具②，持民族主义语言观的章太炎则将汉语看作民族文化和民族凝聚力的根本之所在。

鲁迅在同年底发表的《破恶声论》里批判"世界人"的"同文字""弃祖国""尚齐一"观点为"恶声"，虽然因未完稿而没来得及展开，但明显站在与章太炎一致的立场上，批判吴稚晖等"世界人"以"万国新语"取代汉语的主张是"弃祖国"的表现。从"大同世界"的理想出发，"世界人"推崇的"同文字"和"尚齐一"实际上是幻想以取消民族差异的方式实现绝对平等，但这只能是空想。民族语言一旦在"万国新语"的"同一"中丧失了独特性和差异性，民族就会无法表达自我，民族文化的主体性就会丧失，国民之间也难以实现真正的交流。因为语言不仅是交流的工具，还承载着民族的文化记忆和情感结构。章太炎与鲁迅在著译中坚持使用以

① 章太炎：《规新世纪》（一九〇八年十月十日），载《章太炎全集》（第十卷），上海人民出版社，2018，第 328，336 页。
② 燃料：《书驳中国用万国新语说后》，《新世纪》第五十七号，1908 年 7 月 25 日。

汉字为本的文言而反对拼音化的"万国新语"，一个重要原因便是民族主义思想。他们认为汉字为汉族先民所创造，激励共同使用汉语并拥有共同历史记忆的国民团结一心，就能凝聚整个民族的力量。鲁迅与章太炎在庄子"以不齐为齐"的宇宙论上提倡有差异的平等，尊重甚至强化民族语言的差异，将语言的独特性和自主性作为实现平等的前提条件，促进民族文化的自由交流。

对于鲁迅来说，留日后期"做怪句子和写古字"①，除了以民族语言差异性和民族文化多元性抵抗西方中心主义之外，还出自其个体思想和启蒙视野中的"心声"和"内曜"的语言观，以激发国民主体的自我表达。鲁迅将语言看作人的思想情感的自我表达，语言为人所创造，因此语言也应该专注于人的"心声"的表达，"声发自心，朕归于我"，心声合一方能使"我"成为"朕"，人的主体性经语言得以确立。这与章太炎的主张是一致的："文字者，语言之符。语言者，心思之帜。虽天然言语，亦非宇宙间素有此物，其发端尚在人为，故大体以人事为准。人事有不齐，故言语文字亦不可齐。"②

鲁迅在留日初期的译作中在语言上曾经做过多种探索，例如在《哀尘》《斯巴达之魂》《造人术》中以严、林、梁、冷血等风格尝试文言翻译，在《月底旅行》《地底旅行》中尝试以章回体小说的白话书面语改译。他对清末民初文言/白话在漫长传统中形成的惯性和惰性有着深刻体验，滥调套语承载的是因袭守旧的思维模式，限制了语言的弹性和更新能力。文言并非当代生活口语，不能直陈"心声"，拘谨的"桐城派"以及恣肆的"报章体"都有套路章法可循。章回体白话也并非当代生活口语，虽随时代变迁融入部分方言、文言和外来语，但主要还是对明清白话小说中书面白话的传承。作

---

① 《鲁迅全集》（第一卷），人民文学出版社，2005，第3页。
② 章太炎：《规新世纪》（一九〇八年十月十日），载《章太炎全集》（第十卷），上海人民出版社，2018，第332页。

为现行书面语，晚清文言和书面白话的表情达意功能已固化。鲁迅在翻译实践中已深刻感受到这种固化的书面语的限制。鲁迅翻译域外文学的目的是如实传达域外人民的"心声"，激发国人的"心声"，因此需要用与异域"心声"相一致的新语言来表现，摆脱现有书面文言和书面白话的束缚，创造表现新思想新精神的现代汉语。从这种"声发自心"的语言观出发，我们可以看到鲁迅在1906年后著译的系列论文和《域外小说集》里使用的上古文言完全是自主的选择，不仅与章回体小说中的套路白话对抗，同时也是与宋以后日渐僵化的体制化文言对抗。

语言的现代转型是民族国家在现代化进程中必须解决的问题。一个国家悠久的人文传统在文化发展稳定期有维护社会规范、维系民族认同、巩固文化传统的作用，但在文化转型时期就会因惯性和惰性，使语言失去容纳新质的弹性和自我更生的能力。回望日本1860年后进行的全面以西方为师的现代化过程，柄谷行人指出，现代日语的建构以"声音文字优越的思想"从根本上颠覆"'文'（汉字）的优越地位"，因为"西欧的优越在于声音性的文字"，所以日语的现代转型首先要实现"声音文字化"。"文言一致运动其根本在于文字改革和对汉字的否定"，即要仿效西方拼音文字建构以语音、口语为中心的现代日语，颠覆此前仿效汉语的以汉字为中心的日语[①]。日本现代转型初期，二叶亭四迷创作《浮云》（1887~1889）时遭遇的语言困境与鲁迅翻译《域外小说集》类似："只是在以俄语写作时才有其'内部'、'风景'，然而一到要用日语来创作时，则立刻落入了人情本或马琴文体[②]的旧套。他的痛苦就在于虽然发现了'风景'，但放在日语里则无法找到。"二叶亭四迷因俄国文学而获得自我意识，为避免落入前人窠臼，故而创作《浮云》第二编时先

---

① 〔日〕柄谷行人：《日本现代文学的起源》，赵京华译，生活·读书·新知三联书店，2003，第36页。
② 马琴文体是指江户后期流行的一种通俗小说文体，曲亭马琴的作品是其代表。

用俄语写就再以口语将其翻译成日语，以创造一种"文言一致"的现代日语——一种"超越日语以往的口头语和书面语"的、在西方声音中心主义基础上建立起来的"文"（书面语）"言"（口语）一致的现代日语①。

章太炎对日本效法西方的语言现代化之路不以为然："日本者，故无文字，杂取晋世隶书章草为之，又稍省为假名，言与文缪，无文而言学，已恶矣。今庶艺皆刻画远西，什得三四。然博士终身为写官，更五六岁，其方尽，复为转贩。一事一义，无匈中之造，徒习口说而传师业者，王充拟之，犹邮人之过书，门者之传教。"② 章太炎批判日本全盘仿效他国的语言（无论古代的中国还是现代的西方），犹如邮人投递书信的"转贩"，而缺乏主体的创造，不能"有所自得"，"不与之显学之名"。章太炎认为语言文字有独特的民族性，汉语的现代转型不可盲目仿效域外："凡在心在物之学，体自周圆，无间方国。独于言文历史，其体则方，自以己国为典型，而不能取之域外。"③ 鲁迅是站在与章太炎同样的立场看待汉语的现代转型的。与日本作家不同，他反对"声音文字化"，而要以古奥文言突出汉字与西方拼音文字的异质性，可见他与章太炎一样的文化民族主义思想和反对西方现代性的现代化追求。对于有漫长文字统一历史的中国来说，语言的异质性使晚清以来的知识分子始终有不能与西方接轨的焦虑，吴稚晖"万国新语"的主张便体现了这种焦虑。但对于章太炎和鲁迅来说，恰恰是语言的异质性使中国获得了语言文化的自主性，并可能因此而超越语言文化全盘与西方接轨的日本。

---

① 〔日〕柄谷行人：《日本现代文学的起源》，赵京华译，生活·读书·新知三联书店，2003，第30，40～41页。
② 章太炎：《原学》，载章太炎撰《国故论衡》，上海古籍出版社，2011，第102页。
③ 章太炎：《自述学术次第》，载《章太炎学术文化随笔》，中国青年出版社，1999，第328页。

　　汉字的特质造成了中西方语言学传统本质上的不同。索绪尔将人类文字分为表音和表意两大体系，表意体系的汉字不同于表音的西方拼音文字。如果说西方语言是以"能指"（音响形象）联结"所指"（概念），拼音文字只不过是依附于口语存在的记录语言的书写符号，本身不指向"所指"，那么汉字则因能够有效地传达"所指"，成为独立于口语的"第二语言"。因为汉字能直接表示概念并传达意义，因而汉字具有穿越时空的优势，使中国能保持千年文明的薪火相传，并在辽阔的国土上实现"书同文"的统一：在时间层面，借助古老的汉字，中国人拥有"持续了四千年的丰富的文化典籍的继承权"；在空间层面，借助全国通用的汉字，确保各方言区政令畅通交流无碍。① 鲁迅拒绝使用"万国新语"以及其他欧化的拼音文字，也拒绝使用晚清时文里僵化的文言和白话，而是以翻译为媒介，用异域的思想情感激发沉睡的上古文言，塑造一种全新的直达"心声"的现代汉语。

三

　　周氏兄弟在《域外小说集》中进行的激进的上古文言实验，事实上是在探索现代社会里文言作为书面语的表达限度。但这种探索的问题在于经此途径产生的汉语很难像现代日语一样实现文与言的紧密贴合："声音文字化"的现代日语使"内面"的"言"（口语）顺利"外化"成"文"（书面语），声音的"能指"直接指向概念的"所指"，主体"心声"的表达直接而透明，现代日本人得以借助语言确立自身主体性，并可实现主体与主体之间"心声"的激发。而以文字为中心的汉语并非透明媒介，既然汉字是中国文化的脊梁，那么就必须探索与现代日语"文""言"一致不同的转型之路。章太炎的主张是以"小学"为基础进行"文学复古"，对汉字本义和

---

① 申小龙：《〈普通语言学教程〉精读》，复旦大学出版社，2016，第216~218页。

本音做正本清源的梳理，以此作为现代汉语"增造新字"、使"文章优美"甚至"写白话文"的基础。①

"文学复古"的说法从表面上看仿佛是在开历史的倒车，然而从深层看却包孕着激进的思想内核，体现了"文""言"一致的现代性追求。首先，章太炎认为上古汉语趋于文言合一，即先民使用的口语是与书面语一致的。所以欲追求文言一致，应"复古"魏晋之前的语言。今日佶屈聱牙之上古文言是当日古人之白话，现代口语中的方言俗语也不乏从高文典册的雅言中蜕化而来："白话文言，古人不分"；"商周口语，不甚修饰"；春秋战国"文从字顺"，"言文合一，出口成章"；及至汉时，即便"识字无多"之人，"文理仍通"；"自晋以后，言文渐分"；"士人口语，即为文章，隋唐尚然，其后乃渐衰耳"；宋以后，"白话文言，不得不异其途辙"，"今通行之白话中，鄙语固多，古语亦不少，以十分分之，常语占其五，鄙语、古语复各占其半。古书中不常用之字，反存于白话"。② 其次，上古文言是先民使用的口语，是可以传达先民"心声"的透明媒介。章太炎说："治小学者，实以音韵为入门"③，通过溯源文字的本义和声音，寻找失落的先民心声，即鲁迅在《破恶声论》中所说的"厥心纯白"的"朴素之民"之"心声"。因此，鲁迅使用上古文言撰写的系列论文以及翻译的《域外小说集》包含着为现代汉语"别立新宗"的探索。

这种在文学翻译中激活《说文》中的古字并为之注入现代人思想情感的实践，寄寓着鲁迅高远的理想——既可完成"增造新字"的汉语转型需要，又维护了民族文化传统的纯粹，体现出自主克服

---

① 章太炎：《白话与文言之关系》，载《章太炎全集》（第十五卷），上海人民出版社，2018，第561页。

② 章太炎：《白话与文言之关系》，载《章太炎全集》（第十五卷），上海人民出版社，2018，第560～562页。

③ 章太炎：《论语言文字之学》，载《章太炎全集》（第十四卷），上海人民出版社，2018，第16页。

文化危机的民族自信。但高远理想却难以落地——古奥译文彰显了译者的主体性精神态度，传达了鲁迅的"心声"和"内曜"，却不能有效完成与读者主体之间的相互激发，毕竟一、二册《域外小说集》的发行量分别只有二十一本、二十本。鲁迅通过译者主体的"心声"感召读者，建立"通过心声和内曜的相互激荡产生"的"人和人之间的关系"的理想失败了。也就是说，主体的"心声"和"内曜"虽可在有"小学"根柢的译者这里实现，却很难激发不熟悉"小学"的读者"人各有己"的"心声"与"内曜"，鲁迅希冀的"人各有己，而群之大觉近矣"的目标在《域外小说集》中远未完成。

问题的关键在于语言的社会性。索绪尔将语言看作一种"社会事实"，即"语言只凭借社会成员之间的契约而存在"，"一个社会共同体中每个说话人和听话人共同运用和遵守的规则"。① 语言的确通过个人的言语表现出来，"一二士"或少数"卓特"之士的创造蕴含着高远理想，但说到底语言是所有个人言语的公约数，是社会成员的共同约定。上古文言中虽包含先民的"心声"，也接近"文言一致"的理想，但终因难读难解而只能封闭在"一二士"的"心声"之中，无法形成社会中各位成员"心声"的激荡。宋云彬在纪念章太炎的文章中分析了古字的局限："太炎先生主张写文章要用本来的正字，不应用通借字，所以他的文章里常常写着一般人所不认识的古字。他个人对于这些古字固然已经认熟了的，但一般人看来却非常陌生。他的文字，因为字的难认，减少了一部分读者，虽然他的写古字，和一般有意借用古字以自盖其浅陋者不同。"② 周作人曾回忆，《域外小说集》里他翻译的《一文钱》曾"请太炎先生看过，改定好些地方"。然而到 1920 年重印时"因恐排印为难，始将

---

① 申小龙：《〈普通语言学教程〉精读》，复旦大学出版社，2016，第 143、142 页。
② 宋云彬：《纪念太炎先生》，载章念驰编《章太炎生平与思想研究文选》，浙江人民出版社，1986，第 145 页。

有些古字再改为通用的字"。"这虽似一件小事，但影响却并不细小，如写鳥字下面必只有两点，见樑字必觉得讨厌，即其一例，此所谓文字上的一种洁癖，与复古全无关系，且正以有此洁癖乃能知复古之无谓，盖一般复古之徒皆不通，本不配谈，若身穿深衣，手写篆文的复古，虽是高明而亦因此乃不可能也。"① "洁癖"体现了对汉字所体现的民族文化传统纯洁性的追求，但社会和时代都在发展，如果不顾及语言的社会性，不仅印刷为难，也像"穿深衣写篆字"一样与社会脱节。中国现代转型不在于形式之复古，而在于思想之革新，而接近于现代人口语的白话无疑更适合担此重任。

颇有意味的是，《域外小说集》里《谩》《默》《四日》三篇小说中的主人公孤绝的内心体验可以看作上古文言在现代社会中失败命运的隐喻。《谩》中被欺骗感深深笼罩的狂人无法完成与女友心灵上的沟通，《默》中高傲却脆弱的老神甫无论如何抵达不了沉默女儿的内心，《四日》中处于生死边缘的伤兵孤独地在回忆、感觉、想象、幻觉、自言自语中度过恐怖的四日，他们作为个体空有惊心动魄的"心声"，却无法激发他人的"心声"与之共鸣。这些孤绝个体的"心声"，恰如封闭在古奥文言中先民们生动的"心声"，只能被译者所理解，却无法激发读者的回应。

1909 年，鲁迅回国之后，放弃了古奥文言的文体。他在文学革命之前创作的唯一一篇小说《怀旧》文体虽是文言，但已不是深奥难解的上古文言。而他 1918 年复出后创作现代文学史上的第一篇白话短篇小说《狂人日记》，颇有象征意味地采用了文言/白话并置的文体形式。此后著译，都使用白话。1935 年，章太炎在演讲中强调做白话文要有"小学"的根柢时，鲁迅发表了如下意见：

太炎先生的话是极不错的。现在的口头语，并非一朝一夕，

---

① 周作人：《我与鲁迅之二》，载《鲁迅的青年时代》，北京十月文艺出版社，2011，第 148 页。

从天而降的语言，里面当然有许多是古语，既有古语，当然会有许多曾见于古书，如果做白话的人，要每字都到《说文解字》里去找本字，那的确比做任用借字的文言要难到不知多少倍。然而自从提倡白话以来，主张者却没有一个以为写白话的主旨，是在从"小学"里寻出本字来的，我们就用约定俗成的借字。……因为白话是写给现代的人们看，并非写给商周秦汉的鬼看的，起古人于地下，看了不懂，我们也毫不畏缩。①

　　鲁迅写这段话时已经有十多年的白话翻译写作经验，对于古语和白话的利弊体会之深非寻常人能及。语言首先是交流工具，要能写得出也要能听得懂，然后才可能触动精神，而现代人"心声"的表达要依赖"现代人的口语"。如果写不出或是听不懂，那么思想再纯正深远，语言也很难被普及。

　　不过，应该注意的是，文学革命后鲁迅与胡适在提倡白话上达成共识，但两者动机并不相同。胡适在进化论基础上将语言视为交流工具发起语言变革，承袭的是自梁启超以来的"启民新智"路线。而鲁迅是认识到语言对思想革命和社会变革的重要性，为颠覆文言承载的传统思想而放弃文言，用白话表达"心声"以完成对现代人主体性的建构。五四文学革命中，已经改用白话著译的周作人进一步阐发了注重思想的语言观以及弃古文从白话的原因，这可以看作对鲁迅观点的补充和细化：

　　我们反对古文，大半原为他晦涩难解，养成国民笼统的心思，使得表现力和理解力都不发达，但别一方面，实又因为他内中的思想荒谬，于人有害的缘故。这宗儒道合成的不自然的思想，寄寓在古文之间，几千年来，根深蒂固，没有经过廓清，

① 鲁迅：《名人与名言》，载《鲁迅全集》（第六卷），人民文学出版社，2005，第373页。

所以这荒谬的思想和晦涩的古文，几乎已融合为一，不能分离。……

中国怀着荒谬思想的人，虽然平时发表他的荒谬思想，必用所谓古文，不用白话，但他们嘴里原是无一不说白话的。所以如白话通行，而荒谬思想不去，仍然未可乐观……

中国人如不真是"洗心革面"的改悔，将旧有的荒谬思想弃去，无论用古文或白话文，都说不出好东西来。就是改学了德文或世界语，也未尝不可以拿来做"黑幕"，讲忠孝节烈，发表他们的荒谬思想。①

因为周氏兄弟认为文学革命中"思想改革"比"文字改革"更为重要，所以对胡适从章回体小说中找白话传统建立白话合法性的做法，鲁迅不以为然，因为丰富的译著经验使他知道古代章回体的书面白话与作为现代人表意实践的现代口语白话绝不相同。

四

章太炎提倡的"复古"有语言文字和文学两个方面：一是上古文言；二是魏晋之文。追溯两者都不是因循守旧的倒退，而是面向未来的"复古"。章太炎认为近世以来"文益离质"②，文字不能与本义吻合，因此要发扬"小学"，复兴"国粹"。"所谓小学，其义云何？字之形体、音声、训诂而已。"③ 与西方语言学迥异，汉字包括"形声义三者"，"盖文字之赖以传者，全在于形。论其根本，实先有义，后有声，然后有形。缘吾人先有意想，后有语言，最后乃

---

① 周作人：《思想革命》，载《谈虎集》，北京十月文艺出版社，2011，第7～9页。
② 章太炎：《正名杂议》，载王元化主编《章太炎学术论著》，浙江人民出版社，1998，第138页。
③ 章太炎：《论语言文字之学》，载《章太炎全集》（第十四卷），上海人民出版社，2018，第15页。

有笔画也"，"形为字之官体，声、义为字之精神，必三者备而文字之学始具"。① 章太炎认为"小学从宋朝以后，渐渐的衰落，到明朝就全没有"②，起因在于只重汉字的字形而忽视汉字的声音和本义，这种情况导致了"小学日衰""文辞也不成个样子"，最终导致民族文化的衰落。"古人对于文字，形声义三者，同一重视。"宋人"读音尚正，义亦不敢妄谈"，"明以后则不然"，清初"止知形而不知声义"，乾嘉"始究心音读训诂"，但乾嘉以后则只重"喻义"无视"读音"。章太炎讥讽"不求声义而专讲字形"的学者"篆刻则可，谓通小学则不可"，教师不懂讲授字音，"止可以教聋哑学生耳"。③中国传统"小学"注重字形，以"字本位"为中心，语言学即文字学。而受西方语言学"音本位"的启发，加上乾嘉学者的探索，章太炎突破了传统的"小学"研究范式，将研究重点从重视字形深入到重视声音，即认为字的意义先与声音结合，再与字形结合。针对近世汉字"本字、本义者少，而用引伸、假借者多"的情况，章太炎主张"欲知引伸、假借之源，则不得不先求音韵""以声音求训诂，以声音证形体"④。从声音入手探求汉语规律，"因声求义"探求本字，用声音激活漫长历史中被遗忘的废弃本字，进而用被激活的本字"增造新字"，弥补常用汉字无法对接西方现代文明的弊端。如此一来，既可以在民族性上保持汉字的纯粹，又可使"增造新字"有规律可循，解除汉语在西学东渐时代里面临的严峻危机。章太炎对"规律"的探讨将语言文字学引向理论探讨，搭起了"小学"向现代语言学创造性转化的桥梁。

　　章太炎建立在语言文字观基础之上的文学观，也是重视文学的

---

① 章太炎：《小学略说》，载洪治纲主编《章太炎经典文存》，上海大学出版社，2003，第 6 页。
② 章太炎：《常识与教育》，载章炳麟《章太炎的白话文》，辽宁教育出版社，2003，第 23 页。
③ 章太炎：《小学略说》，载洪治纲主编《章太炎经典文存》，上海大学出版社，2003，第 2 ~ 4 页。
④ 章太炎：《论语言文字之学》，载《章太炎全集》（第十四卷），上海人民出版社，2018，第 15，30 页。

及物性，强调文辞以"修辞立诚"为首，对唐宋以后浮华文饰的文章不以为然，对魏晋以前的质实朴素的文章青睐有加。国学家吴文祺有言："章氏论文的眼光极高，他既反对前有虚冒、后有结尾的策论，也不赞成沈思翰藻的骈文；而於矫揉造作、搔首弄姿的古文，更攻击不遗余力，因为这些都是违反'修辞立诚'的标准的。"① "起止自在，是魏、晋文形式上的优点，持论精审，是魏、晋文内容上的优点。他所以要文宗魏、晋者，只因为魏、晋文'好'，并不因魏、晋文'古'。胡适称他为'复古的文家'，完全是不合於事实的。"② 建立在这种语言文字观基础上的"文学"定义非常宽泛：

> 文学者，以有文字著于竹帛，故谓之文。论其法式，谓之文学。凡文理、文字、文辞，皆称文。……夫命其形质曰文，状其华美曰彣，指其起止曰章，道其素绚曰彰，凡彣者必皆成文，凡成文者不皆彣，是故揅论文学，以文字为准，不以彣彰为准。③

章太炎将"文字"看作"文学"之本源，认为文学的根基在于朴素的"形质"之"文字"，而非华美绚烂之"彣彰"。"文辞的本根，全在文字，唐代以前，文人都通小学，所以文章优美，能动感情。"④ 不过，章太炎批判"只以彣彰为文，遂忘文字"的观点，认为"不彣"之"学说"乃至"表谱图画"都在文字的意义上归属"文学"，不应"摈诸文辞之外"。章太炎认为"文字"而非"言语"才是文学的本质："言语仅成线耳，喻若空中鸟迹，甫见而形已

---

① 吴文祺：《论章太炎的文学思想》，载章念驰编《章太炎生平与学术》，生活·读书·新知三联书店，1988，第387页。
② 吴文祺：《论章太炎的文学思想》，载章念驰编《章太炎生平与学术》，生活·读书·新知三联书店，1988，第390页。
③ 章太炎：《文学总略》，载章太炎撰《国故论衡》，上海古籍出版社，2011，第50页。
④ 章太炎：《东京留学生欢迎会演说辞》，载《章太炎全集》（第十四卷），上海人民出版社，2018，第9页。

逝，故一事一义得相联贯者，言语司之。及夫万类坌集，棼不可理，言语之用，有所不周，于是委之文字。文字之用，足以成面，故表谱图画之术兴焉，凡排比铺张，不可口说者，文字司之。……然则文字本以代言，其用则有独至，凡无句读文，皆文字所专属者也，以是为主。"[1]

然而，"复古"并非铁板一块，内部亦有广阔的讨论空间。在批判晚清流行的两种思路（"破迷信"、"崇侵略"、"尽义务"的"国民"和"同文字"、"弃祖国"、"尚齐一"的"世界人"）时，章太炎与周氏兄弟之间以"复古"为"革命"，能保持整体上的一致。但在文学观上，双方内在不同的思路将导向不同的文学道路，在五四文学革命之后愈发清晰。不止章太炎与周氏兄弟之间有分歧，鲁迅和周作人之间也有不一致甚至相反的观点，但正是这些分歧与差异，蕴含着激发文学革命的现实能量，构成了文学现代转型众声喧哗的景象，提醒我们不能将文学转型理解为简单的进化的线性过程。对 1906～1909 年留日时期的周氏兄弟和章太炎来说，"复古"只是一个公约数，章太炎是在民族主义思想驱使下寻找华夏之文的"本根"，周氏则是在古语之中寻找言文合一时对思想情感的表达。在文学观上，章太炎强调文字对于意义本身的传达，在传统修辞论的范畴内讨论文与质的关系，认为写文章应该质胜于文，由此反对奢华的表象主义的浮华文饰，以"修辞立诚"为宗旨探讨为文之法。周氏兄弟则从思想革命的立场看待文字与文学，以文学激发国民精神，改造国民的灵魂，呼唤民族的精神觉醒和精神自救。许寿裳曾回忆章太炎与鲁迅关于文学观的一次讨论[2]：

---

[1] 章太炎：《文学总略》，载章太炎撰《国故论衡》，上海古籍出版社，2011，第 52～55 页。

[2] 谢樱宁指出章太炎的《文学论略》发表于 1906 年，而鲁迅等人听太炎师授课是在 1908 年，故许寿裳的回忆缺乏真实性。谢樱宁：《章太炎年谱摭遗》，中国社会科学出版社，1987。但本文倾向于认为许寿裳的回忆比较可信：一来有细节如此详细的回忆；二来章太炎 1906 年到东京后多次讲座讲学，当时在弘文学院读书的鲁迅应参加过多次。

　　章先生问及文学的定义如何，鲁迅答道："文学和学说不同，学说所以启人思，文学所以增人感。"先生听了说：这样分法虽较胜于前人，然仍有不当。郭璞的《江赋》，木华的《海赋》，何尝能动人哀乐呢。鲁迅默然不服，退而和我说：先生诠释文学，范围过于宽泛，把有句读的和无句读的悉数归入文学。其实文字与文学固当有分别的，《江赋》、《海赋》之类，辞虽奥博，而其文学价值就很难说。①

　　章太炎在《文论论略》中批判了"学说以启人思，文学以增人感"的观点，认为"学说"亦是"文学"。甚至无句读的"表谱簿录"都是"文"："凡云文者，包罗一切著于竹帛者而为言，故有成句读文，有不成句读文，兼此二事，通谓之文"——即有句读的"文辞"与没有句读的"表谱"、会计"簿录"、算术"演草"、地图"名字"都在"文"的范畴。"文学者，不得以兴会神旨为上。"②这是章太炎作为"小学"家提倡的朴素的文学观，语言上主张"本字本义"，用正字不用通借字，写文章则要直接表意去掉藻饰，返璞方能归真。而鲁迅作为文学家，强调"文学"的精神追求和审美特质，要有"动人哀乐"的力量，反对将没有真情实感的《江赋》《海赋》归入文学，更反对将"文学"概念泛化为"学说"甚至"无句读"的"表谱簿录"。正如鲁迅在《摩罗诗力说》中所说："由纯文学上言之，则以一切美术之本质，皆在使观听之人，为之兴感怡悦。"周作人与鲁迅的文学观是一致的，以强调"思想""神思""感兴""美致"的文学观对章太炎宽泛的文学观提出质疑：

　　　　文章者必非学术者也。盖文章非为专业而设，其所言在表

---

① 许寿裳：《亡友鲁迅印象记》，岳麓书社，2011，第23页。
② 章太炎：《文学总略》，载章太炎撰《国故论衡》，上海古籍出版社，2011，第52～53页。

扬真美，以普及凡众人之心，而非仅为一方说法。故如历史一
物，不称文章。传记、（亦有入文者。此第指纪叠事实者言。）
编年亦然。他如一切教本，以及表解、统计、方术图谱之属亦
不言文，以过于专业，偏而不溥也。又如泛言科学范围，其中
本亦容文章，第及科学实地，便又非是。……

文章者，人生思想之形现也。……

文章中有不可缺者三状，具神思（ideal）、能感兴（impas-
sioned）、有美致（artistic）也。①

在与鲁迅合译的《红星佚史》序言中，周作人在比较中西方文
学观念之后提出"文以移情"的观点："说部曼衍自诗，泰西诗多
私人制作，主美，故能出自繇之意，舒其文心，而中国则以典章视
诗，演至说部，亦立劝惩为臬极，文章与教训漫无畛畦，画最隘之
界，使勿驰其神智，否者或群逼掋之，所意不同，成果斯异。然世
之现为文辞者实不外学与文二事，学以益智，文以移情，能移人情，
文责以尽，他有所益，客而已。"② 周氏兄弟投身文艺，并非直奔
"救亡"或是"市场"，而是先要"转移性情"，再来"改造社
会"③，这一点与晚清译者政治启蒙或迎合市场的功利目的判然有别。
1908 年，周作人在长篇论文《论文章之意义暨其使命及中国近时论
文之失》中对晚清以来文学现象进行全面的批判：他批评梁启超
《论小说与群治之关系》里的小说"莫不多立名色，强比附于正大
之名，谓足以益世道人心，为治化之助"；批评林纾将斯威夫特《格
列弗游记》里的"愤世嫉俗"化为《海外轩渠录》里的滑稽可笑，

① 周作人：《论文章之意义暨其使命因及中国近时论文之失》，载任访秋主编《中国近代文
学大系·散文集4》，上海书店，1993，第 774 ~ 776 页。
② 周作人：《〈红星佚史〉序》，载《苦雨斋序跋文》，北京十月文艺出版社，2011，第 6 ~ 7 页。
③ 鲁迅：《〈域外小说集〉序》，载《鲁迅全集》（第十卷），人民文学出版社，2005，第
176 页。

《爱国二童子传》中"乞读者之致力商工"是"手治文章而心仪功利"；批评历史、科学、教育、哲理等诸类小说以小说为教科书，披小说之衣而无文学之实；批判言情小说或迷于"幻妄"，或"主海示"，伦理小说"非唯莫达其旨，徒增迷耳"；批判冒险、侦探等通俗小说"采色浓重，风味凡浅，为文章之下乘"；批判"好用诗词则为词章家之小说，点缀写情则为美术家之小说，是尤不可索解"。周作人指出文学"移人情"的"艺术特质"："夫小说为物，务在托意写诚而足以移人情，文章也，亦艺术也。"① 他以与鲁迅一样的思想革命的立场反对晚清的"实用"与"功利"，看重文学的"远功"："夫文章者，国民精神之所寄也。精神而盛，文章固即以发皇，精神而衰，文章亦足以补救，故文章虽非实用，而有远功者也。" 文学是民族精神的体现，而民族复兴既要靠工商实业，也要靠文学振兴国民精神，虽为"远功"，但"实则中国切要之图者"。故而，要重视文学的独立性："文章一科，后当别为孤宗，不为他物所统"，如此方能"文章或革，思想得舒，国民精神进于美大"。②

　　正是出于对思想的重视，在五四时期文学革命风云初起之时，回国后沉默数年的周氏兄弟放弃古文改用白话："文学这事物本合文字与思想两者而成，表现思想的文字不良，固然足以阻碍文学的发达，若思想本质不良，徒有文字，也有什么用处呢？"③ 在清末民初古今中外的交汇点上，周氏兄弟的文学观体现出他们对中国现代转型的深刻理解——古老文明的复兴与新生关键在人，在于国民的主体性精神态度，而文学的宗旨在于"转移性情"，唤醒每个人的"心声"与"内曜"，并激发彼此"人各有己"的表达。依托于有主

---

① 周作人：《论文章之意义暨其使命因及中国近时论文之失》，载任访秋主编《中国近代文学大系·散文集4》，上海书店，1993，第789～791页。

② 周作人：《论文章之意义暨其使命因及中国近时论文之失》，载任访秋主编《中国近代文学大系·散文集4》，上海书店，1993，第791～792页。

③ 周作人：《思想革命》，载《谈虎集》，北京十月文艺出版社，2011，第7页。

体性的个人，才能创造出章太炎期望的纯正的汉语，实现梁启超希冀的政治的启蒙，完成林纾期待的工商实业的振兴。文学革命后来成为以现代思想启蒙为核心的新文化运动的最重要组成部分，在中国现代转型过程中散发出远远超出文学本身的社会能量，正是显示了一代有思想的文学家的力量。

结　语

　　翻译文学在中外文学交流中起着必不可少的中介作用，是中国输入域外新思想、新观念、新形式的主要路径，对中国现代文学的转型具有举足轻重的影响力。本书以 1898～1925 年的文学翻译为切入点，从宏观和微观两个层面考察文学翻译与中国文学现代转型的关系。上编三章从语言、文类、文学理论三个角度切入，考察清末民初至五四前后文学翻译对中国文学现代转型的深刻影响。下编两章对 20 世纪第一个十年中最有代表性的两位译者林纾、鲁迅的文学翻译及文学观念进行个案分析，通过比较他们在大致相同时段中迥然有别的文学观念和翻译观念，辨析清末民初与五四时期两代知识分子对中国文学现代转型路径的不同思考。

　　中国文学现代转型的动力是双重的：一方面源于晚清以来西方列强入侵带来的一系列军事、政治、经济、文化、外交等现实危机，以及由此导致的社会的结构性剧变；另一方面，也源自西方现代知识谱系和学科建制输入中国后文学观念、文学规范、文学生产等方面的巨大变化，以及中国传统文学对内在危机的自我克服。而文学现代转型的催化剂则是在语言、艺术形式、思想内蕴、文学理论等各方面起到参照和示范作用的翻译文学。清末民初，在"自强保种"的时代氛围中，经梁启超、林纾等人的努力，中西文学在内容、主题、艺术形式等方面已开始进行初步的沟通和交流，为文学的现代转型带来新鲜的活力。五四时期，在高校、文学社团、出版机构、期刊等现代文化生产体制的助力下，新文学根据现实处境和文学发展自身需求创造性地汲取域外文学资源，实现了新文学在语言、文类、形式、理论等方面的现代转型，培养了新文学的译者、作者和读者，使文学摆脱了粗糙的启蒙工具和娱乐工具的地位，成为社会文化事业的有机组成部分。

从近代社会现实来看，晚清以降中国社会面临"三千年未有之大变局"。1840 年的第一次鸦片战争是近代以来中国与西方列强的第一次战争，标志着中国与近代西方资本主义势力的全面冲突。此后，太平天国运动、第二次鸦片战争、中日甲午战争、公车上书、戊戌变法、八国联军劫掠北京、义和团运动……接踵而至的危机将中国推入水深火热的艰难处境之中。晚清社会中主要有四股力量共同推进历史发展，代表了不同群体对于中国现代转型的不同想象：以慈禧太后和清朝贵族为代表的顽固派，以李鸿章、左宗棠等清末名臣为代表的洋务派，以康有为、梁启超等为代表的维新派，以孙中山、黄兴等为代表的革命派。然而，经济上国家运动和地方利益相矛盾，政治上各派力量基于不同的政治利益互相掣肘难以达成共识，因而虽欲号召全民"共赴国难"，却无力进行真正有效的全民族精神动员。1912 年，辛亥革命成功地推翻了清王朝的统治，意味着在中国存在两千余年的帝制的结束和仿效西方的共和政体的建立。然而，辛亥革命的胜利却是共和危机初现之时，在军阀政治的羁绊下，北洋政府作为中央政府的合法性地位难以确立，各省自治运动此起彼伏，国家濒于崩溃分裂的险境，袁世凯恢复帝制、张勋复辟等都是在这种混乱时局中政治危机的表征。作为西方现代文明的代表，英国的"君主立宪"体制和法国的"民主共和"体制实际上都无法弥补中国因普遍王权衰落造成的政治危机。而在世界视野中考察，中国的共和危机不仅在时间上与第一次世界大战重叠，而且在政治、经济、军事、文化诸方面与一战有千丝万缕的联系。这场帝国主义国家为争夺殖民地和全球霸权而发动的战争，以德、奥、意等同盟国与英、法、俄等协约国之间的战争为核心，带动28个国家参战，形成规模空前的世界大战。中国并不能自外于世界，1914年，日本在以"英日同盟"为借口对德宣战并且迅速出兵青岛占领德国在山东的势力范围之后，又于1915年1月向袁世凯政府提出了企图吞并中国的"二十一条"，而袁世凯则在一战的复杂国际局势和辛亥革命后的混乱时局中心情复杂地接受了"二十一条"。1915年底，袁世凯筹划恢复帝制，次年终以失败告终。而当1917年张勋复辟事件爆发之际，遥远的俄国已传来十月革命的炮响，苏联的成立为中国的现代化之路开创了新的历史范式。

1917年，北洋政府作为一战"参战国"向德国宣战，却在一战结束后战胜国于1919年召开的巴黎和会上被要求在《凡尔赛和约》上签字，将德国在山东的权益转让给日本，这成为政治上五四爱国学生运动的导火索。而在文化上，以"文学革命"为重要组成部分的"新文化运动"在1917年前后已经开始，开启了轰轰烈烈的现代思想启蒙潮流。对五四一代知识分子而言，近代以来中国惨痛的社会现实激发了他们再造新文明的"觉悟"："所有这些'自觉'或'觉悟'均以欧洲战争和共和危机为前提——前者击破了晚清以降中国知识人创造的近于完美的西方形象，后者打碎了仅凭共和政治本身（但不同立场的自觉对于共和价值则截然对立）就可以拯救中国于水火的幻觉。"[1] 如果说世界视野中一战引发的文明危机打破了晚清以来知识分子的科学启蒙、技术崇拜的幻梦，一定程度上预示着中国知识分子对19世纪西方现代性的幻灭，那么辛亥革命失败后的共和危机则打破了民初以来知识分子对民主政治抱有的乐观期待，洪宪帝制、张勋复辟等系列事件一再加剧中国知识分子对共和政治

---

① 汪晖：《文化与政治的变奏——一战和中国的"思想战"》，上海人民出版社，2014，第9页。

的失望。在这样的现实困境里，五四一代知识分子在法国革命和俄国革命的启发下，试图以"新文化""新思想"造就"新青年"，从文化的角度介入政治革命，而与持"金铁主义"立场的晚清知识分子欲从政治、经济角度介入政治革命的思路分道扬镳。五四一代知识分子重视从精神文化方面寻找挽救近代以来中国颓势的对策，发起以西方现代文明为典范的现代思想启蒙运动，并将文学作为民族进步和社会变革的先声。以文学翻译为媒介，输入以科学、民主、平等、自由等为核心观念的西方现代文明，变革传统文化模式，再造民族精神，以文学革命推进民族复兴。中国文学的现代转型也是中国现代转型的投影。翻译文学也在输入西方现代文明以改造传统文化的思路中发挥了重要作用，携带着远远超出文学本身的巨大能量，成为思想启蒙和文化重建的先锋，参与到中国在现代世界的艰难转型中来。

从文学自身发展脉络看，新文学的诞生是文学翻译促成的，文学翻译为中国文学的现代转型带来了深刻的变化。"现代文学"概念中的"文学"，作为人文学科分支的学科建制，以及文学史、文学理论、文学评论等文学内部知识体系的建构就是在翻译文学的示范下形成的。甲午战争失败之后，晚清帝国被迫走向现代世界，开启了从"天朝"向作为民族国家的"中国"的艰难的现代转型之路。而象征着西方现代文明的现代知识谱系及学科体制的输入引发了中国传统知识体系的整体性坍塌和结构性重组。"中国古代文学""新文学""中国现代文学"等概念并非古已有之，而是将传统知识体系打散后在现代知识"装置"中重组的产物。以"经史子集"为核心的传统知识体系在西方知识分类的"装置"中被拆解，归入西方现代知识体系的自然科学、社会科学和人文学科的框架中。在人文学科内部，知识又被细化为语言、文学、历史、哲学、宗教、艺术等西方现代学科门类。作为具体的知识形态，虽然传统的诗文评与西方的文学批评，传统的别集、总集与西方的散文集、诗歌集等有相似之处。但是作为整体性的知识体系，中国现代文学已经与传统知识体系断裂，仿效西方现代知识体系生成了"新文学"，甚至在西方现代知识体系的"装置"里从"经史子集"中选择作品重组了"中国古代文学"。晚清以来，通过文学翻译输入中国的不仅是具体的域外文学作品、外国文学史以及西方文学理论，还带来了文学语言、文类概念以及理论术语的变革，以及更深层的文学观念、思维方式、感受方式、认知框架的改变。通过文学翻译引进的新名词、新语法、新概念、新术语、新内容、新形式，都产生于现代文学转型的历史之中。当它们作为新文学的特征被确定下来之后，又相当深入有力地参与和塑造了新文学的历史。文学作为现代学科的合法性确保了文学研究的合法性，使文学理论与文学批评不再如古代的"诗文评"一样只是作为文学创作的附庸，而是成为文学创作的导师和文学价值的裁判，理论与批评生产的合法性又反过来保证了文学作为现代学科门类的合法性。

　　然而，"现代文学"概念中的"现代"又与西方启蒙话语中的"现代"不同，中国的"现代"是在反帝反封建的双重抵抗中形成的。自第一次鸦片战争始，中国在帝国主义坚船利炮的凌厉攻势之下被迫进入西方列强主导的全球化进程。伴随着西方列强在世界范围内的殖民扩张，中国不仅在军事上被侵占领土，在经济上被掠夺资源，更在文化上深深受到源自西方的"现代性"的影响。因此，"现代"在中国并非不证自明的概念，而需要与权力运作过程联系起来考察源自西方的"现代"在中国的生成："这个权力过程表现为资本主义全球扩张和民族国家的反抗，以及伴随着这种关系而来的'文化自觉'和'文化痛苦'。而今天所说的'文学'（其实不仅仅是'文学'），就是被这个'现代'所'发现'——'发明'出来的。"①

---

① 李杨：《"没有晚清，何来'五四'"的两种读法》，《中国现代文学丛刊》2006年第1期，第94～95页。

西方现代性对于中国的现代转型是一把"双刃剑"。一方面，科学、理性、民主、自由等"文明西方"的"现代性"概念的进入确实给中国带来器物、制度、文化等方面的进步，五四时期"全盘西化"论调的现实依据正依托于此，五四时期追慕表象主义、唯美主义、新浪漫主义等西方文学思潮的合理性也在于此。另一方面，西方"现代性"还有一副"殖民西方"的面孔，当西方列强以殖民主义以及文化帝国主义的霸道劫掠中国的时候，中国被迫陷入"学生被先生打"的困境，这种痛苦和屈辱让每个中国人刻骨铭心。而在弱肉强食的现实世界秩序里，处于被侮辱、被损害境遇中的中国怀着创伤性体验构想新的世界秩序的时候，自然会渴望一种自由平等、扶弱抑强的新秩序，关注弱小民族文学以及无产阶级革命文学。从留日后期鲁迅《域外小说集》的翻译，到 20 世纪 20 年代中期对苏联和日本普罗文学的译介，这条线索在中国文学现代转型的过程中不可忽视。在中国文学现代转型中一直存在着一种张力：既有对"文明西方"的"现代性"的向往，也包含着对"殖民西方"的抵制以及对普遍性的唯一的"现代性"模式的怀疑。

如果说晚清是按照"器物层－制度层－文化层"的顺序设想中国的"现代化"之路，那么五四则以引导作为政治文化主体的"新青年"的"全人格的觉醒"为目标，靠"新青年"的想象力与创造力克服现代化路径上的危机。对"立人"的重视体现了对西方现代文明精髓的领悟和把握。"在现代或现代性的世界化——'西学东渐'的过程中，所谓'文化的殖民体制'或'知识的殖民体制'的存在并非必然。第三世界是否会丧失文化生产的能力，现代性理论是否会成为西方征服世界的意识形态，世界能否为它所征服，这些问题主要取决于第三世界自身是否具备回应、转化和反控制的资源和能力。"[1]

---

① 高远东：《"现代"如何"拿来"——以中国文学现代性的确立途径为讨论中心》，《鲁迅研究月刊》2000 年第 7 期，第 47 页。

作为主体的新文学建设者的创造力和想象力是中国文学现代转型的关键。以鲁迅为代表，中国的新文学建设者们十分看重现代人主体性的培养。面对域外文学，鲁迅提倡"运用脑髓，放出眼光，自己来拿"的"拿来主义"，"没有拿来的，人不能自成为新人，没有拿来的，文艺不能自成为新文艺"。[①] 在《破恶声论》中，鲁迅强调作为现代文明主体的"人"应有"声发于心，朕归于我"的"自觉"，实现"人各有己"的现代国民的主体性建构，进而在"群之大觉"时以"反诸己"的"自省"态度处理国际关系，完成现代民族国家的主体性建构[②]。

从晚清到五四，一个一以贯之的主题是"救国"，知识分子都将文学视为解决中国社会现实危机的利器。在甲午战争失败和维新变法失败的接连打击中，晚清一代知识分子倾向于将文学革命与政治革命合为一体，通过文学启蒙实现政治启蒙。梁启超曾赋予小说以新民群治的重任："欲新一国之民，不可不先新一国之小说。"[③] 也曾援引欧洲之例说明小说的政治作用："在昔欧洲各国变革之始，其魁儒硕学，仁人志士，往往以其身之所经历，及胸中所怀，政治之议论，一寄之于小说。……往往每一书出，而全国之议论为之一变。彼美、英、德、法、奥、意、日本各国政界之日进，则政治小说，为功最高焉。"[④] 由此提升了现代文学系统中小说的地位，改变了小说"街谈巷语，道听途说""娱乐之具已"[⑤] 的"小道"性质。而与晚清一代知识分子不同的是，五四一代知识分子在新文化运动中将文学革命和政治革命松绑，将思想革命放在首要位置，将询唤具有

---

① 鲁迅：《拿来主义》，载《鲁迅全集》（第六卷），人民文学出版社，2005，第41页。

② 鲁迅：《破恶声论》，载《鲁迅全集》（第八卷），人民文学出版社，2005，第28、26、27页。

③ 饮冰：《论小说与群治之关系》，《新小说》第一号（1902年）。

④ 梁启超：《译印政治小说序》，载《饮冰室合集·文集·3》（典藏版），中华书局，2015，第238～239页。

⑤ 班固：《汉书艺文志讲疏》，上海古籍出版社，2009，第165、164页。

主体意识的现代国民与缔造现代民族国家同步进行。通过文学的"自觉"唤醒"人"的"觉悟"，在对帝国主义和封建主义压迫的双重反抗中重铸国民性。

将鲁迅与严复、梁启超、林纾等晚清一代知识分子对比，可以看出两代人对救国之路的不同想象。严复、梁启超和林纾是晚清一代对鲁迅影响最大的知识分子①，他们的爱国思想、救国策略、民族主义精神以及译作和著述中对西方现代文明（包括科学与文学）的阐释，都给鲁迅以最初的启蒙和丰饶的营养。但在1906年之后撰写的《科学史教篇》《文化偏至论》《破恶声论》等论文中，鲁迅先"立人"再"立国"，以"思想革命"激发"文学革命"和"政治革命"的思路，已体现出对前人的思考的超越。

对于梁启超而言，甲午战争的失败让他痛切地感受到亡国的危机，戊戌变法的失败说明依靠统治阶级进行自上而下改革的道路走不通。梁启超逃亡日本曲线救国，办杂志、兴学堂、做演说以及针对文学的"三界革命"都是对民众进行政治启蒙的手段，以政治为终极目的，文学只是工具。对于严复而言，富国强兵是当务之急，成为军事和经济上的强者才能避免被"天演"的进化法则淘汰的命运，为了帮助中国的知识界更好地理解世界和适应"天演"，严复大量翻译了《天演论》《原富》《群己权界论》等西方社会科学著作。对于林纾而言，古文家和小说家的身份让他焦虑于古老的华夏文明在现代世界的衰落，他一边将译书作为政治启蒙的工具，一边又怀着对传统文化的深刻眷恋通过译书提供传统文学与西方文学冲撞、对抗、融合的场域，试图沟通中西方文学乃至文明。

严复并不反对斯宾塞的"社会达尔文主义"，鲁迅则认同赫胥黎的"伦理的进化"。忧心于19世纪以来中国在与欧美列强的生存竞

---

① 周作人：《鲁迅与清末文坛》，载《鲁迅的青年时代》，北京十月文艺出版社，2011，第81～85页。

争中濒于灭亡的命运，严复认为当务之急是广译"欧洲学术"，以"富国强兵""自强保种"。因此，虽翻译了赫胥黎的《天演论》，严复却肯定斯宾塞的社会达尔文主义，认为人类社会和自然界一样受物竞天择适者生存的进化公理支配："斯宾塞尔者，以天演自然言化，著书造论，贯天地人而一理之。此亦晚近之绝作也。"① 与严复不同，鲁迅认可赫胥黎提出的"伦理的进化"：人类社会不能简单地与自然界等同。人虽然是自然界的一部分，但人与动物的区别在于人能够超越弱肉强食的兽性彰显人性，在改造自然的过程中发挥自身的主观能动性，实现人的自由和解放。

与梁启超直奔"救国"的现代化路径不同，鲁迅要走一条看似绕远实则更关乎中国现代转型本质的路：他要先"立人"，再"救国"。所谓"立人"，不是高高在上的"导化群氓"，也不是直接号召民众从军救国。鲁迅对晚清思想文化界主流观点的超越之处在于对待西方文明的态度，以及由此涉及的对中国现代文学转型之路的规划。鲁迅批评晚清社会上众多的"竞言武事"者、"谓钩爪锯牙，为国家首事"者、"制造商估立宪国会"者、"金铁国会立宪"者②——不论是崇"物质"的物质主义者，还是崇"众数"的多数主义者，不论是仿效西方列强的"富国强兵"之路，还是仿效英日的"君主立宪"之路，都是西方"十九世纪末叶文明之一面"。而这样的崇拜"物质"和"众数"的西方工业文明，是一种"偏至"的有缺陷的文明。鲁迅主张"掊物质而张灵明，任个人而排众数。人既发扬踔厉矣，则邦国亦以兴起"③，先振奋现代人的精神和尊严，然后依靠人去振兴国家，实现物质的富足。现代民族国家的建设与现代主体的觉醒是同构的。"邦国"的独立、富强和民主不能以牺牲和压制

---

① 严复：《译天演论自序》，载徐中玉主编《中国近代文学大系·文学理论集·2》，上海书店，1995，第712页。
② 迅行：《文化偏至论》，《河南》第七号（1908年）。
③ 迅行：《文化偏至论》，《河南》第七号（1908年）。

"个人"的"灵明"为代价，恰恰相反，要首先"立人"，通过"卓特"之士带动"国人之自觉"，建设"兴起"的"邦国"。

与林纾"以中化西"地解读西方小说以促进西方文学和传统文学的互融的做法相比，鲁迅刻意凸显域外文学迥异于中国传统文学的异质性，故意用异质的域外文学给传统文学以生冷、新鲜的刺激，给读者陌生化的阅读体验，以冲破久远的历史文化传统给文学现代转型带来的束缚。与林译小说关注欧美泰西诸国不同，鲁迅引导读者关注"泰西"之外的世界，力主译介西方列强之外的弱小民族文学，注重其"自由与解放""革命与爱国"的主题。如果说林纾通过翻译试图在中西方文学的撞击中寻求融汇传统与现代的可能，那么鲁迅则要通过翻译凸显中西方文明的异质性，在对西方普遍的"现代性"和中国传统的双重抵抗中寻找转型的资源。留日时期的鲁迅译作中对弱小民族及弱势群体的关注、对现代人"内面之精神世界"的挖掘、对现实主义现代主义等艺术形式的输入、对直译和上古文言的探索和尝试，表明他对民族国家、现代人、科学、文学的理解已与林纾、严复、梁启超等一代知识分子有了本质的分歧，蕴含着五四文学革命的先声，两代人的差异也生动地勾勒了中国文学现代转型的脉络。

本书的写作至此已近尾声，但相关问题的思考尚未结束。对翻译文学在中国文学现代转型过程中转化为创造性资源的具体辨析，对中外文学交流中中国文学"世界性因素"的深入挖掘，对文学翻译实践、成果及历史效果与中国新文学发生、发展内在关联的梳理和论述，都有待于进一步思考和探究。在中国文学现代转型的历史进程中，翻译文学被赋予与创作同等重要的意义，在一定程度上翻译文学决定了新文学的面貌。而正是因为处在这样重要的转折时刻，译者的主体性和翻译文化建构作用愈发凸显。翻译文学是中外文化、语言、思想、艺术碰撞的结晶，译作既受到输入国社会环境和文化规范的影响，也包含译者主体选择和民族文化心理的深刻印记。从这个意义上说，文学翻译对中国文学现代转型的深刻影响，并不取决于原著或译作本身，而是取决于译者在克服和转化近现代以来文化危机过程中彰显的主体意识，取决于近现代中国的文化环境对翻译文学的选择与阐释。

主要参考文献

一　专著类

Bassnet，S.，Lefevere，A.，*Constructing Cultures*：*Essays on Literary Translation*（Shanghai：Foreign Language Education Press，2001）.

〔丹麦〕勃兰兑斯：《十九世纪文学主流》，张道真等译，人民文学出版社，1997。

〔法〕伊夫·瓦岱《文学与现代性》，田庆生译，北京大学出版社，2001。

〔美〕M. H. 艾布拉姆斯、杰弗里·高尔特·哈珀姆：《文学术语词典》（第 10 版）（中英对照），吴松江、路雁等编译，北京大学出版社，2014。

〔美〕韦勒克·沃伦：《文学理论》（修订版），刘象愚等译，江苏教育出版社，2005。

〔美〕乔纳森·卡勒：《当代学术入门：文学理论》，李平译，辽宁教育出版社，1998。

〔美〕斯塔夫里阿诺斯：《全球通史：从史前史到 21 世纪》（上下册），吴象婴等译，北京大学出版社，2006。

〔美〕本尼迪克特·安德森：《想象的共同体——民族主义的起源与散布》，吴叡人译，上海人民出版社，2005。

〔美〕韩南：《中国近代小说的兴起》，徐侠译，上海教育出版社，2004。

〔美〕马泰·卡林内斯库：《现代性的五副面孔》，顾爱彬、李瑞华译，商务印书馆，2002。

〔美〕张灏：《梁启超与中国思想的过渡（1890～1907）》，崔志海、葛夫平译，江苏人民出版社，1995。

〔美〕史书美：《现代的诱惑：书写半殖民地中国的现代主义（1917～1937）》，何恬译，江苏人民出版社，2007。

〔美〕安敏成：《现实主义的限制：革命时代的中国小说》，姜涛译，江苏人民出版社，2011。

〔美〕周策纵：《五四运动：现代中国的思想革命》，江苏人民出版社，1999。

〔英〕福斯特：《小说面面观》，花城出版社，1981。

〔英〕以赛亚·柏林：《浪漫主义的根源》，吕梁等译，译林出版社，2011。

〔英〕艾瑞克·霍布斯鲍姆：《极端的年代（1914～1991）》，郑明萱译，中信出版社，2014。

〔荷兰〕贺麦晓：《文体问题——现代中国的文学社团和文学杂志（1911～1937）》，陈太胜译，北京大学出版社，2016。

〔日〕竹内好：《从"绝望"开始》，靳丛林编译，生知·读书·新知三联书店，2013。

〔日〕竹内好：《近代的超克》，李冬木等译，生活·读书·新知三联书店，2016。

〔日〕实藤惠秀：《中国人留学日本史》，谭汝谦、林启彦译，生活·读书·新知三联书店，1983。

〔日〕伊藤虎丸：《鲁迅与日本人：亚洲的近代与"个"的思想》，李冬木译，河北教育出版社，2000。

〔日〕柄谷行人：《日本现代文学的起源》，赵京华译，生活·读书·

新知三联书店，2003。

〔日〕樽本照雄：《林纾冤案事件簿》，李艳丽译，商务印书馆，2018。

〔日〕木山英雄：《文学复古与文学革命》，赵京华编译，北京大学出版社，2004。

〔捷克〕米列娜编《从传统到现代：19至20世纪转折时期的中国小说》，伍晓明译，北京大学出版社，1991。

陈伯海：《近四百年中国文学思潮史》，东方出版中心，1997。

陈平原：《文学史的形成与建构》，广西教育出版社，1999。

陈平原：《小说史：理论与实践》，北京大学出版社，2010。

陈平原：《中国小说叙事模式的转变》，北京大学出版社，2010。

陈平原：《中国现代小说的起点——清末民初小说研究》，北京大学出版社，2010。

陈思和：《中国新文学整体观》，上海文艺出版社，2001。

陈思和：《中国文学中的世界性因素》，复旦大学出版社，2011。

陈玉刚主编《中国翻译文学史稿》，中国对外翻译出版公司，1989。

陈子展：《中国近代文学之变迁》，上海古籍出版社，2000。

陈国球、王德威编《抒情之现代性："抒情传统"论述与中国文学研究》，生活·读书·新知三联书店，2014。

程丽蓉：《对话场景中的中国现代小说理论话语》，人民文学出版社，2006。

范伯群主编《中国近现代通俗文学史》，江苏教育出版社，2000。

高名凯、刘正埮：《现代汉语外来词研究》，文字改革出版社，1959。

高天如：《中国现代语言计划理论和实践》，复旦大学出版社，1993。

高玉：《现代汉语与中国现代文学》，中国社会科学出版社，2003。

郜元宝：《汉语别史——现代中国的语言体验》，山东教育出版社，2010。

郭建中：《文化与翻译》，中国对外翻译出版公司，2000。

郭延礼：《中国近代翻译文学概论》，湖北教育出版社，1998。

郭延礼：《中国近代文学发展史》，高等教育出版社，2001。

黄子平、陈平原、钱理群：《20 世纪中国文学三人谈·漫说文化》，北京大学出版社，2004。

贺桂梅：《“新启蒙”知识档案——80 年代中国文化研究》，北京大学出版社，2010。

旷新年：《文学史视阈的转换》，北京大学出版社，2013。

来新夏、柯平主编《目录学读本》，上海交通大学出版社，2014。

李欧梵：《中国现代作家的浪漫一代》，新星出版社，2005。

李欧梵：《现代性的追求》，生活·读书·新知三联书店，2000。

李泽厚：《美的历程》，中国社会科学出版社，1983。

李泽厚：《中国思想史论》，安徽文艺出版社，1999。

凌远征：《新语文建设史话》，河南大学出版社，1995。

刘再复：《共鉴五四》，福建教育出版社，2009。

刘重德：《西方译论研究》，中国对外翻译出版公司，2003。

刘禾：《跨语际实践——文学、民族文化与被译介的现代性（中国 1900～1937)》，宋伟杰等译，生活·读书·新知三联书店，2002。

刘纳：《嬗变——辛亥革命时期至五四时期的中国文学》，中国社会科学出版社，1998。

廖七一编著《当代西方翻译理论探索》，译林出版社，2000。

罗志田：《权势转移：近代中国的思想、社会与学术》，湖北人民出版社，1999。

孟昭毅、李载道主编《中国翻译文学史》，北京大学出版社，2005。

马祖毅：《中国翻译简史：五四以前部分》，中国对外翻译出版公司，1998。

钱基博：《现代中国文学史》，吉林人民出版社，2013。

钱锺书：《钱锺书论学文选》，花城出版社，1990。

任东升：《圣经汉译文化研究》，湖北教育出版社，2007。

桑兵：《交流与对抗：近代中日关系史论》，广西师范大学出版社，2015。

申小龙：《汉语与中国文化》，复旦大学出版社，2003。

申小龙：《〈普通语言学教程〉精读》，复旦大学出版社，2016。

石昌渝：《中国小说源流论》（修订版），生活·读书·新知三联书店，2015。

谭载喜：《西方翻译简史》（增订版），商务印书馆，2004。

汪晖：《反抗绝望：鲁迅及其文学世界》，河北教育出版社，2000。

汪晖：《现代中国思想的兴起》，生活·读书·新知三联书店，2004。

汪晖：《声之善恶：鲁迅〈破恶声论〉〈呐喊·自序〉讲稿》，生活·读书·新知三联书店，2013。

汪晖：《文化与政治的变奏：一战和中国的"思想战"》，上海人民出版社，2014。

王德威：《想象中国的方法——历史·小说·叙事》，百花文艺出版社，2016。

王德威：《被压抑的现代性——晚清小说新论》，宋伟杰译，北京大学出版社，2005。

王德威：《抒情传统与中国现代性：在北大的八堂课》，生活·读书·新知三联书店，2010。

王宏志：《重释"信、达、雅"——20世纪中国翻译研究》，清华大学出版社，2007。

王宏志：《翻译与文学之间》，南京大学出版社，2011。

王锦厚：《五四新文学与外国文学》，四川大学出版社，1996。

王向远、陈言：《二十世纪中国文学翻译之争》，百花洲文艺出版社，2006。

王风等编《对话历史 五四与中国现当代文学》，北京大学出版社，2014。

王汎森：《中国近代思想与学术的系谱》，河北教育出版社，2001。

谢天振、查明建主编《中国现代翻译文学史（1898～1949）》，上海外语教育出版社，2004。

谢天振：《译介学导论》，北京大学出版社，2007。

谢天振主编《当代国外翻译理论导读》，南开大学出版社，2008。

谢灼华编著《中国文学目录学》，书目文献出版社，1986。

夏志清：《中国现代小说史》，复旦大学出版社，2005。

夏晓虹、王风等：《文学语言与文章体式：从晚清到五四》，安徽教
　　育出版社，2006。

夏晓虹、包立民编注《林纾家书》，商务印书馆，2016。

许宝强、袁伟选编《语言与翻译的政治》，中央编译出版社，2001。

许纪霖、宋宏编《现代中国思想的核心观念》，上海人民出版社，
　　2011。

许纪霖：《启蒙如何起死回生》，北京大学出版社，2011。

姚名达：《中国目录学史》，湖南大学出版社，2014。

杨联芬：《晚清至五四：中国文学现代性的发生》，北京大学出版
　　社，2003。

杨义：《中国现代小说史》（全三册），人民文学出版社，1986。

余英时：《士与中国文化》，上海人民出版社，2003。

袁进：《中国文学的近代变革》，广西师范大学出版社，2006。

袁进：《中国小说的近代变革》，中国社会科学出版社，1992。

赵孝萱：《“鸳鸯蝴蝶派”新论》，兰州大学出版社，2004。

赵毅衡：《礼教下延之后中国文化批判诸问题》，上海文艺出版
　　社，2001。

周宁：《世界是一座桥：中西文化的交流与建构》，广西师范大学出
　　版社，2007。

周宁：《跨文化研究：以中国形象为方法》，商务印书馆，2011。

朱维之：《基督教与文学》，吉林出版集团，2010。

二　资料类

《清议报》、《新民丛报》、《大陆报》、《申报》、《文学周报》、《晨报
　　副刊》（1921～1923）、《文学旬刊》（ 1921～1923）、《文学年
　　报》、《新小说》、《绣像小说》、《月月小说》、《小说林》、《浙
　　江潮》、《河南》、《小说月报》（1910～1931）、《东方杂志》、
　　《新青年》（1915～1922）、《新潮》（1919～1922）、《语丝》、
　　《少年中国》、《学衡》、《改造》、《洪水》、《创造周报》、《礼拜
　　六》、《甲寅》

林纾：《林纾译著经典》（全 4 册），上海辞书出版社，2013。

周作人：《知堂回想录》（上、下），安徽教育出版社，2008。

朱自清：《朱自清序跋书评集》，生活·读书·新知三联书店，1983。

傅东华主编《文学百题》，上海生活书店，1935。

周瘦鹃译《欧美名家短篇小说丛刻》，岳麓书社，1987。

郑逸梅：《清末民初文坛轶事》，中华书局，2005。

许寿裳：《亡友鲁迅印象记》，岳麓书社，2011。

赵景深：《文坛忆旧》，上海书店，1983。

赵景深：《新文学过眼录》，广西师范大学出版社，2004。

张恨水：《写作生涯回忆》，人民文学出版社，1982。

陈平原、夏晓虹编《二十世纪中国小说理论资料（1897～1916）》
　　（第一卷），北京大学出版社，1997。

严家炎编《二十世纪中国小说理论资料（1917～1927）》（第二卷），
　　北京大学出版社，1997。

吴福辉编《二十世纪中国小说理论资料（1928～1937）》（第三卷），
　　北京大学出版社，1997。

《中国新文学大系》（影印本），上海文艺出版社，2003。

徐中玉主编《中国近代文学大系·文学理论集·1》，上海书店，
　　1994。

徐中玉主编《中国近代文学大系·文学理论集·2》，上海书店，1995。

施蛰存主编《中国近代文学大系·翻译文学集·1》，上海书店，1990。

施蛰存主编《中国近代文学大系·翻译文学集·2》，上海书店，1991。

施蛰存主编《中国近代文学大系·翻译文学集·3》，上海书店，1991。

丁守和主编《辛亥革命时期期刊介绍》（一、二、三、四集），人民出版社，1982。

商务印书馆编《商务印书馆九十年（1897～1987）》，商务印书馆，1987。

商务印书馆编《商务印书馆一百年（1897～1997）》，商务印书馆，1997。

贾植芳、陈思和主编《中外文学关系史资料汇编（1898～1937）》（上册），广西师范大学出版社，2004。

贾植芳编《文学研究会资料》（上、中、下），河南人民出版社，1985。

《翻译通讯》编辑部编《翻译研究论文集（1949～1983）》，外语教学与研究出版社，1984。

罗新璋编《翻译论集》，商务印书馆，1984。

芮和师等编《鸳鸯蝴蝶派文学资料》，知识产权出版社，2010。

陈福康编著《郑振铎年谱》，书目文献出版社，1988。

薛绥之、张俊才编《林纾研究资料》，福建人民出版社，1986。

陈子善、张铁荣编《周作人集外文》，海南国际新闻出版中心，1995。

陈大康：《中国近代小说编年》，华东师范大学出版社，2002。

王元化主编《章太炎学术论著》，浙江文艺出版社，1998。

王晓明、周展安编《中国现代思想文选》，上海书店，2013。

王晓明：《批评空间的开创——20世纪中国文学研究》，东方出版中心，1998。

章念驰编选《章太炎生平与思想研究文选》，浙江人民出版社，1986。

章念驰编《章太炎生平与学术》，生活·读书·新知三联书店，1988。

刘运峰编《鲁迅全集补遗》，天津人民出版社，2018。

饶鸿竞等编《创造社资料》（上、下），福建人民出版社，1985。

黄淳浩编《郭沫若书信集》（上、下），中国社会科学出版社，1992。

三　作家文集

梁启超：《梁启超全集》，北京出版社，1999。

梁启超：《饮冰室合集》（典藏版），中华书局，2015。

严复：《严复集》，中华书局，1985。

章太炎：《章太炎全集》，上海人民出版社，2018。

鲁迅：《鲁迅全集》，人民文学出版社，2005。

李新宇、周海婴主编《鲁迅大全集》，长江文艺出版社，2011。

周作人：《周作人自编集》，止庵校订，北京十月文艺出版社，2011。

胡适：《胡适学术文集》，中华书局，1993。

胡适：《胡适全集》，安徽教育出版社，2003。

茅盾：《茅盾全集》，黄山书社，2014。

瞿秋白：《瞿秋白文集》，人民文学出版社，1953。

图书在版编目（CIP）数据

文学翻译与中国文学现代转型研究：1898－1925 /
石晓岩著． －－ 北京：社会科学文献出版社，2021.7
ISBN 978 - 7 - 5201 - 8722 - 0

Ⅰ．①文… Ⅱ．①石… Ⅲ．①文学翻译－研究②中国
文学－现代文学史－文学史研究 Ⅳ．①I046②I209.6

中国版本图书馆 CIP 数据核字（2021）第 146559 号

文学翻译与中国文学现代转型研究（1898～1925）

著　　者／石晓岩

出 版 人／王利民

组稿编辑／高　雁

责任编辑／恽　薇　贾立平

出　　版／社会科学文献出版社　（010）59367226
　　　　　　地址：北京市北三环中路甲 29 号院华龙大厦　邮编：100029
　　　　　　网址：www.ssap.com.cn

发　　行／市场营销中心　（010）59367081　59367083

印　　装／三河市尚艺印装有限公司

规　　格／开本：787mm×1092mm　1/16
　　　　　　印张：23.75　字数：321 千字

版　　次／2021 年 7 月第 1 版　2021 年 7 月第 1 次印刷

书　　号／ISBN 978 - 7 - 5201 - 8722 - 0

定　　价／148.00 元